Best Time

白 马 时 光

我们最好的时光

末那大叔 著

百花洲文艺出版社

图书在版编目（CIP）数据

我们最好的时光/末那大叔著. — 南昌：百花洲文艺出版社，2020.6
ISBN 978-7-5500-3726-7

Ⅰ.①我… Ⅱ.①末… Ⅲ.①长篇小说－中国－当代 Ⅳ.①I247.5

中国版本图书馆CIP数据核字（2020）第069954号

我们最好的时光
WOMEN ZUIHAO DE SHIGUANG

末那大叔 著

出 版 人	章华荣
出 品 人	李国靖
特约监制	何亚娟 夏 童
责任编辑	游灵通
特约策划	何亚娟 夏 童
特约编辑	鹿玖之 李梦仪 龙伟涛 陆宇星 冷 雪
营销编辑	邹兵艳 王 荃 秦 雁 张文文
封面设计	樱 瑄
版式设计	彭 娟
内文插图	米 莫
出版发行	百花洲文艺出版社
社　　址	南昌市红谷滩世贸路898号博能中心Ⅰ期A座20楼
邮　　编	330038
经　　销	全国新华书店
印　　刷	三河市金元印装有限公司
开　　本	880mm×1230mm　1/32
印　　张	11.75
字　　数	325千字
版　　次	2020年6月第1版第1次印刷
书　　号	ISBN 978-7-5500-3726-7
定　　价	49.80元

赣版权登字：05-2020-47
版权所有，侵权必究
发行电话　0791-86895108　　　　网　　址　www.bhzwy.com
图书若有印装错误，影响阅读，可向承印厂联系调换。

目录

001　楔子

005　第一章　非浪漫相遇

015　第二章　别做老好人

024　第三章　响亮的耳光

034　第四章　往陷阱里钻

043　第五章　『白毛女』变『女山贼』

056　第六章　世交回青

070　第七章　赵氏迷魂汤

080　第八章　暧昧的试探

095　第九章　生活的重量

108　第十章　夏夜的告白

121　第十一章　不完美约会

135　第十二章　性格迥异的恋人

152　第十三章　藏不住的地下恋

165　第十四章　等我回来

目录

174	第十五章 傲慢与偏见
188	第十六章 信纸交换的时光
210	第十七章 日暮盼归人
225	第十八章 狼狈的新婚夜
237	第十九章 余生请多指教
246	第二十章 赵静『闲』
256	第二十一章 没说出口的爱
265	第二十二章 对！离婚
276	第二十三章 冷战
284	第二十四章 把结婚证锁起来
292	第二十五章 不安生的孕妇
302	第二十六章 新晋母亲
313	第二十七章 你相信奇迹吗
322	第二十八章 与子同袍
336	第二十九章 谢谢你
355	尾章

她站在台子中央，抱着琴拉起了《东方红》，悠扬的琴声越传越远，伴随着她嘹亮的歌声，吸引了在场所有人的目光。

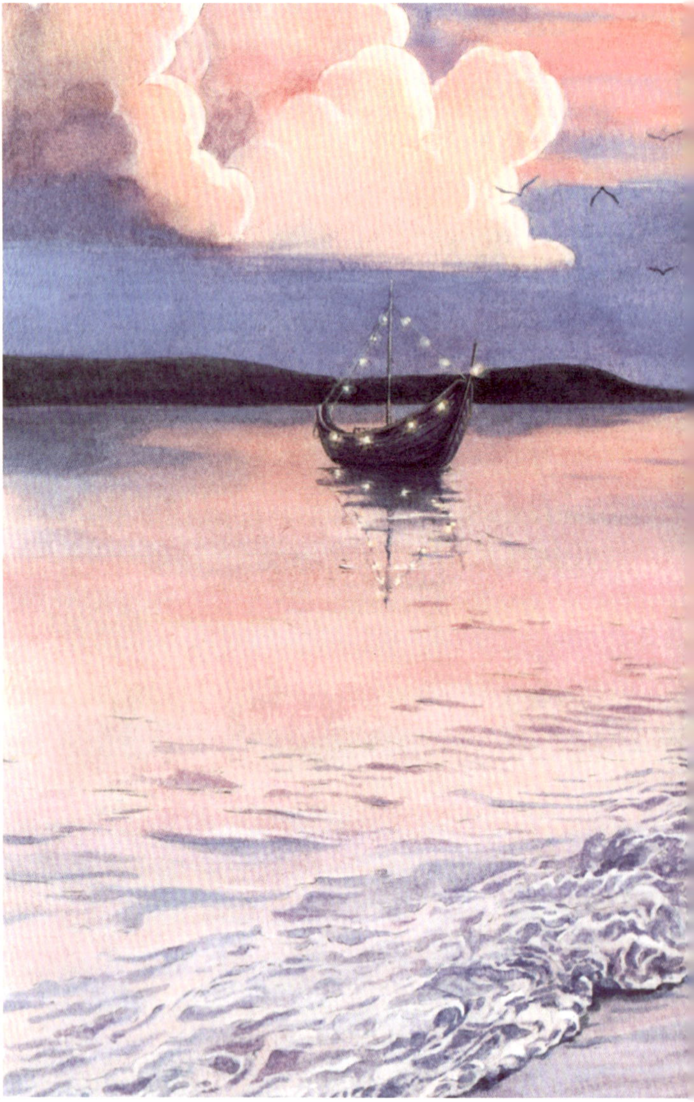

静娴时常会回忆起那天,所有一切勾勒出一幅往昔不曾见过的画面。而画面里,有一个自己私藏的、独一无二卓挂白己的北海。

窗外的烟花纷纷绽放在黑夜里,鞭炮声噼里啪啦地响了起来,北海感觉静娴握着自己的手突然用了些力。

楔子

灰顶红墙的老屋,有一片云,落在了窗外的雪山上。

2019年的5月,丹麦依旧春寒料峭,天气变幻无常。

一觉醒来,窗外空中正飘着小雪。

山区已然复苏,冰山融化成雪水浇灌着树木花草,滋润着大地。

这里与中国有六个小时的时差,白昼比夜间长,这让我有种在异国山水中可以随意挥霍时光的感觉。

我起床洗漱,发现我爸正在房间里来回踱步,瞧见我就低头看了看表。

"你醒了?吃早饭吧。"

他指了指桌子,我顺着他示意的方向看去——牛奶、煎三文鱼、面包还有煎蛋,一应俱全。

尽管有倒时差的困扰,但他仍旧起了个大早,做了顿吃得惯的早饭。

来丹麦的第一天，我们就去了《哈姆雷特》的故事背景地——克伦堡宫。

放眼望去，尽是全北欧最精美的、文艺复兴时期的建筑。华美的门庭内挂有一幅幅古老而华丽的油画。

宫殿中，剧团正在上演莎翁的不朽名著《哈姆雷特》。

演员们声情并茂，我们即便听不大懂他们说的台词，可从抑扬顿挫的语气中，也能听出情节的缓急。

突然，我爸的眼神有了光亮，可没过多久，又黯淡了下来："要是静娴在就好了。"

静娴是我母亲的名字，她在2014年不幸病重去世。

"要是你妈现在还在，就是70岁的小老太太了。"

他说这话的时候，声音低沉到有些沙哑，略微带着哽咽。

要知道，在我大半的人生里，都极少见到他这般神态。

对于他本人来说，这里是一个极有仪式感的地方，他一直把这份寄托深埋在心底。

小姨曾跟我聊过一些爸妈年轻时的趣闻。他们在一起的绝大部分时光，都是在排练话剧、吹拉弹唱中度过的。就连约会，都跟那个年代的其他情侣大相径庭。

他现在看得出神，想必也是联想到了一些旧事。

戏演至最后一幕，我爸用力地给这些优秀的演员鼓掌。

穿过长廊，我陪着他仔细地看遍了这座城堡展览出的每个角落。

他时而惊叹，时而黯然。

临走前，他还在售卖纪念品的铺子里购买了一把大宝剑。

看着他稚气地玩弄着宝剑，并小声地说着某些书里的台词，我顿时感觉他又回到了年轻时候。

那天夜里，他在酒店的桌前坐了很久，突然开口喊住了我，从大衣口袋里掏出一块包得方方正正的手绢，打开了。

手绢里包着的是一个旧信封，粗糙的纸纹上，是我那再熟悉不过的字迹——娟秀、干净，写着：杨北海收。

"爸，这是……"我猛地想起，那日小姨来家里时手上捏着的那个牛皮纸的信封。

小姨说，那是我妈生前特意嘱咐过，一定要等她走了之后再交到我爸手上的信。

可我们谁都不知道，信上到底写的是什么。

看着信封的开口处，被小刀规整地切了个口，起了毛边。

我不知道，我爸曾反复取出来翻看过多少次。

我接过信，缓缓地展开，那熟悉的声音，又重新在脑海里响起。

北海：

若非突然长病，恐怕到了70岁，我也不会考虑身后的事儿。

在医院听医生说，我至多还有两年的时间，所以有几句话想要对你说。

从小时候父母去世，我就看淡了生死。

于我而言，世界上不可能再出现懂我的人。我对这个世界充沛的求知欲，也不可能有人再与我分享。

好在我遇见了你……

我捏着信纸的手抖了抖，我的鼻腔霎时间涌上一阵酸涩。

我爸没吭声，取下了镜框，重重地拍了拍我的肩膀就走出了房外。

可我分明看到，他也红了眼眶。

落地窗上虚幻的光影，倒映流转。

直到那一刻，我才明白为什么我爸执意要来欧洲——

那是我妈此生最大的遗憾，她想看看除了弄堂之外的世界。可她此生，再也没有机会弥补这个缺憾了。

所以，我爸带她来了。

带着她的心愿，来看她心心念念的世界了。

那一夜，我跟我爸，就那样面对面裹着毛毯，围在火炉旁聊到凌晨。

那之前，我从不知道原来腼腆羞涩、不善言辞的他，也有那么大胆、冒进的一面。

原来，他跟我妈的故事，竟是从一场闹剧开始的。

原来，自从我妈离开后，他从没有一刻不在回忆从前。

第一章

非浪漫相遇

> 浮生万物，重逢不如初遇。

那是一个再普通不过的初夏，阳光穿过树叶，在地面结成斑驳的树影。

彼时的青岛街头，出奇地热闹，以往冷清的主路，没一会儿就出现了一条彩色人河。

有人正站在卡车上，挥舞着红色的九星旗帜；有人举着大字报，逢人就喊："成功了，成功了，'东方红一号'卫星发射成功了！"

1970 年，我爸——年轻的车辆厂职工杨北海，刚刚 26 岁。

也是那一年，他跟我妈的故事，就此拉开了序幕。

喇叭声响起的时候，他正在车间忙着安装汽轮机，刚接过徒弟志强递来的扳手，头顶就传来一阵刺啦声："喂？喂？"

"同志们，插播一条特大喜讯，我国第一颗人造卫星发射成功了！"

话音刚落,整个车间就沸腾了。

不知是谁,在门外喊了一句"还不快抱着国旗去广场",大家就扔了手里的活儿,纷纷往外跑。

志强摘掉了半只手套,瞧着正拧螺丝的北海,挠了挠头:"师傅,不然……我陪你弄完吧……"

北海头也没抬,把扳手往后头一撂:"去去去,好日子,热闹去。"

志强屈膝接了扳手,仿佛等到了什么首肯,赶紧七手八脚地脱了工服:"那徒儿我就先去给师傅探探路!"

北海假装嗔怪,回头瞪了他一眼。

志强吐了吐舌头,一溜烟就跑了。

志强是北海的徒弟,前不久刚从别的车间转来,当了学工。人踏实,脑筋也灵活,就是性子还没磨踏实,碰着事儿总想探头瞧瞧看看,用青岛的方言讲,"这人,外漏精神多着呢"。

刚来车间的时候,没几个师傅肯收他,只觉得他油嘴滑舌。主任无奈之下,只好把他硬塞给北海,说是得借着他的脾气,磨磨志强的性子,却没想到师徒二人甚是投缘,一搭档,反倒成了车间的模范:不光出活儿快,出错率也是极低。

"志强,杨北海呢?"隔着两道门,就听见了徐杰那个大嗓门儿,声音鼓得耳膜嗡嗡作响,惹得北海不得不伸出小拇指揉揉耳朵。

徐杰是北海的发小儿,小北海两岁,两人自小穿一条开裆裤打闹着长大。

虽说一同长大,性子却是大相径庭。

徐杰外向活泼,北海沉稳踏实。

院子里的邻居常常调侃他们:"这么一比,倒是北海更像哥哥。"

此言一出,徐杰总要跟着争论一番,扯着北海偏要让他喊"哥哥",惹得北海一阵嫌弃。

两个人就这样一同长大,再后来,又进了同一个车辆厂——红星车辆厂。

北海成了技术工人，徐杰则当上了质检员。

"这儿呢，喊什么喊！"北海拧上最后一个螺丝，回头吆喝。

"我一猜，你准在这儿。"徐杰四处望了望，又转了一圈儿，顺势拎起北海的水壶，仰头喝了几口。

他们向来都是如此相处，不分你我，像亲兄弟，但偶尔也有翻车的时候。

北海一把夺走了水壶，瞪了他一眼："德行。"

面前的徐杰倒是不气也不恼，又顺手夺了回去："不差这一会儿。"

说着，徐杰顺势挽上了北海的胳膊，拉扯着他："走走走，跟哥凑凑热闹去。"

北海深知磨不过他，没了辙，只能放下手里的活儿，跟着他，一路挤到了中央广场。

那个年代，卫星发射成功是个大事儿。

人逢喜事精神爽。如今，又是赶上了这种能挺直脊梁骨的热闹，自然都想沾点儿喜气。

平日里肃静的广场，现在被人堵得满满当当。

北海跟徐杰好不容易才穿过了层层叠叠的人群，挤到了最前面。

北海探探头，本想寻寻志强他们几个，却被耳边一阵气息搔痒得低了头："你干啥？"

徐杰把头凑近他耳旁，扯着嗓门儿，试图盖过周围的声音："你先跟我走！"

北海用手比画着，一脸不解，想问他要去哪儿，可徐杰二话没说，拉着他就往外走，出了人群才松了手。

"新厂长一会儿就到了，你带我去哪儿？"北海揉揉被搓皱的袖衫，一旁的徐杰反倒急得跺脚，直接绕到他背后，推搡了起来："来不及了来不及了，到了你就知道了，你麻溜地先跟我走。"

徐杰一路往前跑，北海没办法，只能紧随其后。

眼看剩一个拐角就到厂门口了，徐杰突然停下了脚步，原地掏起了裤兜。

北海喘了口气，松了几下衣领："怎么不跑了？"

"你看到门口没有？我掏个东西给你。"

北海顺着徐杰指的方向看过去：门口正站着几个年轻姑娘，探着头往厂里瞅。

一见北海露了头，几个人赶紧捅捅中间扎麻花辫的姑娘，不知道说了几句什么，就开始窃笑。

北海悻悻地缩回了头："门口那几个姑娘，你认识？"

就在这时，徐杰神秘兮兮地从背后变出了一个皱巴巴的信封，塞进北海手里："看看！"

摸不着头脑的北海只能将信将疑地搓开信封，可展开信看了没几行，脸就红了，直接把信拍回了徐杰怀里，扭头就要走："要去你去！"

原来门口站着的，是国棉一厂的姑娘。

徐杰瞒着北海应了其中一个姑娘，说要做媒，介绍他俩认识。

北海的太阳穴突突地跳着，心里骂了徐杰千儿八百遍，红着脸要走，却没料到被徐杰一把捆在原地："你害羞个什么劲儿，人家姑娘都没害羞呢，你倒先害臊起来了。"

北海被逼得几次想破口大骂，但每每话到嘴边，却吐不出来，只觉得脸红，无奈之下，只好原地挣扎着："你快点儿松开我。"

徐杰瞧着他这模样，哪里还肯松手，只能捆得又紧实了些，眼睛滴溜溜一转，换了个温吞吞的语气："你这就是顽固腐朽，你那话怎么说的来着，学习活雷锋精神，怎么就不能帮姑娘解决解决思想问题？"

还没等北海反应过来，他就上了手劲儿，一把把北海推了出去，又冲北海眨了眨眼，嘟了嘟嘴。

国棉一厂的姑娘们见了北海,个个都笑逐颜开,直接推搡着"麻花辫",朝他这边凑了过来。

眼看着人都快到跟前了,没办法,北海只能硬着头皮往前挪,半路回了次头,瞧见徐杰正趴在墙后,大拇指往一块儿凑了凑,冲他使了个意味深长的眼神。

谁家有了事儿,哪两个有处对象的苗头,这家伙准第一个发现,正事干不了一件,倒是先斩后奏这招使得轻车熟路。想到这儿,北海没好气地握了握拳头。

"麻花辫"又往前凑了几步,北海下意识地往后退了一步,尴尬地笑笑,赶紧低下了头。

两个人就这样侧着身子,站了好半天。

"麻花辫"支支吾吾了半天,像是忍不住了,突然吸了一口气,先开了口:"徐杰都跟你说了吧……我们今天……"

北海听见了声,只觉得脸烫得很,匆匆瞥了她一眼,就又赶紧收回了眼神,边咳嗽边"嗯"了一声:"那个,我……"

"麻花辫"猛地抬起头,盯着北海,像是鼓足了勇气似的,想说些什么,刚张嘴,头顶的喇叭突然响了起来:

"为了庆祝我国'东方红一号'卫星发射成功,新厂长要做特别讲话,请各个车间的在职员工十五分钟内在广场集合。重复一遍,请各个车间的在职员工十五分钟内在广场集合……"

"看来我得先走了。"北海霎时间松了口气,心想总算有个由头能脱身了,却没料到"麻花辫"见他要走,一把就扯住了他的袖子:"杨北海你别走,我还有东西没给你啊。"

北海被这一抓,出了一身冷汗,满脑子都是男女有别,赶紧把胳膊缩了回去:"同志,我真得走了。"

谁料"麻花辫"不依不饶地死拽着北海,从背包里掏出一封信,硬塞进了他怀里:"无论如何,你一定要看看……"

北海本想拒绝，但"麻花辫"异常坚持，四周来来往往都是人，北海只好硬着头皮张了嘴："这位同志，你怕是误会了……"

　　"误会？""麻花辫"错愕了一秒钟，红了眼眶，晶莹的泪珠在眼里打转，擎着的手也垂了下去。

　　就在这时，文宣队的张大宝一路小碎步从门口跑了进来，北海离他不远，一看是他，下意识地又往后退了两步。

　　张大宝是厂子里出了名的"狗腿子"，人油腻得很。

　　早些年巴结领导，攀上了文宣队就罢了，最近又攀上了检查组，时常拿着鸡毛当令箭，四处挑刺。

　　北海清楚大宝定是瞧见他了，低下了头，一心想脱身。

　　突然，一个背着手风琴的姑娘，散着头发，一阵风似的跑过，先是撞了一下张大宝，路过"麻花辫"的时候，又没注意，一下子蹭掉了她手里的情书。

　　"对不起……对不起……"散发姑娘连连冲"麻花辫"喊了好几句，回头的瞬间，猛地盯上了北海胸前的厂章，忽然一把扯住了他，"同志，你是不是车辆厂的工人？"

　　"同志，我是。"北海被她抓得出了汗，匆忙扯回了胳膊，别过了头。

　　"同志你好，我是文宣队新来的同志！"

　　散发姑娘不依不饶地挡在了北海面前："同志，你能帮我带一下路吗？我要演讲，眼看就快要迟到了！"

　　北海扭头望望捡信的"麻花辫"，张大宝正殷勤地跟在她身后，他顾不上什么绅士礼数了，向"麻花辫"招呼了一声"同志，我先走了"，就借机跟着新同志逃离了告白现场。

　　徐杰猫着腰看到北海回来了，一下子从墙脚跳了出来，瞧见北海旁边还领了一个面生的姑娘，先是愣了一下，接着满脸窃喜，凑到北海身边，在他耳边私语："你小子这是开窍了啊！"

　　北海瞪了他一眼："等我回去，再跟你算账！"接着扭过头，指着散发姑娘介绍,"这是文宣队的新同志,有活动,要去广场,叫……"

姑娘擦了一把汗,松了松勒紧的手风琴带子,接过了话:"你好,我叫赵……赵前进!麻烦你们带路了。"

徐杰倒是自来熟,赶紧上前客气地握了握手,做了个自我介绍,又顺势接过了她手里的手风琴:"这玩意儿重,让杨北海帮你背,我知道一条小路,保证能让你准时到达。"

北海心里暗骂他一句"这小子,又借花献佛,贼死了",却鬼使神差地接过了手风琴,挎在肩膀上。

三个人就这样马不停蹄地直奔广场。

他们到的时候,各个车间的工人七七八八也快凑齐了,几个嗓门儿大的,还带头唱了起来,正在兴头儿上。

跑了一路,徐杰早就喘上了,平日里坐在办公室,四体不勤,哪儿遭过这种罪,他累得直接蹲在了地上,索性告饶:"杨北海,我跑不动了,不行了……"

北海回头看了看赵前进姑娘,她的额头正淌着汗,汗珠顺着脖子滑了下去,把前襟都浸湿了。

这姑娘真的能跑,一路都不带停歇的,连他自己都喘起了粗气,而她愣是一点儿疲态也没有,环顾四周一圈,直接锁定了中央的那个大雕塑:"同志,那个台了能上去吗?!"

北海看了看她指的方向,又看了看熙熙攘攘的人群,找了一条通路:"这边。"

两个人一路挪到台子边缘,到了才发现,侧面的梯台早就已经被锁住了,锁上生满了苔锈。

"这可怎么办?我必须上这个台了啊。"赵前进急得跺脚。

北海看了看锁,又目测了一下高度,突然直接蹲了下去:"手风琴给我,你踩着我肩膀翻上去。"

"还愣什么？再犹豫就没时间了。"

听到北海这句话，赵前进咬了咬牙，直接撸起袖子踩上了北海的肩膀。

北海闷哼一声，帮她翻了上去，又伸着手，把风琴递给了她。

台子上的赵前进直起身，抱过手风琴，刚走两步又像是想起了什么，突然回头："同志，革命友谊不曾忘记。"

看着她的刘海儿在额前一晃，迎着风被吹散到侧脸，北海有些出神。

赵前进回身站在了台子中央，没有一丝怯场，抱着琴就拉起了《东方红》，悠扬的琴声越传越远，伴随着她嘹亮的歌声，吸引了在场所有人的目光。

工人们看着台子上突然出现了一个姑娘，还抱着手风琴拉《东方红》，都来了精神，吊着嗓子欢呼起来。就连远处的人也都纷纷被她的琴声和歌声吸引，凑了过来。

不知谁先带了头，大家竟然跟着齐齐唱了起来。

北海站在台子下，望着她，只觉得肩膀上火辣辣的疼痛感都轻了几分。

一曲作罢，她干脆直接放下琴冲到台边，握紧拳头，将右手举过了头顶："同志们，今天是个特别的日子——'东方红一号'卫星发射成功！我国终于站起来了！"

一时间，周围的人连连叫好。

"在伟大的毛主席的带领下，只要我们能一鼓作气，继续拼搏，中国早晚有一天会成为世界强国……"

擎起的手越攥越紧，周围所有的人都被这慷慨激昂的演说引得入了迷，原本规整的队形一时间也乱了套。

徐杰不知道什么时候挤到了北海身边，看着站在两米高台上的赵前进，又望了望北海，咽了一口唾沫："她还真是人如其名啊……杨北海，你说你帮的这姑娘，不会就是新厂长吧？"

北海正出神，没听清楚徐杰说的话，下意识地又问了一遍："你说什么？"

徐杰还以为是周围太吵，于是特意提高了嗓音："我说，她是新厂长……"

可"吗"字还没说完，就不知道被谁听了去，直接带了头，接着人群里纷纷喊了起来："厂长说得好！""厂长再来一段！"……

广场上瞬间又沸腾了。

所有人的目光都齐聚在这个姑娘身上。谁也没注意到另一边的石碑下，新上任的厂长早就站在了话筒前。

播音员拿着话筒，一遍一遍大声地喊着"静一静，大家静一静"，本想维持秩序，却没料到被厂里几个刺儿头直接带了节奏，群众捧得更加卖力了。

演讲直接被推到了高潮，场面一度失控。

台上的赵前进也是越讲越起劲。

北海跟徐杰面面相觑："这不是顶风作案吗？"

一向沉得住气的厂革委会主任坐不住了。

新厂长上任当天，居然无人问津，一气之下他直接冲上台，从播音员手里一把夺下话筒，扯着嗓门儿喊："胡闹，胡闹，你这样成何体统……"

结果赵前进回了一句："世上就怕'认真'二字！"

人群里，有人吹起了口哨。

被人当众驳了面子，厂革委会主任的脸彻底挂不住了，他大步流星下了台，把演讲稿砸进副厂长的怀里，指着台上的赵前进，愤慨地喊："给我查！这简直……简直……简直是荒唐至极！"

徐杰突然回过神来，惊得喊了一声："杨北海，我们好像捅大娄子了……"

他哆哆嗦嗦地拽了拽北海的衣角："要不，我们先撤吧。"

看着台上神采飞扬的赵前进，再看看面前的徐杰，北海突然气不打一处来，挤过人群就往车间走，有股气直冲太阳穴，任凭徐杰在后面说什么，他都不再理睬。

眼看就快到车间了，迎面碰上志强："师傅师傅，广场上新厂长讲得正热闹呢，我赶紧抱国旗过去！"说着，还冲他摆了摆手里的旗。

可北海居然甩手就走了。

一旁的志强以为自己做错了什么事，想喊师傅询问，却被徐杰拉了过去："别惹他别惹他……"

果不其然，第二天，北海就收到了厂子里的处分。

北海作为"帮凶"，不仅被挂了大红榜、吃了一记警告，还被责令当众检讨。

徐杰看到布告栏上写着：**经组织研究决定，勒令赵静娴退出文宣队，分配到档案室。**

"赵静娴？她不是告诉我们她叫赵前进？"徐杰扭过头冲着北海喊。

北海忽然想起那天她说名字时，眼神里流露出的一丝狡黠和犹豫："她这根本就是早有预谋！"

这就是北海和静娴的初遇。

走向车间的时候，气冲冲的北海满心只盼着两人的生活再也别有什么交集。

却没料到冥冥之中命运早有安排。

第二章

别做老好人

> 你的善良，需要带点锋芒。

入了夏，天亮得早些，北海家里的闹钟是从百货大楼淘来的，从来就没响过。

天一亮，死气沉沉的小院开始逐渐恢复生机。

当第一丝阳光照进公共厨房，预示着北海的"战斗"即将开始。

最先到的人，是六婶儿。

她每天早上都会端着一盆菜叶子，往里面倒入压缩饼干做的糊，再把和好的蔬菜糊用猪油煎成一个个表面金黄的饼。

北海总会接在她后面使用公共厨房，这样就能用她锅里剩下的油给北川煎个鸡蛋。

六婶儿的爱人是这一片的军代表，总能拿到些部队里处理的过期板油、压缩饼干、衣物，贴补家用。

她有个原则：决不给街坊邻居行方便。因为她怕给别人行方便，会让她的爱人在工作上不方便。但她特别愿意照顾院里的小辈们，这或许与她没有生育有关系。

这件事是北海从一楼那些"大老婆"（爱八卦的中年妇女）的嘴里知道的。

在她们嘴里，不能生育成了大大的反动，她们能从六婶儿身体有问题，扯到她是不是遭了祖上的报应。

每当她们谈论关于牛鬼蛇神的话题时，一旦有人经过，她们就会乖乖闭上嘴转过头，假装风平浪静。

但六婶儿从不介意，只是轻轻地笑笑，仿佛笑一笑，一切就都能揭过去了。

如今，北海工作了，家里的收入也变多了，生活改善了不少。

不像之前，家里全靠母亲在中学教书的工资过活，生活拮据。

那时候母亲总是教育北海要节俭，但她却坚持让北川每天吃一个鸡蛋，这是必不可少的。

北川身上的公子哥儿脾气大约就是那时候被母亲惯出来的。他吃鸡蛋只吃煎得流黄的荷包蛋，如果是煮的鸡蛋他绝对不吃。

有一次，他偷偷把水煮蛋塞进了墙缝，被母亲看见了，挨了顿打。

那之后，母亲就勒令他必须在家吃完鸡蛋才能去上学，但这也连累北海又得早起一刻钟了。

鸡蛋刚下锅，隔壁的小曾阿姨就拿着锑锅骂骂咧咧地进了厨房。

这么多年过去，北海早就习以为常了，小曾阿姨骂的都是院里那帮10来岁的小孩儿。

这些小孩儿在院里成立了一个小兵派，要么去小曾阿姨家的煤里掺沙子，要么就去祸害黄小姐在院里晒的衣服。

倒不是觉得这两个女同志有多坏，做过什么坏事，只是外头的人都说她们俩是"破鞋"。

孩子们觉得"破鞋"给院里丢人了——别人住的地方都只有一个"破鞋",为什么咱们住的地方有两个?

尽管这两个独身居住的女人会给孩子们很多好吃的,但还是会在下班回来后发现,自家的门锁里又塞了纸糊,窗户上全是泥巴……

北海做完早饭把锅还给六婶儿,端着早饭回到家。

母亲总是在饭桌上唠叨,说班上的孩子又闹着不上课要去搞联谊,并警告杨北川不许学他们,放学后早点回家,不要凑热闹。

北川总是乖乖地点头答应,三两口吃完鸡蛋去上学。

北海收拾好碗筷,扛着自行车下楼,母亲突然冲出家门,朝下面喊:"北海!这礼拜记得去火车站接你周伯伯一家,若云也回来了!"

北海嘴巴里念叨着:"知道了,知道了。"

到了楼下,北海骑上自行车就跑了。

北海并不是讨厌周若云一家,只是母亲的态度让他觉得谄媚。

在周伯伯没有升迁前两家的关系是平等的,可现在不是那个味儿了。

徐杰又拿了些炒得黑乎乎的花生和瓜子来找北海,这一看就是徐杰母亲的"作品"。

徐杰母亲在百货商店里工作,他家总能买到些不用票的处理商品。

就算是受潮了的花生、瓜子,大人们也总有办法处理——拿大铁锅盛上些盐和铁砂,用大火翻炒后香得不行。唯一的坏处就是,吃完嘴上和手上都黑乎乎的。

北海拿弄脏的手去抹徐杰的脸,徐杰笑骂着还击。

两人就这样一路打打闹闹,慢慢活成了大人的模样。

在他们都还是10来岁的小屁孩儿时,徐杰家的大院里住着一个不爱说话的小姑娘晓蓉。北海对她唯一的印象是和徐杰抢过她的糖葫芦串。

那时候他和徐杰总是下学后结伴去捡废铁，晓蓉就像个小尾巴一样跟着徐杰。他们总嫌晓蓉碍手碍脚，尤其是翻墙的时候，但不照顾晓蓉又显得他俩太没男子气概。所以北海和徐杰总是先叠罗汉把她送到墙头上，等他俩翻过去了之后，再接住跳下墙头的她。

两年后，晓蓉举家去了上海。

直到现在徐杰还对晓蓉念念不忘，他觉得没有任何一个人比得上晓蓉，因为晓蓉那么爱笑，也从来不会对徐杰开的荒唐的玩笑生气。

北海和徐杰说笑着到了厂里，刚好碰上赵主任盛气凌人地走进车间，赵主任推了推他的小眼镜，北海和徐杰对视一眼，知道赵主任肯定有事要他俩去办。

果不其然，他叫北海先放下手边的工作，帮他把东西搬到他的职工宿舍去。

徐杰觉着北海这老好人的脾气要不得，在厂里就连食堂扫地的大姨都指挥得动他。北海却觉得付出一点儿体力就能得到别人的微笑，真的非常实惠。

但当北海两手空空地站在这张巨大的实木桌子前，说实话他心里还是有点儿后悔的。

赵主任说用小推车可能会刮花他的桌子，所以只能辛苦一下北海了。

北海把桌子搬到职工宿舍外时，全身已经湿透了。

这天气本来就热得人心情烦躁，职工宿舍门口的蝉鸣声里隐约夹杂着一些女人尖锐的吵骂声。

他压低桌子，这才看见楼外面围着许多女职工。

可能是因为天干物燥，最近厂里经常有这样的口角事件发生，但大都很快就解决完各自忙各自的去了。

北海费力地把桌子抬到人群外圈，才发现她们堵住的是宿舍的大门，北海叫了叫站在最外圈看热闹的女职工，她回过头来不屑地告诉北海，厂子里出了蛀虫，专薅职工的暖壶软木塞。

四车间的小许被女同志们围了起来，小许蹲在地上，脸上的表情很委屈，夹杂着害怕。

一个背对着北海的女同志冲过去，一把拽住小许的手："别装得这么委屈，有人举报你，她说亲眼见到你偷了！"

小许刚想辩解，厂里泼辣的玉姐上去就是一巴掌，这一巴掌打得出乎所有人的意料。玉姐自己也愣了愣神，她以为气氛已经烘托到那个点了，一出手大家必定拍手称快。

此刻，所有人噤若寒蝉。

小许不是青岛人，当年他们村闹灾，她父亲一人拉着板车，将他们一家四口从诸城一路拉到了青岛。

到了青岛后，父母只能卖力气挣钱供她和弟弟上学。

她争气，凭借着自己的努力来到车辆厂工作。

小许平时话特别少，在厂里没什么朋友，北海总是无意间听到别人说她东施效颦——说她今天穿的衬衣是上礼拜谁谁谁穿的款式，说她刚编的麻花辫是学了谁谁谁。

不过这次的事儿很蹊跷，软木塞子才值几个钱，小许偷这东西干吗？

"杨北海！"玉姐突然点了北海的名，像是抓住了救命稻草一样，"你是厂里的活雷锋，思想觉悟肯定比我们高，你来断断案。"

之前那位拽小许的手的女同志回过头来盯着北海，他愣了一下："赵静娴？"

她害北海吃了一记警告，也没单独来给他道歉，看她现在的表情好像都忘了他是谁似的。

说实话，北海有点儿生气。

然而赵静娴却一改刚刚嚣张的气焰，先是看了看小许被打的脸，然后问玉姐："就算真是她干的，也不至于打人吧？"

玉姐的手环在胸前，声音很大，但是气势明显有点儿虚："怎么，现在还有人为社会主义蛀虫说话了？她今天偷瓶塞，明天偷水壶，后天就能进职工宿舍偷钱！你们说是不是？"

玉姐鼓吹着大家，拿眼扫视着周围，希望能得到点儿援助，不少女职工真的就信服地点点头，又站到了她这边。

赵静娴扶起蹲在地上的小许，声音突然变得有点儿冷："玉姐，打人这个事儿可就大了，你承担得起吗？"

"赵静娴，刚刚可是你把我们聚在一起，揭发小许偷东西的。如果今天不严打，那就是姑息养奸！"周围不断有人附和着玉姐，看来小许平时的行为确实触怒了不少女同志。

"一码归一码，她给你们道歉，买些新的瓶塞赔给你们，保证永不再犯不就解决了吗？"赵静娴话音刚落，不少人都笑了，就连北海在这一刻也觉得赵静娴有点儿天真。

但他很快就被自己这个想法吓坏了：为什么大家要笑赵静娴天真？从什么时候开始，他们默认这种正确的处理反而不再适用了？

"一会儿我们就去革委会，让小许这只老鼠滚出车辆厂！"

大家七嘴八舌地说着，玉姐上来就要抓小许的胳膊，被赵静娴一把拍开："你们没有实际证据。"

"赵静娴，你到底是哪边的？"

"我站在理这边！"

她们那副想要活撕了小许和赵静娴的模样，眼看着就要打起来，北海赶忙上前打了个圆场："这事儿暂时是捋不出思绪了，大伙儿聚在这儿不干活儿也不太像话，明天再议吧。"其实北海一点儿都不想去了解女同志的内心，他只是不想让她们把事儿闹大，他还得赶紧把桌子搬进去，然后回车间工作。

女职工们害怕小许畏罪潜逃，亲自将她锁在职工宿舍里，这才悻悻散去。

她们的脑子被控制住了，静娴说："天底下哪会有人为了几个暖水瓶木塞逃跑？"

小许隔着门向北海和静娴表达谢意，北海看她失落的模样，几次开口想安慰，却没料到小许摇了摇头说，经过这件事，也算是看清楚了这些人的嘴脸。

"你应该反省一下自己，要不是她们想赶你走，我也不会帮你。"赵静娴说这些话的时候，脸上的表情仿佛在说"你好"一样。

"偷的盖子去哪儿了？"她盯住小许，眼神凌厉，容不得半分假话。

看来小许确实是偷了其他女职工的瓶盖，她告诉静娴，平日里就感觉到那些人对她并不友善。她就是想通过这件事小小地报复一下，偷了木塞让她们晚上没热水用。

这件事确实不至于让小许丢工作，但她做这件事的初衷却让北海不知说什么好。

小许突然语气软了下来，她求他俩帮帮她，她说她家里父母身体累出了病，她不能丢了工作。

静娴没有说话，她说她得想想，让北海先去忙自己的事。

安置好了赵主任的桌子，在楼下北海又遇上了静娴，她还是没有向北海道歉，看来是真把他因为她受处分的事儿忘干净了。

北海回家做完晚饭，胡乱地扒了两口，就出门去找合适的木头料子。

因为热水壶的软木塞用钱也买不着，除非你去买一个新的热水壶。热水壶贵不说，还需要票才能买到，大家基本上都不会因为丢了塞子而买一个新壶。

栓皮难找，没办法，北海只能去徐杰家，跟他说了事情的来龙去脉。

徐杰听完就进了屋子，把屋子翻了个底儿朝天，才翻到一个木质的雕偶。那是他们小时候锯了隔壁大爷的木凳腿儿，又用小刀一点点雕的小人像，如今蒙了灰尘，但稚嫩的刀触纹路尽显岁月的痕迹。

北海不知道徐杰居然还留着它，一拳捶向了他胸口。

徐杰伸出了手，北海用力地拍了一下，两个人手腕一转，又击了个掌。这是他们从小就玩的，代表着我又一次懂你了。

和徐杰挥别后，北海就回家赶起了工，寻思明天趁早带到工厂，神不知鬼不觉地给她们再塞回去，小许这事也算是解决了。

想到此，北海不禁为自己的聪明才智而沾沾自喜。

天刚蒙蒙亮，北海就到了厂里。

泡了一夜，这软木塞子做得正好，北海刚打开热水壶的盖子，赵静娴突然窜到他背后，拍了他一下。

北海惊了一下，赶紧看看周围，确信没人才松了口气，给她展示起了自己做的软木塞子。

骄傲的北海本以为赵静娴会因为他精致的手工而崇拜、夸奖自己，没想到，她不屑地瞥了北海一眼，给北海展示了她兜里的东西——也是几个软木塞子，但那明显是用了许久的。

北海恍然大悟，用手指着胆大包天的她。

"杨北海，你没我高明。"她的那副表情，北海直到现在都记忆犹新。

表情里有些许骄傲，也有些许调笑。

"给你三句忠告：别做老好人，别做老好人，别做老好人。"

抓贼大队本想死守不放，可如今，在疑犯被控制的情况下，又有木塞子不翼而飞，再不情不愿，她们也只能把小许给放了。

北海把自己做的软木塞子给了她们，女同志们都很喜欢。

只要不是切身利益受损，她们的记忆力及注意力都是很差的。

这不，她们又盯上了食堂做饭的大姨，她们听别人说，大姨似乎私扣公家的蔬菜。但谁能说清？都是风言风语。

"捕风捉影"这个词自汉代起就有了，在这个怀疑至上的年代，风和影子足以让人风声鹤唳，也足以让人身陷囹圄。

多年后，北海和静娴还会聊起暖壶塞子事件，这是她第一次展现出在同一件事上与北海不一样的处理方式。

北海总是在想，大致就是因为两个人一直在求同存异，她在自己心里才永远都是那么新鲜。

第三章

响亮的耳光

> 总有些心事，如鲠在喉。

在北海的印象里，每次四舅舅高慧义从外省跑运输回来时，他和北川就会去他单位"守株待兔"。

在兄弟俩心中，说四舅舅是魔术师也不为过。他总能变出各种各样稀罕的物件：合肥的烘糕、天津的泥人、江西的瓷碗……有一次甚至还带回来了似乎已经馊掉的云南鲜花饼。

高慧芳当年携两个儿子来青岛，事先没有通知任何人，就连高慧义都是五年后收到她的信，才赶往青岛谋生。

高慧义时常心疼姐姐太能吃苦了，累成这样仍是不找任何人求助。

他收到信来青岛投奔高慧芳时，他们孤儿寡母已在青岛勉强落地生根了。

他到现在也未婚娶，可以说他承担了两个孩子父亲的角色，心里早已将北海北川两兄弟当作自己的孩子。

他刚来青岛的时候，北海的性子还如小时候那般老实沉稳。

7岁的杨北川就不一样了，已经说着一口流利的青岛话，行为和做派也和青岛本地人一模一样。

毕竟他与姐姐一家再度联系上，已是姐姐杳无音信的五年后了。

这次四舅舅去南方跑运输，离家已有三个月了。

母亲千叮咛万嘱咐，一定要北海下班后早早地去市场拿票买半斤肉。

可临收工前，志强通知北海去主任办公室开会，说是上头给北海下了新的指令。

北海疑惑着进了办公室，发现文宣队的大宝也在。他拎着热水壶，哈着腰，满脸笑意地给主任的茶缸里续水。

大宝在厂子里是出了名的阳奉阴违的人，之前北海只是听过他的"威名"，未曾有过交集。如今一见，果然名副其实。

主任用手指敲了敲桌子，示意大宝水加够了，说道："北海，你应该也听说了，厂里决定办一个职工文艺汇演，上头的领导是要来审查的，但出了点问题。"主任拿起茶缸吹了吹滚烫的茶水，继续说，"大宝跟我讲，你挺多才多艺的。念诗朗诵的节目已经有了，吹口琴的也有了，所以组织上安排你去演一出戏，有问题吗？"

北海一听主任这话，明显是不想让他有转圜的余地了。

他只能挣扎着说道："主任，我车间里的活儿都干不完呢，而且我也不是文宣队的，恐怕不专业。"

主任微微一笑，放下茶杯站起身。他走到北海身边，拍了拍他的肩膀，说："北海同志啊，你身上是不是还背了个警告？这事儿你办好了，我帮你给上级打报告把它撤销了。"

"赵主任，话不能这么说，我杨北海不是这么功利的人。"

"这不是你个人的事，这关乎咱五车间的集体荣誉！而且我也不是在征求你个人的意见，我只需要你告诉我，你能办得多漂亮！"

北海知道自己肯定是躲不过去了,只能硬着头皮应承了下来。

赵主任伙同大宝叫走北海的时候,徐杰就起疑心了。他去找了厂里有名的"大喇叭"打听敌情——原来那日来跟北海告白的国棉一厂厂花,早就被大宝瞧上了。

大宝找赵主任给北海加戏,此举实属公报私仇。

说起警告这个事,北海其实也没少为此奔波过。他找过蒋厂长,但他脸皮薄,话表达得并不到位。

蒋厂长看到他吞吞吐吐的样子,猜到了他的意图,当面就点破了。就算是北海当下对厂里有贡献,他的警告也不可能在短期内撤销。

这场无妄之灾让北海愤懑不已,可这事儿又能怪谁?也不是赵静娴拿刀架着他让他帮忙的,他只能想着以后千万要离这个"麻烦精"远一点,想到这儿,北海叹了口气,进了车间,结果刚进门,板凳都没坐热,志强就急匆匆跑到他跟前:"北海哥,你快去学校看看吧,刚刚北川的班主任来电话,说孩子在学校闹了点矛盾,还动起手来了……"

听到志强那句"动起手",北海慌了神:"北川这孩子,从小就淘,向来没个轻重,又好惹事儿……"想到这儿,他赶紧脱了袖罩,"志强,你能不能帮我跟组长请个假?"

志强连连点头,递上车钥匙:"你路上可慢点骑!"

"我知道。"话音刚落,北海就风风火火地出了门,将车钥匙对准车锁,用力拧了几下,就连锁头的老锈都蹭落了几块儿。他大步跨上车就往厂外冲,一路铆足了劲儿蹬车。

眼看还差一个拐角就出厂了,路边忽然冲出来一个女同志,北海见状,赶紧刹住车,落在地上的鞋边都擦磨了几分,车子差点儿仰过去。

"你不要命了!"北海大声地喊了出来,车头离着人身就几厘米,按照刚刚的车速,自己再犹豫一秒,就撞过去了。

面前的静娴也有些后怕,自己本来只想拦个车,却没料到差点拦出了事故："我……对不起，我……我真的有点急事，我不是故意的……"

北海哪儿还顾得上听她解释，摆了摆手就掉转了车头，踩上蹬子准备往学校赶，结果静娴又拦在了他的面前："你能送我去学校吗……我真的有急事……"

北海本想拒绝，一听两个人的目的地相同，又看看她那焦急的模样，索性不再理论，叹了口粗气："上车啊！"

得到了允诺的静娴，二话没说就跳上了车座，手还扯上了北海的衣角。

这一扯，倒是把北海扯得不自在了，闷着头就骑出了车辆厂，脸颊上的红久久才散去，只觉得背后一阵不自在。

这是这个月北海第三次接到学校的消息，要面见家长了。

每每提起北川，他总是又气又疼。

父亲早早就离开了家，长兄如父，北海就担起了照顾家里的重任。母亲严厉，他又好说话，自然就扮演起了解决矛盾的角色，可谁料北川这小子，每次总是答应知错就改，转身就忘了个精光。

要么逃课到隔壁学校去跟人家搞联谊，要么就是逃课去写大字报……惹上了事，他又不敢让母亲知道，就托老师请自己到学校挨骂。

虽说自己也有被气得几天都不想理这小子的时候，但归根结底自己就这么一个弟弟，心里总是记挂着，万一真出点什么事……

想到这儿，北海蹬车的速度不由得又快了几分。

一路七拐八绕，眼看前面快到学校了，静娴忽然在后面拍了下他的肩膀："杨北海，你把我放在前面拐角就行！"

突然被这么拍了一下，北海的脸又一阵滚烫，赶紧凑到路边刹车，车都还没停稳，静娴就跳了下来，头也没回地撂下一句"谢谢"，就冲进了学校。

看着她匆匆离去的背影，北海挑了挑眉，自己还从没遇见过这么风风火火的人，居然还是个姑娘，脸颊的燥热渐渐散去，静娴的身影一点点消失，他收回了目光，摇了摇头。

环顾四周，北海本想找个地儿停车，却看到了马路对面的四舅舅正冲他挥手。

北海锁上了车，四舅舅也迎面走了过来。

"舅，你咋来了？"

"我这不接到了北川他班主任的电话……"

"这小子，倒是会变通，电话打给了志强，我不在，居然找上你了……"

话音刚落，北海发现四舅舅正神秘兮兮地望着自己，一脸窃笑："恋爱了？学校里的老师？"

听了四舅舅这话，北海蒙在了原地，一时间摸不着头脑："啊？"

四舅舅又往前凑了凑，背着手盯了他半天，还冲他眨了眨眼："我都看见了，你放心，我不会告诉你妈的……"

看着四舅舅那了然的神情，北海这才想起，刚刚静娴跳下车，冲进学校时，四舅舅就在路对面。

"啊，你说刚刚那个姑娘，她……"北海瞪大了眼，刚想解释，却被四舅舅一句话噎住了："甭解释，四舅舅都懂……"

北海知道这事儿一时半会儿也解释不清楚，只好生生咽下了这苦黄连，心想等北川的事结束了再找个机会跟四舅舅解释。

来过这么多次，北海早就熟悉了路线，他在前面带路，结果还没到办公室门口，就听到了北川的吼声："来啊，你过来啊……"

两个人当下对视了一眼，赶紧快步跑进办公室，就看见北川正擎着拳头，站在他对面的，居然还是个女生。

"杨北川，还不快点把手放下！"北海大声呵斥。

听到了哥哥的声音，北川赶紧缩回了手，瞥了一眼站在一旁的李主任，不服气地抿了抿嘴。

"北海啊，你可算来了……"李主任端起茶杯，咕咚咕咚地喝了几口茶，拿袖子擦了擦嘴，好不容易松了口气，"我是治不了他了。"

北海瞪了北川一眼，连连弓腰客套："真是麻烦您了……"

四舅舅扯过了北川，本想呵斥，却发现他的脸上分明有个手印，再看看对面那女孩儿，也是哆哆嗦嗦地站在原地，脸红彤彤的，眼角还挂着泪。

就在这时，门口突然冲进来一个姑娘，未见其面，先闻其声："这办公室也太难找了。"

北海只觉得这声音熟悉，定睛一看，来的人居然是静娴，而对面的那个女孩儿居然还糯糯地冲着她喊了声"姐"。

这女孩儿，难道是她妹妹？北海心里咯噔一下，眉头又皱了几分。

一旁的四舅舅正冲着他拼命使着眼色，询问他到底什么情况，他只能冲他勉强摊摊手。

这事儿怕是难办了。

静娴搂着妹妹，看着躲在北海背后的男孩儿，再看看北海，仿佛一个模子刻出来的，高鼻梁，薄嘴唇；再看看北海身后的中年男子，虽然胡楂儿有些长，但掩饰不住嘴角的相似轮廓。

"怎么是你？"

李主任望着面前的两家人，突然像是明白了什么："你们家长既然认识，那就好解决了……"

"公事公办。"静娴突然打断他，冷冷地说了一句，搂着妹妹肩膀的手也使了使劲儿。

李主任咽了口唾沫，看了看静娴，又看了看北海，似乎是有些尴尬，掏出手绢擦了擦额头，解释了起来。

原来，两个孩子是因为家庭成分的问题吵了起来，北川还先对姑娘动了手。

看着妹妹被扯散的马尾辫，静娴扭过头，狠狠瞪了一眼北海："看看你弟弟这样子,一个小伙子居然还跟女生动手,简直太没绅士风度了,你平时都教了他些什么?"

面前的四舅舅听了这话,心里忍不住盘算。听这姑娘的语气,丝毫没有退让的意思。

就在这时,摁着北川的手突然被挣脱。

他居然嗖地一下朝着静娴扑了过去,还抡起了拳头:"你说谁没教养?我有爹有娘,你们才是没爹没娘,缺家庭教养……"

还没等北海拦住,静娴抬手就是一记耳光。

北川捂着脸,愣在了原地。

李主任赶紧冲到了两家人跟前,用手拦着,掉到鼻梁的镜框都来不及扶,喊了起来:"静雯她姐姐,这都是孩子,教育归教育,哪能动手啊……"

北川被四舅舅扯了回来,久久没能回过神。

"还不快闭嘴,这种话,能随便说吗?"

"你这小子,能不能有点眼力见儿!"

北川看看四舅舅,再看看哥哥,他只觉得脸颊火辣辣地疼,眼睛也一阵灼热。

打小儿自己就是被护着、依着的那个,哪受过这种委屈,还是当着这么多人的面,结结实实地挨了一巴掌。

他突然奋力挣脱开了哥哥和舅舅的束缚,狠狠地撸了一把袖子,蹭掉了眼泪,又指着静娴恶狠狠地丢了一句:"你等着!"

静娴眼神冰冷,也丝毫没有退让的意思,斩钉截铁地丢下一句:"我们家就算是没有父母,也不会让孩子在外面诋毁别人。"

看事态发展至此,李主任赶忙圆场:"说到底,都是孩子,谁能不犯错?这北川也是,找了一帮人去隔壁参加什么活动,静雯身为班长,本着负责的态度,不让他们去,这就吵起来了。说到底,毕竟孩子年纪还小,说话没个轻重,我们做大人的,还要多多引导……"

四舅舅见状，赶紧站出来搭腔："不管怎么说，就是北川的错，怎么能动手打女生……"

说着，又扭头转向了静娴："我家这小子，说话实在是口无遮拦……"

本想就此和解，却没料到静娴说："要道歉也行，我要让他当着全校工农子弟兵的面道歉，还要说明为什么错了，今后怎么改。"

静娴这一席话一出，四舅舅抿了抿嘴，瞧这姑娘的气性，倒是跟自己的脾气很相似，爱憎分明，看来北海这小子眼光不错。

眼看事情越闹越大，李主任又坐不住了，考试在即，最近又要评优秀、评先进，自己家里那位早就发了话，这次评不上，就罚他睡地板。

李主任的眼睛滴溜一转，又随即劝了起来："孩子们心气旺、火气大，咱们大人可不能冲动啊，这要真是闹到全校，对两个孩子的名声……"

躲在背后的静雯，偷偷扯了扯静娴的衣角，抬头望向她，摇了摇头："姐，我没受伤……"

看着面前懂事的妹妹，静娴有些心疼，帮她拢了拢碎发，沉默了。

一旁的北海张了张嘴，没能开口，论情论理，北川怎么都不该对女生动手。

四舅舅看着北海的模样，猜到了他不便圆场，再看看静娴，怕是有所动摇，赶紧摁着北川的头教训了起来："你个臭小子，还不快给人家姑娘道歉……"

北川看着静娴，心里虽有不快，却也生了几分怕意，若真的当众道歉，自己以后还怎么在同学面前撑起面子？只好不情愿地撂下一句"对不起"。

却没想到，静娴居然回过头喊静雯也道歉。

"杨北川，对不起。"静雯上前一步怯怯地说。

这句道歉，一字一句都真诚极了，羞红了北川的脸。

这样一比，倒显得自己是个没气量的人了，他红着脸，气愤地望着静娴。

"我家孩子向来都是有一说一、有二说二，是谁的错就是谁的错，该谁认就谁认。"说着，静娴扭过头拍了拍静雯的肩膀。

四舅舅早就看破了一切，心里对她赏识得很，觉得这姑娘明事理，又进退有度。

他笑了笑，也上前几步，蹲了下来，看了看静雯被打红的脸，回头又瞪了北川一眼："下次这小子要是再欺负你，你就来南京路的胡同口儿，就找高慧义，我来给你做主。"

听了这话，静娴看了看四舅舅："老同志，你倒是个明事理的。"说完，又瞥了北海一眼，"不像某些人……"

站在一旁的北海抿了抿嘴，没吭声，他怎么能读不懂静娴的言外之意？此时此刻的他只想靠着沉默，快点结束这场纷争。

回到家，北川就径直进了屋，砰地带上了门，还挂了锁。

端着菜的高慧芳一脸疑惑："这孩子，气性这么大。"

四舅舅接过了菜，这才对下午发生的事娓娓道来。

北海取出钥匙开了门，揪着北川坐在桌前，高慧芳面露凝重，刚想发作，却瞥见了北川脸颊上的红印，拿着筷子夹了口菜，忍了忍没吭声。

北川吃了没几口，就进了房间。

"这姑娘也太泼辣了，怎么能动手打孩子？"高慧芳把筷子重重地摁在了桌子上，"世间少见，太泼辣了！"

北海本以为母亲会训斥弟弟，却没承想她骂起了静娴，再想想静娴今天的话，心里犹如针扎，她这哪是心疼，分明是溺爱。

看着北海面露不快，四舅舅赶忙开了口："姐，你不能再这么纵容孩子了。"

听了弟弟的话，高慧芳皱紧了眉头："你看看，那脸都肿了，这是下狠手啊！"

"那你是没看见人小姑娘的脸。"北海不知道哪儿来的勇气，居然回了一句嘴。

眼前的高慧芳恨铁不成钢地用手指着北海："你怎么还向着外人说话！"

看着剑拔弩张的两个人，四舅舅赶紧接过了话茬："姐，你怎么不想想，北海在厂里这么多年，为什么每次下乡、学习这种事情都轮不上他？就凭北川这么天天在学校里闹，谁能不关注咱家？"

四舅舅的一席话说完，高慧芳没了声。

"你也是，怎么就不能跟你妈好好说话？"

"知道了。"

看着母亲的神色一点点黯淡下去，北海心里清楚，四舅舅的那番话说中了母亲的痛处——他们这个家，最怕的，就是受到旁人的关注。

北海轻轻夹了一筷子菜，搁进母亲的碗里："妈，吃饭吧。"

他知道，母亲又想起往事了。

第四章

往陷阱里钻

> 只看了你一眼，却在心里演了一场电影。

第二天一早，北海就拿着牙缸出了门，太阳染透了东边的天空，他刷完牙，又用湿毛巾擦拭了脸跟脖子，就套了件汗衫去了厨房。

说来奇怪，这天明明热得不成样子，甚至北海的背心都被汗浸透了，但他每每回想起来竟毫无关于酷热的印象，只忆起一抹清凉。

隔壁的炼钢厂这些日子都不大太平，上夜班的人说听见过开枪的声音。也不知道他们在斗什么，更不清楚是哪个和哪个在斗。

更令人诧异的是，厂里的女同志似乎人人都有一双千里眼，仿佛人人都在现场一样，嗑瓜子聊闲天的时候把场面渲染得极其传神。尤其是传到第五车间的时候，甚至演变得就差把坦克大炮开出来了。

她们谈得越兴奋，就越像树上的知了，自己没正事还吵得别人无心工作。

不过车辆厂还是风平浪静的，只是大门口总有人来贴东西，刚糊上一墙糊糊，又来一帮人把刚刚糊的东西给盖上。

风一吹，纸糊发出哗啦啦的声响，北海骑自行车进厂的时候，还以为到了秋风扫落叶的季节。

隔得老远，北海就看见文宣队的大宝在车间门口站着，他捋着他那快没几根的头发，笑眯眯地看着北海这边，北海刚想快快地从他身边掠过，就被他一手握住车把手，给拦了下来。

北海心想他再靠近一步，就拿车轧他。

张大宝说："北海，还没找着人一起演戏？"真不知道他一天到晚在笑些什么，好像他只有一种表情——笑。在领导面前谄媚地笑，在男职工面前皮笑肉不笑，在女职工面前笑得最大声。

北海不想理他，对他说的话也大都左耳进右耳出。张大宝图谋不轨地告诉北海，说给他找了个好搭档，让北海去档案室找赵静娴，这是上头派下来的任务，必须服从。

进档案室前，北海还在脑海里想了好几种对待赵静娴的态度。可没承想，她倒是一副大人不记小人过的样子，直接研究起剧本来。

"这是一个风雪交加的除夕……"北海开始念台词。

"停！"

北海不解地看着她。

"你演的是人！杨北海，这是演戏，不是朗诵大赛！就你这呆样子，杨白劳都演不像！"

"她竟然敢说农民阶级是呆子？这话要是让厂里那些女职工听见，有她好受的。"

静娴觉得他们应当在开头直接来一段演唱，台下的观众无一不对这个故事烂熟于心，他们拣最精彩的演就行。

北海琢磨着原本这就是个任务，顺利完成就好了，她爱改就自己改去。但静娴决不肯让北海闲着，她让北海去找人来演黄世仁。

"可谁愿意演万恶的地主阶级呢？"演坏了挨骂，演好了指不定是挨打，横竖都不占便宜。

北海白天上班给厂里安装机器，下班又要去排演，回家的时候天已经快黑了。

一回去，母亲就开始叨叨他，再晚点回家弟弟就饿死了。北川也咋咋呼呼要北海给他"报仇"。

北海突然感觉到，杂乱冷清的公共厨房成了他避风的港湾。做菜的时候，思绪能飞到北京去。

饭后洗碗的时候，四舅舅来给他搭把手，刚刚在屋子里他就看出了北海有烦心的事。

说起四舅舅，他在这边也算个人物了，他好像跟谁的关系都很好，甚至跟那些男流氓（小流氓）都能谈笑风生。

一个有正经工作的人，跟那些流氓学不入流的装扮，好多邻居都以为四舅舅出差的时候让坏分子腐化了。

四舅舅每次听了闲言碎语都不以为意，反而常跟北海说，只要不做丧良心的事，对得起自己就好。

"这世界上哪个人不是为自己而活？与其憋屈地活，不如躲开风口浪尖去大世界潇洒。"北海听了他的话，都快被他吓死了，赶紧捂住了他的嘴："别叫别人听了去！"

之前，院里那位住在三楼的、从外省来的黄小姐，就因为下班回家多说了一句话，近两个月都没见到她。

"还是阿拉（我们）上海好，我原来上班的地方灯从来都不熄的。"

听者有心将此事上报，不久就查出这位黄小姐以前是在上海歌舞厅唱歌的。

北海再见到她，已是半年后了，她还穿着那身棉布的衣服，早没了浆洗的痕迹，见人也不大爱说话，很快就搬走了。

四舅舅被北海风声鹤唳的样子逗笑了，他就想开个玩笑宽慰宽慰他，没承想差点把北海这无产阶级工人吓昏过去。

他问北海是不是工作上有什么难处，北海如实相告，说汇演出了点问题。

四舅舅倒是哈哈一笑："这活儿包在我身上了。"

四舅舅是北海最佩服的人，他是真的敢去班门弄斧，还给你弄出花儿来的那种，一听这话，北海心里立刻有了底。

第二天，他满心欢喜地上完班，来到档案室外间小屋的门外，居然发现四舅舅正和赵静娴聊得火热。

这个场景看得北海有点不知所措，北海把四舅舅拉到一旁小声问他："这什么情况？"

四舅舅笑笑，冲着静娴说："静娴不是外人，大声说就行。"

静娴听到也跑过来凑热闹，眼神里露出一丝埋怨："四舅舅这么优秀的社会主义好同志，怎么现在才介绍过来？"

北海一脸蒙，看着面前的两个人欣然地接受着对方的吹捧。

就这样，在这两个人的安排下，北海从杨白劳变成了黄世仁。

北海演戏也变得卖力起来，因为戏外他们改戏改到让北海恼火，戏里北海就铆足了劲儿让这对父女受尽磨难。

四舅舅和静娴对演戏特别痴迷，在戏外还互叫"喜儿"和"爹"。

北海呢，就成了天天给他们打午饭的坏地主。

不得不说，静娴真的有一副好嗓子，每次"喜儿"一开口唱歌，他们都亲眼见证了一个对生活充满向往的姑娘是如何被逼成了天底下最惨的人的。

就连一向不喜欢静娴的徐杰，观摩了排得差不多的戏后，都对她啧啧赞叹。

只是静娴从喜儿的状态里出来后，又恢复了平时的样子，这时候，徐杰就会叹口气，跟北海悄声说："她平时要是个哑巴该多好。"

北海问徐杰，四舅舅和静娴怎么就突然好得跟一个人似的。

徐杰觉得静娴好似罂粟，看上去很危险，但是让人忍不住想要去接近。

"徐杰，你这样形容可不太合适。"

徐杰连连摆了摆手："这话糙理不糙。"

徐杰平时就喜欢对女同志评头论足，人家穿得好看他也能念叨一天。

"怎么寻思的？衣服穿得挺好看，留两条大辫子，不伦不类的。"

"差远了，没那气质。"

"瞅瞅她那胶皮雨鞋，上头还穿个裙子。"

就连那些女同志给北海的情书，都由徐杰把关，先筛选掉长相不好的，再筛选掉字丑的。

徐杰特别喜欢打篮球，从北海认识他到现在，两人一起打了快十年的球了。

两个人打完球，一起去了百货商店，出了门，北海把刚买的盐水冰棍塞进徐杰嘴里，徐杰刚想骂骂咧咧，突然一下眯起眼睛，看起了街对面的胡同口。

北海看他专注的样子，也跟着一起眯着眼看。徐杰捅了捅北海的胳膊："杨北海，你看那个人是不是赵静娴？"

北海也不大确定，那人大夏天拿了个丝巾包着脑袋，走路还一步三回头，徐杰一把拉起北海就跟了上去，七拐八拐地进了一个胡同。

那个胡同很阴冷，大中午的，却没有一丝阳光。

北海尽量跟赵静娴保持着距离，还要躲避那个人随时回头侦察。

终于，她走进了一个拐角里的破旧小店。北海和徐杰隔着门听了半晌，奈何这破门隔音效果还挺好的，他俩侧过身透过窗户，确定了那个鬼鬼祟祟的女同志就是静娴。

难怪她今天主动提出休息，看来是别有居心。

她平时总像个男人一样雷厉风行，说不定现在进去逮她，能看到她像小女人一样窘迫的样子。说干就干，北海鼓足勇气推门而入。

进了屋子才看清楚，这是个小而破的书店。静娴此刻手里正拿着一本旧书，她的反应超出了北海的想象。

她被开门声吓得一哆嗦，接着便镇定如常，似乎还有些生气。反观书店老板却吓得直接抱头蹲在角落里，嘴里重复念叨着："跟我没关系……"

静娴收好书并没有说话，只是直勾勾地盯着北海。

好笑，一个前来"拿赃"的人，反而成了此刻最尴尬的人。

静娴慢慢逼近北海，逼得北海缓缓向后退，直到抵着墙退无可退。

静娴问："你看见什么了？"

北海回答："你……买书。"

静娴笑了，坐在了靠墙的椅子上："买书很稀奇？值得你这样大费周章地跟进来？"

北海也不知为何竟口吃起来："不，不，我，我路过……"

静娴看北海这副样子，坏笑了一下。她拿出刚刚收起的书，故意在北海面前晃了晃。

"杨北海，你看清楚没有？这本书叫《三姊妹》，是俄国契诃夫的剧本！"北海赶紧用手蒙上自己的眼睛，转身落荒而逃。

离开的时候听到静娴那洪亮的笑声，北海反倒有些恼羞成怒："她凭什么觉得我不会告密？我为什么要怕她？"

这种感觉，让北海回忆起了昨晚发生的事。

昨晚饭后，北海照常整理房间，却在衣柜缝里发现了一张照片——杨家一家四口的全家福。

家里的照片不多，没有一张有父亲的正脸。

杨北川可能没有记忆了，但北海还记得那天的后半夜，母亲抱着熟睡的弟弟把北海晃醒，接下来的一切都慌乱得像要去逃难一样。

他们走了几天后，北海的父亲就因为家庭成分的原因，被人抓了起来，开始写起了无尽的检查。

父亲的样子他都快忘了，直到这张照片出现，才又勾起了北海的回忆。

照片里的人是那样意气风发，他总是笑着，眼睛眺望着远方。

北海深知，这张照片不能让母亲见到。

车辆厂食堂的菜算是这一带最好的了，总有不少人拿着粮票过来吃饭，食堂管都管不住。正因为如此，托人办事的、递情书的，都在这时候聚集在车辆厂的食堂里。

很显然，徐杰就是那个在食堂里叱咤风云的人物，北海常笑话他是"食堂交际花"。

不过最近静娴似乎要争得这个头衔，但厂里大多数人对她的态度都是敬而远之。

原因嘛，应该就是她让北海莫名吃到一记警告，以及文宣队"笑面虎"大宝的淫威。

图书室的赵主任端着饭盒来到北海和徐杰面前，他还没开口，北海就知道他肯定要指挥自己去办事。

徐杰对此颇有微词，北海却觉得助人为乐是做人的基本原则，反正一般他们指派的都是体力活儿，不碍什么事，付出的这点儿汗水属于低成本，至少因为"活雷锋"这个名号，北海自诩与厂里职工们的关系都挺不错的。

饭后，北海来到了图书室，帮赵主任处理一些"四旧"的书籍，看着角落里满满一堆的书，北海算是知道了这个要紧的活儿赵主任为什么不亲自来干了。

这些书上面不仅落满了厚厚的灰尘和蛛网，不少书上面还生了小虫，蛀得某些书面目全非，散出阵阵令人反胃的阴沉的气味。

北海把它们先搬到小推车上，这时一本名叫《海鸥》的书吸引了他。

这本书也是契诃夫写的，契诃夫就是静娴上次偷偷摸摸去买的那本书的作者。

这俄国剧本究竟有什么好的？这一个念头不断地吸引着北海，要北海去翻开它，去了解它。

北海突然觉得，面前的这本书就跟赵静娴似的——神秘。

翻开第一页，是一些乱七八糟的字组成的楔子。

北海看不大懂，但上面用娟秀的字体写下的批注让北海猜测到大致内容。

这是一本诉说一位像海鸥一样的女同志妮娜，如何自我觉醒，最终变为一只像海鸥一样自由的女性。

北海不禁疑惑："这样正确的思想，为何会被归为'四旧'呢？"

慢慢地，北海被剧本吸引，被里面的妮娜吸引。

北海开始幻想，真的会有这样一个独立自由的女性，像风一样，来到图书室洒满阳光的窗前，来到他的身边吗？

她可能不是那么好看，但她绝对是独一无二的。

不大却有神的眼睛，一看就古灵精怪的模样，不知哪里来的无数奇怪的想法都能从她的脑子里迸出。

北海想，她的皮肤应该是比别人都白些，上面带着自然的红晕，一双小辫子显得人特别活泼。等等，俄国人怎么会有小辫子？

突然，北海被人拍了一下脑门儿。

他回头一看，又是赵静娴，她不怀好意地笑着："哟，是看书看入迷了，还是看我看入迷了？"

北海窘迫地低下头，重新开始搬书："你怎么来了？"

静娴拦住北海的去路，说："我听说有 批书要被拿去烧掉，我特意来借书的。"

说话间，她已经从书堆里拿起了那本《海鸥》。

"这本书是契诃夫写的喜剧,但剧里头的人对自己面前的道路一无所知,剧外头的我们不也是如此茫然吗?"

她的眼眸黯淡了一会儿,又突然闪过一丝狡黠。

"杨北海!这些书烧了怪可惜的,要不咱们拿些旧报纸代替去烧了?"

"你疯啦!让人发现了怎么办?"

静娴推了北海一下:"我又不是要把这批书扣下来,等咱们看完了,再自行找个地方烧了不就好了?"她看北海犹豫了,赶紧补了几句,"你还是不是个大男人?这都不敢!我知道你也想看,大不了东窗事发的时候,你把这些事都赖在我头上好了!"

"我怎么能让你一个女同志给我顶罪!那我杨北海可太不是男人了!"

这句话一说出口,北海就悔得肠子都青了,这不是等于变相答应她了嘛!

她也觉察出来了,拍了拍北海的肩膀,拿出一个大麻袋,开始往里挑书。

静娴这只狡猾的狐狸,早早就想好了对付北海的手段,让他不得不往陷阱里钻!

下午四点的太阳还很毒,北海骑着自行车,后面载着静娴和麻袋。

他看着静娴满头的汗,坐在后座上死死地抱着麻袋决不肯撒手,北海被她这个样子逗笑了,静娴没好气地在他背上捶了一拳。

把车停下,北海给静娴买了一碗绿豆刨冰。

她瞪大了那双小眼睛,不相信地看着北海。

"吃吧,还怕我在里面下毒吗?"

静娴舀了满满一勺子冰沙放到嘴里:"我赵静娴命大!不怕你!"

那一刻,两个人的眼神里,似乎有了些说不清道不明的默契。

第五章

"白毛女"变"女山贼"

> 改变这事儿,不光要有愿望,还要有力量。

汇演的日期逐渐临近了。

北海拿着笔,在日历上把过去的日期画了个叉,数着还剩不到半个月的日子,心里有些发慌。

"吃饭!"母亲在客厅嚷起来,不由分说地下了命令。

这几天北海因为排练的事总是很晚回家,虽然有四舅舅陪着,但是她心里还是有很多不满,总想找地方发泄,那么像穿衣、吃饭、言行举止这些,就成了最容易被拿出来批评的。

"你照照镜子,脸色都差成什么样了?好好上班,还排练什么剧啊,累得你!"

北海挤出一个笑容:"妈,我不累……"

"我替你累,你傻!"母亲把两根筷子握在手里,反向戳了一下饭桌让它们对齐,然后给北海夹了一大块炒鸡蛋,语气软了点,"你没听见吗,前两天晚上,外面可乱了,那脚步声就跟好几百人集合似的,不太平,你晚上回来得晚,我担心!"

北海低头扒饭,故意没接茬儿,母亲接着说:"厂里又不是没别人,你哪会演话剧啊?这样,我去找你们厂领导,就说你身体不好,必须请假休息,正好你也在家休息几天……"

北海刚要接话,北川插了一嗓子:"妈!我身体也不舒服,也想在家休息!"

母亲狠狠地瞪了北川一眼,北海连忙扒拉了两口饭,把碗往前一推,说:"妈,你学校不忙吗?我走了啊,不然要迟到了。"

从饭桌旁绕过去,北海顺手拽住北川的衣领,拿上他的书包:"我骑车正好送你。"

北川嘴里还嚼着半口饭,来不及挣扎就被北海扯走了,气得母亲在后面又训斥又叹气。

北海知道母亲的脾气,她是真的敢去跟厂里领导叫板的,当老师时间长了,看见任何人都想教训两句,街坊邻居都有些怕她。

至于传言闹的乱子,她多半是听到了点儿什么风声,吓唬吓唬北海,自己也未必相信。

眼看着就剩最后两幕戏了,北海要是退出四舅舅和静娴会很难办,重新找人不赶趟,直接放弃又对不起静娴。

北海不敢忤逆妈妈的想法,从小便如此,惹不起总躲得起,北海经常拉杨北川这小子进来一搅和,母亲多半也就忘了,事也就过去了。

从早晨到了厂里,便是匆忙的一天,两台设备出了问题,北海好不容易帮忙检修完。

徐杰上班开小差,让主任抓到他工作不走心,挨了一顿批评,又来跟北海诉苦。

北海一边应付着他的牢骚,一边满脑子想着昨天排戏修改的部分,徐杰看出了北海的心不在焉,聊了几句便自顾自地回岗了。

等吃过饭,北海赶到约定的排练空地,却发现静娴早就到了。

她随意坐在一块石阶上,用腿垫着个本子,正拿着笔勾勾画画。

北海老远走过去,她连头都没抬一下,就直截了当地开始说剧情:"我觉得喜儿太被动了,签卖身契,嫁黄世仁,为他生孩子,还逃进深山……她怎么就不知道反抗呢?"

静娴突然抬头盯住北海,北海一时没想好怎么回复,便问她:"那依你看呢?"

她站起来拍拍裤子上的土,把辫子往后一甩:"肯定不能轻饶了黄世仁呀,我一上台,就啪啪给他两巴掌……"

还没等她说完,北海赶紧插话:"打住,咱们这是戏,得按照剧本来,照你那么改,还叫《白毛女》吗?成《女山贼》了……"

静娴不服地抬了抬眼:"艺术创作,需要创造力和想象力,剧本是死的,人是活的。"然后她不由分说地拍了拍手,"你回去等信儿吧,我跟老高同志研究研究!"从四舅舅答应参演之后,静娴就跟他打成了一片。

合作话剧以来,北海发现静娴的脑袋里有数不完的点子,而且个个都很稀奇,但眼看演出剩两个礼拜就要验收了,这么改下去确实不是办法。

"不然这样,晚上我们再碰一下,不管怎么改,我听着就是了。"

静娴望了望他,也没犹豫:"那就六点吧,在公园西南角见,那边亮,准时点儿。"

"五点吧。我跟四舅舅说一声,早点出来。"最近这些时日不太平,静娴这丫头虽然天不怕地不怕的,但毕竟是个姑娘,北海真怕万一遇上点什么事儿,她要是硬碰硬的,回头再把自己搭上去。

静娴点点头,看样子想等北海一起走,北海让她先走,脸红着说自己要在这儿散散心。

静娴一眼就看透了北海避嫌的心思,笑着就走了,丢下了一句"晚上见"。

北海看着她离去的背影,摸了摸脸,有点烫,赶紧扭头从另一边往厂房走。

　　下午的活儿不多，北海回去的时候，志强正在车间里转来转去，摆弄着新送过来的零件。看他回来了，志强手忙着，嘴也没停："师傅，你要是排练你就去吧，我能顶一会儿，徐杰哥说你中午连饭都没吃就去找赵同志了……"

　　"别听他瞎说，那是为了剧本！"北海一听，连忙打断他，看了看四周，厂房里还有好几个人呢，这孩子，嘴上也没个把门儿的。

　　"我知道我知道，文宣队的大宝没事儿就瞎溜达，恨不得让全世界都知道你在跟赵同志排练，他没憋什么好屁。"志强立刻心领神会。

　　北海原以为志强这孩子憨厚得紧，看不太透人情世故，却没料到他机灵得很。

　　没聊几句，北海看时间差不多了，便收拾东西准备去找四舅舅，静娴本就在档案室清闲得很，说不定早就过去了，北海想着自己别迟到，结果还没走出厂子的大门，就碰见了四舅舅。北海叫住他，原来四舅舅昨天也对着剧本左思右想，有了新点子，今天还没等静娴叫他，自己就主动赶来了。

　　"还真是，来得早不如来得巧。"两个人便骑着车子，一起赶去公园。

　　隔着老远，静娴就瞧见了四舅舅，直接兴奋地跑了过来："老高同志！"

　　两个人一见面，闲话没有，静娴直接开始讲她对于剧本的修改，四舅舅也跟着聊起了自己的见解。

　　看着两个人相谈甚欢，北海顺势找了个石阶坐了下来，借着公园有些昏暗的路灯，不远不近地望着他们。

　　静娴眉飞色舞的神态有些动人，北海看得有些入迷。

　　她为什么总是有那么多想法？北海想。

　　感觉没过脑子就脱口而出，却又句句能令人信服，四舅舅也算走南闯北的人，却在两个人的聊天中属于被动的那一方，居然被静娴的思路带着走。

"杨北海,你有什么想法?"突然静娴抬起头,望了过来。

北海满脑子都是她刚才讲话的快放,脑子没反应过来,支支吾吾半天没说出个所以然来,还好四舅舅接话:"我觉得啊,小赵同志的想法很好。我们虽然演的是老戏,但是需要新改,作为被压迫的农民阶级,虽然境遇悲惨,但是骨气不能丢,今时不同往日了,翻身农奴的仗,可以打一打。"

"太对了!"静娴兴奋地和四舅舅抬手击了个掌,"不光要打仗,还要打赢,黄世仁的失败,代表的是资产阶级的没落,也是工农阶级取得的一次伟大的胜利,哪怕要付出鲜血的代价……"

"那么杨白劳的牺牲就光荣起来了,也显得非常尊重原著。"四舅舅和静娴又一人一句,聊得热火朝天。

听着两个人的想法,北海也不敢走神了,匆忙在剧本上做着标记,一点点厘清了脉络。

就这样过了良久,大家突然同时落了话音,沉默了半天,北海刚想着自己说点什么活跃一下气氛,四舅舅却开了口:"我大半辈子走南闯北,也没碰见半个和小赵同志一样才气过人又有真性情的姑娘,若是年轻个十几岁,你必定是我的红颜知己呀。"

旁的姑娘若是听了男子说这么一句,必定羞红了脸,但静娴不同,她居然俏皮地站了起来,双臂拂袖,用京剧唱腔来了一句:"爹爹过奖,喜儿这厢有礼了。"把北海和四舅舅都逗得前仰后合。

这一连串的笑声在冷清的公园里显得有些突兀,北海隐约听见有杂乱的脚步声,转头抬眼看四舅舅,他也收起了笑容,正色说:"不早了,就先讨论到这儿吧,最近不太平,小海你送静娴回去,务必送到家。"

容不得静娴反驳,北海就把车子推到她面前,拍了拍后座,北海知道四舅舅在担心什么,这年头最怕拉帮结派,人晚上的几个人在公园里有说有笑,还又是"打仗"又是"革命",让别人听见的话,他们都说不清。

一路上，北海骑得飞快，静娴抓着车座和外套边缘，一句话都没说。她这样正符合徐杰开玩笑说的"哑巴"的样子，但北海却觉得有点别扭，好像少了很多生气。

北海匆匆把她送回家，没停留，转身便往家骑，刚进家门就发现四舅舅已经在屋里坐着了，估计是帮北海打了圆场，母亲并没有责难他，只是让他喝点水早点休息。

确实，每天这样两头跑，又要上班又要排练，北海有些吃不消。

还好志强懂事，能帮北海分担一些工作，厂里面的工人也都很喜欢他的憨厚，做起事来得心应手。

就是苦了徐杰，他三番五次来找北海打球都被拒了，心情有些懊恼。

那天路过球场，北海发现徐杰竟然和文宣队的大宝玩得热火朝天，北海颇有不满，要知道如果不是大宝从中作梗，也轮不上他演样板戏。

北海找了个机会质问徐杰，还没等北海生气，他反而倒打一耙说北海傻，他跟大宝打球，是为了打探文艺汇演的进度，万一哪天领导视察，好让北海做个准备。

北海一想，确实也是这么个道理。

好巧不巧地，大宝告诉徐杰，就这两天了，主任怕演员们掉链子，特别说明在礼堂进行彩排，服装、道具是其次的，主要是看看大家的精神面貌，好迎接上级检查。

消息一出，紧锣密鼓的排练开始了，北海、静娴和四舅舅三个人几乎抓住所有空闲的时间，对台词、练走位、指导动作……虽然三个人都不专业，但戏一上身，也很像那么回事。

到领导视察前一天，连北海心里都有底了，更不用说静娴和四舅舅了。

领导视察那天天气很好，他们一早便请了假来到礼堂，静娴领着北海走上舞台，北海突然感觉头有点晕。

舞台确实不大，布景也很简单，但是台下密密麻麻的座位一下便能让北海想到人声鼎沸的画面，他拿胳膊肘碰了碰静娴："要是下面都坐满了人，你害不害怕？"

静娴眉毛一挑，有点兴奋地说："人多才好呢，没人，我演给谁看？"说罢招呼着四舅舅上台，趁着人还不多，要再排练两次。

眼看着彩排的演员们陆续到场，北海有点不大自在了，他看了一眼静娴，她依旧声音洪亮、动作舒展，跟四舅舅对戏的时候，她仿佛就是喜儿本人，抽泣、哀号、咬牙切齿……

台下的人都被她的表演勾住了魂，目不转睛地盯着，到了喜儿带着父老乡亲讨伐黄世仁时，台下甚至响起来掌声。

就在这时，几个人走进礼堂，嘈杂的人群瞬间安静下来。

张大宝的声音比人先到，吆喝着跟大家打招呼："主任来了啊，都安静一下！"大家看不惯他对主任谄媚的样子，都没个笑脸。

静娴跳下台去，北海紧跟着她，怕她又说什么不该说的话捅娄子。

但她只是在人群后面站得笔直。主任开始点名要看几个很重要的节目，其中就有他们的样板戏，但是静娴迟迟不吭声，让北海觉得有些奇怪，他用胳膊肘碰了碰静娴："我们第几个上？"

静娴的眼睛反着光，北海看不到她的表情，却能感觉到她的笑意："压轴。"

四舅舅也不急，搬了个板凳坐在观众席旁边，饶有兴致地看着大家。

"那么就听主任的，一个一个来吧？"大宝又开始连比画带吆喝了。

主任面带微笑慈祥地说："大家不要紧张，就当作是平时排练，好好发挥。"

虽说是彩排，可谁也不敢懈怠，文宣队一共出了四个节目，有唱有跳，还有乐器合奏和相声，静娴在下面看着，可心早就跑到台上了。合唱时，她在观众席跟唱的声音甚至都大过了台上的表演者。

北海不由得想笑，但是看着她认真的样子，又觉得很可爱，她是真的喜欢这些,并不是应付检查工作,想到这里北海又觉得压力大了一些,千万不能给静娴拖后腿。

大宝坐在主任旁边,见机行事,一见主任打呵欠就催人下台,美其名曰:"主任忙,了解个大致情况就行。"所以很快便轮到了北海他们的节目。

静娴自告奋勇承担了报幕的工作,一鞠躬便算拉开了《白毛女》的序幕。

"看人间,往事几千载,穷苦的人儿受剥削遭迫害……"静娴一张口,剧场瞬间便安静下来。所有人都屏息凝神地听着她独唱,像喜儿化身一样,如泣如诉。

北海浑身的汗毛都竖起来了,不是吓得,是惊得。虽然他平时也听过静娴唱歌,但唯独这次,觉得极为震撼。

"北风那个吹,雪花那个飘,雪花那个飘飘,年来到……"开幕后,进入第一场戏,她突然声音一转,用天真、清亮的声音渲染了过年时欢乐的气氛。她动作舒展、落落大方地在舞台中央无道具空演,直接又把大家惊到了。

随后四舅舅上场,他们"父女"同台,一个欢天喜地准备过年,一个被地主欺负苦大仇深却不敢言表,形成了极大的反差,北海在一旁看得呆了,甚至都忘了要上场这回事。

"黄世仁!"到了北海的戏份,静娴咬着牙小声提醒,北海赶紧跑上台去,一个趔趄差点摔倒。静娴顺势一伸脚,北海直接趴在了舞台上,惹得台下哄堂大笑。

随后的戏份,基本上都是静娴和四舅舅的,黄世仁从批斗开始就被囚禁起来,喜儿不仅没有被卖到地主家,还参了军,父亲因为思念过度,跑去找喜儿,路上帮助军队推车却不幸身亡,喜儿得知消息白了头,却更坚定了革命的信念,在队伍里表现突出,成了那个年代花木兰一样的角色……

戏越演越偏离原著,静娴入戏太深,正当北海跟四舅舅交流眼神的时候，主任突然在台下喊了暂停。

"大家演得很好，杨北海，我果然没看错你啊！"大宝这个人见风使舵，开始带头鼓掌，"好！"

"但是，问题也是有的。"主任突然话锋一转，大宝立刻收了手，不敢动了。

静娴一个健步跳下台，北海紧随其后。

"原著毕竟是原著，到了文艺汇演，坐在下面的有各界的领导，还有好几个以前文工团的老干部，他们对《白毛女》这部经典作品可再熟悉不过了。"

北海当然知道主任想说什么，静娴这个改法，相当于重新拍了一部戏。万一台下的领导不喜欢怎么办？主任怕担这个风险。

"主任，我觉得你不需要担心这个，我们改编这部戏，是经过了多次讨论的，是为了强化工农阶级伟大的胜利……"静娴自顾自地讲，似乎没听出来主任话里有话。

"小同志，你的想法很好，但是不要违背了初心，最后改得不伦不类，大家都不欢喜……"

主任明显不悦，脸上已经有点挂不住了。北海见静娴还想据理力争，一把将她拉到身后，说："主任您说得对，其实大家都想看原著，我们回去就改，您放心。"

话音还没落，静娴一下跳出来，斩钉截铁地说："谁说要改了？现在就是最好的作品了，我有信心让领导满意，按大家都看过的剧本来演，那还有什么意思？"

"既然没意思，那就不要演了，我看演出时间也差不多够了。小张，你们唱完最后一首歌就准备谢幕，这汇演这样就很好了。"主任突然抬高音量，手一挥，直接把静娴精心编排的节目给砍了。

随后主任头也不回地往剧场门口走去，大宝紧跟在后面，冲北海挤眉弄眼的，那意思是：捅娄子了。

静娴想追上据理力争，被北海一把拽住，四舅舅也怕她再捅什么篓子，好不容易才把她摁在座位上。静娴的脸涨得很红，似乎想开口，但只是瞪了北海一眼。

"得了，我也甭演了。"四舅舅开口想缓和一下气氛，静娴突然站起来大步走了，撂下一句："宁可不演，也不将就！"

说实话，不演这个节目，对于北海而言没什么大不了的，甚至他还有点高兴，本来他也不喜欢这种抛头露面的事。但是对于静娴来说，却是丢了一次回文宣队的机会，北海真不知道她为啥这么固执。

为了一个剧本，连自己的未来都不要了？

北海越来越读不懂这个姑娘了，但是又隐隐觉得她有着这个年纪少有的骨气、勇于改变的想法和破釜沉舟的底气。

天色不早了，北海让四舅舅同自己一起回家，这个点母亲应该早就做好饭等着了。

一路上，两人没聊太多，四舅舅觉得节目被砍了有点可惜，第一次听见静娴唱得那样好，他很欣喜。他边说静娴是个好姑娘，边用眼睛看北海。

北海假装没看到他投来的目光，也不接话。

到家的时候，已经七点多了。两人匆匆放下车子就进了屋。

"妈，我回来了……"话音还没落，几本书突然砸了过来，北海一头雾水地抬头，正对上母亲怒目圆睁的眼睛。

"这是什么？！"母亲相当生气，却又刻意压低着声音。北海低头看了眼掉在地上的书，后背直冒冷汗。

这正是从那堆"四旧"书籍里被他和静娴藏起来的其中几本。

"母亲是怎么找到的？"北海明明将它们放在床底下，还特地用旧报纸盖住，藏在一大堆学术书里。

"哪儿来的？！杨北海，你胆肥了，谁让你看这些的！"母亲似乎很多年没有这么生过气了。

北海不敢胡编，只得一五一十地交代了这批书的来源，他尽量把静娴一带而过，但母亲似乎对这个名字格外敏感，一听到这事跟静娴有关，便破口大骂起来。

"她这是教唆，是害你！她没安什么好心！气死我了，我早就说过她不是什么好姑娘，疯疯癫癫的，居然还敢看旧书，多悬！明知是祸，还让你带回家藏着，万一让别有用心的人看到，我们老杨家怎么办？多可恶！"

母亲正在气头上，不停地说着，北海也不敢接话。

四舅舅听了一会儿，大概明白了，轻声劝母亲："小点声，大晚上的，生怕街坊邻居不知道呢？北海这孩子老实，哪是故意惹事的人呢？要我看，就是爱书、爱文学的人，对书有怜惜之情，才自己偷偷留下了……"

"那也不行！杨北海，你现在，现在就拿着这些书去烧了！"母亲三步并作两步走过来把书捡起来往北海手上一塞，"还有多少，一并都烧了，别再让我看见，我就当没这事儿！"

"那怎么行？这个点，你让小海在外面烧这些，火光燎天的，唯恐别人不知道你在做坏事吗？太惹人注意了。就怕有巡逻的路过闻到味道，再报了警，岂不是闹大了？"

四舅舅果然想得比较多，他说完，母亲就不说话了。她心里又生气又急，也不知道该怎么办了。

"这样，你交给我，等夜深了，我去处理了，保证没人知道。"四舅舅的声音不大，但是语气很坚决，听起来不容反驳。

母亲犹豫了片刻，点点头，用眼睛狠狠地剜了北海一下。

她大概已经气了一个晚上，实在没精力训斥了。

"跪着反省，不许起来！"北海应了一声，径直扔下书包，跪在客厅中央，四舅舅用脚把书包踢过来，示意北海垫在膝盖下面。

北海没敢动，只要母亲能消气，不再说静娴的问题，他宁愿自己承担这个错。一个大老爷们儿，总不能让小姑娘替自己背黑锅。

夜渐渐深了，母亲和北川都去睡了。

四舅舅睡在北海的房间里，北海独自跪在客厅，上下眼皮开始打架，北海垂了好几次脑袋，差点倒下去。他拿手拍了拍脸，清醒了一下，又跪直了一点。

夏天的夜并不如想象中那样热，风从卧室的窗户里吹进来甚至还有点凉意，颇为舒服。北海偶尔伸手驱赶一下嚣张的蚊子，并不敢自作主张起身。

从高中毕业后，这似乎是他第一次罚跪，从前都是北川捣蛋，北海背锅替他受罚。

这次倒也奇怪，虽然因静娴的馊主意跪得他膝盖生疼，但北海竟然没有半分委屈和不快，只觉得甘心。北海自己也想不通为什么，思绪有点儿乱。白天静娴的歌声此刻又回响在他的脑海里，寂静的夜里，北海忍不住轻轻哼唱起来……

"北风那个吹，雪花那个飘，雪花那个飘飘，年来到……"唱着唱着，他的眼皮又开始打架了。

"小海，起来！"突然一个黑影出现在北海身前，吓得他一屁股向旁边歪倒，膝盖已然僵了，好不容易忍住才没疼出声。

北海定睛一看，是四舅舅。

"四舅舅，你要去烧书吗？"北海揉着发酸的膝盖，用力捶打着发麻的小腿。

"不烧，解决一下。"四舅舅把一个鼓鼓囊囊的包拿到身前，打开给北海看，里面全是旧书，"放在你这儿不安全，让你妈看见又要骂了。走，跟我一起去秘密基地。"

四舅舅神神秘秘的样子惹得北海好奇起来："什么秘密基地？"

"去了就知道了。"他把北海从地上拽起来，两人前后脚，趁着夏夜的凉风和猫叫，摸开门悄悄潜了出去。

夏夜并没有想象中荒凉，树叶沙沙作响，偶尔有几声猫叫和狗吠，还伴有微弱的蝉鸣声。

他们为了不引人注目,一直挑小路走,北海并不知道四舅舅所谓的秘密基地是哪里,只是他走着,北海便跟着。

路上一个人都没遇到,北海心里踏实了些。

"这边!"四舅舅在路口处拐角,来到了一个废弃的砖房。

门是虚掩的,里面因为常年无人打扫而杂草丛生,让人看着就不想进来,但似乎确实是个很安全的地方。

四舅舅走到砖房靠墙脚的地方,往地上踩了几脚,有两块砖不甚牢固的样子,他蹲下用手扒拉开砖上的草屑,把两块砖挪开,一块木板赫然出现在底下,把木板拿开,里面是半米见方的一个大洞。

"四舅舅,这地方,你挖的?"北海有点吃惊,没想到底下竟有如此玄机,趁着月色,似乎看到了里面还有别的东西,但是又看不太清。

四舅舅似乎并不想对此过多解释,他没说话,把包里的书拿出来,放在里面比较深的地方,很快地关上了木板。又把砖放好,铺好草屑,还撒了一把土,让这地方看上去和别的地方毫无差别,很难想象其中别有洞天。

这些年他走南闯北,对于家里的事儿过问甚少,但是又门儿清,北海只知道他是个很有本事的人,别的都是从母亲那里听说的。他这人不甘平淡、心思野,或许这也是静娴跟他聊得特别投机的原因吧。

藏好书,他领着北海从另一条路往回走。天色已经微微亮了,他想抽烟但是没带火,于是跟北海闲聊。

北海问他,以后那些书打算怎么处理,自己还没看完。

四舅舅说让他耐心点儿,还不到时候。

"改变这事儿,不光要有愿望,还要有力量。"四舅舅突然说了这么一句。

再后来,北海时常会看着那些封存已久的藏书发呆,并且想起来这句话。

还是猜不透四舅舅当时说的是书,还是剧本,抑或自己的未来。

第六章

世交回青

生活的重点是取悦自己。

当北海有意识的时候，只感觉到自己躺在地上动弹不得。

无论他怎么努力，都不能完全睁开眼睛，只能透过一丝缝里的微光去看站在他面前的人。

他看见了漂亮的裙子下摆，还有漂亮的黑色小皮鞋，但她右手握着一把尖尖的小刀。

这个人慢慢地向自己走来，他却一动不能动，就当他已做好了引颈受戮的准备，那人却开始哆哆嗦嗦地一步一步往后退。

这时，北海终于在梦里看清了她的脸，原来这个人是若云。

不，更确切地说，是年幼的若云。

若云拿刀那件事对于他们俩来说，算是共同的秘密，七八年前的事，突然出现在梦里只觉恍若隔世。

北海靠着公交车的玻璃窗，快速移动的风景突然慢了下来。

窗外阳光洒满大海,他坐在车内,看着车窗将这幅景象框成一幅画,令他一瞬间有些入神。

这五年间,若云每个月都会给北海寄一封信,内容大多都是她的抱怨。

比如:她已经好久没吃过母亲做的果酱,或者是今天衣服破了,母亲竟然就着昏暗的灯光给她打补丁。

自那年周家遭变,举家南迁,她的生活就变了模样。

好在去年周伯伯的工作有了转圜,又碰准了时机连连升迁,周家也终于能借着他上任的机会重返青岛。

在站台等候的北海看了看表,火车总算是到了。

拎着行李的人一个接一个地从身边涌过,他看到了往日里熟悉的三个身影。

周建华较之五年前,两鬓的白头发多了不少。

北海朝他们招了招手,走过去寒暄了几句,正想帮他们搬行李,周建华却摆了摆手,招呼北海别管了,说一会儿有人会来搬走。

若云倒是没有变,一见到北海话就挺多的,但北海只是点头答应着。

不一会儿一辆小车驶到路边停下,驾驶座下来一个警卫给周建华开门。

北海一看座位就四个,急忙说自己在西镇还有事要办,下次再到他们家拜访,反正都是邻居,住得也近。

若云急忙告诉他,她家搬了新的住址,不过离车辆厂不远。

这时北海才知道,周建华调回青岛,担任的是车辆厂革委会主任的职位,翌日就去厂里上任。

上车前,周建华还拍了拍北海的肩膀,喊他第二天同在食堂吃饭,叙叙旧。

回家的路上,北海一直在琢磨一件事,除了若云越长越好看,周家到底有什么地方变了呢？周家长辈对他的态度还是一如往常，但他就是觉得有什么东西变了。

那时的北海还不知道，正是那熟稔中透露出来的一点点客气，让他觉得不一样了。

车辆厂的食堂除了普通职工吃的大锅饭，还有另一种选项——食堂小炒。

虽说领导来视察，饭食宜从简，但总是要有别于普通职工的，这食堂小炒便是由此诞生的。比大锅饭贵不了多少，凭票供应。

北海和徐杰刚到食堂，便看见若云已候在门口，见他来了朝他招招手，示意去食堂的大桌跟他们一起吃。

徐杰疑惑地看着北海："毛主席教导我们，我们应当相信群众，可我现在怎么越来越看不透你杨北海了。"

"我怎么了？"不仅他疑惑，北海也为他这句话的意思而疑惑。

"刚刚那个漂亮女同志是谁？你们的革命情谊发展到哪一步了？"

北海捶了一下徐杰的肩膀："你满脑子都在想些什么？她是周若云啊，小时候一起玩过的，你还为了让她跟你说句话，偷了家里的蛤蜊膏送给她。"

"哦哦，想起来了！是她啊，那天晚上回去我就挨了顿揍。哎，你要记得弟兄的好，就给我弄点剩菜，我好久没吃肉了……"

杨北海白了徐杰一眼，跟他摆了摆手："拿什么给你装？塞牙缝里的够你吃了吧？"

打打闹闹过后，北海独自来了大桌和周家人吃饭。当一盘盘菜端上桌，散发着刚从锅里盛出来而冒出的热气时，北海不争气地动作轻微地咽了咽口水，毕竟连白菜都是用猪板油熬出来的油炒的。

周建华与若云都还记得北海喜欢吃什么，倒像是北海刚从外地回青，周家父女一个劲儿地给他夹菜。

若云暂时被周建华安排在厂里的医务室帮忙，若云朝北海眨了眨大眼睛。

她还是和小时候一样，跟北海曾送给她的那个草编小兔子一般可爱。

饭桌上大家很少提及分开的这五年内发生了什么，有时候久别重逢的人就是这样，本来有很多想说的，可话到嘴边又变成了一句"你好"。

饭已吃得差不多了，北海向周家父女告辞，并感谢了这一顿款待。

周建华向北海透露，最近厂里下了一个指标，要评出一个最优秀的职工下乡。

他拍了拍北海的肩，说非常看好北海。

食堂里的氛围不知道从什么时候开始变得微妙了起来。

徐杰单独吃饭的时候有个毛病，就是喜欢边沉思边吃东西，吃完才回到现实。等他的魂回到食堂的时候，才发现不少人吃着碗里的饭却看着大桌上的杨北海。

别看徐杰平时吊儿郎当的，有些时候他比北海更能体悟到一些细微的表情。

他当然知道北海不是那种阿谀奉承的人，若是北海不用刻意争取就能得到这样的机会，徐杰自然是支持的。

"他们是什么关系？"

徐杰还在想事儿，静娴把饭盒放在桌上，坐在了徐杰对面。徐杰想逗弄逗弄静娴，便说："他俩是青梅竹马哦……"

静娴只觉得徐杰无聊，拿上饭盒没好气地走了。

自从在食堂看见北海和新来的革委会主任吃饭后，她心里就一直不大舒服，她只能默默希望这个朋友不要被名利腐化。

翌日太阳初升不久，北海就起床洗漱了。

躺在床上的杨北川痛苦地拿被子捂住了头，埋怨北海吵醒了他，难得今天学校停课可以在家睡懒觉。

北海做完早饭，拿上自行车轻手轻脚地下楼。

夏日的清晨倒是比较凉爽的，北海骑着自行车离开胡同，想着该给玉姐出什么内容的黑板报。他上礼拜就答应了玉姐，要帮她出一期板报。

有时候不知道该不该骂年轻的北海太天真，上次暖水壶塞的事情过后，他还没看明白玉姐是什么样的人。

到了厂里，北海先提着水桶到压井边打上水，又去把那些需要的东西备齐，这时天都大亮了。

北海将板报的雏形画好时，已是六点半。

厂里陆续来了不少职工，看见杨北海在宣传栏画板报都特意跟他打了个招呼。

快七点时，玉姐连同另一名女职工才慌慌张张地来到板报前，看到杨北海在用粉笔画画，相互使了个眼色，赶紧给抢了下来。

"北海，还没吃早饭吧？"不等北海回话，玉姐拉着北海就往食堂去，"跟姐去吃点吧，别忙活了！"

"你不是说今天上午十点就要……"

玉姐赔着笑脸："没有那么急！是姐记错了，今天上午完成任务就行啦！"

北海没想到，这只是这天的开端而已。

他其实很清楚，虽然厂里的人都叫他一声"活雷锋"，但这些人心里都把他当成免费劳动力而已。

不止徐杰说他，就连静娴也常叫他别做老好人。

北海曾经一直在自我催眠，自从与静娴熟识，他反倒开始思考，自己究竟为了什么而活。

静娴可以为了她的文艺梦想而活得像火一样。他杨北海呢？行为准则全由高慧芳定，从不让他行差踏错偏离轨道。

他的生活好像一眼就能看到头了。

午饭后，北海觉得百无聊赖，便决定去图书角看书。

这个图书角是厂里为了促进职工相互学习和交流而开放的，地点就在操场旁的回廊里。

正好遇上静娴，她也在图书角看书。自上次节目被砍了以后，他还没和静娴好好聊过。

此刻，回廊上爬满的紫藤花已经开了，浅紫色的花一串一串地垂下，犹如花瀑。

北海突然萌生出一个想法，其实静娴看书的样子，确实挺娴静的。

北海正想朝静娴打招呼，结果就听到隔了老远的赵主任在喊他的名字，并朝他招手。

北海无奈，只得挥了挥手，示意马上过去。

静娴抬起头，看着北海，那表情好像在说为什么来了也不跟她打招呼。

北海只得无奈地悄悄指了指远处，用手指头做了个离开的动作。

"杨北海……"因为旁边还有人在看书，静娴说话的声音小且轻柔。

"怎么了？"

"没什么。"

一头雾水的北海来不及细问，只得先去找赵主任。

赵主任告诉他，中午厂里下了个榜，榜单上是下乡深造的候选人名字，其中就有杨北海。说罢，还给北海整了整衣领，并告诉他以后车间的垃圾不用他去丢了。

出了办公室，北海费力地挤进人群，看到榜单上赫然有他的名字，周围的人看到他后，就跟他中了状元一样向他贺喜。

北海并不明白他们在祝贺些什么，他自认为进了工厂以后，就认真守在自己的岗位上，从不无故缺勤，平时还乐于助人。

他想：自己出现在那个名单上，难道不正常吗？

他环视了一圈周遭，发现这些平日里熟悉的脸在此刻显得那么陌生。

他一边生疏地寒暄，一边又费力地挤出人群，离开了这片喧闹之地。

"徐杰，你干什么呢？"在回车间的路上，北海看到徐杰站在树底下，鬼鬼祟祟地探头探脑。

徐杰立马做了个噤声的动作，并向他招了招手。北海听从他的话，疑惑地走了过去。

顺着徐杰的手指的方向，北海看到了一幅非常赏心悦目的画面。

是若云。

她穿着白色衬衣和洗得微微发白的绿色军装裤，坐在长椅上，手里捧着一本书。看样子她刚洗了头，头发没有编成辫子，半干不干地散着。

一丝阳光从树荫的缝隙里落下来，正好落在若云手里的书上。

若云额前的碎发随风而动，毛茸茸的，可爱极了。看着若云的样子，北海不禁陷入了回忆。

自高慧芳带着杨北海和弟弟杨北川来到青岛生活，周、杨两家就成了邻居。杨家的生活能那么快进入正轨，与周家的帮助不无干系。

若云可以说是一帆风顺地长大，举手投足间颇有小姐气质，而且周建华对这个女儿也宝贝得很。

若云当时的打扮和别的小姑娘并无不同，但她却最受男孩儿欢迎。说来也怪，可能是邻居的原因，她特别喜欢跟着北海玩。每次他们在土地上滚铁圈，若云就坐在草地上安静地看着他们吵吵嚷嚷。

那天，若云特别兴奋地跑来找他们。

她掀开挎在胳膊上的篮子上的蓝白粗布，里面冒出来一只黄色的、茸茸的脑袋。

那是一只活的小鸭子，睁着懵懂的眼睛环视围着它的孩子们。

若云想养一只小鸭子，缠了她爸妈很久，一直没如愿。

她告诉大家，她发现家里的保姆偷拿了母亲的东西，便拿这件事威胁保姆给她买了只鸭子。

于是，一群小孩儿和一只鸭子玩起了"一二三木头人"的游戏。

在小孩儿心里，任何小动物都是最忠实、最知心的玩伴，哪怕鸭子根本不懂他们在干什么，只是因为恐惧想跟着人群找庇护。

事情往往就发生在一瞬间，小鸭子跟不上他们疯跑的速度，不知道是谁一脚把鸭子给踩了，他们第一次在转瞬即逝的年岁里，体会到了死亡的逼近。

小孩儿有时候不知轻重，也天真无知，照着大人们的方法，给鸭子涂上捣碎了的、不知名的草药，使出他们一切能做的来"拯救"它。

这件事若放在当下成人世界里，他们真的是在救它吗？

当北海等人发现束手无策的时候，除了他和若云，其他小孩儿都各自找借口离开了。

若云是最伤心的那一个，她和朝思暮想的宠物相处了还不到半天，就面临死别了。

看着小鸭子出气比进气多，若云一抹眼泪离开了。等她再回来的时候，手里拿了一把小刀。她不忍心看小鸭子痛苦地苟延残喘，但她走过去正要动手，又害怕地后退。

他们当时都不知道自己面临的是什么，那是属于成年人的残酷。

那之后，若云就立志一定要学医。

她其实不似外表看上去那么柔弱，北海心里清楚，若云的心里有一片只属于自己的小天地。

"北海，你闻……大夏天的，怎么会闻到桂花的香味儿？"徐杰用鼻子嗅了嗅，回到现实的北海也学着他的样子闻了闻，又好玩似的用手把徐杰直勾勾的眼神给挡住了。

徐杰咂了咂嘴，没好气地拍掉了北海的手，北海笑着说："那是人家若云从小洗头用的桂花油，你个没见过世面的。"

"你又知道了！"徐杰像突然没了兴致一样。

"别以为你跟周同志熟，就可以随便'丧闷'（膈应）我啊，伟大的领袖曾经说过，爱美之心人皆有之。"

"他没说过。"

"我又没说是哪个伟大的领袖！"

北海从徐杰口中得知，因为若云长得漂亮，所以不少男同志都想与她认识。虽然若云平日里见谁都是浅浅一笑，但其实是她保护自己的方式，认生的性格让她用客气的微笑与不熟的人保持距离。但她越是表现得清冷疏离，那些男同志越是趋之若鹜。

徐杰从口袋里掏出一个皱皱巴巴的纸团，展示给北海看。

"这是什么？"

徐杰也没解释，指了指若云，然后展开了手里的这团纸，上面赫然写着：

尊敬的周若云同志你好，我们来自五湖四海，为了一个共同的目标走到一起。为了加强我们的同志情谊，我提议，我们一定要抓紧时间多多沟通、互相学习、促进思想。

这封信就算是落在革委会手里，都算不得是一封情书，但里面的意思又能让你体会得非常清楚。写这封信的这位兄弟是谁不甚了解，但他的文采让徐杰非常崇拜，他把这东西捡回来，竟然只是想要留下来当范文，徐杰总觉得以后肯定用得上。

"徐杰，你有没有觉得这几天厂里的人对我好像有点不大一样？"

听到这话，徐杰明显愣了愣，但很快勾上北海的肩："何出此言？哎，我跟你说他们就是嫉妒你！嫉妒你长得端正、做事稳妥，等你深造归来不得是个主任？他们肯定是想提前巴结巴结杨主任。"

杨北海看着徐杰没心没肺的样子，没好气地说："整天没个正形，你怎么不反思一下候选人里为什么没有你？"

"是是是，杨主任教训的是，小徐这就去工作了。"

徐杰一溜烟地跑了，有人在北海身后拍了拍他的肩膀，北海以为是若云过来打招呼，没想到回过头却看到赵静娴一张严肃的脸："你和周若云同志是什么关系？"

"我们以前是邻居。"说来也怪，赵静娴在厂里一向不把别人放在眼里，杨北海虽然不知道她为什么要问自己这个问题，但还是很诚实地说了。

此刻的处境，让北海有种干了坏事被家长审问的感觉。

"我知道你不是那种人，我想你总该听过一句话：'人活着总需要一点儿精神。'"

杨北海刚想问静娴为什么突然对他说这些，但是赵静娴欲言又止，原来是若云也过来了。

其实若云早就听见了北海和徐杰在不远处的树荫下谈论关于她的话题。她虽然在看书，但心中却是欣喜的。

原本车辆厂没有医务室，是若云的父亲为她动了关系。在外省的那几年，若云无时无刻不想着要去最好的医院，只要够努力她就能改变现状。如今家里的情况已经转好，条件允许她去完成自己的梦想，但在车站看到杨北海的那一刻，她决定先将梦想暂缓。

"同志你好，我叫周若云。"若云半挑衅地向静娴伸出手，"我和北海哥认识好久了。"

若云笑得特别纯真，静娴自然感受到了若云的意思，并没有跟她握手。杨北海丝毫没察觉出两个女同志之间微妙的气氛，傻乎乎地笑着附和。

其实这种场景以前出现过很多次，只是北海对女同志的心思不甚了解，且后来认识的女同志确实没有一个比若云漂亮。

北海一家刚来到青岛时，因为他不会说青岛话，经常被同龄人嫌弃。

但因着若云的关系，大家都渐渐接纳了北海。

"杨北海，最近厂里关于你的谣言满天飞。"静娴是个心里藏不住事儿的人，但今天却没有对北海直说，"'你要知道梨子的滋味，你就得变革梨子，亲口吃一吃。'"

周若云见伸出去的手僵在空中，明白过来这是个聪明的女同志。她自然地收回了手，拢了拢耳边的碎发，说："'决定战争胜负的是人，而不是物。'"

静娴本来想反驳她的，却见北海尴尬地挠了挠头，率先说话："你们怎么还背起来了？"

北海听得一头雾水，静娴没忍住推了一下他："非要我说得明明白白的吗？杨北海，你知道现在厂里的人都怎么说你吗？说你靠着这位女同志的父亲拉关系去争名额！"

"我没有拉关系，我们家原本就和若云家是世交……"

"就是，我和北海哥行得正坐得端的，总有些人眼红，但只能嘴上说说罢了。"

聪明如静娴，她当然知道若云这句话是对自己说的，她只是从容地笑了笑："比别人强一点点，是会招来别人嫉妒，但是比别人强很多，那就会收获羡慕。"

"你什么意思！"若云气急了，想不到用什么话来反驳，只得拉了拉北海的衣角。

"静娴同志说得非常正确啊。"杨北海还在这儿仔细品鉴静娴刚刚说的话，觉得挺有道理的，不明白若云怎么突然生气了，"这个道理我们应该视为座右铭。"

若云一听这话，知道榆木脑袋的北海不会跟她站在一边，越想越气。

谁知，静娴此刻立马掉转枪头："杨北海同志，你中肯的评论是什么呢？不知道我说的就是你吗！"

杨北海不知自己怎么就被殃及了："难道刚刚不是你们两个女同志在讨论和争执吗？"

静娴见北海能听进去话了，将自己想说的话如同竹筒倒豆子一般，一股脑儿全说了。

当夜回去的时候，北海试图回想静娴都说了些什么，但他根本记不全静娴说的话了。

最让他难堪的，莫过于她觉得北海接受名额此举太过没有骨气。

他其实已经察觉到自那天在食堂跟若云和她父亲一起吃了小炒后，大伙儿对他的态度就变了。

他自从在车辆厂工作起，就一直贯彻着助人为乐的雷锋思想，年复一年地践行，换来的却只是大家对他暗地里的嘲讽。他不知道是自己的思想出了问题，还是大家的思想出了问题，他只求对得起自己的内心。

北海以为只要一直坚持，就能改变大家对他的印象。然而，静娴却当着若云的面把这事儿说透，将北海最后一道心理防线彻底击碎。难道一起排戏、一起看书这么长时间，静娴都不信任他杨北海，反而信了那些捕风捉影的鬼话？

北海生平第一次当着别人的面发脾气，怒斥静娴管好自己的事儿就够了，他杨北海想怎么做是他的选择，他会负责到底的。他还怒气冲冲地跟她说，名额的事与若云无关，让她不必含沙射影地控诉若云。

静娴没有想到她的一番好心被北海弃如敝屣。她把北海当作朋友才会这样明白地跟他痛陈利弊，也许他只是把她当作普通的同厂职工而已。

想到此处，静娴不再生气，反而有些伤心了，她看都没看北海一眼，扭头就走。

赵静娴的离开，让若云觉得自己在这场"战役"中取得了胜利，但看着杨北海难过的样子，她又着实高兴不起来。

北海骑车回到家，将自行车扛上楼，放到家门口的楼道拐角处锁起来。

不得不承认，他被静娴这一通数落弄得很迷茫。

回家后，他同母亲打了招呼，便拿着菜去了公共厨房。北海择完菜，和玉米面的时候，正巧打完球的北川回来了，也钻进了厨房。

"哥，今晚上做什么好吃的？"

"你'瞭候'（瞧看）什么？跟看得懂似的。"

北川勾着哥哥的肩膀，沾了点儿玉米面抹在北海的脸上，给他画了个

"王"字。

"我不会做,光会吃,怎么的?"

北海没好气地瞥了弟弟一眼:"手怪脏的,别碰我的面!"

"你做的蔬菜饼好吃!不过你那天中午没在家吃饭,连周伯伯都说咱妈做的炒辣蛤蜊绝了!"杨北川边说边拿了根黄瓜,用衣服擦了擦就往嘴里塞。

"若云姐真是太漂亮了,你什么时候把她娶进门?"

弟弟一句无心的话,却让北海听得越发愤怒,原来母亲背着他如此运筹帷幄。那么,确实如同静娴所说,他以为自己靠能力获得的名额,真的是来自母亲的托付。

北海觉得自己像一只海鸥,身处风暴中心,却全然不知风眼外的巨浪滔天。

不,自己怎么会是海鸥呢?他身上有一根透明的鱼线掌握着他前进的道路和方向,原来他是一只风雨飘摇的风筝。

北海端着热气腾腾的蔬菜饼回到家中,母亲正在灯下给他补一件破了洞的工服。

霎时间,北海的一腔愤怒消散了大半,看着如此安详的画面,北海那些质问的话堵在了喉咙里。

他放下碗,默然来到母亲身边坐下,静静地看着母亲那整齐的针脚。

这一刻,他杨北海有什么资格去质问母亲自以为是的好心?那也是母亲对自己的一种关心吧。

"妈。"

"嗯?"

"我不想下乡。"

高慧芳放下手里的针线活儿,莫名地看着北海:"你是个稳重的人,下乡就是捷径,你不明白吗?"

"我不想去,离家太远了。"

可想而知，这个蹩脚而充满撒娇意味的理由让高慧芳生气了。

她自然不能将自己请周建华吃饭这事吐露出来，只能不停地骂北海不上进、不听话。

北海没吭声，任凭高慧芳如何变着法子骂自己都不还口。

虽说高慧芳更偏爱自己的小儿子，但她听到儿子不想出远门是因为不想离开她，骂得再凶也有尺度，最终也留了一丝温度。

杨北川在一旁看到哥哥被骂，幸灾乐祸地笑，并一口气把蔬菜饼吃了大半，边吃边劝母亲别把哥哥骂傻了，到时候没人陪他打篮球。

高慧芳骂累了，把补好的衣服一股脑儿地丢到北海的脸上，让他回房间好好反省。

北海关上房门，从书里拿出珍藏的全家福。他盯着照片看了会儿，又把照片放回去，合上书。

这一次他想做自己。名额的事，让别人去争得头破血流吧。

上次母亲含泪逼自己的事儿还历历在目，这次她又擅作主张，但北海真的不想母亲再为自己操心了。

他已经记不清从什么时候开始，强迫着自己长大，强迫着自己在家中成为父亲的角色。难道他那一丝丝想要坚守的骨气，已经变成他不该有的任性了吗？

第七章

赵氏迷魂汤

不丢掉自信,是对抗恶意的铠甲。

青岛是一个四季并不分明的城市,八大关的梧桐叶常常一夜变黄。

在某个不经意的夜晚,海风携带冷空气刮过,梧桐叶大片凋落,成全了一幅浪漫的景象,却也宣告了冬天快要不请自来的脚步。

北海早早地就在革委会办公室门口等起了周建华。

离家前,北海思虑良久,还是把那张写满了字的请愿书揣进了怀里。

得知北海的来意,周建华诧异极了,连连询问了几句。

北海推托,说自己能力不够,还想留在厂里多多学习。

长达十分钟的沉默里,周建华在请愿书中看到了北海写的多个冠冕堂皇的理由。

他知道,年轻人长大了,有自己的想法,以他的身份也不便强求,便先应下了,说开会再议。

那天过后,北海像是魔怔了,名额的事儿不定,他就一遍一遍地往革委会跑。

旁人不知，私下议论北海是为了夺得名额才去走动，但面子上见了北海，还像往常那般客气。

公布栏将名字公示出来的那天，职工们一片哗然——名字不是"杨北海"。

一向优秀的人办砸了事，大家看足了他的笑话。

但北海却如释重负，反倒是徐杰，跟在他身后喋喋不休地追问原因。

北海知道瞒不住他，就对他讲了事情的来龙去脉。

当徐杰得知北海是因为赵静娴的一番话主动让出名额时，他惊愕地拿手指冲北海比画了几个数字让北海辨别，生怕这个伙计是受到什么刺激，精神错乱了。

"赵静娴是不是见不得别人好？"

北海纳闷儿：静娴怎么会给徐杰留下这种刻板的印象呢？

看着徐杰满脸困惑，北海只得把静娴跟他说的话又客观地转述给他，表达自己的心意也是如此——不想靠关系获得这次机会。

"如果没有静娴点醒我，恐怕我已经犯了这个自己都不能原谅自己的错误。"

徐杰沉默了半晌，愣是没想出什么反驳的观点来，只得无奈地说："虽说借这一阵东风的手段是有些让人不齿，可北海，我拿你当兄弟才跟你说，嘴长在别人的身上，但好处却是实实在在到你手里的。"

"我懂你的意思，但我想凭借自己的本事，堂堂正正地争得。"

看着北海那云淡风轻的模样，徐杰摇了摇头："真是喝了赵氏迷魂汤了你！"

兄弟之间自然是好说话的。

"既然你自己做了这个决定，我自然得支持。"徐杰拍了拍北海的肩膀，"我就是怕你后悔。"

北海也拍了拍徐杰的肩膀，摇了摇头。

他本想先瞒住家里这件事儿的，但不知道高慧芳哪个在车辆厂工作的朋友，早就把事儿一五一十地跟她通报了。

刚进门，北海就看到高慧芳端坐在桌前，脸色惨白，满脸怒气。

他心想：说多错多，不说就不会错得更多。

他挂好了包，默默地坐在桌前，一声也没吭，任由高慧芳指责，痛骂他辜负了她的一番苦心。

"我和周家仅剩的那一点点薄薄的情面，也被你挥霍净了！"

杨北川见母亲这回是真的动怒了，也不敢幸灾乐祸，帮着哥哥说了不少好话，却被高慧芳生生骂了回去："你也不是个省心的主儿！"

看着"沆瀣一气"的两个儿子，本就气不打一处来的高慧芳，一气之下拿出了家法。

家里有一面墙，是高慧芳专门拿来粘贴哥儿俩荣誉奖状的，上面甚至还有北海上小学时荣获的"三好学生"的奖状。

高慧芳一手扯着一个儿子的耳朵，将他们两个人拽到荣誉墙前，让他俩跪着自省，便独自进了房间。

"哥，虽然我跟你一条心，但是吧，你先斩后奏也不是个理儿啊。"北川时不时把手垫到膝盖下，又时不时趁着母亲不在，在地上坐一会儿。

"你'波棱盖'（膝盖）没感觉？"看着北海跪得笔直，他还是忍不住了，"妈没在，你跪这么使劲儿干啥？"

北海这个弟弟，平时的确会仗着母亲宠爱他多一点儿，就常常欺负北海，但大多数情况下，他是心疼北海的。

见北海没回答他，他索性站了起来："不跟我说话，我不陪你了，我去找妈撒撒娇，反正又不是我犯事儿了。"

北海还是没吭声。不是他不想和弟弟交心，而是他觉得就算跟北川说了，他年纪轻轻的也听不明白，何必徒添烦恼。

他肯毫无怨言地跪在这儿，是因为他确实伤了高慧芳的心，但不代表他觉得自己做错了。

翌日，北海带着隐隐作痛的膝盖，头也没回地就出了门。

车间里的活儿忙完了，他就跑去档案室找静娴。他要向静娴证明，他是个有骨气的人。

在去的路上，他甚至已经想好了一套漂亮的说辞，要把上次静娴在若云面前驳掉他的面子都找补回来。

一切都想象得很完美，但静娴却不在档案室。

原来吃过午饭后，静娴早早就去了文宣队。她想去看看，自己调回文宣队的事情还有无转圜的余地。

职工汇演临近，文宣队的人大都调去筹备舞台与制作道具了。

静娴敲了敲办公室的门，久久没人回应，这才扒着玻璃费力地看向里头，发现里面空无一人。

就在她认真观察的时候，文宣队的林队长回来了。

"这位女同志，你找谁？"

静娴虽没和林队长有过交集，但她认人自有天赋，常常一眼就能记住。

"林队长你好，我是档案室的赵静娴。"

"哦，我知道你，有什么事吗？进来喝杯热茶水？"林队长边开办公室的门，边招呼着静娴。

"林队长，我汇演的节目没通过，但我还是想回文宣队，请问还有什么方法吗？"

林队长推了推眼镜，满脸诧异地看着静娴。

"林队长，我不是要求你给我开后门。"静娴察觉出了对方的意思，连连摆手示意，"我回去反思过了，但事情已经发生了，我想问一下还有别的办法吗？"

"赵静娴同志，我要被你弄糊涂了，咱文宣队什么时候说过要把你再召回来的？再说了，如果有这样的人事变动，应该要有文件通知的。"

听了此语，静娴的思绪终于清晰了——是大宝在骗她。

从一开始，静娴就陷入了关心则乱的情绪里，一得到消息，只顾着想如何去排好这个节目,并没有质疑消息的来源与真假。

"林队长,你知道大宝在哪儿吗?"她努力地平息自己的愤怒,没有向林队长道出大宝的欺骗。

因为她知道,大宝仗着的就是不留证据,就算她赵静娴把这事儿捅出去,也改变不了什么。

为今之计,得反其道行之。

静娴到的时候,大宝正坐在马扎子上,一手拿着搪瓷水杯,一手摇着蒲扇,指挥着小伙子们拉电线。

静娴二话不说,直接上前一脚把他的马扎子踹翻,大宝一个不注意,连人带杯子摔了个结结实实。

周围的人看他这模样都觉得滑稽,通通笑了起来。

大宝气急败坏地爬起来,一回头发现是静娴,拿蒲扇指着她,声音尖锐:"你……你,赵静娴!你……你放肆!"

"我放肆?"静娴被大宝的这番措辞给气笑了,霎时提高了嗓音,"同志们!大宝用满嘴的谎言包成糖衣炮弹,而我赵静娴就是受害者!"

"怎么着,去文宣队了解过了?"面前的大宝居然毫不在意地拍了拍身上的灰尘。

"你就不怕我把你的恶行揭露出来?"

"你但凡有一点儿证据,现在都应该拿着文件,把我从车辆厂里赶出去,而不是像在菜场买菜一样,妄想拿口水淹死我。消息的来源你说不清楚,也没有直接证据证明是我说的。"

静娴冷哼一声:"物证没有,人证齐活了。"

看着静娴的表情,大宝这才发现她当众给自己下了个套。这一脚,他挨了也无话可说。

被激怒的大宝屁股还疼着,又不好发作,咬牙切齿地把杯子里的水泼在了地上,扭头指向旁边擦灯泡的男职工:"你!刚刚不是笑得很开心吗?去拿墩布过来把这水擦干净!"说完他还不解恨,又扭过头撂下一句,

"你不是跟杨北海关系好吗？建议你去公布栏看看。"

"杨北海怎么了？"

"你去公布栏看看不就明白了？"大宝走到静娴的身边，狡黠一笑，继而压低声音说道，"赵静娴，你给我等着。"

依着静娴的性子，这事儿决不能就这么算了，但看到大宝眉眼间闪过的一丝窃喜，不知道为什么，她突然担心起来。

直到亲眼见到公布栏上写的不是"杨北海"这三个字时，她那颗悬着的心才平复了下来，脸上居然也有了笑意。

她心想：算我没看错人。

看看时钟已是下午两点，北海还在档案室里等着。见到静娴回来，他撂下了手里的书。

静娴没出现之前，他脑子里幻想了无数遍如何飞奔到她面前，向她炫耀自己的"惊天壮举"。但现实里的他撂下书就后悔了，脸憋得通红，居然吐不出一个字。

到最后，还是静娴率先开了口："来了？"

"嗯。"北海正想接着往下聊，却被静娴打断。

"我看起来很好欺负？"静娴很严肃地问北海，北海摇了摇头。

"调我回文宣队的事纯属子虚乌有，大宝这种拿别人的愿望放到脚底下踩的人，见一次就该打一次。"她拿起杯子，喝了一口水，用袖子蹭了蹭嘴。

"你招惹小人干吗？"看着静娴那满不在乎的模样，北海突然急了起来。

"你担心我？"静娴突然死死地盯住了他。

北海被盯得一阵心虚，只觉得脸烫得很，赶紧低下了头，慌忙解释起来："我是怕，怕你……"话刚说了一半儿又住了嘴。

看着面前这个一米八几的大高个儿，脸颊一团微红，静娴突然来了兴致："那可不行！我一定要给他提个醒，我赵静娴不是好欺负的！"说着，便假模假式地坐在了临桌，又托着头装作思索，余光瞥向北海，"难保他以后不会欺负别人，理应有个人敲打他一下，我看这个人就非我莫属。"

看静娴丝毫没有退让的意思，还想让大宝吃一记教训，他着急了："姑奶奶，快别把事儿弄大了，就算你讨回了公道，也回不去文宣队了，大宝那个人出了名的难缠……"

他有时候真的不太理解静娴总想讨个公道的想法。没有绝对的对与错，太公正、理性地对待事情的话，反而会让自己计较得很累。

却没料到静娴大笑了起来："我就说你担心我，你还不承认！你看看你的眉头，都快拧成麻花了……"

北海被她笑得掌心都捏出了汗，只觉得内心烦闷："我……我才懒得管你……"

看着北海娇羞离去的背影，静娴一阵窃笑，还远远地冲着他喊了一句："杨北海，你是管不住我的！"

那一夜，北海躺在床上翻来覆去怎么都睡不着，每每想起下午在档案室的画面，脸颊就一阵燥热。

我担心她作甚？想到这儿，他将被子蒙过头顶，但心里居然还有些说不清道不明的小喜悦。

那一晚，他的梦里都是静娴盯着他，似笑非笑地问："你担心我？"

职工文艺汇演的前一天，大宝去第五车间找到赵主任，说是要借北海一用。赵主任平日里就跟大宝关系不错，自然是一口就答应了。

汇演当天，北海刚到礼堂就被大宝指使干活儿，整个人都忙得团团转。

徐杰也早早来到礼堂，看北海需不需要帮助，北海就问徐杰："你看没看见赵静娴？我没在礼堂看到她。"

徐杰摇摇头："没有啊，我今天一天都没看见她，估计又去哪里玩了吧，你找她干啥？"

北海赶紧摇摇头："没什么，就是看她今天没来，问问。"

一想起静娴那天的话，北海的眼皮子就跳个不停，总觉得静娴会再做出什么出格的事。

就在这时,大宝远远地吆喝,让北海去搬椅子。

"那么重的木头椅子,让你一个人搬,我看他就是公报私仇!"徐杰愤愤不平地说,接着就要去找大宝讲理,却被北海拦住,他摇了摇头:"算了吧,今天领导都在,多一事不如少一事。"

徐杰知道拗不过他,所以跟他同去了。

不一会儿,北海的额头就渗出了汗珠,擦汗的同时,他抬起头四下寻找,却始终没有发现静娴的身影。

反倒看到若云一路气喘吁吁地跑到自己身边:"北海哥,你现在有空吗?我有事问你。"

北海看若云满脸焦灼,猜到她可能是有了什么难处,于是跟徐杰打了声招呼,跟着她来到了礼堂外。

"北海哥,你为什么非要放弃下乡的名额?"

北海没想到她会追问自己这个,愣了一下:"若云,我觉得我的能力还达不到要求,把名额让给适合的人更好。"

"北海哥,我看了请愿书,你是不是好几天都没睡好觉?你怎么不来找我商量呢?"

北海看着若云没说话,沉默了。

看到北海满脸深沉的模样,若云有些不忍心,她知道高慧芳因为这件事儿罚他跪了许久,思索了半天,叹了口气:"你不去下乡也好,还能留在厂子里陪着我。"

若云从北海眼眸里瞧出了坚决,她猜到了,他已然下了决定,自己再说什么都没用了。

就在这时徐杰跑了过来,原来大宝看到了北海不在会场,找起了碴儿,看着面色凝重的两个人,没忍住问了起来:"怎么了?"

北海摇了摇头:"没什么事我就先去忙了。"

若云"嗯"了一声,北海扭头就走了,走了几步,又停下脚步回头对她说:"谢谢你,让你还特意跑来一趟,早些回去吧。"

看着北海跟徐杰离去的背影,若云有些说不出来的委屈,只觉得胸口像是压了千斤重量,那是她第一次感受到北海离自己的距离。

晚饭过后,职工文艺汇演也要开始了。

忙了一天的北海和徐杰好不容易找了个地方坐下来,连四舅舅都到场来看节目了,静娴还是没有出现。

演出节目全是那个年代当红的歌曲,领导们看得个个都拍手叫好。

看着大宝跑来跑去、端茶送水的谄媚模样,再想想他下午那颐指气使的神色,徐杰就气不打一处来:"哪天等这小子落单,我非把他套到麻袋里好好地打一顿。"

可一旁的北海满脸写着"心不在焉"。

他在想静娴什么时候出现,但又怕她突然出现。这种复杂的情绪吊着他的心脏,令它怦怦跳动。直到汇演结束,大幕缓缓落下,他才松口气。

看着观众陆陆续续地从椅子上起身,准备离开礼堂,他也收拾起东西,刚想顺着人群出会场,却发现静娴居然从门口的幕布里蹿了出来,还一路朝着台上的方向挤过去。

"静娴这是要干什么?"一旁的徐杰和四舅舅也发现了静娴的身影。

只见她大步流星跨上了舞台,紧了紧琴带,《北风吹》的前奏就已经从手风琴里传出,她开口唱了。

熙熙攘攘的人纷纷回头。

静娴的嗓音像是有种独特的魅力,北海的耳朵和眼睛都不自觉地被她吸引了。

那富有感情的演唱,仿佛情景再现,喜儿正在焦急地等待着父亲杨白劳的归来。

一时间,歌声和手风琴声久久回荡在礼堂。

舞台正中央的静娴,像是在诉说自己那些独特充沛的情感。

那一刻,北海只觉得心脏跳动得厉害,他最害怕的一幕就在自己面前发生了，可他却窃喜万分。

那婉转的歌声拨动着他的心弦，他只觉得欢悦、跳脱、畅快，那是他从未有过的体验，就像是蹬车骑行了几百几千公里，停下的那一刻，只剩酣畅淋漓。

大宝正挤过涌动的人群，声嘶力竭地喊着："赵静娴，你下来！"

"赵静娴，你又想干什么？你这是在犯错误！"

可她就那样站在台上，沉醉在自己的世界里。

一旁的四舅舅鼓起了掌，北海也鼓起了掌，就连一向不喜欢静娴的徐杰，也跟着鼓起了掌，呐喊了起来，甚至还有工友喊道："赵静娴，唱得好！唱得真好！"

台上的静娴用力鞠躬，久久定格在了那个画面。抬头的瞬间，她将飞扬的发丝甩到身后，脸上洋溢出微笑。

那一刻，北海被震撼到了，他望着台上的她，这个敢上台表演的她，这个敢于反抗的她，这个自信满满的她，手掌鼓得通红也不在乎了。

下台后，她还是笑着，跟身边的人一一道谢。

她昂着头，从弓着腰跟领导解释的大宝面前潇洒地走过，那画面像极了书里英雄凯旋的场景。

手风琴甩到背后的那一刻，静娴突然朝北海这边注视过来，看着正为自己疯狂鼓掌的他，她脸上的笑容更灿烂了，她甚至抬起了手，冲他竖起大拇指。

四目相对的瞬间，北海像是受到了什么鼓舞，他的脸上也尽是笑容，只觉得身体里有一股正气在四处游走，他拼命地鼓着掌，像是在为她骄傲自豪，又像是在释放那个压抑已久的自我，叫嚣着"我自由了"。

那是他先前从未有过的体验，也是他后来头发花白时，时常会回想起的一个片段：

鼎沸的人声，拥挤的人群，统统都消失了，整个会场只剩下他跟静娴两个人，面对面，就那样酣畅淋漓地开怀大笑着。

第八章

暧昧的试探

> 陪你做尽荒诞之事,才有资格送你回家。

自文艺汇演结束后,北海对静娴的感情似乎发生了一些微妙的转变。

他不再像从前那般对她唯恐避之不及,每次瞧见她,心里就会萌生出一些窃喜和激动。

而静娴,自文艺汇演大放异彩后,就红遍了全厂。

消息一传十,十传百。

到后来,竟连其他厂的员工都知道了隔壁的车辆厂里,有个姑娘生得大胆,又能歌善舞。

但凡有演出,人们都慕名前来,想请她去帮个忙,撑个场面。

要说这些日子最难受的人,非大宝莫属。

静娴汇演时的"不请自来",让他背地里挨了不少批评,还当众被扣了一个监管不力的罪名,挂上了榜。

心里窝的火无处发泄,大宝看谁都不顺眼,隔三岔五地总想找谁个不痛快，因此苦了他手底下那几个人，白白受了不少冤枉气。

那天上午，静娴正跟工友在档案室整理资料。

刚接过一本细则，抚着折了的边角，大宝就晃晃悠悠地走了进来。

来之前，他早就侦察好了，今天下午就只有静娴跟另一个女职工在档案室上班。

"赵静娴，我要文宣队往年下乡表演的记录表。"

静娴抬头扫了一眼，看到是大宝，没吭声，扭过头学着大宝的样子，晃晃悠悠地走到书架前，慢吞吞地抽了记录表的档案袋，然后又晃晃悠悠地走到桌前，把登记本甩在桌上："同志，登记。"

大宝看静娴这云淡风轻的模样，只觉得头嗡嗡作响，她不光不怕自己，还学自己走路，回过头嘲讽自己，这哪儿还了得。

想到这儿，大宝手啪地拍在了办公桌上，一副领导气派："就拿走一会儿的事儿，没必要登记。"

"登记了才能拿走，没有例外。"静娴晃了晃手里的档案袋，"就是厂长来了也得登记，宝哥，你可别坏了规矩。"

大宝瞧着静娴那一副公事公办的模样，就气不打一处来："你跟谁在这儿装腔作势？你有资格提规矩？"

静娴知道大宝就是故意来找碴儿的，倒也不气不恼："'靠正确，不靠资格'，这儿可不是文宣队，既然你不按规矩办事，那我们就去革委会麻烦领导评评理吧。"

听了静娴这话，大宝彻底忍不住了，本想来找碴儿，让她有几分忌惮，没想到现在居然还被她反过来嘲讽了一顿。

他气得抬起了手，想给静娴一巴掌。

却没承想，静娴反倒直接迎了上去："打吧，我这儿可是又有人证了。"

一旁的姑娘早就吓得不敢吱声，趴在静娴的背后。看着那姑娘惊慌的眼神，大宝的嚣张气焰最终化成了尴尬，只得将无所适从的手放在桌子上，不经意地敲了敲："快点给我。"

大宝没法子，配合着静娴签了名。

随着一声长长的下班铃响起，静娴刚准备把档案递过去，又收回了手。

五点一刻，下班的时间。

"哎，同志，可不巧，我们下班了，流程没走完，哪能把资料给你？上面要是知道了，可得怪罪下来。"

"你！"大宝气得急了眼，用手指着静娴。

静娴不忧，歪了歪头："气大伤身，你要还想借，下次可得赶早，哦，还有，还得登记。"

撂下这句话，她就开始穿起了外套。

大宝气得什么话也说不出，愣在原地指了小半天，只得灰溜溜地离开。

"静娴同志，你真厉害，这个大宝以前来借档案从不登记，弄丢了反而怪到我头上。"躲在身后的姑娘，一脸崇拜地望着静娴。

"他这种人，就是欺软怕硬，下次他再为难你，你告诉我。"静娴冲她眨眨眼，安慰道，"我来收拾他。"

在档案室吃了瘪，大宝心里别提多窝火了，这个赵静娴每次都要跟自己作对，次次得逞不说，还次次都能全身而退，想到这儿，大宝心里更是火燎燎的了。

他怒气冲冲地掀开餐厅的门帘，刚要进去就看到不远处拿着饭盒的杨北海。

提起杨北海，他更生气了，脑海里全是在厂口"麻花辫"娇羞望着北海的画面。他想不通自己喜欢的女同志，怎么会喜欢这种徒有其表的人。

这个杨北海看着是个老好人，却天天往周建华跟前跑。他还没自己精明，自己拍马屁拍得光明磊落，他呢，一副道貌岸然的样子，最后还什么都没捞到。

徐杰远远地就瞧见了北海，隔空晃了晃手，就往他身边挤。

刚挤到北海跟前,就从兜里掏出一把大白兔奶糖,塞到了他手上:"尝尝鲜!"

这些奶糖是徐杰做中间人帮静娴联系其他厂的汇演赚的"犒劳费",在那个年代,可稀奇得很。

谁知刚嚼了没几下,大宝就出现在他面前:"哟,吃什么呢?"

"吃山珍海味呢。"徐杰白了他一眼,又刻意咂了咂嘴。

"我就是来关心一下杨北海。"大宝的嘴角微微勾起,"下乡名额没给你,是不是很失落啊?"

徐杰一听那还了得,当众欺负自己的好哥们儿,刚想冲上前跟他理论,却被北海攥住,摇了摇头:"是啊,挺失落的。"

这一回答,倒是噎得大宝不知道说些什么好了,霎时间气急败坏起来:"连连往革委会跑,反倒什么都没捞着,换我,我也失落,我不光失落,我还得闷着头趴在被窝里哭呢。"

北海心里清楚,食堂来来往往这么多人,他这是想坏自己名声。

"这事儿跟你们文宣队没关系吧?再说了你有证据吗?"徐杰急了眼,嗖地窜到了北海跟前。

"在座的,有谁没见过他三番五次去革委会?"

人群中传来了窃窃私语的声音。

"大宝,你是不是没事找事?"徐杰彻底愤慨了,一只手抡起拳头悬在空中,一只手揪住了大宝的衣领。

"我就想让大家看清楚'活雷锋'其实是什么样的人!我大宝做过的事我会认,他杨北海连男人都算不上!"循声而来的人越来越多,大宝吊着嗓子故意把事情闹大。

"身正不怕影子斜,徐杰,松手。"北海拉回了徐杰,示意他不要冲动。

看着徐杰一脸愤愤不平的样子,大宝这才觉得心里舒畅了许多,居然还上前两步,侧头对北海私语:"你跟徐杰,咱们走着瞧。"

他瞥了一眼旁边的徐杰，径直从他身边走过，又装作不经意的样子扫下了北海放在桌边的搪瓷杯。

搪瓷杯摔到地上，水溅了一地。

"哎哟，真是对不起，瞧我这么不小心。"

徐杰又想上前，北海扯住了徐杰，又摇了摇头，他心里清楚，当着这么多人的面，若是徐杰出手，自然吃亏。

人群散去，徐杰赶紧蹲下来捡起杯子，却发现杯底已经被磕出了一个洞，没法儿用了："这可是……"

北海笑着摇了摇头："走走走，吃饭去。"

说罢，他把杯子揣进怀里，杯壁上面歪歪扭扭地印着几个字：赠阿眷。

这只杯子是北海父亲走之前留下的。阿眷，就是北海母亲的小名。

徐杰知道北海心里难过，看着他拼命扯着自己挑菜的模样，他内疚极了，若不是自己刚刚正中大宝下怀，北海怕是也不用受这种委屈。

于是他闷着头，把北海挑的饭菜吃了个精光。

车辆厂看似挺大，却也很小。不一会儿，大宝的"光荣事迹"就被传到了档案室。

静娴听后自然是难受的，却又不敢表现得明显。

她找了个由头，径直去了五车间，本想找北海，结果等了半天他都没出现。她只得强压着怒火，心里暗暗问候了大宝千儿八百遍。

最后只有徐杰回来了，两个人同仇敌忾了一会儿。

看着静娴那怒发冲冠的模样，徐杰霎时间觉得她是正义的有志之士，更重要的是，她也把北海当朋友，顿时在心里把她纳入同一个阵营："北海说他想自己一个人走走，没办法，我就先回来了。"

"那他没说去哪儿？"

徐杰摇了摇头："三车间有批零件到了，我只能先回来忙工作，不然，你替我去找找？"

"行！"

静娴嘴上应下了，可找了好久，绕着厂子转了好几圈，都没瞧见北海的身影："这傻子，不会是含恨而终了吧？"

想到这儿，静娴的心揪了起来，她脚底生风，最后终于在杂物间瞧见了那个熟悉的身影。

此时此刻的北海，正拿着砂纸，轻柔地磨着杯子破口处的边缘。

他虽是厂里专修机器的职工，却对修搪瓷杯毫无了解，电烙铁、松香、焊锡丝摆了一桌子，愣是无从下手。

看着他那丈二和尚摸不着头脑的模样，静娴扑哧一声笑了。

她当家早，自然送搪瓷器具去修过，北海找的这些东西都是用来焊接电线的，不能修补搪瓷杯。

可她现在就是想使坏，想逗弄逗弄北海。

"你怎么来了？"全神贯注修补杯子的北海扭过头瞧见了静娴。

"松香松香！"

北海将信将疑地取了松香，放进一个小盘里，循着静娴的指令收拾了起来。

电烙铁飘起阵阵青烟，松香的味道袭来。

"可以焊了哦。"静娴在一旁调皮地提醒北海。

却没想到又一次失败了，北海烦躁地把电烙铁的插头拔了："算了！"

"你和大宝起冲突了？"静娴看着他那失落的模样，突然开口。

北海没吭声，点了点头："已经没事了。"

静娴突然玩味似的拍了拍北海的肩膀："小伙计心态不错，比我好多了，行了，你这外行也别想着自己补了，你给我，我认识一个手艺特别好的老头儿，补完以后跟新的似的。"

听到这句话，北海突然猛地抬起头，满脸惊喜。

那是他第一次近距离看静娴，阳光洒在她的侧脸上，她的睫毛很长，扑闪扑闪的，漂亮极了，像蝴蝶在轻盈地扇动翅膀。

想到这儿，北海赶紧低下头："谢谢，谢谢你啊，静娴同志。"

可一旁的静娴没有发觉他脸红,摸着下巴若有所思:"我觉得,咱得向大宝表个态,省得他总认为我们是软柿子。"

"不然……算了吧。"

静娴翻了个白眼,伸出食指摇了摇:"你不做,我不做,大宝迟早要堕落!咱这是为大宝好,又不是泄私愤,我们不该帮助走上歧途的同志吗?"

"什么意思?"这倒是北海从没听过的想法。

"他今天上午在我那儿没讨到便宜,转而为难你。你想啊,这种人肯定得寸进尺,他下一个欺负谁?志强?徐杰?你可是厂里的'雷锋',你是不是该身先士卒?我们制止他,就是在帮他浪子回头!"

北海显然被静娴说动了,但他知道静娴的性格,就怕她在实施过程中,把控不好做过火,既然拦不住她,索性就陪她一起,出了事也好一起解决。

"你知道咱厂子里的鬼楼吗?"静娴突然神秘兮兮地望向北海。

"那个废弃的审讯室?说不吉利就废弃了的那个?"

静娴点点头,继而意味深长地揶揄北海:"我听说,现在经常有人在鬼楼里解决男女问题,你知道不?"静娴朝北海眨眨眼睛。

北海瞬间就明白了,如果此刻有面镜子,北海就能看到自己涨红的脸。

"所以我打算……"静娴轻轻地靠在北海耳边,说出了自己的计划。

翌日上午,静娴拿粮票买了一小盒桃酥,趁午休抽了个空,去隔壁国棉一厂跟收发室的大爷谈天说地。

静娴三言两语地把老人家说开心了,再奉上桃酥,自然就要到了他们厂上一期的手抄报。

而静娴使计要来手抄报的目的,是为了模仿小柔的字迹。

小柔是国棉一厂的厂花,正是大宝之前追求得轰轰烈烈的那位女同志。

回到车辆厂的档案室，静娴就开始奋笔疾书写了一封信，里面的内容大致是：

大宝同志，我们应当多多交流一些先进思想。
今晚八点，鬼楼不见不散。

眼见大宝离开办公室，静娴把信封上写着小柔的名字的信放在了大宝办公桌的正中心，然后她躲在办公室外头藏了起来，视线正好对着大宝的办公桌，一览无余。待她看到大宝狂喜地阅完这封信，这才满意地离开。

北海让徐杰帮忙给家里捎个口信，谎称自己要加班。

他装模作样地摆弄一番机器后，偷偷摸摸地去鬼楼和静娴会合。

此时夕阳将下，只见静娴蹲在地上捣鼓着什么，旁边是她拿来的一大包东西："你拿这么多东西干吗？"

"没多少，就是床单和几个滑轮。"静娴把滑轮拿出来，招呼北海来帮忙组装滑轮。

北海一看她这有备而来的样子，立刻意识到能把大宝约到这儿来，恐怕她早下了功夫。

静娴看瞒不住他了，只得支支吾吾地把"情书"的事儿坦白。

北海虽料到静娴早有计谋，却没想到她竟然一人做主，都不找自己商量。北海的脸一垮，静娴就知道他心中不悦得很了。

"我保证绝对不会节外生枝！"

看着她那诚恳的模样，北海叹了口气："滑轮！"

静娴窃笑着把滑轮递给北海，又指了指二楼楼梯的扶手，暗示他在那儿装上滑轮。

虽然得到了静娴的保证，但北海总觉得静娴在这事儿上的承诺像纸糊的一样不靠谱儿。

事已至此，已然是箭在弦上了，北海只得去帮静娴装滑轮。

滑轮安装完毕，北海下了楼，发现静娴还低着头在跟绳子较劲，北海觉得好笑："平时看着跟人精似的女同志，怎么连绳都不会系？"

"这个活扣跟我作对！"

北海一听，霎时间被逗笑了："绳是死的，人是活的，它还能跟你作对？"

看着静娴那满脸郁闷的模样，北海蹲了下去："我来吧。"

却没承想，静娴收手的瞬间居然跟北海的手碰到了一起。

手背跟手背碰触的瞬间，静娴宛若触电一般全身酥麻，她赶紧把手缩了回来，扭过头："你会系，你来系吧。"

这回换北海纳闷儿了，赵静娴怎么突然发抽了？不会是刚刚系绳子伤到手了吧？

"你的手受伤了？"北海起身靠了过去，瞧着静娴的手。

"我手好着呢……"静娴赶紧摇摇头，又转过了身子，生怕被他瞧出端倪，说完便匆忙转移了话题，"杨北海，你之前来过这儿吗？"

"我第一次来，怎么了？"

他们一起来到二楼，将床单绑到了绳子上。

"那……第一个和你来鬼楼的女同志，是不是我呀？"

夕阳余晖散尽，夜色渐渐填满了这废弃的大厅，静娴突然扭过头问出了这个问题。

"对呀。"正在系绳子的北海脱口而出，但他刚说完，就意识到了静娴问这句话的意思。

他的脸烫极了，嘴就像着了魔般不听使唤，问出了那句："你呢？"

"我当然也是！"静娴突然喊了一句。

星星挂上了高空，月光淡淡地洒在楼梯上，透着一股清冷，周遭只剩下两个人此起彼伏的呼吸声，好像谁先说话，谁就破坏了此刻的微妙氛围。

静娴时不时地瞟一眼北海，却又怕跟他对视。她想：自己刚刚为什么那么着急解释呢？解释就解释吧，居然连声音都跟着尖锐了几分，像极了被当场抓包的小媳妇。

她下意识地揪着衣袖，抿着嘴，心脏扑通扑通跳个不停。

北海透过月光瞥见了静娴那双局促不安的手。他想：自己刚刚怎么会问出那种问题？她是不是想多了？我是不是太冒犯了？

"你……"静娴的声音突然打破了沉默，北海不慎松手，床单唆地滑到一楼，就在这时，一个不合脚的皮鞋的声音也响了起来。

"快，快拉上来！"静娴沉着声喊道。

二人手忙脚乱地赶在大宝进来的前一秒，把床单再度拉到了二楼。

"这地方，还怪吓人的……"大宝拿着手电筒四处探头探脑地望着，但没敢将它打开，生怕光亮会引来其他人。

"小柔同志？我来了……"大宝紧张地整了整自己的衣领，猫着腰探寻。

为了见小柔，他还特意借了一套中山装，脚上蹬了一双皮鞋，梳了头发。

北海紧张地看向静娴，静娴把食指放在嘴边做出了一个嘘的动作，又轻轻咳嗽了两声，让大宝以为是小柔在回应他。

"小柔同志，作为女同志你可以先保持矜持，让我来说！我认为你提的革命目标非常明确，我建议咱们要更深入地交流……"大宝憨憨一笑，认为自己先把准备好的话说完，便能拥有感情主导权，可他竟然也会因为害羞而说不出来，红着脸低下了头。

躲在墙后的北海冲静娴做了个表情，两个人鸡皮疙瘩都掉了一地。

"我喊1、2、3……我们就放。"

北海点点头。

"1、2、3……"

静娴迅速做出放的手势，北海配合地把手里的床单一荡，白色床单顺着设置好的滑轮迅速飘了下去，直逼大宝的面门。

床单盖过来的瞬间，大宝吓得一屁股坐在地上，眼看那东西越来越近，他条件反射似的捂住了头，闭上了眼，失魂落魄地大喊道："啊，啊，有鬼啊，救命……"

北海和静娴窃笑，手忙脚乱地把床单再拉到二楼，免得露出马脚。

"对不起，神仙爷爷神仙奶奶，我冒犯了此地……"大宝闭着眼，双手合十拜了半天，才惶恐不安地放下手，警惕地打量着四周，发现好似没什么动静了，起身拔腿就跑。

结果跑了没几步，就被杂物绊了一下，衣服还让钩子钩住了。

他不敢回头看，只能破罐子破摔似的求饶："求求你，饶了我吧！我大宝生平没犯过什么大错，平时也就吃吃道具点心，巴结巴结领导，最严重的就是欺软怕硬。我也想改啊，可这是老毛病了……我虽然可恶，但罪不至死，求求你饶了小的，小的回去给您烧纸膜拜！"

说完这些话，这个"鬼"也没进行下一步行动。大宝壮着胆子，哆哆嗦嗦地打开了手电筒。

大宝伴随着颤抖的光柱回头，发现"抓住"自己的其实是一个钩子，他骂了声娘，站起来拍打了一下身上的灰。

他拿着手电筒照了照周围，发现墙上全是抵制牛鬼蛇神的标语。接着，他看到了一楼和二楼的滑轮装置。

"我就说，真正的唯物主义者是无所畏惧的！楼上装神弄鬼的人给我出来！"

"快走！"眼看大宝就要上楼，北海一手拉着静娴，一手拖着床单，就往走廊深处跑。

大宝的脚步声尾随其后："让小爷看看，究竟是谁在戏弄小爷！"

这大楼废弃良久，每一个办公室都锁了门，北海和静娴只能紧紧地贴在凹进去的门框里。

手电筒的光束先射了过来，随之脚步声也越来越近，他们似乎能听到大宝的喘息声。就在三人擦肩而过的时候，北海抓着床单，套在了大宝的头上。

大宝被床单蒙住，大叫了一声，在床单底下挣扎，北海和静娴趁机溜走。

可楼下更加破败，几个房间的门都东倒西歪地倒在地上，只有一个小房间的门能关上："走！"

静娴跟着北海跑了进去，从里面用身体抵住了门。

紧随其后的大宝看到了两个人的身影，在外面用力地踹门："你们已经暴露了，乖乖出来俯首认罪。"

北海抵住大宝的攻势，静娴紧急地环顾四周，使了吃奶的劲儿用破柜子堵住门。

暂时得到解放的北海靠在墙上喘着气。

大宝踹也踹了，撞也撞了，刚刚又受了惊吓，现在也体力不支，只能消停下来。他打着手电筒，四处寻摸了一会儿，找来一根铁丝："里面的人听着，再不出来，我就把你们反锁在里面！"

大宝用这样的说辞发难，明显不知道究竟是谁在戏弄他，北海和静娴自然不愿出声。

"行，敬酒不吃吃罚酒，你们就在里面给我好好待着吧。"大宝用铁丝拧住了门锁。

北海和静娴把耳朵贴在门上，听到大宝的脚步声越来越轻，似乎已经走远了，他俩这才松了口气。

北海撤去了堵门的破旧的高柜子，动动门，才发现两个人真的被大宝用铁丝反锁在屋子里了。

就在这时，屋子深处的杂物间突然传来一阵窸窸窣窣的声音，二人吓了一跳，他们俩没带手电筒，只能借着月光试探性地往里走着。

静娴尝试着推门，但门被锁了打不开。

"你快过来！"静娴听到北海叫她，暂时压下了自己的好奇心。原来北海见这房间高处的一扇玻璃窗因年久失修而破碎了一半儿，外头的防盗铁栏杆也被人拔走拿去炼钢了。

他比量了一下大小，正适合一个成年人爬出去："你先从这儿走！"

"你怎么办？你拿什么垫高爬上去？"

不等静娴再争辩，北海直接弯下身体："没时间了！踩着我上去！"

"你不走，我也不走！"

"你糊涂了？出去以后回正门把铁丝解开，我不就出去了？"

焦急的情况让静娴失去了理智，她反而把解决办法想得很复杂。于是静娴一咬牙狠心踩在了北海的背上，北海缓缓起身，静娴钻过窗户，跳到了外面。

逃脱了的静娴赶紧绕了一圈跑回杂物室门口，拿着掉落在一旁的床单包住铁丝，用尽力气把它掰开。

她敲了敲门，北海推开门也得以逃脱。

正当二人准备离开时，北海突然拿起地上的铁丝，把门又给锁上了。

"你干吗？"

"等他带人回来的时候，发现里面没人，会不会真的以为有……"

"你什么时候变坏的？"

静娴看着北海，又扑哧一声笑了，两个人一路小跑，躲到了楼外。

不一会儿，大宝带着一群人浩浩荡荡地杀回来，来的人个个装备齐全。

"他一定是去了一趟职工宿舍，把能叫来的人全叫来了。"静娴悄悄说道。

北海点了点头，和静娴悄悄地跟了上去，混进了前来围观的人群。

没想到大宝竟然真的从楼里押出来两个人。

静娴惊讶地望向北海，北海眯着眼睛，费力地想要看清被押出来的两个人："好像……是我们车间的赵主任和红姐……"

"不是吧，他俩真的有男女作风问题啊？"静娴这才回想起，刚刚在鬼楼里，听到的奇怪声响，"原来是他们！"

人群散去，北海骑自行车载着静娴，送她回家，车座后的静娴久久才开了口："杨北海，我仔细想了想，咱今天其实算做了件大好事！"

"我倒觉得挺内疚的，如果不是我们，赵主任也不会被抓。"

听到这句话，静娴猛地从自行车上跳了下来。

"正常的男女交往谁会大晚上去鬼楼？再说，这赵主任可是有家室的人，就算没今天这事，指不定明天他们就因为别的事暴露了呢。"

北海停稳了自行车，挠了挠头："你说得有道理，可我总觉得别扭。"

"你都说了有道理，还琢磨什么？"静娴看着北海厚实的背影，忍不住发问，"你这么老实的人，是不是没干过今天这种荒诞的事？"

北海没法儿反驳，只能失笑地点点头。

"要我说，你就是这种事做得太少了，这种事对我赵静娴来说可是家常便饭，有一次我还使计，智斗了院里的小偷呢！"

静娴的语气里带着些许自豪，说完又顺势跳上了北海的自行车后座："不过事后我妈很生气，罚我抄书，让我学着知书达理一点儿。"

北海看了一眼静娴，从她的神色里瞧出了些许悲伤。

车轮飞速地旋转，一旁的街景飞驰而过，静娴低低的声音传到耳边："我妈是个很温婉的女人。"

北海停了半晌："伯母还好吗？"

静娴深吸了一口气，侧着的双腿摆动了起来："在我14岁那年，她思念成疾，去找我爸了，所有人都说她痴情又可怜，但我觉得她太自私了，抛下了我们二个孩子。"

北海听到了静娴的啜泣声，他停下自行车，回头看到静娴泪眼婆娑。

一时之间，两人都没有说话。

北海在脑子里组织了一万种措辞，想开口安慰她，话到嘴边却怎么也说不出来，于是从兜里掏出手绢，递了过去。

静娴眼睛里蓄满了泪花，她擦干眼泪，忽然抬起头，笑着说："这没什么大不了的,都过去了。"

　　北海瞧着她的模样,点了点头:"其实,自那年我妈带着我和弟弟来了青岛,我也再没见过我的父亲……"

　　"你?"

　　北海轻轻地笑了笑:"我早就知道自己要做这个家的顶梁柱,做顶梁柱没什么不好,不是吗?"

　　"嗯!"静娴用力地点点头。

　　路灯散出的光芒落在两人身上,四目相对的瞬间,他们看到对方眼神里的炙热,仿佛终于与多年失散的亲人相遇。

　　书上说,世界上没有完全相同的两片树叶。人性的复杂程度比树叶更加冗杂,所有生命都充满了独特性和多样性,可他们却心灵共通般融合在了一起。

　　或许,这就是命运吧。

第九章

生活的重量

> 小时候想哭就哭，长大了想哭，还得憋回去。

赵主任和红姐这对搞坏男女风气的坏分子，被大宝当场抓了个现行，百口莫辩。

赵主任因此被削去了职位，红姐也遭受了处分。大宝却阴差阳错地立了功，还升了职，被调到厂革委会去了。

看着大宝的气焰越发嚣张，北海暗地里不屑了良久。

静娴倒是不气，还反过来安慰了他几次："我们虽说拯救失足同志失败了，只能暂时任由他堕落，但以后机会多得是。"

听了静娴的一席话，北海心里这才畅快了不少，对付大宝这种人急不得，他越嚣张，出的纰漏就越多。

大宝被调去了革委会，五车间的门口倒是清净了不少。没人天天蹲门口找碴儿，志强还有些不适应，去打听了八卦，听说大宝那晚在鬼楼被吓得够呛，跑回去找人的时候，水杯都拿不稳了。

北海听了以后笑笑不说话,接着忙手里的活儿,他心里是有些得意的,一想起大宝当晚的模样,就觉得一阵痛快。

但是母亲近日对他却是颇有微词的。她费尽心思替他争取下乡名额,被他拒绝了不说,还当众驳了多年故交的面子。为此事,她的心里一直憋着一股怨气。

事后,每次北海回家,她都不依不饶的,在厨房里把锅碗瓢盆摔得震天响。开饭时,连拿筷子都直接忽略掉北海的那双,仿佛没这个人似的。

北海听她念叨心里也烦,索性就不在她跟前出现了。

两个人就这样僵持了小半个月。最后,还是杨北川做了和事佬,带了高慧芳做的板栗来厂里探班。

兄弟两个人坐在中央广场谈起了心。

"哥,其实妈也是好心,想给你谋个差事,这样咱家就能改变面貌了。"杨北川剥了一颗栗子递给北海,默默低下头,"为这事儿,咱妈跟周姨聊了好久,好不容易才定下了,没想到……"

接过栗子的北海搓着手里的栗皮,没吭声。

跟母亲冷战这么久,他睡不着的时候也琢磨了不少事。父亲还在的时候,记忆里的她还很温柔,就连说话也都是轻声细语的。印象里她最后一次掉眼泪,是父亲连夜离家的那天,从那之后她好像再也没有在他们面前掉过泪了。

是从什么时候开始,她再也没服过软?他记不清了。

一颗栗子被搓得干干净净,他放在手心里捧了好一会儿,最后还是塞进了嘴里:"我知道了,这周末我早点回家,你别操心了。"

北海却没想到,高慧芳早在家里提前设好了宴。

北海进门的时候,周建华一家早就入了席。

"北海哥,你回来啦。"看到进门的是北海,若云语气里满是高兴。

北海摸不清状况,只能礼貌性地点点头,又挤了一个笑,算是打了招呼。

高慧芳见他愣住了，赶紧凑过来打圆场："你叔跟你婶儿来家里吃个饭，你瞅你这孩子，大家都坐齐了，就等你了，还不快点放了包，把身上的工装换下来……"

杨北川叨了一口肉，赶紧抹了抹嘴："哥，来来，我来帮你……"他边说边拥着北海进了房间。

进了房间后，北海挣脱开他的手："怎么也没人告诉我，周叔他们一家今天要来？"

北川有点局促，挠挠头："妈怕说了你就不回来了。"看北海直瞪着他，他赶紧又补了几句，"还不是因为你驳了周叔的面儿，妈这才特意设宴给人家道歉，人家那么大的官儿，这交情哪能说断就断了？"

北海皱着眉，心里忽然一阵酸涩。

但一想到名额的事，又一阵焦躁，总觉得躁得慌，抬不起头来。

北川看出了他的窘迫，埋过头小声嘟囔了一句："不就一顿饭嘛，你就低头吃饭，吃完了不就啥事都没有了？"

事已至此，也没别的办法了，北海叹了口气，只得换了衣服跟着北川出了房门。

"建华叔，周婶儿，若云。"北海跟他们一一打过招呼，顺势坐在了最靠外的位子。

这时高慧芳刚好端菜过来："你这孩子，快坐若云旁边去，咋还坐这儿来了……"

北海一愣，支支吾吾的刚想拒绝，没料想周婶儿也跟着开了口："若云，还不快给你北海哥再拿双筷子。"

没办法，北海只好往右挪了一下，挪到了若云身边。

看着若云双手放在膝盖上，红着脸低下了头，北海不好意思地搓了搓手，高慧芳赶紧招呼大家开了饭。

"建华，孩子不懂事，我敬你一杯，算是给你赔罪了……"

看着嫂嫂擎起了杯子，周建华也擎起了杯子，连连摆手："老嫂子，孩子们大了,也都有自己的想法,可以理解,我也没帮上什么忙……"

"他们懂个啥,等闯破了头,就知道滋味了。"说罢,高慧芳瞪了北海一眼。

北海心里一阵不快,又不好发作,脸色阴了几分。

坐在一旁的若云瞧出了些许端倪,赶紧接过话打了圆场:"姨,不下乡也挺好的,北海哥还能在跟前多孝顺孝顺你。"

高慧芳听了这番话,立刻眉开眼笑:"我可不敢指望他跟杨北川这俩小兔崽子,不让我操心就谢天谢地了。"说着,又扭过头对周婶儿说,"若云这孩子啊,从小就贴心,我就是没这个福气哟,生了俩小子,要能有这么个闺女……"

周婶儿放下筷子,笑盈盈地接过话茬儿:"嫂子,你盼着有个闺女,我跟建华就盼着有个儿子呢。"

两个人你一言我一语,还聊起了北海跟若云小时候的事儿。

"那时候不管干什么,两人就好一块儿玩。"

"可不是,分都分不开。"

高慧芳看北海只顾着低头吃饭,赶紧用手肘捅了捅他,使了个眼色:"还不赶紧给若云夹点儿菜?"

北海顿了顿,夹了块土豆放到若云碗里。

高慧芳冲着周婶儿挤眉弄眼,一脸满意的笑:"瞅瞅俩孩子,门儿清。"

若云喜欢吃土豆,这北海是知道的,但这块土豆,他夹得不情愿极了。

他早就猜明白了这顿饭的意图,可不是只有道歉那么简单。

长辈们话里话外、明里暗里,都在撮合他跟若云。

再看看旁边害羞得脸红的若云,他忽然没了胃口,恨不得赶紧找个地缝钻进去。

"北海哥?"听到若云喊他,北海定了定神。

"我刚回来不久,很多地方都不是很熟悉,你要有空,可以带我四处逛逛吗？"

还没等北海编出来由头拒绝，高慧芳就接过了话："青岛这几年可变了不少，什么街啊路啊，七七八八起了不少名字，是得找个人带着转转。"

"最近厂子里事儿挺多的，我恐怕没空……"北海一心只想拒绝。

可周建华喝了小半瓶酒，一听北海说没空，当即就大手一挥："等我明天跟你们主任说，批你一天假！"

北海本想再说点什么，却被高慧芳一把摁在了座位上。

送走若云一家，北海摔门进了屋，连杨北川都不理了。

他只觉得身体里气血翻涌，一阵焦躁，甚至都不知道是在气高慧芳，还是气自己。

他讨厌这种感觉，宛如一个任人摆弄的筹码、物件，他决定明天要跟若云彻底说清楚。

头埋进了枕头里的瞬间，心里才勉强好受了一些。

第二天一早，天刚蒙蒙亮，高慧芳就叫他起床："杨北海，快起来收拾收拾，早早去你周叔家楼下等着若云。"

约的时间是七点半，这才五点半，他本想再多睡会儿，却没料想高慧芳直接捶起了门："杨北海，喊你呢，醒了没？"

"知道了……"他一阵烦躁，把被子直接盖过头顶。

任凭谁被高慧芳这么一闹，都睡不着了。于是他套了件衬衫，就去洗漱了。洗漱完，他拿上外套就头也没回地出门了。

"饭都不吃……唉，这孩子，你带若云出门逛逛，有点眼力见儿……"

高慧芳还在楼上喊，北海跨上自行车，直接就蹬出了巷子。

出门的时候是六点半，摆脱了高慧芳的碎碎念，北海终于松了口气，可他还是想不明白，母亲为什么一心想撮合自己跟若云。

"想不明白就不想了，出了门，决定权就握在了自己手里。"北海像是自我安慰一般，嘟囔了一句。

暮夏的风着实有些凉了。风顺着衣服灌进袖子里,让人忍不住想打寒战。

距离若云家还有二十多米,他下了车,慢悠悠地推着车往前走,结果刚走没几步,就瞧见了一个姑娘。

北海定眼看了好久,才发现站着的姑娘是若云。北海没想到若云也起了个大早,早早就在楼下等着了。

那天若云穿了件花色少有的裙子,就连头发都是精心打理过的。

北海咽了口唾沫,又低头瞧了瞧自己——裤脚蹭着灰,袖口也有些皱。一时间,他有些后悔。

"北海哥!"若云远远地瞧见了他,一路小跑着过来。

北海看她跑到跟前了,握着自行车把儿的手心竟然出了点汗:"你……你是早就在楼下等我了吗?"

若云低着头害羞地笑着,摇了摇头:"没,也没一会儿……我怕你等急了,就早早出来了。"

北海打量了一眼若云,这裙子衬得她的气色格外好,风一吹,她就跟从画里走出来的人似的。

若云发现他瞧着自己,捂着嘴偷笑,他赶紧移开目光,语气都心虚了几分:"那……那就去中山公园,你看行吗?"

若云点了点头,"嗯"了一声:"你骑车带我。"

她拽着北海的衣角,小心翼翼地上了车。

"那,那你坐稳了。"

"好。"

一路上,北海使劲儿蹬着自行车,中间有几次急刹车,若云一下就撞到他的后背上:"北海哥你慢点儿,不急的……"

北海连连应声,手心布满了汗,若云搂着他的腰,他实在是浑身不自在。

若云家距离中山公园不远,短短的一段路,北海骑得飞快,但还是觉得时间分外漫长。

下了车，若云像是看穿了他的心似的："北海哥你紧张啥？"话音刚落，就捂着嘴偷笑起来。

北海挠挠头，忽然也不好意思地笑了。

这一笑，两个人之间的气氛倒是轻松了起来。

有一瞬间，北海仿佛回到了从前，若云还是那个躲在自己身后、会哭鼻子、需要人保护的小女孩儿。

但现在，小女孩儿好像突然长大成人了。

"这几年你过得还好吗？"北海下意识地说出这句话。

若云温婉地笑笑，低着头，一阵风吹过，她额前的刘海儿飘了飘，遮住了眼："刚出去的时候还真的有点不太适应，不过后来就慢慢习惯了。"

北海若有所思地点点头，又像是想起了什么："那想好要做什么了吗？我记得之前你一直说想做个医生，治病救人。"

若云侧脸看看他，扑哧一声笑了："原来你还记得啊，我记得小时候我们常拿一些棉絮裹进粗布里，然后找个细长的小树枝……"

"那时候你就爱玩这个，跟医生似的，还捣鼓捣鼓这儿，捣鼓捣鼓那儿，我还得给你用小尖刀削好几条柳枝。"北海爽朗地笑了起来。

风吹得树叶沙沙作响，树荫下，是两个人并排走过的光影。

北海跟若云就这样你一言我一语地聊起了从前的事。

"一晃这么多年就过去了，小时候哪有什么公园，就整天窝在那座小楼里，三五成群地闹。"望着周围，北海有些感慨。

他是个念旧的人，常会想起往事，也常会在梦境里重温那些片段。

过往的一幕幕对他而言很珍贵，只是可惜小楼里的人来来去去，就连公共厨房里飘出来的饭菜香都换了味道。再看看若云跟他自己，也早都变了模样，不是吗？

"走吧，我带你去那边逛逛。"

若云跟在北海身后，两个人逛了一整天。

他们一起吃了当年常吃的老味道，看了老树，最后去了年幼时常去的那片海滩。

海浪拍打着岩石，溅起层层水花，又散开。

北海顿了顿，还是没忍住："昨天的事……"

若云摇了摇头，率先打断了他："北海哥，我还不了解你的性子吗？老辈人常说，先成家后立业，那也是他们对儿女的一种期待吧，昨天在厨房里忙活，芳姨就说这几年你一直都单着。既然我们都没成家，那不如……这样彼此有个人照应着，总比一个人轻松，你说对吧？"

本来到了嘴边的话，又被北海生生咽了回去，若云这话分寸拿捏得刚刚好，一点儿都不逾矩，他要是再说什么，怕是会伤了幼时的情分。

望着远处的渡船，他好像也明白了，自己跟若云再也不是从前那两个毫无遮掩的小孩儿了。

他有了自己的想法，她又何尝不是呢？

送若云回了家，跟周婶儿打了个招呼，北海就踏上了回家的路。

一路上，他想了很多事，甚至有一个瞬间，他想到了静娴，若是她，她会怎么做呢？

想到这儿，他又自顾自地摇了摇头，他跟静娴的性子截然不同，哪儿有什么参考价值。

到楼下锁了车，北海上了楼，到了家门口，他发现门虚掩着，本想推门，却听到屋里母亲正跟隔壁的宋婶儿"拉呱儿"（闲聊）。

"慧芳啊，你儿子这可是攀上了高枝，我看那姑娘可秀气得很！"

母亲没吱声，反倒是北海听了这句话一怔，手停在了门把上，表情瞬间凝固了。

随着吱呀一声，门开了条缝，高慧芳听到响动，抬头望了望，跟北海对上了眼。

宋婶儿一看是北海回来了，连忙收起了线盒："我先走了，你们娘俩好好唠唠，有得唠了！"

高慧芳送走了邻居，带上门。

扭过头，北海正坐在桌子前，眉头紧锁。

她没吭声，顺势坐到了他对面的椅子上，拍打了一下衣服上沾的线头，倒了杯水，喝了起来。

北海的脑海里一遍遍地浮现着宋婶儿刚刚说那句话时的神色，再看看面前的母亲毫无波澜、云淡风轻。

"攀上了高枝？"这难道就是母亲想让自己过的生活？

"妈，为什么啊？"北海沉着声音，"所有人都说我杨北海攀龙附凤，下乡是，如今姻缘也是，你却能面不改色地照旧……"

儿子的一番话犹如针扎，高慧芳捏在手心里的杯子抖了一下。

她从没料到北海会如此想，她一心想推他去一个更好的地方，哪怕要她豁出去这张脸面。

屋里的北川听到响动闯了进来，看着母子二人神色凝重，站定不动了："哥。"

"你让他说！"高慧芳突然扭过头，呵斥了北川一声。

"你为什么非得找人走后门让我下乡？如今，又非得让我跟若云处对象？妈，我也有自己的想法和选择啊……我在你眼里，难道是个可以任人摆布的器物吗？我的幸福不重要吗？"

面对北海一字一句地追问，高慧芳的手颤抖了起来："好，你不是想知道为什么吗？我告诉你……"

她起身，颤颤巍巍地奔着抽屉去了，从抽屉里翻出来一张纸，拍到桌子上："你爸的事被查出来了，咱都离开那么久了，还是对我进行了处分，让我停薪停职，我没办法了，我还能去求谁？你跟你弟弟的前途不能毁，不能毁，你知不知道……"

北海盯着纸上的字，手都哆嗦了起来。

北川二话不说，从厨房提了刀，就要冲出去："凭什么！凭什么！我要去找他们理论!"

高慧芳一个踉跄,夺过了他手里的刀,直接甩了他一耳光,耳光声刺痛着北海的每寸神经。

"糊涂!"高慧芳瘫坐在地上,菜刀砸在地板上,"你以为我不想一家四口团团圆圆的吗?当时连夜出走,就是料到了你爸的成分一定会连累到你们俩!这么多年过去,难道我不冤吗?"

看着一向坚强的母亲落了泪,北川心痛极了,跪在地上抱住她:"妈,对不起……"

听着周围的哭声、安慰声,北海攥紧的手一点点松了劲儿。

他比谁都清楚这张纸到底意味着什么,家里本来就不富裕,早些年还欠了些钱,现在高慧芳停了职,如果自己再失业……

周家当年落难,他们杨家人雪中送过炭,高慧芳是实在没办法了,才会拉下脸去求通融啊……

他懊悔极了,懊悔自己怎么就没想明白,平日里母亲那么骄傲的一个人,怎么会甘愿自己的儿子背上小人的骂名,还不反驳?

她是真的没办法了啊。

"妈……"北海的眼眶也湿润了,"我对不起你。"

一向强硬的高慧芳,此时此刻哭成了泪人,一家人抱在了一起。

北海强忍住泪,搂着母亲跟弟弟,终于体悟到了母亲的良苦用心。

看着那盖了红印的"审判书",他暗下决心:无论如何,都要照顾好这个家。

安抚好母亲跟弟弟,北海把丢在地上的菜刀放回了厨房。

借着微弱的灯光,他从书里翻出那张珍藏已久的全家福,瞧着照片里母亲和父亲的笑容,心里一阵酸涩。

高慧芳说过,无论是谁问起父亲,他们都必须撇清关系,因为只有这样一家人才能早日团聚。

可是这么多年都过去了,父亲始终没能出现,如今……

他咬咬牙,想撕碎照片,却怎么也下不了手,照片被泪水浸湿,只留下两团泪渍。

那一夜,他未曾合眼。

第二天,北海起了个大早,给母亲和弟弟做了早餐就出了门。

他已经做好打算,一定要在厂里积极上进地干活儿,却没料到大宝早就带着人,气势汹汹地堵在了厂门口。

远远瞧见北海来了,大宝掐了烟,大摇大摆地走过来:"哟,还有脸来上班?"

周围几个喽啰一阵哄笑,北海瞪了他们一眼,没有理睬,推着自行车继续往前走,可大宝摁死了他的自行车前杠,剩下的几个人围了一个圈儿,堵住了他的去路。

"这就想走?不再唠两句?"

"我跟你没什么好说的。"

北海往前一用力,大宝一个趔趄,他瞬间来了脾气:"来啊,快给我拦住他,走过路过的人来看看、来瞧瞧,这就是杨为民的儿子,攀高枝,靠裙带关系……"

北海眉头一紧,恶狠狠地瞪着他,他这摆明了就是刻意找碴儿,但转念一想高慧芳叮嘱过的话,只得咬了咬牙,把气往肚子里咽:"你到底有完没完?"

大宝看北海急眼,更来了兴致:"咋的,这就受不住了?这才哪儿到哪儿,你不是有能耐吗?你不是有劲儿吗?你使啊!"

周围的人越聚越多,时不时传来阵阵私语。

"你到底要怎么样才能让开?"

看北海毫无招架之力,大宝边讥笑他,边围着他绕了一圈儿,在心里暗暗盘算了许久,才开口:"想让我给你让路?那就证明一下吧。"

"证明什么?"看着他那副尖嘴猴腮的样儿,北海恨不得当即给他一拳。

"你不是说你是清白的吗？来啊，跟杨为民划清界限，就一句话的事儿，也不算难为你吧？"说着，就在人群中招呼起来，"快来看啊，杨为民的儿子要跟他爸撇清关系了！"

望着周围的人，北海的指甲深深地嵌进肉里，他在强逼着自己冷静。

"怎么，舍不得？"大宝眉眼间闪过一丝狡黠，像是算准了北海这种人说不了这种话，早就等着拿这个做文章了。

北海知道自己躲不过去了。当着这么多人的面儿，拒绝就等于默认，受牵连的不只是自己，还有母亲跟弟弟。

矛盾跟纠结一股脑儿地压在了心头，他的脑海里一遍一遍地浮现出爸爸的笑容。

他咽了口唾沫，抬起头，张了张嘴却发现怎么也说不出口，喉咙干得很。

瞧着周围的人都在窃窃私语，一瞬间竟然有些恍惚，他终于切身体会到了母亲嘴里说的"没办法"是什么滋味。

"杨为民是……杨为民……我……是我，我们没……"这句话几乎用尽了他全身的力气。

大宝本想继续刁难，没料到静娴冒了出来："哟，这不是宝哥嘛，这是在煽动群众罢工，阻碍社会主义建设生产？好家伙，让人瞧见还得了？"

眼看着周围人越聚越多，赵静娴又阴阳怪气地喊了这么一句，大宝可不敢耽误厂里的生产工作，只能就此作罢，悻悻地走了。

围着的人不一会儿就散了，只剩下静娴跟失魂落魄的北海。

"你还好吧？"静娴看着北海惨白的面色，小声地试探了一句。

北海听了这句话，头也没回地推着自行车就走了。

自己就那样当众撇清了跟父亲的关系，他觉得丢人。他内疚、自责，觉得对不起父亲，他不敢见静娴，更害怕听到她的安慰，他觉得那是一种怜悯，他怕极了怜悯。

看着北海离去的背影，静娴担心极了，她远远地跟在他的后面。

两个人就这样一前一后走过了广场，穿过了杏林，来到了五车间门口。

"你别再跟着我了。"北海锁上车子，忽然冷冷地撂下了一句。

静娴知道他受了委屈心情差，毫不在意，站在一旁看着他摆弄着手里的钥匙："这点事儿就让你受挫了？"

"你不懂。总之，离我远点儿就对了。"

静娴听了这句话，突然也没缘由地委屈起来："杨北海，刚刚我可是好心好意地帮你，你是不是个男人？这点事，就把你搞成这副模样？"

静娴的话彻底击溃了北海仅剩的一点自尊心，他低着头，冲她低吼着："你根本就不懂，你家是烈士家庭，我高攀不起，所以请你离我远点儿！"

静娴的泪水在眼眶里打转，她一把扯住北海："你说什么？你再说一遍！"

北海终于放弃克制，嘶吼了起来："我说你根本就不懂！你从小就出生在那样的家庭，金贵得很，我说你这种人，根本就不懂我们这些小蝼蚁的心情！"

北海的一番话直戳静娴的内心，她何曾容易过？北海起码还有妈妈，她呢？早年就失去了父母，她根本没人可以说，也没人可以依靠。

"我不懂你？我不懂你，你又什么时候懂过我？"她翻着布包，颤抖地掏出打算送给北海的梨子，直接摔在了他的面前，"我看你根本就不需要谁的安慰！"

看着地上摔出汁的梨子，北海心一沉，自己或许就像这梨子吧，任人宰割，又毫无反抗之力，就算是别人给予他的善意，都好似带着千斤重量，一点点地碾碎了他最后一道心理防线。

一直以来他从没觉得生活难过，但这一刻，他确确实实地感受到了生活的重量。

第十章

夏夜的告白

或许,喜欢就是愿意为了面前那个人奋不顾身千万次。

"你有什么事吗?"从档案室门口探出来一个脑袋,原来是个梳着麻花辫的姑娘,眉清目秀。

面对姑娘稍显疑惑的质问,北海慌忙地摆了摆手:"没事儿,没事儿,我只是路过。"就快步走开了。

已经连续好几天了,北海每天都来档案室晃悠,他一米八几的大高个儿,想悄悄装作路过还真是有点难。

姑娘看着北海离开的背影,叹了口气,走进了档案室。

"又是杨北海吧?"档案室的王姐伏案在填表格,头也不抬地发问。

"是啊,这几天都不知道来多少次了,真是个怪人。"姑娘坐下来,有点纳闷儿。

"太明显了,来找静娴的呗。"

"那他怎么也不问啊?"

"谁知道呢？"

自从上次跟静娴不欢而散后，短短几天，北海整个人精气神都颓了。不知道自己到底想做什么，总感觉自己心里空落落的。

想到静娴对自己说的那些话还有说话时的表情，北海就难受，忍不住一次次地跑档案室门口转悠。

他当然想见见静娴，但要开口去打听，又怕太明显，自己磨不开这个面子。

晚点再去一次试试吧，可能就碰上了。这么想着，北海又走到了工作车间的门口。

他正要往里进，突然听到有人在身后叫自己的名字："杨北海！"

回过头看去，发现是徐杰正气喘吁吁地站在自己身后，北海对着徐杰说："你这是干吗去了？怎么累成这样？"

"我一直在你后面，叫你名字多少次了，你愣是没理我，是不是干了什么对不起我的事？"

看着徐杰面红耳赤的样子，北海也有点不好意思："没有，我刚在想点事情，没听见，我去给你倒杯水。"

两人一边说着一边走进车间，徐杰走到工位上坐定，北海拿着他的搪瓷杯子去倒了一杯水，递给了徐杰。

看到杯子，北海又想起了静娴。

那天静娴把补好的杯子还给他，他仔细摩挲查看后，更确定了这是她白作聪明，买了个新的搪瓷杯。

摸着笔画不连贯的"赠阿眷"三个字，她应该花了不少时间，临摹了不少次吧？

北海这么想着，便没有拆穿静娴这善意的谎言。

徐杰接过水，喝了一口，然后开始直勾勾地看北海，北海被他盯得有点发了毛，对着他说："你看我这水也倒了，错也认了，你别这么看着我了。"

此时徐杰把水杯放下，瞪了北海一眼，说道："你这几天怎么回事，整个人就像丢了魂一样？这还是我认识的杨北海吗？"

"我能有什么事啊？天天写检查。"说这话时，北海显然有点心虚，也不敢直视徐杰。

"你别跟我贫，档案室的王姐都告诉我了，说你这几天不干正事儿，老在档案室门口晃悠，不是我拦着，人家王姐就要上报领导了，就为这，我还搭上一副蛤蟆镜。"

北海心里一愣，还是强撑着对徐杰说："没有的事儿，我那不是路过嘛，王姐太小题大做了。"

徐杰听北海这么说，看了他一眼，然后端起搪瓷茶杯，慢悠悠地说："还跟我装呢？这么多年了你心里想什么我能不知道？是去找静娴的吧？"

北海刚想反驳，徐杰紧接着说道："是不是一次都没见到？"

北海心里一惊，立马说道："你怎么知道？"话说出口之后，才发觉不妙，立马低下了头。

"我就知道！我真是火眼金睛，你还装没事人是吧？我以为有什么家国大事困住了咱厂的活雷锋呢，原来是儿女情长啊。"见北海一直不说话，徐杰也不拿他取趣了，接着说，"你这几天是见不着赵静娴同志的，我都向王姐打听了，说是人家这几天都请假了。"

听徐杰这么说，北海这才抬起头来问道："请假？为什么呀？"

"你问我，我问谁去？不过王姐说，好像是办什么事去了，再多就不知道了。"

眼见着北海又不说话了，徐杰没好气地说："这都几天了，要不是你好面子，早点去问，不就早知道了？你不是知道静娴同志的家在哪儿吗？你要真这么想见她就去找她呗，算了，你自己想清楚吧。"

说完，徐杰端着茶杯悠悠然离开了。

北海现在脑子里就像一团乱麻，一方面因为家庭和工作，一方面又想到静娴和若云，左思右想也没得出个所以然来。于是他狠狠地抹了一把脸，想不通就不想了，顺其自然吧。

北海从工位上站起来，左顾右盼之下发现今天车间出奇地安静，徐杰也早已不见了踪影。墙壁上"时间就是金钱，效率就是生命"的标语分外醒目，北海看了看挂着的时钟。

"不应该啊，往常这个时间大宝应该带人来押我了，今天怎么回事，风平浪静的？"北海一边自言自语，一边走出了厂房。

北海刚走到操场旁，就正面撞上大宝领着同样的一大群人，闹哄哄的，也不知道正往什么地方去。

他们穿着清一色的灯芯绒外套，戴绿军装的帽子，领头的大宝还带着之前用在北海身上的全套行头。

"这么热的天，也不怕焐出痱子来。"杨北海看大宝这个架势，好像不是冲着自己来的，赶紧给他们让了让路。

只见大宝像只斗胜的公鸡，带着一群鸡崽子，风风火火地就往前去了。

连着接受了几天的调查，一下子清静下来，北海反倒有些摸不着头脑了。他赶忙上前拦住一个平时跟自己关系还不错的"鸡崽子"，问道："今天这是什么情况？大宝冲谁去了？"

"还能有谁，赵主任呗，我们现在要对他生活作风上的问题做严肃的讨论。"那个工友一边回答一边伸手扯开自己的领子，他满头大汗止不住地流。

"看来热得不轻。"

那工友压低了声音："你以后别'大宝''大宝'地喊了，他好不容易放过你了，让他听见你这么随便地叫他名字，当心他给你穿小鞋。"

北海撇了撇嘴，有些不以为意："他给我穿小鞋也不是一天两天了……目标换成赵主任，那意思是以后跟我没关系了？"

"你啊,据说是上面领导给了指示,你认错态度良好,平时又是生产模范,那个宝哥就放过你了,算是过去了。"

工友对叫错大宝的称呼显然有些心悸,左顾右盼了一会儿,发现没人注意后松了一口气,紧接着对北海说道:"我知道的也就这么多,我得赶紧过去了,去晚了挨批的可能就是我了。"

他说完,就急匆匆地追赶人群大流去了。

领导给了指示?难道是周伯伯吗?北海第一时间就想到了若云,再想想上次得到的下乡指标,顿时反应了过来——一定是若云为了自己,麻烦了周建华。想到这儿,北海心里生出了对若云莫名的感激之情。

两人从小一起长大,若云温柔知性、善解人意,还一心一意为自己着想,可自从若云这次回来,自己对她一直是不冷不热的,忽略了她的心意,甚至还拒绝了她的好意。

想到这里,北海坐不住了,决定带若云出去玩玩,好好陪陪若云。

于是北海约若云再次去中山公园,再带若云去吃绿豆刨冰。

若云突然接到北海的邀约,心里藏不住地高兴,特意精心打扮了一番,比约定的时间更早地来到了中山公园。

她穿着细碎花瓣图案的裙子,这还是托人从外地买的,在青岛别说穿,就连见过的人也不多,若云就这样坐在公园的秋千上晃着双脚等待北海的到来。

北海的自行车是当时最新款的二八大杠,上海永久牌子的,看得出来北海平时很爱惜这辆自行车,不只把手,甚至连车轮子都擦得锃光瓦亮。

虽然今天是和若云有约,但北海心里却还是不自觉地想到静娴,北海摇了摇头,像是要把这些念头都甩出去。

北海刚到公园停好自行车,一眼就看到了坐在秋千上的若云,他快步走了过去:"等很久了吗?"

若云看了看北海，有些害羞，笑着说："没，我也刚到。"

北海挠了挠头发，一时半会儿不知道说什么好，还是若云主动说道："我们走吧，逛逛公园。"

北海此时才突然回过神来，急忙说道："嗯，走……走吧。"

北海自己也想不明白，为什么从小一起长大那么熟悉的两个人，现在相处，却透着一点不自然。

这个下午，北海就像完成任务一样，陪着若云漫无目的地逛着，若云倒是表现得很开心，明明是早就吃过、见过的玩意儿，却像发现新大陆一样雀跃。

"看，那边在卖绿豆刨冰，陪我过去吧。"若云笑得很开心。

不远处，有人正蹲在街边，脚底下放着一个箱子，箱子外面还裹着被子，捂得严严实实，若云快步走过去，却发现北海还停在原地，像是想着什么一样。

看着北海的表情，若云并没有过问什么，只是在那之后，话就开始变少了，脸色也慢慢沉了下去。

傍晚的时候，北海推着自行车送若云回家。

回家路上，两个人都没有说话。就在快要到若云家的时候，若云对北海说道："如果很勉强的话，其实你不用刻意陪我的。"

北海连忙慌张地解释："没有勉强，和你一起逛公园我很开心，就像回到了小时候。"

听到北海这么说，若云笑了一下，接着说："你还骗人，你从小就是这样，心里藏着的事全写在脸上了，看得出来你因为家里的事情很不开心，今天一下午都没什么精神。"

不知道为什么，听见若云以为自己是因为家里的事情闷闷不乐，北海心里反而松了一口气。

看着北海如释重负的样子，若云接着说："你看，被我说中了吧。"

北海也没有否认，接过话茬儿对若云说："对不起，下次我一定好好补偿你。"

若云听到这句话，笑得很开心："你不用补偿我，我就想看见你高高兴兴的，你开心我也开心。"说完这句话，若云低下了头，摆弄着自己的手指。

可是北海完全没有领悟到话里的情意，一本正经地对着若云说："要补偿的，我会请你吃很多刨冰。"

听到这句话，若云跺了跺脚，对北海说："好了，我到了，你回去吧。"说完就快步走进了家门。

北海面对着紧闭的大门，被若云瞬息变化的态度弄得有些发蒙。

回家的路上，他一直在琢磨着女同志的心思。

刚到家，就听见大院里传来些许嘈杂的谈话声，只见大院里四舅舅和几个邻居正坐在藤椅上纳凉，北海在原地站定，听到了"走了""一路顺风"之类的字眼。

"四舅，你要走了吗？"

四舅舅这才注意到回家的北海，笑着点了点头："是啊，有运输任务，也休息这么久了，该走了。"

听到四舅舅肯定的回答，本就心烦意乱的北海脸色更不好看了，追问道："现在就走吗？这次去多久？"

听着北海急切的话语，四舅舅笑道："大晚上我走哪儿去？明天一早出发，时间不好说，短的话一两个月，长的话半年也说不定。"

四舅舅看着北海站在原地不说话，对他说："傻愣着干吗？还没吃饭吧，回家吧。"

北海跟着四舅舅走进家门，他正要去把饭菜热一下，北海拦住了四舅舅说："四舅，别麻烦了，我没什么胃口。"

看着北海失魂落魄的样子，四舅舅笑问道："怎么，这么舍不得四舅？都多大个人了，怎么还跟个小孩子一样？"

北海听着四舅舅的语调，知道这是他在跟自己开玩笑，于是垂头丧气地说道："四舅你就别跟我闹了。你说你在的时候，我有什么事还能跟你说说，可是你这么一走，我这一肚子的话说给谁听啊？"

"就知道你有心事，这几天都这副样子，之前看你不想说，我也没问，现在能跟四舅说说了吗？"

"有那么明显吗？"

"就差写在脸上了。"

听完这句话，北海叹了一口气，这才把这几天的事原原本本地告诉了四舅舅，最后问："四舅，你说我怎么办啊？"

四舅舅慢悠悠地喝了一口茶，长舒了一口气："哎呀，饭要一口一口吃，事情要一件一件解决。你几件事都堆在心里，当然理不清头绪，你需要静下心来想明白，再去做。"没等北海说话，四舅舅紧接着又说，"至于若云和静娴，我先问你，你对若云是怎么想的？"

北海挠了挠头，然后说道："若云很好，对我也很好，将来嫁人了也一定是贤妻良母，可……可是，我对她，就像哥哥对妹妹，从小到大都没变过。静娴……我不知道，我没想过。可是这几天没见到她，四舅你也看到了，我就像缺少了什么一样。"

四舅舅听完，露出一丝了然的笑容："那答案不是很明显了吗？"

"四舅你是说静娴吗？可是……"

"可是你不知道静娴是什么态度，主动去问她又磨不开面子，所以打算顺其自然？"被四舅舅看穿想法的北海陷入了窘迫，低下了头。

四舅舅接着说："都说车到山前必有路，可路，不都是人走出来的吗？"

北海听完，说道："四舅，你的意思是让我去找静娴？"

"可算开窍了，不枉我说这么多，感情这回事，等是等不出结果的，珍惜眼前人啊。"

听完四舅舅的一席话，北海觉得像是有一把钥匙打开了他心里的匣子。他决定明天去找静娴，把事情说清楚，说来也奇怪，当做完这个决定之后，北海整个人松了一口气。

四舅舅看着北海如释重负的样子，乐呵呵地说："现在吃得下饭了吗？"

此时北海的肚子也不合时宜地响了起来，有点怪不好意思的。

"你等着，我去把饭菜热一下啊。"四舅舅笑着推了一下北海的头，拿着菜去公共厨房了。

第二天北海起了一个大早，准备送四舅舅去车站，可等他起来，才发现四舅舅早走了，只在桌子上用信纸留了一句话：北海，勇敢去做。

北海拿着信纸，更加坚定了去找静娴说清楚的想法。

刚吃完午饭，北海就急匆匆地骑着自行车出门了，一路上乘着风骑得飞快，他的心情也莫名地舒畅起来。

盛夏的天气依旧燥热，特别是正午的太阳最为毒辣，但街头仍然聚集着一些闲人。他们穿着喇叭裤，戴着蛤蟆镜，这三三两两的人，倒也构成了一道独特的风景线。

他们从来不怕有人来抓，大不了隔天，没人检查的时候再穿好了。

刚到静娴家门口，北海心里又犯了嘀咕，虽然计划得好好的，可真到这个时候，就开始慌起来。

而就在北海在静娴家门口，进也不是退也不是的时候，静娴家的大门突然打开了，从里面走出来一个女同志，是静雯。

静雯穿着蓝白条纹相间的校服，她也看见了北海，只是脸色明显不好看。

此时北海想到之前自己的弟弟在学校欺负人家，还说了那么过分的话，更是尴尬。一时间慌张和窘迫交加，北海差点直接骑着自行车就逃跑了。

就在北海犹豫着要不下次再来的时候，静雯开口了："杨北海？你是来找我姐的？"

北海愣了一下，这才急忙回答："她在吗？"

静雯就想在口头上替姐姐出出气："你这家伙有什么好的，姐姐天天念叨着就算了，居然还为了你去市革委会求人。"

北海头压得更低了，就在北海觉得还是先走为妙的时候，猛然注意到静雯的后半句话："等等，你说什么，静娴她为了我去市革委会求人？这是怎么回事？"

"哼。"静雯发出一声冷哼，见杨北海还算是有良心，知道心疼姐姐，这才把事情对北海细说了。

原来前几天静娴请假，就是心疼北海在厂里，因家里成分的原因被人折腾。

为此，静娴下了狠心，去市革委会找了一位任要职的领导求情。

这位领导，正是当年她父亲见义勇为救下的那个青年。

听静雯说完，北海感动之余，也恍然大悟。

原来不是若云，是静娴为我做了这些。北海在心里想到，自己当初还责怪静娴的安慰没有作用，却不知道她在背后为自己默默付出这么多。想到这，他想见静娴的心就更加急切起来："那你姐在家吗？"

"这会儿应该在海边吧，她心情不好的时候，总爱去海边散心，具体嘛，应该在……"

没等静雯把话说完，北海已经急匆匆地骑着自行车往海边的方向去了。

看着杨北海快速消失的背影，静雯后半句话生生噎回了肚子里。

"听话也不听全，海边这么大，你上哪儿找去？累死你，活该！"

北海骑到半道上才发现自己太心急了，没有把位置听全，可眼下也顾不上这么多了，只能沿着海岸线边骑边找。

在他累得气喘吁吁时，北海终于找到了静娴。

此时海风轻柔地吹拂着，北海抑制住内心的激动，停好自行车，调整好呼吸，往海边静娴的方向走去："静娴？"

听到有人叫自己的名字，静娴回过头，见是杨北海，慌乱地又转过头看向大海："你来干吗？"

"我是来道歉的，对不起，我……"

静娴一听，冷哼了一声："你挺厉害的，不是不需要我吗？"

北海走到静娴的跟前，想让静娴看着他说话。但不论北海怎么想走到静娴眼前，她都别扭地转过身去，背对北海。

"静娴同志，我……是我不识好歹，是我把你的好心当成驴肝肺……你要是实在气不过，要不打我出出气？"

"我打你有什么用？"

静娴虽然这么说，但北海听出她语气软和了不少，遂趁热打铁："静雯都告诉我了，我真的非常感激你！"

北海再次走到静娴的跟前，这次她没有转过身去，只是眼睛朝下看着："回去我就把这死丫头的嘴缝上，让她跟什么人都说……"

"静娴同志，我……在你心里是不重要的人吗？"

两人间一阵沉默，安静得只听见海浪的拍打声。

其实北海提出的这个问题，答案他俩都呼之欲出，只是两人都不说破。

北海是没有勇气，而静娴却是在害怕。

也不知道从什么时候开始，静娴发觉自己变了。

不论是好的变化，还是坏的变化，都是令她害怕的，因为变化暗含了未知以及不确定性。

静娴什么都不怕，唯独对未知恐惧，所以她才会那么渴求知识，去看那么多的书。

"我知道，你为了我放弃了自己的原则，我很感激你，在我心里，你是非常重要的！"

"我变成了自己最讨厌的人，你不讨厌我吗？"

"其实我也变成了自己最讨厌的人，不是吗？"

这一刻他们终于敢对视，也终于敢把真实的自己剖开来给对方看。

静娴第一次感觉到，在这世上，在这样心力交瘁的时候，有一个人和她靠得那么近。

她害怕，害怕自己如果不挽留，他就会像抛入大海的漂流瓶一样，逐渐远去，渺无踪影。

一如她那面色苍白、眉眼紧闭、再无生息的父亲，彻底消失在自己的生活里。

"杨北海，我们在一起吧！"静娴突然抬起了头，迎上了北海的目光，一直噙着的眼泪，终于在这一刻落了下来。

北海看着眼中含泪的她，霎时间鼻腔一阵酸涩，他被打动了，被面前这个女人彻底打动了。

她的勇敢，她的大胆，她的坦白，她的一字一句，通通都吸引着他。

那些微妙的情愫，像是潘多拉的魔盒，打开后，源源不绝地冒出，一遍又一遍，撞击着他的心脏，越来越用力，越来越用力，召唤着他，从那禁闭的门中出来。

再看看面前的静娴，睫毛被泪水打湿，鼻头红红的，像极了草莓的尖尖儿，楚楚动人。

北海用力地握了一下拳，他终于伸出了手："你别哭……"

语气焦灼，又夹杂着担心。

北海的食指轻滑过静娴的脸颊，帮她擦着泪。

静娴似乎是被他这突如其来的安慰吓到了，她的脸一阵绯红，眼神也不由得闪躲，匆忙背过身去。

"看你哭，我会心疼。"北海的声音突然在身后响起。

短短的七个字,像是施了什么魔咒,反反复复在她耳边萦绕。

她那一向坚强的心,像是被什么击中,一点点褪去了坚硬伪装的外壳,袒露出的,只剩柔软。

她鬼使神差地回过了头,死死地盯住了面前这个男人:"那……"

迎上了那炙热的目光,北海用力地点了点头,终于毫无遮掩、毫无保留地对她坦白了自己的感情。

海浪盖过了喧闹的人声,一遍遍撞击着海岸。

幸福的滋味,一点点在空气里蔓延开。

"喜欢是什么?"

"或许是愿意为了面前那个人,奋不顾身千万次吧。"

第十一章

不完美约会

> 因为喜欢你,所以想更体面一点。

"这天气是越来越冷了……"徐杰紧皱着眉毛,抻了抻衣领,拿着不锈钢制的饭盒,站在职工食堂门口缩了缩脖子。

食堂里头热闹得很,除了锅碗碰撞的声音,还有打饭师傅的叫喊声,职工们嘈杂的谈话声,大家伙儿呼出的白气汇聚在一起,还有点说不出的暖意。

"这人也太多了,也不知道北海干吗去了。"徐杰裹紧衣服,四处张望,看了半天,才瞧见北海。

"徐杰!"北海看见了食堂门口的徐杰,张嘴喊了喊,自己一进门也忍不住打了一个寒战。

"北海,你可算是来了,让你快点不是,一下工就神神秘秘的,不知道干吗去了,现在这么多人,得排多久的队啊!"徐杰回过头看着他,语气里尽是不满。

"才让你等这一会儿就不行了?那不你说的好饭不怕晚嘛。"

"这两天心情不错啊?"徐杰忽然来了精神。

北海神秘一笑,转过头就要去打饭窗口排队。

"那不是静娴吗?喂!静……嗯……"

徐杰往前去的时候,偶然瞥见了在女职工打饭窗口排队的静娴,刚想打招呼,却被北海捂住了嘴。

原本打饭窗口是没有细化男女的,可前两天厂革委会下达了通知,说是要"一切细节狠抓男女作风问题",这才造成了当前的情况。

"干吗?"徐杰一把拿开他的手,还啐了几口口水。

"干吗不打招呼啊?前几天是谁茶不思饭不想的就想看见人家?现在是怎么回事?"徐杰说这话时,音量不自觉地一点点提高。

北海看见有人望了过来,赶忙向前一步捂住了他的嘴:"嘘,最近厂里革委会严抓男女关系生活作风问题,你又不是不知道,这儿这么多人盯着,你还顶风作案?"

徐杰听了这话,噘了噘嘴:"你不是一向身正不怕影子斜嘛……"话刚说了一半儿,就被北海瞪了回去,乖乖排起了队。

北海偷偷瞥向静娴的方向,静娴居然也回了头,两人视线交会、目光触碰的一瞬间,北海心里一颤,赶紧瞥向了别的地方,脸也烫了起来。

静娴像是看穿了什么,抿着嘴窃笑。

"不对啊,这里面有事啊。"徐杰鬼头鬼脑地看着北海,像是发现了什么。

北海被瞧得有些心虚,生怕他那些奇思妙想发作,赶紧打断了他的联想:"有什么事啊,吃饭才是大事,整天疑神疑鬼的。"

趁徐杰还没反应过来,他就拿着饭盒往打饭窗口挤过去。

刚入秋的青岛,要比别的地方冷一些。

在食堂吃完饭后,北海跟徐杰收拾了碗筷,裹紧了衣服,往车间走。

第十一章 不完美约会

"你说咱厂,这些天气氛是不是有些不对劲啊?"

徐杰听北海这么说,下意识地点了点头:"何止不对劲,你看看,咱这一路走回来,遇见的女职工,哪个不是低着头离得远远的?甭管之前认识不认识的,现在就像躲瘟神一样躲着我们。"

北海瞥了眼身边的行人,男职工走马路的一边,女职工走马路的另外一边,泾渭分明。

"我看不是躲着我们,是躲着厂革委会的那些人。"北海对徐杰使了个眼神,徐杰这才注意到路边上一直站着几个人,戴着厂革委会的红袖章,正看着路上的行人。

"长得人模狗样,却不干人事,净瞎折腾。"徐杰没好气地说。

自从赵主任因为生活作风问题被当场抓获,大宝主动揽过了活儿,打着肃清风气的旗号,开始在厂里狠抓起了男女作风问题,想再立奇功。

鸡毛当令箭,一时间,惹得厂里风声鹤唳。

原本男女职工之间,再平常不过的交流,都被拿出来大做文章。

在厂区的各处路口,还"布下重兵",但凡发现有男女职工交往过近,哪怕多说几句话,都会被革委会抓去调查。

"谁说不是呢?"听着徐杰的话,北海嘟囔着回应了一句,思绪却飘到了别的地方。

自从上次在海边,跟静娴确定了关系,在厂里,他跟静娴就没有一次像样的交流。

"你琢磨什么呢?"一句话把北海从沉思中惊醒,他这才发现徐杰定定地看着自己,"走着走着路,怎么还眉头紧锁了?"

"没什么没什么,赶紧回车间吧,快开工了。"北海怕徐杰又追问个不休,赶忙封住他的嘴,快步往车间走了起来。

"来,大家伙儿来评评理,我一个姑娘家,搬不动模具怎么了?让他帮我搬一下怎么了?"

北海和徐杰走到车间门口时,才发现门里门外围了好几圈人,人群的中心,是郭文沛,正吊着嗓门儿喊着。

郭文沛是厂里的女职工,也是厂里出了名的大嗓门儿,一副傲人的嗓子,咋咋呼呼的性格,利落的短发。平日里谁敢触她的霉头,算是倒了霉。

"今天这是怎么了?"北海自顾自地念叨了一句,下一秒,就被徐杰拉进了围观人群。

"这是怎么回事?"徐杰拉着身边一个职工偷偷地问。

原来五车间新到了一批模具,放在了门口,几个女职工商量着,把模具往车间里搬,但这批模具不轻巧,光靠女职工,很难搬进车间。

正犯难的时候,碰巧路过一个男职工,郭文沛就让他给搭把手,结果撞见大宝带着几个组员正在巡逻,说什么也要把他们带回厂革委会办公室调查。

郭文沛什么性格,当时就怒了,两个人理论了起来。

"来,你说说,工作上互相帮助有什么生活作风问题?凭什么你说调查就调查?"

郭文沛双手叉腰,眉毛倒竖,站在人群中央,斜着眼睛瞪着大宝。

大宝见了这个煞星,也有几分犯怵,不由得皱起了眉头,可一想到自己革委会成员的身份,腰杆子又硬了几分:"那你说说,咱厂职工那么多,为什么你偏偏找他?"

承想郭文沛一点也不退让:"笑话,他刚好经过,我们让他帮个忙怎么了?再说了,我们找谁帮忙你不会管?找你吗?"

郭文沛是憋了一肚子气,这平时工作,男女接触互相帮忙本来就无法避免,结果革委会一纸令书,导致很多需要对接的工作,平白花费了更多的时间。

一时间,人群里也传来了各种声音:"我看这完全就是多管闲事嘛。"

"就是,太不像样了,这互相帮忙能有什么作风问题?"

徐杰冲北海使了个眼色,东一句西一句地跟着也煽风点火了起来。

"还真是众人拾柴火焰高啊。"大宝脸色铁青,刚想提高嗓门儿再说些什么，却被旁边一个小弟拉了拉衣角，耳语了几句。

大宝的眼珠骨碌碌转了几下，忽然话锋一转："算了算了，只此一次，下不为例。"

然后他背过身，对着围观的人群喊道："都看什么看？不用上班了？都散了。"

最后，带着几个革委会成员悻悻地走了。

"你也不怕被大宝逮住，真有你的。"北海一把拉住徐杰。

"怕什么，众怒难犯，他能拿我怎么样？早就想看他灰头土脸的样子了，这也算是出了口恶气了。"

从那之后，大宝明显收敛了不少。

听说有不少人写了匿名信讨伐他，主任提点他注意民心所向。

他聪明，那些基于工作上的男女交流合作也基本不再过问了。

北海跟静娴，也因此多了不少见面的机会。

那天傍晚，北海来到了档案室门口，撞见了那个眉清目秀的档案室小姑娘。看着她的眼神，北海有些不好意思，但还是开了口："你好，同志，我想查阅一下档案。"

"档案？什么档案？你有许可吗？"小姑娘看着北海，一本正经地说。

北海有些尴尬，他当然没有什么许可，这次来档案室也是静娴托人传话让他下班来的，说是静娴有事找他，但为了避人耳目，就借口说查阅档案。

正当北海犯难的时候，突然听见档案室里传来一个声音："好了，你就别逗他了。"

此时再看那个小姑娘，眉眼里都是笑意："跟你开个玩笑，静娴叮嘱过了，说是傍晚你过来就让你进去，她要跟你说的话，在她桌子的抽屉里。"

北海有些脸红，不敢看她的眼睛，低着头应了一句，就往档案室里去了。

走进档案室，迎面又看见了一个女同志，年纪稍大，穿着深色的呢子外套、灯芯绒的裤子，比起门口的小姑娘看起来要稳重几分。

她向北海笑了一下，然后冲他努了努嘴，示意静娴的桌子是最靠里的那一张，北海微微俯首，算是向她致谢。看北海明白了她的意思，她就不再动作，低下头接着整理档案了。

北海往静娴桌子那儿走去，拉开抽屉，发现里面有一张字条，字条上只有寥寥几个字，字迹娟秀、工整，是静娴的笔迹：周六下午，电影院。

就这么简短的几个字，却让北海像吃了蜜饯一样雀跃。他小心翼翼地叠好纸条，揣进衣服的内口袋。

离开档案室之后，北海骑着自行车走在回家的路上，满脑子都是和静娴的周六电影院之约。

这算得上是北海和静娴第一次正儿八经的约会。

该穿什么衣服去？要不向徐杰借一套，他新潮衣服多。

到时候要说些什么？

也不知道看什么电影，电影票……

电影票！一想到这里北海就犯了难，他身上的钱好像不够买两张电影票的，这可怎么办？

事实上，北海每月发的工资，几乎都要交给母亲贴补家用。

此时母亲又停职在家，一家几口人的开支，全靠他的工资，自己哪里还存得住钱？

这可怎么办才好？要不，找人借一点，找谁呢？找找徐杰试试……

一想到这儿，北海掉转了车头就往徐杰家里去了，一路骑得飞快。

"徐杰！徐杰！"北海隔着院墙，叫着徐杰的名字。

"来了，谁啊？"院子里传来徐杰的声音，说着，徐杰打开了院门。

"什么风把你吹来了？得，有什么事先进来说，外面冷。"徐杰把北海迎进家里。

"还没吃饭吧？吃两口？还热乎着呢，一会儿凉了。"

"不了不了，我找你有点事。"北海正对徐杰说着，却看见他往厨房去了，一边走还一边说着："知道你有事，有事也不能不吃饭啊。"

北海知道拗不过他，索性不作声了，等他收拾完。

"说吧，什么事？"徐杰把筷子递给了北海。

"那……我就开门见山了，借点钱。"北海捏着筷子，有些局促。

"借钱？认识你这么久，可从没听你开过这个口啊，怎么了？出什么大事了？"徐杰突然着了急。

"没出什么大事，就借一毛钱。"

"一毛钱……不是什么大数字啊，你到底出什么事了？"

"这你就别问了，如果你宽裕的话，就借我。"

"这……虽然只是一毛钱，但不瞒你说，我真没有。"徐杰少见地老脸一红，"你也知道我这人，手里存不住钱，看见什么新潮玩意儿就想买，你看那边摆着的收音机，最新款的，上月工资买的，不然我问我妈……"

"没事儿，没事儿，反正不是什么大事儿，我自己再想想办法。"北海心里清楚，徐杰跟伯母借，高慧芳那边必然瞒不住，就和徐杰吃起了饭。

北海到家时，太阳已经落山了。

跟母亲在客厅打了个照面，他就躲进了房间，坐在了书桌前。

想起电影票的事，北海就一筹莫展。

突然，他像是想起了什么，打开了书柜，翻箱倒柜找了起来。

原来，他一直有收藏新钱币作书签的习惯，如今，把这些"书签"拿出来，再加上手头还有的零钱，刚好凑够两张电影票的钱。

看着面前崭新的钱，他握紧拳头担了下，眉头终于舒展开了："万事俱备，就等周六了。"

日子一天一天过，北海掰着手指算着，终于体会了度日如年的滋味。

日历一撕，周六好不容易如约而至。

北海特意取出了那套崭新的斜纹棉布的绿色六五式军装，里面还搭上了压箱底的的确良。

对着镜子，北海将头发梳理了好几遍。

就连自行车也好好擦洗了一下，他才出了门。

路过百货大楼的时候，他发现往常冷清的空地上，正围着一群人。

眼看着时间还早，北海停下车，凑了过去，才发现那片空地上，正瘫坐着一个小孩子。

结霜的天气，孩子身上就披着一件破旧的棉服，而且尺码很明显地不合适。

大大的袖子开着口，寒风直往袖里钻，裸露在衣服外面的手腕，已经被冻得通红，孩子面前摆放着一个破碗，在乞讨。

"这么冷的天，这是造的什么孽啊？"

"也不知道他父母哪里去了，看孩子这个样子，正常的父母怕是会心疼死啊。"

人群中不断传来这样的议论声，可是，议论归议论，却没有一个人往那个小碗里放钱。

人围了几层，那个小破碗里还是空空如也。

看着孩子通红的脸蛋，北海于心不忍，赶忙跑到一旁的包子铺，掏出准备买电影票的几分钱，买了两个馒头和一杯热乎乎的豆浆，送到了孩子的手里。

"谢谢叔叔。"孩子接过馒头和豆浆，感激地望了他一眼，就开始狼吞虎咽起来，也不知道是饿了多久了，看到这，北海更心疼了，赶忙说："慢点吃，慢点吃，喝口豆浆。"

馒头只吃了一个，剩下一个，孩子把它小心翼翼地裹进怀里："豆浆热乎，可以带回家留给奶奶吃。"

听到这，北海眼眶瞬间一热，摸了摸他的头："好孩子，你是好孩子，可叔叔也没什么能帮你的了，这里还有几张粮票，孩子你拿着，快去换点粮食，回家去，外面冷。"

"叔叔不用……"孩子懂事极了，连连摆手拒绝。

"拿着，回家去，奶奶还在等你呢，叔叔走了。"北海把粮票硬塞进孩子怀里，转身就离开了。

他心里挺不是滋味的。

蹬着车的腿，像是灌了铅，沉极了。

电影院门口的人很多，北海停了车："不知道静娴到了没有。"

"杨北海！"突然从北海身后传来了一声呼喊，是静娴的声音。

他循着声音的方向看去，看到了静娴正跟自己招手，一路小跑了过来。

北海的脸有些发烫，他刚刚把买电影票的钱都给了那个乞讨的孩子，如今，他没钱买票了。

"别傻愣着了，排队买票去了，再晚可能就买不到了。"

"买票……"北海局促不安地搓起了手，"我……"

"这儿我熟，你在这儿等着，我去买。"静娴说着，就要去排队。

"不用，不用，我去，我去排队，你在这儿等着。"听着静娴说自己要去买票，北海急了，二话不说就往售票厅走。

眼看着就要轮到自己了，北海捏着口袋里剩下的几分钱，手心沁出了汗："这要怎么办才好？"

正当他一筹莫展时，售票员喊了声"下一位"。

北海掏出仅有的几分钱，放在窗口的台子上，缓缓推了过去，售票员没有看他，扫了一眼台子上的钱。

"要几张票？"

"两……两张。"北海试探着回了一句。

"你这钱也不够买两张票啊。"说这话时，售票员斜眼看向了他。

"同志，你看我能不能把工作证抵押在这里，差几分钱我隔天给你补上。"北海掏出工作证，放在台子上。

"看到外面的公告牌了吗？"售票员没有正面回答他，反问北海。

"看……看见了。"

"写的什么？"

"票价5分……"

"还有呢？"

"概不赊欠……"

"那不就得了，不行，没钱赶紧走。"说这些话的时候，售票员语气里尽是不耐烦。

此时北海感觉身后有无数目光在注视着自己，可就这么灰溜溜地走，跟静娴的约会怎么办？

"同志，你就通融一下，行吗？"北海咬咬牙，硬着头皮，接着对售票员说。

"你有完没完？没钱看什么电影啊？还买两张，充什么大头，赶紧走，后面还有人等着呢。"

听完这话，北海更是无地自容，就在他进退不得的时候，身后响起来一个声音："你怎么说话的？谁没钱？"

紧接着就是啪的一声。

有一只手，把钱拍在台子上，另一只手，把北海的工作证拿回来。

北海回头看去，静娴正杏目圆睁瞪着售票员："赶紧拿票。"

听到这话，再看看台子上的钱，售票员这才慢悠悠地剪了两张电影票，递给他们。

只是在拿票的时候，北海注意到售票员意味深长的眼神，很明显是冲他来的。

电影票是买到了，他却高兴不起来。

"呸，狗眼看人低的家伙。"静娴还在为刚才的事愤愤不平，回过头，看着北海面色凝重，她伸手用力一拍他的额头，"想什么呢，别瞎琢磨，好好看电影。"

这次难得的约会，因为这个插曲，变得让他心里五味杂陈。

好好的电影北海全无心思看,一直在为了刚才买票丢了面子而懊恼窘迫。

也许是看出了他的苦闷,静娴看电影时,也默契地保持了安静。

看完电影,北海推着自行车,送静娴回家。

眼见还有一个拐角就要到静娴家门口了,他终于忍不住了:"静娴,对……对不起。"

"对不起什么?"静娴停下脚步,看着他说。

"我本来是有钱买票的,只是在经过百货大楼时……"北海把之前遇见乞讨小孩儿的事,一五一十地与静娴说了。

"真是活雷锋。"静娴听完就笑了。

"如果是因为这个,你完全没必要道歉,这都是小事,如果非要说对不起,不如为你一下午难看的脸色道歉。"她背着手,盯着北海。

"我……"北海被她这一盯,忽然红了脸。

"都告诉你了别瞎琢磨,你倒好,闷闷不乐一下午,谁买票不是买?"静娴歪头安慰道,"给我笑一个!"

北海努努嘴,勉强挤出一个笑脸。

"比哭还难看!"静娴冲他做了个鬼脸,又打了个哈欠,"好了,我到了,你别瞎想了,好好睡一觉!"

北海还想说些什么,她已蹦蹦跳跳上了楼:"对了,明天下午来找我,我带你去一个地方。"

语毕,静娴就摆摆手,消失在了二楼拐角,只剩北海扶着自行车呆在原地。

看着静娴毫不在意,北海好容易才松了口气,骑上自行车,回了家。

第二天下午,他早早就骑车来到静娴家门口。

静娴下了楼,顺势就坐在了北海后座:"走!"

"走?去哪儿?"北海有点摸不着头脑。

"海边。"

"哪个海边？"

"就上次，你找到我的那个海边。"

虽有疑问，北海也没多问，骑着自行车，就出发了。

那天是个难得的好天气，和煦的阳光驱散了几天的阴冷，慵懒地洒在过往的行人身上，暖洋洋的。

风里夹杂着微甜湿润的空气，拂过人们的脸庞，像是洗去一身的阴霾。

一路上，静娴坐在后座，一只手扶着北海的腰，另一只手伸向前，像是要握住流动的阳光。

一路上，两人没有过多的言语，却是比昨日轻快多了。

不多时，他们就到了上次的那个海边。

停好自行车，看着远处的海平面，北海望着静娴看向远方的侧脸，一时有些痴了。

突然，静娴回过头，看向了他，北海连忙闪了神儿，耳根子有些发烫，虽说两个人在一起也有些时日，他看她却也还会脸红。

"喊吧。"静娴突然对北海说。

"喊？喊什么？"北海有点不明所以。

"像你这么整天憋着，迟早都得憋出病来，把你心里的不满、不快，通通都喊出来。"

"啊？"北海没想到，静娴会这样鼓励自己。

静娴把吹散的碎发拢在了耳后："你知道吗，从小到大，如果我有心事，都会来到这里，把它们通通倾诉给这片大海。"她轻轻地笑着，望着北海，"这也是上次你能在这里找到我的原因，不管有多么不开心的事，你只要对着它……"静娴的手指向了大海，"对着它大声喊出来，你的心里就舒服多了。"

"所以，你要不要试试？"

北海咽了口唾沫，心跳的速度忽然加快了，捏着栏杆的手也有了力气,他望着静娴,她的目光里满是期待和鼓舞,他试着张开嘴,试着打开喉咙,却还是少了些勇气。

"真笨,你学我这样,杨北海,你是个大笨蛋!"静娴突然对着大海喊了出来,随即大声笑了出来。

远方传来的海浪声,衬着她的笑声,轻快极了。

"轮到你了。"静娴看向了北海,"把它想象成你最讨厌的那个人,把你对那个人的不满通通喊出来。"

静娴一边说着,一边伸手指向那波光粼粼的海面。

"最讨厌的人?"听到静娴这么说,北海脑海里瞬间浮现出了一张脸,是大宝的。

这些天以来,大宝先是给北海难堪,接着仗着厂革委会故意折腾他,紧接着,又在厂里严抓男女关系,让北海和静娴平日里传个字条说个话,都要偷偷摸摸的。

要说最讨厌,那一定非他莫属。

看着静娴握紧拳头为自己打气,他勇气的阀门像是被什么打开了:"大宝,你在厂里作威作福不过是狗仗人势!"

这一嗓子下去,北海心里只觉得痛快。

静娴忽然也对着海面喊了起来:"杨北海,接着喊!"

北海脸上的笑容越来越由衷:"大宝,你个王八蛋!严查男女关系更是狗拿耗子,多管闲事!"

"大宝,你……"

"谁?谁在上面?"正当北海痛骂大宝时,突然,看台下面传来一个声音。

他吓了一跳,赶紧拉起了静娴的手,做贼似的跑离了海边。

十指相扣逃离时,北海心里揣着的,是前所未有的踏实。

静娴的头发,随着风和步伐飘扬,散发出一股好闻的味道。

面前的这个女人,像是有什么魔力,总能指引着他挖掘出最畅快、真实的自己。

也不知道跑了多远,他们才停下来。

北海弓着身子,喘着粗气,喘着喘着,就笑出了声。

那些烦闷、焦灼、不平,通通都烟消云散了。

再看看一旁的静娴,正开怀大笑着。

他不知道从哪里萌生了一股幼稚劲儿,居然鬼使神差地抬起了两个人握紧的手:"这次,可是我主动了!"

静娴突然轻轻把头往北海肩膀上靠了一下:"既然你喜欢,我就慷慨地借你一天!"

说着说着,两个人就又笑成一团。

握紧的手,前前后后地晃荡着。两个人的步伐不知道从什么时候开始,也同了频率,脚步轻盈,踩在木板上有咯噔咯噔的声音。

"其实,买票那件事你应该告诉我的。"不等北海回答,静娴又抢过了话,"既然我们都决定在一起了,遇到什么困难,两个人一起面对,商量着解决才对,不是吗?"

"你说得都对。"

北海扭过头,温柔地看向了身边这个姑娘。

听到了这句回答,一旁的静娴,心里也像是灌了蜜糖,就连眼睛都弯成了月牙:"知道了就好,下不为例,走。"

"走?去哪儿?"

"海边啊。"

"啊?还去啊?"

"当然要去,自行车不要了?傻子。"

头顶有鸟儿并排飞过,又朝着很远的远方飞去,掌心的温度,一点点蔓延开来,遍布了全身每个角落。

静娴不知道,那一秒,北海在心里偷偷设想了无数个画面。

全都是他跟她的以后。

第十二章

性格迥异的恋人

人与人之间哪有什么感同身受,你不是我,又怎么能懂我的苦衷?

前不久,五车间迎来了一批活儿。

可工序上的小刘的老婆怀了孕,请了一段时间的事假。这额外的工作,自然也就落在了北海头上。

他没日没夜地忙了好几天,今天终于进入收尾阶段。

"赵同志,你怎么来了?"北海正在车间忙着,回头看见静娴兴高采烈地走了过来。

北海的笑容刚刚挂在脸上,又突然像是想到了什么,怕跟她太过亲密,于是先开口制造了距离。

多日不见特意跑来车间,却得了一句客套又生疏的招呼,静娴自然不快。

"你刚才叫我什么?"

北海没按茬儿,心虚地清了清嗓子:"有事就说吧。"说罢,还煞有介事地忙起了手里的活儿。

静娴看他冷冷的态度，不由得有些恼火，却又不敢在厂里发作。

于是她也学着北海，阴阳怪气起来："我来问问您老人家，我的书，您看完没有，看完了早点归还。"

徐杰在他俩旁边听着，浑身起鸡皮疙瘩："我说你俩吃错药了？杨北海，你现在怎么学得跟大宝似的，说话拿腔拿调的。"

北海拿起扳手朝徐杰比画了一下，没真的扔出去。

其实，他自己也觉得别扭。

昨天牵手时，静娴指尖的柔软和掌心的温热，他还记忆犹新，今天却不得不这样面对她。

北海心里很矛盾，却又觉得这才是对的。

前天质检小陈就因为在搬运车间里多待了几分钟，多说了两句话，就受到了厂里的严厉批评。

作风问题，直接影响一个人的前途，要是再扣上个什么帽子，姑娘家家的，日后连说媒的都不敢登门。

静娴不是个不明事理的人，但她却对北海这种故作姿态排斥极了。

因为她觉得：一来，没必要；二来，没意思。

她就那样抱着胳膊，瞪着北海，像是要用眼神戳穿他的伪装似的。

可北海还是佯装着疏离："快看完了，明天我给你送过去。"

"不劳您大驾，放收发室就行，我自己拿，省得你往档案室走，让别人嚼舌头。"静娴生气了，撂下一句话，就头也不回地往厂房门口走。

还没等北海反应过来，志强就凑了过来："师傅，还是静娴姐考虑得周全。"

看着静娴离去的背影，北海心里一阵焦灼。

他怎会听不出来静娴话里正掺着几分怄气，但他还是强忍住了追出去的冲动。

其实，他有好多话想跟静娴说。

想告诉她,他想着那片海、想着她的话、想着她坚毅的眼神和软软的手。今天她来,自己心里早就乐开花了。

可是两人能去哪儿说呢?厂里肯定是不行,公园也太扎眼了,必须是人少、风景好还得合乎情理的地方。

北海沮丧地坐在原地,突然想到了家不远处的那片海滩,早晨落潮时常有人赶海。

徐杰是什么时候回车间的,北海都不知道。

此时此刻,他一心只想着快点忙完了手里的活儿,把自己想到的绝妙的约会地点告诉静娴。

看着工友们走了七七八八,北海偷偷收拾了东西,溜去了档案室。

他知道下了工,静娴常会在档案室再看会儿书。

"静娴?"北海扒在门口,探了个脑袋。

一米八几的大个子,猫着个腰,满脸真诚地堆着笑,任谁都不舍得再生气了。

可静娴偏要逗逗他似的:"杨北海同志,这孤男寡女的,要是真给人看见,你可真说不清了……"

北海眯眼笑着,凑了过来:"那你的名声毁了,就只能嫁给我了!"

这下,反倒是静娴先不好意思了。

她一把推开北海,红着脸说:"没正形!说正事,干吗来了?"

"周末早点出来,我们去常去的那片海滩,人不多,既能看看日出,还能说说话,你包着头巾,我带着铲子,肯定没人能察觉。"

"约我?"静娴若有所思地瞥了一眼北海,笑着说道,"挂号排队。"

北海愣了愣,眼睛滴溜溜一转,顺手取了桌上一张纸,又取了一支笔,唰唰唰地写下几个字。

静娴接过手里的纸,偷偷笑了,又扭过头假装嗔怪:"还不快走!"

看着北海一步三回头离去的背影,静娴盯着那张"我宣布和静娴同志的所有约会,都由杨北海同志包了"的字条,笑着摇了摇头。

平时看着木讷的一个人,提了笔,居然成了无师自通的情话天才。怎么想,都觉得心里甜丝丝的,这么看,倒是自己甘拜下风了。

数着日子,终于熬到了周末,北海一大早就拎着铁桶和铲子偷偷溜出了门。

结果北海前脚刚走,北川后脚就从屋里窜了出来。

一出门,正巧跟回来拿车钥匙的北海撞了个正着,北川手里的乒乓球拍没握住,顺着楼梯跌落到北海身边。

"你个臭小子,你不是去补课吗……"话音还没落,北川就大步跨了下来,捂住了北海的嘴。

"哥,求你了,别告诉咱妈!我一周就能玩这一天,等会儿……你手里这是……"北川突然注意到了北海手里拎着的沙铲,脸上流露出一丝笑意,"喔,原来你跟妈说你今天去厂里,看来是别有去处了……"

北海低头看看自己的胶皮雨鞋和手套,咽了口唾沫,刚想解释,却没料到北川一把就抢过了他手里的球拍,三下五除二地跳下了楼,还回头用食指指着他,窃笑道:"天知地知,你知我知,北海同志。"

"你个臭小……"北海刚想骂北川,忽然收了声。高慧芳还没醒,要是这时候吵醒了她,自己跟静娴的约会怕是也要泡汤了。他看着北川一路跑走的背影,狠狠指了两下,决心晚上回来再跟他算这笔账。

北海到海边的时候,发现沙滩上已经有三三两两的人在捡蛤蜊、钓蛏子了。

北海放下桶,看着远处天空,东方的云彩一点点被染红,他的心情好极了。

为了这场海边之约,自己已经连续几夜都没睡个踏实觉,也不知道是着了什么魔,每每想起静娴,总会脸红心跳。

"杨北海!"北海猛地回过了头。

不远处，静娴正喊着朝这边跑来，两条辫子在身后甩着，脚下也甩出去好多沙子，甚是好看。

"嘘！"北海抿嘴笑着，迎上了她，"我都等你好久了。"说着，把早就准备好的头巾围到了静娴头上，在她下巴处系了个扣。

他再低头看看，才发现静娴既没带桶子，也没穿胶皮鞋："大小姐，你这是赶海还是郊游啊？"北海的语气里除了无奈，尽是宠溺，"说好的行头呢？"

有海水涌过，流沙盖住了脚丫，痒痒的，静娴用脚在沙滩上划拉着字，脸上洋溢的满是好奇，她头也不抬："你又没有告诉我，是真的赶海！"

"哎哎，你干吗啊？"北海一把拉住她的手，往岸边拽了拽，"流沙里有碎壳，小心扎着脚！"

静娴冲他噘噘嘴，自顾自地玩着。

瞧着她那欢脱的模样，北海笑盈盈地把铁桶倒扣在了地上，又扯过了她，按着她的肩让她坐稳。静娴被他这一系列的举动搞蒙了，也没反抗，感到莫名其妙地看着。

北海脱下了自己的雨鞋，给静娴套上。

肥肥的雨鞋，晃晃荡荡的，他摸了摸下巴，又把袜子脱了下来，绑在静娴的脚腕处，满意地看了看："这样，泥沙就不容易溅进去了！"

看着面前的北海，静娴只觉得心脏漏跳了一拍。

过去的这些年，自己承担的一直都是照顾别人的角色，那种被人放在心上，护着、疼着的滋味，已经好久没有体验过了。

望着面前的北海，她笑得像个孩子："那，我们开始战斗吧！"

刚才还是郊游模样的小姑娘，转眼就变成了赶海的专业大姨。

她墨绿色的头巾配着米白色的上衣，煞是好看，只是脚下这双鞋太大，跑起来腿得叉开一些，踩着松松的沙滩，一拐一拐的，像极了刚刚丰满的小鸭子。

望着静娴笨拙的身影，北海忍不住偷偷笑了。

"你在偷着乐什么？"静娴蹦蹦跳跳地走了过来，"原来赶海要穿雨鞋啊，我还是第一次知道。"

"原来还有你不知道的事啊，那么，今天我得收学费才行。"说罢拎着水桶，北海牵着她一前一后地往海滩近处走，"走，教你挖蛤蜊去！"

来之前，北海早就特地问过了，这片沙滩是附近最适合赶海的海滩，海浪轻轻地拍上海滩，几乎溅不起浪花。

只是，入秋的海水有些凉了，北海光着脚踩在沙滩上确实有些冷，偶尔还有粗粝的石子，隐隐也有些扎脚，但是他不忍扰了静娴的好兴致。

究竟是怎样的童年呢，连赶海都没体验过？看她挖到蛤蜊的兴奋劲，北海突然对这个姑娘有些心疼。

平时见惯了她独当一面的样子，今天独处又发现了她孩子气的一面，北海着实觉得可贵极了。

"北……快来看啊，海星！"静娴吞了口气才没喊出"北海"两个字。

"也是难为她这直来直去的性格了。"北海笑着，站起来就要往那边跑，一脚下去，突然脚底一阵剧痛，他趔趄了一下。

"你快看，你快看，海星！红色的！我自己找着的！厉害不？"静娴完全沉浸在找着海星的喜悦里，伸着胳膊招呼他。

北海脚底被海水蜇得生疼，还是冲她跑了过去，深陷的脚印，却在沙滩上留下晕染的血迹。

"你流血了？"这下静娴可真看见了，她扔了海星，过去扶住北海。

"扎哪儿了？给我看看。"静娴扶住北海，伸着头看他的脚底。

"没事儿！都是小伤，你的海星呢？快让我看看。"

"看什么看！"静娴不由分说地架住北海，扶着他往岸边走。

北海看静娴锁着眉头，满脸都是担心的神情，他的心里暖极了，原本生疼的伤口，此时此刻也不觉得痛了："我真的没事儿……"

静娴不吭声，架着他继续往岸边走。

上了岸，静娴扶他坐下，蹲下抬起北海的脚："还好，伤口不深，只是沾了些泥沙，但得清理干净才行。"

看静娴正盯着自己的脚，北海满脸通红："不用不用，我自己弄就行……"

"老实点！别乱动！"静娴一声喝令，按住了北海，小心翼翼地用手绢擦起了北海的伤口。

看着面前紧张的静娴，北海心里说不出来地温暖。她平时大大咧咧的性格，却有如此心细的一面，她到底还有多少自己不知道的故事？她到底还能带给自己多少不一样的惊喜？他无从得知，但他的心告诉他，他愿意等。

此时此刻的静娴，心里也是五味杂陈。从小弟弟妹妹摔倒磕破，都是她帮着处理，流程再熟悉不过，但这却是第一次，若是她没有发现那一摊被染红的海水，他一定不会让自己知道，一定会继续忍着痛，陪自己接着玩下去。擦拭好伤口，她的心隐隐痛了一下："傻子！"

北海愣了愣，这显然跟他计划的约会差了十万八千里，在赶海这个他擅长的项目上，他不仅没大显身手，还栽了跟头，北海用余光偷偷打量着坐在一旁的静娴，她的表情很严肃，似乎不太开心："对不起，我……"

"今天我很开心，谢谢。"静娴低下了头，风吹着她的刘海儿在眉前晃动。

北海愣了一下，她说她今天……很开心……

静娴的话反复在耳边萦绕，一点点地驱散了那些忐忑、不安。北海的脚趾用力地张了张，他的心情突然又重新雀跃起来："刚刚我看到海星了，红色的，特别大……"

静娴看着面前这个男人，他反复用手比画着，生怕自己不知道，他是真的注意到海星了。静娴突然笑了，她没吭声，抬起了手，拉回了北海的手，轻轻放进了自己的掌心，又用力地握了一下，抿了抿嘴，出乎意料地温柔。

海风吹过脸颊，抚走了所有燥意，只留下一抹清凉。

后来，静娴时常会回忆起那天，两个人，一片海滩，上午不太刺眼的阳光，稀稀拉拉的人，所有一切勾勒出一幅往昔不曾见过的画面。而画面里，有一个自己私藏的、独一无二牵挂自己的北海。

那是她成年后，第一次记起被人放在手心儿捧着、呵护着、宠着究竟是什么滋味。

那天过后，北海的伤口不小心感染了。

伤口刺痛发热，还流脓水，北海疼得直龇牙，他还是没有对静娴说，瞒着她去了医务室包扎，整日在车间里用单腿蹦来蹦去。

反倒是若云，因为身在医务室，经常能遇见来换药的北海，为了嘱咐他伤口别碰水，总要特地多聊几句。

秋末天冷下来，总让人觉得困乏，但北海在静娴脸上从来都瞧不到疲惫。

北海每次见她，总觉得她像一阵风似的，无眠无休。

空下来的时候，他也时常会琢磨，静娴到底哪儿来的精神头儿，没有一点萎靡、懒洋洋的模样。北海想来想去也想不明白，脑海里都是静娴的笑，红着脸，又自己摇了摇头。

自从上次跟若云一起在家里吃了饭，摸清了两家人的意思，北海便有意躲着这个话题。

偶尔高慧芳在饭桌上提起，北海也不接话，他心里早就住满了静娴。

可有些事情就是这么巧，你越是躲着，越是往你身上撞。

那天中午，北海吃了饭，刚准备睡一会儿，就看见一个熟悉的身影进了车间。

若云看见北海，喊了声"北海哥"，黄豆大的眼泪就啪嗒啪嗒地往下掉。

北海慌了神，若云来厂里找他，必定有事儿："别哭啊，谁惹着你了？"

旁边几个工人都听见了动静，睡眼惺忪地伸着头往这边看，北海怕被误会，连忙拉着她出了门。

"我爸他……他非让我……去当……当兵……"若云哭得越发凶了，连话都说不利索，结结巴巴的。

原来若云他爸周建华，从上级那边得到了征兵的消息，点名要文艺女兵，在消息还没传开之前，周建华就想内定若云。

可是若云压根儿没有当兵的打算，两个人大吵一架。

若云告诉北海，自己回到青岛后，就进了厂里的医务室帮忙，虽然活儿不多，但好歹满足了若云从医的愿望。可周建华心意已决，见若云一甩头，也来了脾气："不去？你知道有多少人眼巴巴看着这空缺呢？文艺兵，多么合适！要不是你爹是革委会主任，觍着老脸跟人家好言好语，轮得上你吗？不知好歹！"

周婶儿见老周发了火，赔着笑脸劝若云："就是的，小云，你不知道厂里多少人挤破头想去呢……"

"谁爱去就让她去，反正我不去！"若云说得很坚决，把碗往桌子上一放，噘起了嘴。

周建华啪的一声把筷子拍在桌子上，厉声吼道："反了你了，不去也得去！全让你妈惯坏了！"

"哎哎哎，怎么是我惯的？从小不是你最疼闺女吗？"周婶儿不服气地回嘴，两人吵了起来。

若云的眼泪在眼眶里打转，一推饭碗就抬腿往卧室跑，重重地把门关上了。

可门外争吵的声音越来越大："翅膀硬了是不是！你看看她，前途都不要了……"

"他怎么能强迫我做他喜欢的事儿呢？"若云含着泪，望着北海。

北海没吭声，他是个外人，不好说什么，他虽然也觉得周伯父这件事做得不妥，却也能理解他的心思，这名额，多少人眼巴巴望着、盼着，这工作未来的前途可是一片光明。

若云见北海没反应，低下了头："北海哥，我不想去，我好不容易才回青岛见到你，我舍不得……"

"周叔叔也是为了你好，其实，当兵没你想象的那么苦，我听说文艺兵……"

话还没说完，若云就抱住了北海，又哭了起来："我不想去！再好也不去！我就想在这儿待着，北海哥，难道你就一点也不想见我吗？要是我去当兵了，再也见不到你了怎么办……"

北海慌忙推开她，怕被人看见："不是不是，我当然也不想让你去啊，你在厂里还有我和你爸关照着，去了那边，谁照顾你，对吧……"

若云松开了手，她虽然喜欢北海，但也不傻，她听得出来北海句句都在兜圈子，绕开她的问题。

她很失望，比父亲告诉她要去当兵还失望。那一刻，她发现面前这个男人，心里真的没有自己。

眼看着休息时间要到了，陆陆续续有工人往外走，北海不想惹人注意，好说歹说地劝走了若云，看着她的背影，北海叹了口气，一转身，正撞上从屋里跑出来的志强。

"哥，周护士来找你干啥？"北海上次扎脚，就是志强每天陪着他去上药。

若云总是忙前忙后的，还给两人倒水喝、端水果。志强不傻，而且他对若云的印象很好，甚至觉得她跟北海很配。

"干你的活儿。"说罢，北海就拉着他进车间了。

然而这个厂子就这么大，平时新鲜事就那么多，一男一女在一起拉拉扯扯，女的还哭哭啼啼，想不被人看见、说闲话都困难。

外面的风言风语，静娴不甚感兴趣，可一听到主角是北海，静娴也忍不住了，合上了书，支棱着耳朵听。

传言就是这么神奇，到静娴这里，已经变成了杨北海和一个姑娘，在工厂门外搂搂抱抱，女的又哭又喊，怕是有什么见不得人的事儿。

可那女的是谁呢？瞧见的人言辞躲闪，没敢说。

若是其他姑娘，听见这消息，早就怒不可遏了。

但静娴想了想，径直去找了北海。

比起这些不着边际的风言风语，她更想听北海亲口说。

"说说。"她的开场白非常简单。

看着静娴来了，其他几个女工窃窃私语着，又开始了新一轮的故事编造。

传言已经很难听了，情况还能差到哪儿去？但北海不愿意，自己被怎么编派都行，但静娴不能。

与其把静娴带出厂子聊，掩耳盗铃，不如就在这里把话讲清。

就这样，北海一五一十地把若云来找自己的起因经过都说了个清清楚楚。

连若云突然抱住自己这种细节，北海都没敢隐瞒。

"征兵？还敢内定？"静娴瞪大了眼，只问了这么一句。

北海松了口气，揉了揉太阳穴："唉。"他突然又像是想起了什么，刻意压低了声音，"若云是走投无路了才来找我的，征兵的事儿是内幕，你可别跟别人说。"

"大家都是工人阶级，搞什么特殊待遇？"静娴的语气里掺了几分愤慨，说完这句，转身就往门口走。

"哎，你！"北海刚想喊她，静娴却回头冲他捏了捏拳头："别的事儿，回头我再找你算账。"

看着她风风火火地出了门，北海原以为这事也就到此结束了，却没想到更大的风波正等着掀起。

为了查清征兵的事，静娴特意堵在了食堂门口等大宝。

看着有个男生抹嘴往外走，她一声大喝："大宝！"

大宝回头一看，是静娴，上次文艺汇演的事儿，静娴闹的那出，让他没少挨骂："瘟神……"大宝小声嘟囔了一句，倒也不很怕静娴，"找我干吗？"

静娴笑盈盈地说："找你，自然是有事，而且是咱俩的事儿，你看……方便在这儿说吗？"

旁边几个工人听得耳朵都竖起来了，起着哄往前推大宝："啥事啊，说说说说。"

大宝最怕作风出问题，他不知道静娴葫芦里卖的什么药，又怕这姑奶奶真胡说八道，赶紧跟着她走了。

到了没有人的地方，静娴收起了笑脸，扭头质问了起来："最近听到什么消息没有？"

大宝眼珠子转了转，疑神疑鬼地说："消息是有，不知道你说的是哪件。"

静娴看他的样子，也没停顿，直截了当地说："征兵的事儿。"

大宝一愣，那天给周主任打水，走到门口，他的确听见主任跟厂长聊征兵的事儿，但是后来也没见厂里发布告，以为是自己听错了，就没跟任何人讲。

赵静娴怎么会突然问起这件事来？大宝心道，但他表面还是故作镇定，皮笑肉不笑地说："大小姐，现在是秋末，征兵的时间早过了，咋的，你想后补啊？"

静娴也不恼，把手揣进裤兜里，故意面露鄙夷地说："啧，我以为你大宝多么神通广大呢，正常征兵我还用问你？我说的还就是后补兵，啊，你还不知道啊？厂子里都传开了，啧啧，大宝你说你成天跟着主任屁股后面，怎么什么都不知道？"

大宝果然经不住激将法，当时就吆喝起来："瞎说什么，有这种事儿我能不知道吗？周主任这几天正在安排，这也是你们能过问的吗？再说了，文艺兵名额有限，当然是紧着周主任亲……"静娴支棱着耳朵听着，生怕错过一点消息。大宝却猛然回神，捂住了嘴，连忙冲静娴摆手："我……我可什么都没说！"

静娴的心沉了沉，看来这事儿不是空穴来风，但是她很快反应过来，不能打草惊蛇："大宝，你也别紧张，你跟我没仇，我怎会害你？我是想帮你。"

大宝神情放松了些："什么叫帮我？"

静娴沉声说："周主任来厂子还不到半年，就敢做这种内定的事儿，你想想他还能好吗？厂里好些领导对他都不服呢，要是这事儿真抖搂出来，你大宝逃不了干系，日后还怎么在厂子里混？"

大宝不说话了。

周主任这个"挖社会主义墙脚"的罪名，可不是闹着玩的。

见大宝皱着眉，静娴赶紧趁热打铁："所以我要帮你啊，我们一起检举周主任……"

大宝一听"检举"两个字，更是吓得连连后退："不敢不敢，我哪儿有那胆子！"

静娴一把拉住他，既是好言又是威逼地说："我来检举，你帮我搜集证据就行，我保证不出卖你。你要不愿意啊……今天咱俩说话，厂里人可都听见了，要是消息传开，我就说是你散布的！"

大宝都快哭了，左右为难："姑奶奶，我都听你的，别难为我了……"

静娴笑了笑："证据嘛，无非就是个文件什么的，你在革委会里出入很方便，怎么做你应该很清楚呀，宝哥，我还得靠你照应着。"

大宝不是笨人，一听就懂了。

但是他这次为什么肯这样帮着静娴，北海也是后来才知道。

那次赵主任搞破鞋落马，大宝升了革委会副主任，但一直被周主任压着，像跟班一样被使唤，不仅大小事务不让他知道，还总是在众人面前让他下不来台。

大宝想用这次机会，把周主任拉下台，正好碰上静娴这个愣头青，两个人算是互相利用，都拿对方当棋子。

事情进展很顺利，周主任忙着上下打点，不经常在办公室。

其他人看周主任都没来，也浑水摸鱼起来，要么请假，要么直接不来了。

大宝逮住革委会办公室就剩下自己的机会，在周主任的办公桌上下一翻，就找到了上面下发的文件。

文件上清清楚楚地写着：面向全厂职工征文艺女兵。大宝冷笑一声，把文件叠好放进信封里，赶紧也离开了办公室。

大宝马不停蹄地去找静娴，证据这东西太扎手，他一分钟都不想多拿着。

可走到一半儿，他突然又警觉了起来，转头又往收发室走，在信封上写下静娴的名字，扔在收发室的信箱里就走了。

越危险的地方，往往是越安全的地方。

这个节骨眼儿，他绝不能跟静娴见太多次面，省得惹人怀疑。

一连两天，静娴见大宝总是躲着自己走，略加思索，便去了收发室。

果不其然，信在这里。

静娴盯着信看了几眼，像是下了什么决心，揣着文件就冲到革委会办公室，一脚踹开革委会的大门，怒目圆睁，瞪着办公室里的所有人。

大宝也在里面，他往后退了退，没敢言语。

倒是靠门边的一个女人站起来，扶了扶眼镜，还算有礼貌地问："同志，你有什么事儿？"

静娴一点没尿，厉声说："有！我要检举！"

周主任最先站起来，他像看神经病似的看着静娴："检举？怎么个检举法？"

静娴冷笑一声，举起手指头比画着数字："一告厂长蒋文宣，隐瞒征兵内幕，挖社会主义墙脚，收受贿赂；二告周主任，假公济私，以权谋私，把征兵名额给了自己的亲闺女；三告整个革委会，包庇罪行、内部腐败、风气不正，带坏整个工人阶级队伍！"

说罢，静娴啪的一声，把征兵文件拍在桌子上。

大宝直接愣住了，他没想到，静娴这趟不只要拉周主任下水，还把矛头对准了整个革委会。

他有点后悔帮静娴偷文件了，这下搞不好自己都要栽进去。

他偷偷瞥了一眼，只见坐在桌前的周建华面不改色。

周建华早就看出来，这姑娘是冲着自己来的，但他们往日无冤近日无仇，也不至于如此树敌，看来搞清楚她的目的，才是解决问题的关键。

"同志，你手上这份文件，从哪儿来的？"

"周主任，我还想问问你，本来应该张贴出来通报全厂的文件，你是怎么私藏的？"

周建华笑笑："并非私藏，我只是先搞清楚征兵内容和细则，再告诉大家，你看文件上的时间，距离征兵结束还有半个月不是，足够了。等下我们就公布出来，放心，以权谋私的事，革委会绝对不会允许，也绝对不会发生，我向毛主席保证。"

"毛主席他老人家忙不过来，就派我赵静娴来监督你们，周主任，我相信你的为人，也请你对得起自己的良心，别什么好事儿都往兜里揣，就算你想揣，也要问问你闺女，她想不想去。别耽误了其他同志的进步，也破坏了你们家庭和谐。"

静娴这丝毫不退让的态度，让周建华非常恼火。

若云不想去的事儿，他没有跟任何人说过，这算是自家的事。

若云刚回青岛不久，还没听说有了交心的朋友，这档子事儿，她只可能跟北海诉苦。

难道这姑娘，是从北海嘴里听说的？

周建华脑子转得很快，打量着这个叫赵静娴的姑娘。

北海能把自己家的事儿告诉这姑娘，两人的关系肯定不一般。

可静娴没空想那么多，她并非真心想搞垮谁的前途，只是不把动静闹大点，她怕周主任不服软。

现在气也出了，事儿也解决了，她不准备在这儿留太久。

她冷冷地跟周主任对视了一眼，转头就往门口走，大摇大摆地走出了革委会。

后来，也不知是谁吹出去的风，全厂乃至街道，都知道有个姑娘脚踹革委会大门之后，又安然无恙地走了出来。

传言一边长翅膀，一边生出三头六臂，有人说静娴是抓住了革委会的把柄，有人说她是市里派来的眼线，还有人说她是某军区领导的亲属。不论如何，大家再看见她的时候，都有了几分忌惮。

"怪不得她敢冒充厂长，在台上讲话呢！"

"可不，上次文艺汇演你忘了，人家多么光彩，有背景！"

静娴之前所有出格的做法，在这层传言的渲染下，都合理且传奇起来。

传言不会传不到北海耳朵里。

因为信任，他才把若云的难处跟静娴讲了，静娴这样一闹，岂不是把若云给卖了？

难道就因为见不得不公正？她这也太意气用事了。

"杨北海，我告诉你。"可静娴根本没把这指责当回事儿，"我就是看不惯有人拿着架子投机倒把、以权谋私,再有这样的事儿,我还是会管,不论对方是谁!"

北海有些恼火,不明白她为什么一定要如此:"这跟你有什么关系、对你有什么好处呢?非要把人都得罪光了,一点人情世故也不懂……"

"杨北海!我就是看不惯你这种拎不清的老好人性格!"静娴推着车子,突然停下来。

"周建华给你任何好处了吗?你还要帮着这个滥用职权的领导说话。"静娴的语气突然多了几分愠怒。

明明自己做了一件造福大众的公道事,却因为触及某些人的个人利益,而被这么指责,静娴可不吃这个哑巴亏。

看着咄咄逼人的静娴,北海知道自己已经不能再跟她聊下去了。

对公道和正义如此执着的静娴,是吃惯了委屈、当惯了好人的北海说服不了,也学不来的。

他很矛盾,明明喜欢的是她的敢作敢当、直来直去,却又隐隐担忧她过于冲动。

面前的静娴心里也委屈极了,她从小父母双亡,自己带着弟弟妹妹生活,她受过了太多委屈,所以痛恨世道所有不公。可北海又怎么能够体会呢?他从小就是家里的顶梁柱、母亲的好儿子、学校的校草、厂里的"活雷锋"。

"杨北海我做错了吗?"静娴的语气里带了哭腔。

北海没吭声。

人与人之间哪有什么感同身受,你不是我,又怎么能懂我的苦衷?

静娴夺过北海肩上的包,跨上车子,使劲儿蹬了两下,就消失在巷尾。

而这次北海不知怎的,没有去追。

第十三章

藏不住的地下恋

做好了共度余生的准备,也肯接受你明天离开的事实。

自那一架之后,静娴就再没有主动找过北海。

有几次,两个人在厂里迎面遇上,她只装作没看到,径直走过。

北海知道她生了气,但自己也不好意思主动吭声,只能从行动上表示。

每天趁着静娴还没到档案室,自己先偷摸进去,往她抽屉里塞些瓜子、点心,再故意留个缝。

静娴每次来了,瞥一眼抽屉,心里跟明镜似的,但憋着的那股子劲儿实在难消,瞧也不瞧,掏出来扭头就递给了王姐:"王姐,送你了,今天开开荤。"

北海接连吃了闭门羹,知道她心里还别扭着,不施压,也不气馁,第二天照旧有什么好吃的偷偷摸摸搞来,变着花样地往她抽屉里塞。

就这样一来二去,静娴的气也消得差不多了,两个人私下里又恢复了书信往来。

静娴脚踹革委会大门的事儿，让若云对北海也生了疑，厂子里的一些闲言碎语，被传得邪乎又厉害，直叨扰她心神。

但转念一想，赵静娴性子那么烈，北海又是温吞吞的性子，两人八竿子也打不到一起去，怎么可能处对象？

但她还是放心不下，思虑再三，决定亲自去厂里刺探"军情"。

若云到厂里的时候，北海正在车间忙着检修，瞧见她来了，就放下手里的活儿，倒了杯水，刚递过去，还没等若云开口，就听见志强在那边扯着嗓子喊："师傅，你快过来瞧瞧这个，怕是零件出了什么问题！"

若云懂事，看他手里还有活儿没忙完，赶紧催他去忙。

北海还以为她来是有什么重要的事儿，正好自己也想向若云解释静娴的事儿，看了一眼时间，索性招呼她先在原地坐着，等自己下工了再聊。

若云偷偷瞄了一眼正忙的北海，眼角带着笑，端起杯子，在手心暖了好久，刚喝下一口，还没来得及咽，笑容就凝固了——

北海的桌子上有玻璃夹层，底下除了图纸，竟然还压着一个手绘小人，旁边还写了一行字：上工顺利。

那字虽看起来有棱有角，带着几分刚毅，但细瞧能看出是女性的笔迹。

可是北海身边除了自己，几乎没什么女性好友，难道传言是真的？

若云的脸色忽然沉了下来，握紧杯把的手也颤了颤，但她强忍着定了定神，冲北海喊："北海哥，我忽然想起来还有事儿要办，我回头再来找你。"

北海远远地听见若云的招呼，连忙摆了摆手，示意她先去。

出了车间的若云心神不宁，在脑海里不停地盘算着静娴跟北海的关系，怎么想都觉得事有蹊跷，跺了跺脚，在心里当即拿了一个主意，朝档案室奔了去。

那段时间，厂里赶巧审核旧档，若云赶到档案室的时候，王姐正站在凳子上取三层的文件，听到门口有响动，就从凳子上下来了，一出屋瞧见是若云，拉着她的手，热情得很。

"王姐，怎么今天就你一个人啊？"

王姐笑盈盈地端着杯子，倒了水："你说静娴啊，今天整理时发现有个材料不齐全，她问去了，还没回来呢。"说着，把水递了过来，"你怎么来档案室了？"

若云从包里掏出钢笔："刚好路过这边，要填个东西，这不是，昨天忘了注入墨水，直接没墨了。"

王姐瞧了瞧钢笔，回身从屋里拿了瓶墨："要我说，咱们就是有缘分，我敢打包票，你这钢笔墨，厂里其他地儿还真没有。"

若云笑了笑，又探着头往屋子里瞅了瞅："王姐，我听说档案室最近忙得很？"

王姐摆弄着手里的钢笔，挤着墨肚，刚想接话茬儿："可不是……"又想到若云她爸是主任，赶紧把话咽了下去，"忙归忙，厂里还是很体恤的。"

若云笑着接过钢笔，看了王姐的模样，就领会了意思，主动岔开了话题："王姐，我也没什么事，不然就留这儿帮帮你吧，等静娴姐回来。"

王姐连连摆手，她哪敢用主任的女儿，但拗不过若云，只能硬着头皮答应了。

若云早就藏了小心思，有一搭没一搭地试探王姐，了解北海跟静娴的来往。

王姐本就是个八卦的性子，忙着手里的活儿就开了腔："你说小杨啊，常来，有时候翻资料一翻就是一整天，我是没见过那么专注的人，静娴倒也能跟他说上话，就是两个人一讨论起来哟，吓死个人了，好几次静娴扔了批注就直接跟小杨理论……"

若云听到王姐说静娴做批注，忽然眼前一亮："王姐，静娴姐还做批注啊？那我可真想学习学习。"

王姐蹭了蹭书上的灰，往右边努了努嘴："喏，那边，你别说，静娴在这方面真仔细，几百页的东西，愣是不见出错的，那歌也唱得好……"

若云搭着话，起身走到桌前，翻起了静娴写的批注，翻开第一页，就看到了"工"字，她满脸的难以置信，接着又往后翻了几页，又翻到了"开"

字，手指夹在两页之间，来回翻看了数十遍，真的是她，没错，这字……

若云僵在了原地，王姐喊了她好几声，她才回过神。

事已至此，她哪里还坐得住，找了个由头就脱了身，一路上面色凝重，想到北海桌前的画，就一阵焦心，又忍不住安慰自己：说不准两人只是送了幅画，北海随意一夹，朋友之间，这有什么的？但这并没有让她感觉舒服。

此时的周建华，正在为名额的事儿焦头烂额，自己本想为孩子谋划，并且还欠了不少人情，结果静娴那么一闹，彻底撕开了群众口子，厂子里刚开了商讨会，决议再三，不得不公开进行这次征兵选拔。

"爸……"就在这时，若云进了门，眼眶红极了，一看就是哭过。

周建华见状连忙询问，发现又是北海的事，心里阵阵不痛快，看着女儿哭得梨花带雨的样子，他急得团团转："不是我说你，你真该好好想想你自己的事儿了，我跟你妈都不可能陪你一辈子。"说着说着，他叹了口气，把新出的征兵公告扔在了若云面前，"儿女情长的事，先放放，自身素质硬了，什么条件的对象找不到？"

父亲背着手走来走去，跟她滔滔不绝地说着，可面前的若云早已无暇顾及，直盯着面前的征兵公告。

她心想：如果赵静娴能够离开，那我不就能和北海哥顺利发展了？

想到这儿，她在心里做了个决定，不如借这个机会顺水推舟，把这个机会让给静娴，她匆匆安抚了周建华，又趁他不注意，抽了一张报名表夹进包里，出了门就往档案室赶。

恰好静娴回来，两个人在门口打了个照面。

静娴一看是若云，愣了一下，脸色有点凝重，但一想到之前北海说的，周家的确对杨家有恩，就冲她淡淡地打了个招呼，继续往档案室里走，却没想到，若云开口喊住了她。

"静娴姐，我有话跟你说……"

静娴回头望了望她，眉毛一挑，不明白她的来意，但看看若云的表情，又似乎是有什么急事，迟疑了几秒还是停住了。

若云带着静娴到了档案室侧边的那条小路，张望了张望，然后从包里掏出了申请表："静娴姐，我得谢谢你，你也知道，本来我就犹豫，不想去当兵，这马上就要公开招兵了，我倒也轻松了……"

静娴听到那句"公开招兵"，眼睛里闪了光，接过若云递来的申请表，确认了好几次。

若云瞧出了静娴眼睛里的惊喜，悬着的心终于放下了，看来自己所料没错，这是个机会："静娴姐，我看你的性格很像我之前当兵的那个表姐，窝在这个厂子里太委屈了，我听王姐说你能唱会跳，不如借这个机会早点摆脱这个鬼地方……"

若云的一番话，正戳中静娴的痛处。

在档案室，她虽然有大把的时间拿来阅读，充实自己，但绝没可能实现自己的梦想，拿着手里的申请表，她又想起了父亲去世前说的话。

但转念间，她又揣度起了自己跟若云两个人的关系：不熟、不近。顿时有点疑惑，她为什么要特意跑一趟，告诉自己这个消息："你为什么要告诉我这个？"

若云咽了口唾沫，低着头闷声解释："其实，我本就不支持我爸这么做……"

静娴握着手里的表，望了若云一眼，这句话虽然很单薄，却让她对她生了一分好感。

既然消息准确，就不必深究。

送走若云，王姐也下了班，档案室里只剩下了静娴一个人。

申请表上的截止日期是后天，那她仅剩下两天准备时间，想到这儿，她兴奋地跺了跺脚，搬了两个凳子，拼了一个站台，就跳上凳子开起了嗓，手舞足蹈地唱了起来。

来找静娴的北海，在屋外听到她的歌声，进门就捧场，连连夸赞她唱得好。

"你来了。"静娴从凳子上跳下来，倒了杯水，仰头就干了，"我今天可得到了一个惊天的好消息！"说着，她就把申请表递给了北海，接着转身去侍弄桌子上的花，"想想真兴奋，我觉得一点儿也不真实！"

北海笑盈盈地望着她，接过了表，可刚看了一眼，却脸色铁青："这是……"

"我上次那么一闹，厂里决定公开征兵了，这次小赵同事可以凭实力争取！"静娴冲他眨了眨眼。

北海瞧着神采飞扬的静娴，缓缓地放下了表，迟疑着问："你要去当兵？"

"当然啊，这可是个千载难逢的好机会。"说着，还过来冲北海敬了个礼，"你好，杨同志！"

看着面前乐成一团的静娴，北海牵强地勾了勾嘴角，他害怕流露出失望。

他本以为静娴是因为看不惯暗箱操作，才踹了革委会的大门去理论，却没料想她是真要去当兵。

得知真相的他，心揪了起来，他强忍着慌张，不想被静娴瞧出来端倪，可那一夜，自己躺在床上却辗转难眠。

在一起没多久，万一她去当兵，那就好几年没法儿见了……

想到这儿，北海一阵焦躁，掀开被子，起了身。他睡不着，就索性把两个人自恋爱到现在所有来往的信件都翻了出来，蹑手蹑脚地躲进了厨房看了起来。

可信读到一半儿，他就读不下去了。

他有点怕了。

自己对静娴的感情完全超出了预期，甚至比预想的还要深，这种恐惧反复涌上心头，怂恿着他想尽一切办法，把静娴留下。

放下了手里的信，北海望向挂满星星的夜空，他眯起眼睛，伸出了手，可惜星星太远了，他无法触及。

他突然想起若云对自己的那些哭诉，如果若云得到了这个名额，静娴不就能留下了？

想到这儿，北海仿佛抓住了一根救命稻草，他匆匆收拾起了所有的信，进了屋子，从抽屉里掏出了纸笔，就伏在案前：若云同志，经过我再三思量……

刚写了一句，却又停了笔，北海心想：我这么做，是不是太自私了？

笔头在纸上留下了三两点。

他又想：若云去了部队，一定会有好的发展吧？

放下笔，又提起笔，他就这样反反复复了无数次，最终硬着头皮写了下去：我觉得报效国家是人生大事，我们都应该为此尽一份力，而且，周伯父也是为了你的将来思量，我认为……

一封几百字的信，北海重写了五次，又前前后后、仔仔细细地读了十几遍，生怕哪一个字、哪一句话，让若云瞧出来他藏着的私心。

最后，他又酝酿了半天，加了一句：这是机密，望我们能来信沟通！

写完，他把信叠了叠，塞进了信封。

第二天，北海早早就等在了若云家楼下，见了若云，他匆匆打了个招呼，话都没好意思说，递了信，骑上车就走了。

若云丈二和尚摸不着头脑，捏着信，看着北海慌慌张张的背影，扑哧一声笑了："北海哥，瞧你急的，慢点儿！"

看着北海走远了，若云一溜烟上了楼，锁上房门，蹑手蹑脚地展开了那封信。

她从没想过自己能收到这样一封信，字字句句都在设身处地地为她着想，她感到有些意外，又有些说不出来的激动，原来北海一直都把自己放在心上记挂着。

跨上车仓皇而逃的北海，骑过了几个路口，猛地刹住了车，揩了揩额头的汗，心脏跳得厉害，又扭头看了好几眼，有点儿后悔。

但若云肯定已经看过信了。

他的心里生出一股内疚和歉意之情。

但转念想想静娴，只好咬着牙，蹬上车继续向前。

北海的这封信对若云而言，像极了一道希望的曙光。

她在屋子里转来转去，恨不得立刻就出现在北海面前，跟他说清楚自己内心的真实想法。

可到北海家的时候，开门的是高慧芳。

"你这孩子，来也不提前说一声，芳姨好准备点儿吃食。"

若云乖巧地笑笑："姨，你别忙活啦，我在家里都吃过了。"说着，又四处瞧了瞧。

高慧芳眼尖，立刻会了意："是不是又来找你北海哥？"

若云一听，羞红了脸，轻轻点了两下头。

高慧芳若有所思地点点头，又心满意足地拍了拍若云的肩膀，眨眨眼睛："我啊，可就盼着你俩呢……"

喜欢的人的母亲，对他们有如此高的期待，若云心里一阵窃喜，嘴角尽是掩饰不住的笑容，低下了头："我们两个……"

话没说完，又红了脸，紧紧捂了捂包里揣的那封亲笔信。

高慧芳笑盈盈地招呼她喝水，识趣地不再多问，两个人你一言我一语地唠起了家常。

过了没一会儿，传来了一阵敲门声。

原来是隔壁宋婶儿的小孙子，想叨扰高慧芳辅导课业。

若云懂事，率先开口让她去忙，自己借口去北海的房间里，找本书打发时间。

若云打开了北海的房门，打眼望去，既干净又整洁，就连桌子上垫的老照片、收的折纸都摆放得恰到好处。

若云想：自己应该是第一个进北海哥屋子的姑娘吧。她心里欢喜极了。

她随手翻起了书架上的书，刚翻了没几本，就发现了一张折起来的信纸。

若云将信将疑地抽了出来，缓缓展开，发现竟然是一封信。

信的落款居然是"娴"。

她瞪大了眼睛，不可置信地看着信上的内容：

杨北海同志，今天是我想你的第28天，你今天有没有……

若云猛地往后退了一步，松了手，信纸跌落在地。

她太确定了，这就是赵静娴的字。

这突如其来的视觉冲击，对若云而言犹如五雷轰顶，她不敢相信。

她扭头再看看那书架，突然发了疯似的，把书架上的书一股脑儿都翻了下来。

感谢北海同志带静娴同志夜游……

那天在鬼楼，头一次发现你是条汉子……

三张……四张……五张……

字字句句，犹如针扎一般，直戳心脏。

若云瘫坐在椅子上，看着面前的信，她大口大口地喘着气。

原来，她所有的预感都是真的。

北海跟静娴早就像传闻里说的那样在一起了。

什么为了自己好，为了家庭好，为了报效国家，他根本就是为了让赵静娴留下。

自始至终，原来都是自己在自作多情……

这个打击来得太突然，完全超出了若云的预期。

她靠在椅背上，咽了口唾沫，只觉得喉咙干得很，又眨眨眼睛，好像已经哭不出来了，身体像被什么东西一遍一遍地撞击着，疼得厉害。

"若云？"就在这时，屋外突然传来了高慧芳的喊声。

若云慌了神，先是看向了门口，又猛地扭头看了看眼前的信，忽然站了起来，手忙脚乱地把所有信一股脑儿地夹进了书里，通通扔回了书架。

高慧芳在屋外喊了半天，看屋里没动静，就好奇地走了过来，结果刚到门口,若云就一阵风似的从北海屋子里冲了出来,还没等她说什么,若云就拎起了包:"芳姨,我先走了。"接着,人就夺门而出,跑下了楼。

北川也觉得奇怪,凑了过来:"妈,若云姐怎么说走就走了?"

高慧芳没理睬北川,跟着出了门,趴在楼梯上看着若云失魂落魄的背影,皱了皱眉头,忽然又像是意识到了什么,扭头冲进了北海的房间。

书架上的书都被挪了位置,还有几本甚至直接放反了方向。

高慧芳抽了一本,翻开了。

这时候北川也跟了过来,扒在门边望着她,可越看越觉得不对劲,母亲脸上的神色越来越凝重。

"妈?"北川小声地试探了一句。

"你过来,把书架上的所有书都拿下来!"母亲的语气里夹带着满满的怒气,北川不敢耽搁,立刻搬了起来。

高慧芳接过北川搬下来的书,一本本、一页页地翻着。

北川偷偷瞥了几眼,母亲从书里掏出来的每封信上,落款都是同一个字"娴",这难道是……

看到北川侧眼盯着信,高慧芳猛地把信扣在了桌子上:"你出去。"

北川咽了口唾沫,点点头,出了门又蹑手蹑脚地留了个缝,偷偷观察着母亲。

他一走,母亲就把桌子上所有的信纸通通理了出来,一张张看了起来,才看了两页,就看不下去了,坐在凳子上的屁股扭了扭,一巴掌砸在了桌子上:"荒唐!简直……"她拿起手里的信,看了一眼,"简直是伤风败俗!"

此时此刻的北海,全然不知家里发生的一切。

他正跟静娴在马路上散步,两个人一左一右,有一搭没一搭地聊着天。

"你要不要上去看看?"静娴眉眼间忽然闪过一丝狡黠,指了指自己家。

北海眼神里闪过一丝波澜,强装淡定:"这么晚了,不好吧……"

静娴瞧着他那模样,猛地一跳,当即弹了他一个脑瓜崩:"想什么呢,我是想让你看看我藏的书，再说了，静雯还在家呢！"

北海不好意思地挠了挠头："没想什么，我是怕……"

"打住打住，我最近心情好，可不想听你那些大道理，反正就给你这一次莅临寒舍的机会，把握不把握得住，看你自己。"

说完了这句话，静娴就径自蹦蹦跳跳上了楼。

北海探头瞧了瞧静娴家楼下的派出所，三五个穿制服的警察正在里面嗑瓜子唠嗑，他咽了口唾沫，锁了车，一溜烟就往楼上跑，仿佛在做什么见不得人的事。

静娴正开着门锁，瞧见他这副模样，乐开了花："德行！"

北海悻悻地捏了捏怀里的包，红着脸就跟她进了门。

"嘘，"静娴开了灯，"这个点，静雯应该早就睡着了。"

北海缩了缩头，站在门口，细细打量着屋子，屋内陈设简单、干净，跟自己想象中差不多，但好像又有些不太一样，可是哪儿不一样，具体的他也说不出来。

静娴放轻脚步，带上了静雯的房门，又蹑手蹑脚地走到了北海身边："进来啊，愣着做什么？"

北海挪着步子进了门，静娴扯了扯他的衣角，带他进了另一间屋子。

开灯的瞬间，北海惊讶地瞪大了双眼。

这个小小的房间，简直就是由书堆砌而成的，桌子上、床旁边，就连窗台上，都放了各式各样的书籍，他摩挲着书桌上包了边角的书，一本本、一页页都用钢笔画了线条，有的还做了批注。

"怎么样？"静娴靠在门框上得意地问他。

"这些都是你的？"北海不可置信地望着她。

在那个年代，能藏下这么多本书，还能挨本挨册耐着性子读完，这得有多强的毅力和耐心啊。

一旁的静娴顺势坐在了椅子上，点点头。

"怎么样？是不是现在更觉得我秀外慧中、不可多得了？"

这突如其来的视觉冲击切断了北海所有的思考，他抚摸着那些书籍的封面，心头涌上了一丝苦涩。

过去的这些日子里，充满了惊喜、矛盾、理解、包容，赵静娴已然成了他心里最重要的一部分，可马上，这个他心心念念、不可割舍的人就要离开了，就要去追求自己的愿景了。

"你能不能别去当兵了？"北海低着头，小声嘟囔了一句。

"你说什么？"静娴突然起了身。

"你能不能别去当兵了？"北海扭过了头，迎上了她的目光，"赵静娴，我怕你去了，就再也不回来了。"

面前的男人，眼神里充满了恳求，他紧紧地扯着她的衣角，仿佛下一秒就要失去她，北海脸上挂着的，是静娴从未瞧过的悲伤。

"杨北海，我……"

"赵静娴，我不想失去你，我很珍视我们之间的感情，我……"面前的北海，耳朵都红了，突然沮丧地垂下了头，像极了受了委屈的孩子，"我害怕。"

简简单单的三个字，却像枚重石，从高空坠落，砸中了静娴心里最柔软的角落。

她的脸上是少有的温柔和疼惜，她抬起了手，拂了拂北海紧皱的眉头："其实，我也有话想跟你讲，我知道，我看起来不像个姑娘……"

北海使劲儿摇了摇头，突然着急地牵起了静娴的手："没有，你在我眼里是最好的姑娘。"

十指相扣的瞬间，掌心有温度传来，静娴的眼眶红了。

北海的坦诚和着急，使她备受感动，她紧紧回握住那双手，摇了摇头："其实那天在档案室，我就看出来你情绪不对劲了，后来我回来，躺在床上翻来覆去睡不着，但就是不敢跟你开口，我不知道该怎么跟你开口，我怕自己又跟那天送梨子似的，把事情搞砸……"豆大的泪珠砸了下来，静娴用力地吸了吸鼻子，"杨北海，我……"

话音刚落，她就被北海扯进了怀里。

他搂着她的腰,把头深深地埋在她的颈窝里,身体的温热交织在一起,如触电般酥麻,她像是萌生了什么勇气般,搂住他的腰,把头埋进了他的胸口。

"杨北海,你知道吗,从小我就喜欢搞文艺,我觉得自己生来就是吃这碗饭的,我也矛盾过,可是如果这辈子不能追求自己所爱的,那学到的这些知识就像这间屋子里的书,只能放着、扔着,又有什么用呢?"

带着哭腔的声音响起,北海从静娴的语气里,听出了失意、不甘和委屈。

她性子倔、嘴硬,很多事儿都是她一个人咬咬牙说扛就扛了,如今,却为了自己陷入了矛盾、纠结中,而自己不但没有给她应有的支持、鼓励,做她的护盾,居然还自私地想要把她留在身边。

"静娴,对不起……"

怀里的她肩膀一耸一耸的,却没有发出任何声音,北海知道她在偷哭,心里内疚又自责,心疼得厉害。

他轻轻地摸了摸她的头发,叮咛道:"再大的难题,只要两个人肩并肩站在一起,不就无所畏惧了吗?"

可静娴却哭得更凶了。

多年来积攒下来的坚强,在这一刻彻底溃不成军。她坚硬的外壳被他温柔地剥下,放在心尖上暖着。

她把那个会脆弱、会柔软的自己,彻底交付给了面前这个男人。

皎洁的月光洒在窗框上,北海的内心五味杂陈。

静娴刚刚哭的那一幕,反复在他的眼前萦绕,始终挥之不去。

个子不高,还瘦瘦的,是怎么撑起一个家的?

一股浓浓的爱意在他心底升起,他只觉得心疼又怜惜。

他甚至暗暗许下了誓言,决不再让她遭受任何苦难跟委屈。

看着不远处的静娴,她正低着头,用手心搓拭着每颗扣子,时不时还用袖口偷蹭两下眼睛,北海知道,她又掉眼泪了。

可他没动,就那样静静地站在不远处,望着她,陪着她。

爱究竟是什么?这个他问了自己无数个日夜的问题,终于有了答案。

第十四章

等我回来

> 其实我胆子很小，爱你是我做过最勇敢的事。

夜幕里，一个身影匆匆闪过，穿过了四五条巷子，直到跑不动了，才停了下来。

刘海儿被额前的汗浸湿，若云大口喘着气，靠着墙脚蹲了下去。

后背触碰到墙面的瞬间，她感受到刺骨的冰凉。

回想起刚刚发生的一切，若云心里止不住地翻涌酸楚。

她的脑海里，尽是过往跟北海一起经历过的一幕幕。

为什么？论家世、论样貌、论认识的时间长短，她都占有巨大的优势，她不明白，为什么自己会输给了赵静娴。

看着来往有说有笑的人群，若云沉默着掏出了那封信，封皮上的字迹，是那么清晰又熟悉，她紧紧地捧在怀里，红了眼眶。

她还是不愿相信，自己爱慕了多年的人，已心有所属。

想起之前听到的那些风言风语，若云不知怎么的，突然冒出了个念头：一定是她赵静娴背地里使了什么手段，蛊惑了北海哥。

这个念头在脑海里一闪，她突然想起了一个潜在的盟友——徐杰。

徐杰这个人，虽然平时看起来没个正形，为人却仗义得很，但凡事关北海，从来都是义不容辞。

或许，自己可以找他帮忙？若云用袖子蹭干了泪水，重新燃起了希望。

拯救北海的信念，在心底落地生根，第二天一早，若云就赶去了厂里。她到的时候，徐杰正在检查刚送来的零件。

"北海正忙着上工呢，不在这个车间，我带你去找他。"徐杰脱了手套，刚想带她去找北海，却被若云拦住了。

"徐杰哥，我是来找你的。"她神神秘秘地把他拉到了一旁，生怕引起周围人的注意。

"怎么了？"看着若云满脸愁容，徐杰不由得也跟着紧张了几分，还以为发生了什么大事。

若云四处瞭望，确认没有人经过，才缓缓开了口："徐杰哥，我……我问你个事儿，你可一定得跟我照实说，千万别瞒着我。"

徐杰看若云的神情又多了几分严肃，自己在心里犯了嘀咕，莫不是自己跟北海摊上了什么大事？

"我跟你肯定说实话啊，这是怎么了？若云妹子，你快说，急死我了！"

若云捏着衣角欲言又止："我最近听到一些闲言碎语，讲的都是北海哥跟档案室静娴姐的，厂里不少人都在传，说他们两个人走得太近，有男女作风问题……"

徐杰听了后，瞪大了眼睛，自己整日跟北海待在一起，也没瞧出来他有什么情感动向，怎么就……

"肯定是他们瞎传，这俩人怎么可能？就你北海哥那性格，跟静娴完全就是不同世界的人，两个人是纯冤家，还是见面必吵的那种，光我跟着亲身经历的，就不下四五次。这是哪个王八蛋，在背地里瞎传的消息，我这就给他去揪出来！"说罢，他撸了袖子就要往车间跑。

"徐杰哥，你别冲动。"若云见状，赶紧拦住他，"我也不信，但毕竟人言可畏，而且，北海哥家才刚刚经历了一场波折，芳姨好不容易才恢复了工作，万一真被什么有心人利用了，到时候，北海哥就是有十张嘴，也说不清。"

若云的一番话，使徐杰冷静了下来。他在心底默默盘算起了利弊。

不久前，厂里刚经历了赵主任事件，现在男女作风问题被严抓狠打，眼看着各个车间年底就要评优了，万一在这个节骨眼儿上，再生了什么事端，那后果可真的不是北海承担得起的……

若云从徐杰脸上瞧出了几分担忧，知道自己的那番话他往心里去了："徐杰哥，我知道这个厂子里，你是铁了心对北海哥好，所以我第一时间就来找你商量了，这事儿恐怕也就只有我们这些体己人能帮他了。"

徐杰若有所思地点点头，眉头不禁皱了起来。

自己毕竟是个粗人，又对这些人情世故极不擅长，想了想，就扭头转向了若云："妹子，你聪明，脑筋也活，你看看这件事情我们应该怎么处理？先找他俩聊聊，还是？"

看着事态正朝自己设定的方向发展，若云心里有说不出的高兴，但还是控制着压低了声音："徐杰哥，你又不是不了解北海哥跟静娴姐，一个是直脾气，一个更是不信邪，这一聊，两个人肯定都不当回事儿。"

徐杰摸了摸下巴。

若云的话不无道理。而且这件事又这么敏感，可不得鲁莽，两个人就这样面对面沉默了半晌。

"徐杰哥，既然现在风言风语已经没法儿控制了，不如我们就来个顺水推舟？"若云开了口，"赶巧厂子里这阵征兵，静娴姐又有意向，只要我们帮静娴姐去了部队，两个人分开了，这些杂七杂八的谣言，不就自然而然地散了吗？"

徐杰倒吸了一口气，这个办法不但能遂了静娴当文艺兵的心愿，又能帮北海把谣言打破，真可谓是一举两得。

他抿着嘴，如释重负，满意地点了点头："若云妹子，还是你机灵，你放心，这问题就包在我身上了！"

跟若云打过了包票后，徐杰琢磨了几个日夜，定了一个主意：既然若云想了个办法顺水推舟，不如自己就将计就计，以讹传讹。

他背着北海，摸清楚了"厂喇叭"冯声的行踪，又跟着他们几伙人，混了几天车间联谊，一来二去，就成了酒场兄弟，还得了一个"杰哥"的绰号。

"上面刚下的通知，这征兵缺口，还真是说来就来。"喝了两口的冯声，摇头晃脑地搭着徐杰的肩膀，抱怨了起来。

酒过三巡，在场的人都喝到尽兴，有了醉意，大胆了起来。

就在这时，徐杰忽然拖了个长调，叹了口气，一脸愁容。

"杰哥，咋了？兄弟们喝得好好的，你咋突然叹起气来了？"冯声眼尖，看出了端倪。

可徐杰没理他，仰脖又干了一杯，一副欲言又止的模样，眉眼间透露着一丝狡黠："你们难道就都不觉得奇怪？"

冯声听出了徐杰的画外音，忍不住凑了过来："杰哥这意思，看来是知道点什么我们不知道的内幕了？"

徐杰低了低头，又瞧了瞧四周："嘘，这话可不能出去乱说⋯⋯"

霎时间，周围的几个人也跟着缩了缩头，一股紧张的氛围蔓延开，像极了电影里特务接头的片段。

"其实⋯⋯"徐杰为难地摇了摇头，又冲他们摆了摆手，"算了算了，这种大事，可不敢私下里瞎议论⋯⋯"

这副欲言又止的模样，惹得在场的所有人心里一阵刺痒，三言两语奉承开来，就想着从徐杰嘴里套出点儿不为人知的内幕。

"杰哥，说说呗，兄弟几个保证不往外传！"

"杰哥，你这都瞒着，可算不上兄弟了啊。"

徐杰又干了一杯，杯子砸在桌子上像是下定了决心："兄弟们来了兴致，那我……那我就豁出去了！"徐杰缩了缩头，连连摆了几下手，示意几个人一块儿凑过来，"你说这好好的名额，要是咱们，谁不留给自己人用？现在居然拿出来说什么公开征兵，还都是女同志，那要求，得身材好，还得能唱会跳……"

说罢，徐杰冲几个人使了个意味深长的眼色，不再吭声。

果不其然，第二天厂子里就传开了。

什么公开征兵的内幕，暗中勾结的权利关系，一个车间传一个车间，一个人传一个人，还越传越邪乎，更有甚者，还出了好几个不同版本，越编越离谱。

那个时代，名节比命可重要得多。

流言一传开，哪儿还有几个人敢去报名，招兵办的旗子都挂上了，愣是没个人敢进来，那屋子比破旧锅炉房还冷清。

风言风语一拨接着一拨，早就传到了档案室王姐的耳朵里，王姐本就是个直肠子，又带着妇女天生的爱八卦，转过身就添油加醋地转述给了静娴，劝她小心。

静娴倒是不觉得有内幕，只觉得奇怪，前些日子还好好的，忽然就传出了流言蜚语，定是有人背地里使了什么劲儿。

但转念一想，经过这么一闹，自己的竞争对手比预想的大大减少，也算对自己有百利而无一害。

报名截止的最后一天，她想都没想，就毅然决然地交了入伍报名表。

可北海却坐不住了。

这流言越传越离谱，说不担心是假的，静娴这一走，山高水远的，万一真出了什么事儿，自己还不把肠子都悔青了。

思前想后，他托了志强暗地里打探风声，查来查去，却没想到最后查出了谣言的源头，居然是好兄弟徐杰。

得知了消息的北海，一秒都没犹豫，扔了扳手就奔去了徐杰车间，想要找他问个清楚。

他到车间的时候，徐杰正举着杯子，跟几个人坐在一起侃大山，一看他来了，赶紧从橱子里又拿出个杯子："我这几天搞来了几包好茶，你说巧不巧，正想送过去给你跟志强尝尝呢，你就来了。"

北海瞧着他烹茶的背影，顺手拉了把椅子就坐下了，一脸铁青："我想跟你单独谈谈。"

在场的几个人看出了几分端倪，都识趣地告了辞。

"你为什么要散布消息，说征兵有鬼？"

徐杰一听这话，拎着暖壶的手抖了抖，他明白了北海此番的来意，但还是强装镇定，往杯里撒了一把茶叶，晃了晃，放在他的面前："你这么严肃干什么？人家招的可是女兵……"

北海看着徐杰一脸无所谓的模样，当即就捶了桌子："徐杰，到现在你还打算继续瞒着我，跟我在这儿明知故问地打游击吗？"

徐杰从没想过北海会用这种态度质问自己，他面色突然凝重了起来，三步并作两步冲到了门口，关上了办公室的门，又透过玻璃瞧了几眼，已经有人看向了这边。

他凑到北海面前，死死地压低声音："你懂个屁，你知不知道，我这是在帮你……"

北海一听他这话，腾地一下就站了起来："帮我？你这根本就是在坏静娴的名声！"

徐杰望着北海，一脸难以置信，他认识杨北海这么多年，从来没见过什么事儿能激怒他到这种程度……

"杨北海，你跟静娴，是不是处对象了？"

"对，没错。"北海脱口而出，没有任何犹豫。

徐杰瞧着他的模样，又想起了若云跟自己的精心谋划，心头忽然涌上了一阵委屈，自己最铁的兄弟有了喜欢的人，却生生瞒了自己这么久。

事到如今，他还不分青红皂白地来指责自己。

"我是为了你们好，你根本不知道厂子里是怎么传你们两个人的，人言可畏，你懂不懂？杨北海，你没那个有人能天天顶头护着你的命，出了事都是墙倒众人推，你说得清吗？"

"我身正不怕影子斜！"北海压抑了许久的怨气，终于借着这个端口爆发了。

"怎么着，你是被赵静娴附体了吗？现在连道理都不讲了，是吗？"

徐杰的话像刀子一样扎进了北海的心，自己难道连选择感情和处理问题的机会都没有吗？

既然多说无益，他干脆就转过身，冷冷地丢下了一句话："我自己的事情，不劳烦你操心，而且她冉怎么样，也轮不到你来质疑。"话音刚落，就夺门而出。

徐杰望着北海怒气冲冲的背影，一阵烦躁，直接抄起茶水杯，将茶泼进了废水桶。

刚泡开的嫩绿的茶叶，在污浊的水桶里一片片舒展开来，浮满了整个桶面。

那是徐杰第一次跟北海大吵，谁都没让步。

接下来的日子，徐杰跟北海在厂子里也碰过很多次面，但愣是谁都没跟谁讲话。

从那之后，关于征兵的谣言突然戛然而止了，冯声居然还特意当众澄清了，是自己道听途说，酒后失言。

芯强告诉北海，有天傍晚，自己好像在厂场上看到了冯声跟徐杰，两个人不知道在聊些什么，总之冯声最后脸色差得不行，聊完就灰溜溜地跑了。

北海拧着手里的螺丝，没吱声。

这么些时日过去了，他早就不气他了，他气的是自己。

他气自己面对流言蜚语却毫无招架之力，气自己没有能力抵抗各种突如其来的意外,他气自己保护不了静娴。

选拔的日子越来越近,北海的心里五味杂陈,每每回想起那天在静娴家她说的那番话和那个流着泪的背影,他就整夜难寐。

如果连跟她说出心声的勇气都没有,那我还有什么资格陪在她身边?

思前想后,北海以夜游的名义约了静娴,但两个人却沉默了半路。

"你是不是有什么话想跟我说?"静娴早就看出来北海心里藏着事儿。

北海扭过头望着她,她的眉眼干净中透着几分坚定,看得他有点出神:"有些话,想跟你一起聊聊。"

静娴靠着石柱,托着下巴,侧着脸望向他:"怎么了?"

北海看着浪花一遍遍冲刷着海滩,忽然背过了身:"我还是背对着你跟你说吧……"

静娴看着他的背影,透着一股子可爱的傻气,本来还想直接冲到他面前逗他,结果北海忽然喊了一句:"赵静娴,你别动!"

静娴在他的语气里感受到了几分严肃,猛地停住了。

"我……我早就想跟你说了,自从跟你在一起之后,我的生活变了不少,你活泼、开朗、有才气、有谋略,但我是那种闷声的人,我知道你心里有梦想、有世界,所以我没资格对你去参军说什么,但是我真的很想知道一件事……"北海沉沉地低下了头。

静娴看着这个男人的背影,眼眶突然又湿润了:"其实,我没告诉你,我去部队还有一件事要做,我想去找一个人,去完成我爸多年前的一个夙愿……"

这时候,北海突然转过了身,眼睛一眨不眨地望着静娴的眼睛:"我真的不是反对你去当兵。"急促地说完这句,他努力提了一口气,生怕被静娴再次打断,"我就是,就是想知道,我在你心里到底是什么位置……"

静娴看着面前这个男人，心里有点儿说不出的感动，原来他一直在纠结的，居然是这个问题："你是不是傻？你在我心里，肯定是很重要很重要的位置啊！"

　　话音刚落，北海就紧紧地握住了静娴的手。

　　静娴瞧了瞧四周，面带绯红，连忙小声地嗔怪："瞧你，你还不快松手，周围还有好多人看着呢！"

　　"我知道了，我知道了。"北海连连搓着手，眉眼间、语调里尽是喜悦，他围着她绕了一圈，忽然又像是想起了什么，牵起了她的手，"赵静娴，我一定会拼命的，拼命优秀。"

　　望着面前认真的他，眼神里尽是笃定，静娴轻轻地笑了："等我，等我回来。"

　　那些简单的对白，藏满了深厚的情感，像是一颗颗种子，在两个人的心底生了根、发了芽。

　　四目相对的瞬间，有什么东西悄悄地暖到了心底。

第十五章

傲慢与偏见

你知道我最珍惜什么吗？这句话的第一个字。

趁着天还没黑透，静娴将放在院里晒的衣物通通收了起来。

家里实在太逼仄，二楼的走廊又常常见不着太阳，静娴便自己买了绳子，拉在一楼的院里拿来晒衣服。

楼下的派出所和大院共用一个院子，因着这根晾衣绳，静娴倒是跟楼下的派出所产生了不少爱恨纠葛。

常常有些犯了罪不情不愿被逮进派出所的人，一进院里就开始犯病。

手舞足蹈和拳打脚踢都算是小动作，还有人滚在地上耍赖，一会儿说自己腿瘸了，一会儿说肋骨断了，派出所的同志都拿他没辙。

如果静娴这时在家，她就会一溜烟小跑下楼，来到院里边收衣服边骂。

"你衣服都谁洗的？这么个滚法没把你打死？"静娴气愤地拍了拍衣服上沾的尘土，经过那人身边时，假装要踢他一脚，被那人灵巧地翻身躲过。

"哎哟，你这身体素质可以，肋骨断了身手还能这么好。"

还有一次，逮捕的犯人趁着警察不注意，疯了一样往外跑，结果直接撞到了晾衣绳上。

犯人再度被制服，闹剧下一秒收场。

后来静娴还常会跟院里的小孩儿炫耀："这可是一根带着她赵家烈士血统的晾衣绳。"

叠衣服的时候，静娴回想起上次北海跟她说的话。

虽然话题沉重，但静娴心里其实有一丝窃喜，因为这证明了北海比她预料中的更在乎她。

和北海一样的担心她不是没有过，只是在她心里实现当兵的梦想是最重要的，北海屈居第二。

静雯一副心事重重的样子，进房来找静娴谈心。

原来，静雯一直在学医和当教师之间摇摆不定。之前已经和静娴讨论过很多次，但一直没有定下来，如今，她想确定一个目标，让自己的生活有明确的目的。

同是一个班的杨北川，可就没有静雯的高瞻远瞩了。

此时此刻，他刚刚打完乒乓球，一身大汗地回到家里。

高慧芳倒不是特别反对北川打乒乓球，在她眼里，年轻人把剩余的旺盛精力都花在强身健体上，总比出去跟着一群人鬼混强。

就在这时，北海回了家，说自己吃过饭了，就溜进了房间。

可回到房间的北海，发现书架及桌上的书摆放的位置都不一样了。

北海轻手轻脚地关上房门，火速把那些藏有信的书拿出来，如数家珍地把信一封一封地摆出来，发现一封都没少，北海这才松了一口气。

最近时常出现这种状况，也许是母亲帮他和北川收拾过房间吧。

展开一个新的信纸，北海提了笔，又不知该如何组织自己的语言，为求保险，他拿了张草稿纸，在上面写了又画，画了又写。

敬爱的静娴同志，你对我的承诺，我铭记于心。虽还有不舍，但我一定竭力帮你去接近你的梦想……

北海郑重地封上信封，从书架上抽出一本曲谱本，将信夹在里面。

突然响起重重的敲门声，着实将北海吓得不轻，就听见北川在门外边敲边喊："妈，杨北海把门锁了，不让我进去睡觉！"

入秋后，车间里就算不开风扇也很凉快。

北海认真地拧完最后一个螺丝，打开机器开关，欣慰地听着机器重新运作的声音。

他向二楼站在透明窗口前的志强招了招手，打了个完成的手势。志强拿着车间办公室的修理记录本跑来，北海在上面签了字。

"师傅，你在教我的时候不会故意留了一手吧？"

北海拿笔杆子敲了一下志强的头："小兔崽子，说什么呢！"

志强真挚地竖起大拇指："那我师傅可太牛了！"

志强称赞完，笑嘻嘻的就要走。

北海哪能便宜他，立马把他揪住，让他接着检修另一台机器："修不好这台，别出去跟人家说你是我徒弟。"

"得令！"

北海把话撂下，在脏工作服上擦了擦手，随后把工作服脱了下来。

另一台机器基本就是要上点油，以志强的技术干这点活儿没问题。

北海回了休息间，把曲谱本拿上，这就往档案室去了，到的时候，静娴正靠着窗边看着曲谱哼着歌。

突然啪的一声，有个小巧的东西落在了桌子上，她看向窗外，北海正站在银杏树下。

静娴心领神会地放下书，扫了一眼档案室的地上，发现有几个黄色的东西。

她捡起其中一个，那是一只用银杏叶做的蝴蝶，下面绑着一粒小小的石子。

静娴把这些可爱的小东西都捡起来，来到窗边招呼北海进来。

王姐下午出去办事了，档案室里就剩她自己。

静娴把椅子搬到屋子正中央，又拉着北海坐下，清了清嗓子："各位尊敬的领导，亲爱的同志们，你们好，我是……"

北海一下没忍住，被她一本正经的样子逗笑了。

静娴的脸一下子垮了下来。

一见她这样，北海立马双手合十认错："你继续，你继续！"

静娴看他告了饶才满意地点点头，顺着刚刚停顿的地方继续演了下去。

"我是车辆厂档案室的赵静娴，为了一个共同的目标，我们聚集……"

动听的声音响起，此后的几个下午，北海趁着没人时，都会来档案室给静娴把关。

就连周末，他们也不去轧马路、看电影了，在静娴家不断地修改、演练着。

有时玩到兴起，还会邀请静雯一起在家开三人剧本研读大会。

"因为你是男人，我是女人吗？区别在哪里呢？"静娴拿着梳子假装当刮胡刀，做了一个自杀的动作。

"和男女之间的区别一样！"北海照着剧本读完台词，看了看静娴。

静娴用眼神示意北海过来拦住她，北海没懂。

在一旁干着急的静雯推了一把北海："你还愣着，她要'自杀'啦！"

"哦哦！"北海这才笨拙地上去抢夺梳子。

"我想这样做，但是我做不到——"沉默许久，静娴的眼里真的出现了眼泪，她好像沉浸在了这段故事的悲伤之中。

静雯看姐姐演得难过，便递了一个手帕给她。

静娴一看手帕立马出戏，用戏剧腔嗔骂着："哦，该死，克莉丝汀，你的戏早结束了，都怪你，我情绪没了，演不下去了！"

静雯没好气地把手绢用力抽回："杨大哥都不接你的戏，要怪该怪他！我服了，你们不能像正常搞对象一样，出去轧马路吗？"

"我们没搞对象！"北海和静娴异口同声地说出，静雯明显被他俩信誓旦旦的样子唬住了。

静娴晃了晃手里《朱莉小姐》的剧本："同志，你认真点，咱们这是学术探讨！"

"行吧，也就杨大哥这么好脾气，受得了你。"

趁着夜色，北海骑着自行车回家。

他早就留了字条，叫母亲和弟弟不要等他吃晚饭。

他哼着小曲锁上自行车，回到家却看到母亲一脸铁青。

母亲问了一连串熟悉的、关于晚饭的问题，好在北海对答如流。

"徐杰家。"

"晚上吃了小炒。"

"阿姨热情，非要我吃完了饭，说会儿话再走。"

在高慧芳的印象里，这段时间徐杰家的灯泡坏了两次，煤炭炉坏了一次，挂钟坏了两次。

联想到在他房间里发现的信，高慧芳不自觉地就将北海学会撒谎这件事，和赵静娴联系了起来。

她朝北海招招手，示意他到自己身边坐下，把放在手边的一篇文章拿给北海看。

这是北川写的东西，开头第一句就透露着老练与熟悉。

因为北海也曾给某篇文章开过一模一样的头，那是母亲一字一句纠正过的。

北海看完，不甚理解为什么母亲要给他看这个。

高慧芳只问他看懂了没有，北海点了点头。

文章的内容是要学会判断什么是对的事，北海突然意识到，母亲是拿这个东西敲打自己呢。

以北海对母亲的了解，她从来不会对孩子旁敲侧击，都是直截了当地勒令整改。

不明就里的杨北海只能先应下,并保证有什么错误会立马改正。

高慧芳满意地点点头,把一个印着学校名字的布包交给北海,要他送去若云家。

北海打开包一看,竟然是一瓶茅台酒,吓得北海迅速收紧袋口。

"妈,你从哪儿弄的?这太贵重了!"高慧芳被迫停工后,家里的经济来源一直是北海的工资。

面对这瓶昂贵的茅台,北海只觉得像拿着一块烫手的山芋。

在那时买一瓶白酒都不容易,更别说茅台了。万一让有心人看见,还以为杨家有意腐化领导干部。

"小心点!你没看见是开过封的?"见北海因震惊手有些不稳,高慧芳赶紧把布包给他斜挎上,"内部价一瓶两块钱,上礼拜市里开会用的酒。"

原来市里开会宴请宾客,会拿出些茅台招待,宴席结束后,会有专人把每一瓶剩下的茅台酒重新装瓶,然后内部供应。

高慧芳为弄到这瓶酒,托人找关系,费了不少人情。但北海告诉母亲,明天厂里有事,周叔不能喝酒,隔日他再送去若云家。

母亲问他明天厂里有什么事,北海经不住她的盘问,只得把翌日征兵会的消息告诉了她。

高慧芳心里开始盘算起来,她一定要亲眼去看看这个静娴是何许人也。

别人的话她统统不信,这就是她为人处世的原则。

北海在家计划着,明天一定要卡着时间点做完手里剩下的活儿。

静娴虽没要求他去招兵会为她加油,但这个特殊的时刻,北海一定要和静娴一起"并肩作战"。

第二天,高慧芳一早就赶去了厂里。

她到的时候,齐叔正哼着小曲,拿着今天的报纸,用剪刀把头条新闻连带图片都剪了下来,贴在自己那本红色封皮的旧笔记本上。

他刚抬起头来,就看到一个穿着蓝色军装的中年女性,提着蓝色布包在大门口张望。她把原本的斜衣领改成了燕子领,领子上别着一个小小的铜色像章。

齐叔把她叫到收发室,这人客客气气的,但态度绝不谦卑。

齐叔一向很喜欢带着可以抬高自己身份的态度,跟有学识的人交谈。

从眼前这位女同志的衣着或是谈吐来判断,尽管她称自己刚从乡下来,但齐叔觉得她肯定是城里的知识分子。

这年头跟知识分子聊天是件危险的事儿,虽然齐叔小心翼翼地跟她交谈着,但齐叔心里那种对知识的崇拜总会不自觉地流露出来。

这位女同志称自己是厂里赵静娴同志的远房姨妈,今天来给静娴送点家里的东西。

她打开随身的布包,拿出两个鸡蛋塞给齐叔。

两个人推搡了好久,齐叔终于不情不愿地塞进了抽屉里。

齐叔这下可算是打开了话匣子,知无不言,言无不尽。

"静娴同志在厂里平时人挺好的,就是脾气太冲。"齐叔端着茶缸,绘声绘色地跟女同志形容,"也不知道是什么原因,静娴同志直接踹革委会领导办公室的门呀!事后连个警告都没有,此女子不同寻常啊!她平时在家不这样吧?"

女同志从一脸惊诧里回过神,连连摇头:"没有没有,她在家里很乖的。"

"让城里人带坏咯!"齐叔一副透过现象看到本质的神态,"太张扬没什么好处。"

厂里响起了广播声,激扬的音乐声里夹杂着让报名征兵的职工去操场集合的消息。

女同志刚想走,齐叔一把拽住她,两个人都像烫了手一样,火速弹开:"同志不好意思!我就是突然想到了个事儿,不是故意要拉扯你的。"

"我就是听静娴说要征兵,今儿才来厂里送东西的,老同志,这说多了我可就错过了!"

"不是重要的事儿我能拉你?"齐叔环顾四周,见没人,压低了嗓音。

"这公开征兵有问题,还跟男女作风有关系,你要是心疼静娴同志,一会儿找着她好好劝劝,还来得及!"

女同志千恩万谢地往厂子里去了,齐叔满意地点了点头,觉得自己今日又做了一件了不得的事儿。

直到人影都没了,齐叔这才想起女同志还没登记,怕事儿的他翻开登记本,用左手歪歪扭扭地在上面写了个女人的名字。

征兵小组在操场的主席台处拉了横幅,用桌椅和红丝绒布置了一个严肃而又不失活泼的征召台,所有报过名的女同志一一上台自我介绍加演出。

让领导们措手不及的是拿到的甄选名单上,只有屈指可数的几个名字。

部队那边过来的人,急忙跟车辆厂的领导确认,是否是名单出了问题,得知名单没问题后,他们百思不得其解——难道当兵不是一件光荣的事儿?最令领导哭笑不得的是,较之报名者,围观群众的数量却是压倒性的。

若云和静娴一前一后地排在幕布后面候场,看上去情同姐妹一般。

静娴深呼吸,一向大方的她莫名地开始有些小紧张。

若云似乎看出来了,鼓励静娴只要把平时的风采展现出来七八分就好了。

负责人每进幕后叫走一个人,静娴就多一分紧张。

静娴一直如坐针毡,可是等到负责人叫她上台,她的紧张感竟然瞬间没了。

跟随着负责人的指引,静娴站在了主席台上,也看到了下面乌泱泱的围观职工。

她知道这些人都是来干什么的,但是她赵静娴行得正,坐得端,只要问心无愧就好了。

脑海里回忆着前些日子不断排练的自我介绍,静娴带着自信的笑容开口了。

正当她绘声绘色地表演的时候,她看到了人群里那个十分熟悉的人。

北海原本跟静娴说的是车间里有活儿,他实在抽不开身来为她加油,没想到这么个老实巴交的人还学会撒谎了。

一想到北海撒了这么一个善意的谎言,就为了给她一个惊喜,台上的静娴表演得就更加卖力了。

此刻她有多么光彩,这些她所享受的美好,都要反馈给一直陪伴在她身边的北海。

尽管围观群众中有不少人,可是明显是以看热闹的眼神在喝倒彩,但静娴觉得今后只要有北海的陪伴,她就什么都不怕了。

可他们都没注意到,那个站在人群中、穿着蓝色军装正面色铁青地看着静娴的高慧芳。

大致过了半个月,静娴的入选文件下达到了车辆厂。

拿着这份文件,静娴第一时间只想着赶紧去电报局,她要把这个好消息告诉远在南京的弟弟——静康。

那个时候拍电报是按字收费,青岛电报局的收费标准是一个字四分钱。

静娴拿着写好的小字条排着队,心想,借着这件喜事,一家人可以在年前就团聚了。

终于排到静娴了,但经过刚刚的心潮澎湃,她已经不满足于小字条上现有的几个字了。

于是静娴拿出随身携带的钢笔,边思索边往上加字。

"同志,你能不能快点?我着急发丧呢!"排在静娴后面的男人催促道。

静娴烦躁地回头:"呸!今天是我大喜的日子!我就愿意多花几个钱,多打几个字!又没浪费国家资源,你管得着吗!"

"年轻人,谁没事儿来电报局排队?难道就你家的事儿最重要?"排在他俩后面的老太太也不自觉地帮静娴讨伐他。

那男的当众被教训了,一脸不爽快,刚准备反驳老太太,静娴见不得老人受欺负,就先发制人:"尊老敬老不懂吗?"

这男的一看大家都因静娴的大嗓门儿，把注意力都集中到了他身上，灰溜溜地做了个"您请"的动作，不敢再说话。

静康回来那天，青岛起了大风，天气有些冷，但天异常蓝。

姐妹两个已经快有七八年没有见到弟弟了，她们手里拿着上次静康寄回来的黑白照片，在熙熙攘攘的人群里寻人，生怕错过了。

跟在两姐妹身后的北海见她们这个样子，被逗乐了，问她们既然认人这么艰难，干吗不学别人做个牌子，上头写上"赵静康"。

静娴白了他一眼，虽然道理如此，但她总觉得举个牌子会显得生分。

在这世上，血缘是最奇妙的羁绊。

静康下了火车那一瞬间，一家人就相互认出来了。

静康长高了不少，几年的军队生活，让他已经隐隐长成了一个成熟可靠的男人。

静娴遥记得当年他和舅舅一家离开青岛的时候，10岁出头的他也不闹，只是静静地拿手去擦流下的眼泪，坐在火车窗前默默地朝着两个姐姐挥手道别。

那时候他就知道自己和至亲分离，是生存压力所迫。就算心里万分不舍、不愿，但这也是唯一的解决方法。

他不是没想过，为什么离开的不是静雯，也曾在心里埋怨过私自做决定的大姐静娴。

可亲人毕竟是亲人，血缘赋予了他们其他社会关系中不存在的、无限的包容。

静娴二话不说，就抢过了静康手里的皮箱子，一个劲儿地问他青岛是不是比南京冷、饿了没有。

北海这还是第一次见这么絮叨的静娴，还挺有家长范儿的。

静康一米八几的个儿，从静娴手里抢回皮箱子，一把举到自己头顶上。

静娴抢不过，只得嗔怪一句"弟弟长大了，不需要姐姐帮忙了"。

三姐弟笑闹了半天，静康这才注意到还有一个比他更沉默的人在旁边站着。

北海还在那嘿嘿傻笑，静娴给了他一个眼神，他立马伸出手，跟静康自我介绍："同志你好，我叫杨北海。"

静康没说话，只是看向了姐姐静娴。

静娴倒是大方，把北海往弟弟面前再一推："这是我最亲密的革命战友。"

看看两个姐姐的表情，静康猜到了面前这个男同志的身份，伸出了手。

北海帮着他们将行李安置好，便离开去忙了。

静康回到这个大变了样子的小屋，感慨万千。

家里有一面奖状墙，但上面只有静娴和静雯的奖状。

这才十来年的时间，好像这个屋子里关于他的痕迹已经荡然无存了似的，他甚至连喝水的杯子从哪儿拿都不知道了。

虽然静娴很关心弟弟，但静康始终有一种自己像是来做客一样的微微的局促感。

静雯像是看出来了似的，起身去了屋里，再撩开门帘出来时，手里拿了一个让静康熟悉的东西。

那是静康小时候用的搪瓷杯，姐姐们竟然还帮他收着。

静娴看到杯子，像是灵光乍现一样一拍脑门儿，跑到公共厨房端回来一盘黑乎乎的东西。

"这是你小时候最喜欢吃的！快尝尝！"接过静娴递过来的筷子，静康看着那盘黑乎乎的东西有些好笑。

这是姐姐用墨鱼汁做的糯米饼，里面夹着甜甜的糖心，蒸了以后拿热油两面煎得脆脆香香的。

静康似乎看到了姐姐清早跑去码头，与人讨价还价要来几个不要钱的墨鱼囊，回家后拿它和面，再翻箱倒柜把家里剩下的所有的砂糖包在里面做馅。

这个吃食在他们赵家名叫"拨云见日",是父母还在世的时候,为了哄静康好好吃饭而编出来的。

静康满心欢喜地吃了一口,虽然不是父母做的那个味儿,但糖心却让他甜到了心里:"姐,咱们去照张全家福吧!"

"天安门!同志,我们要天安门!"三姐弟相互检查着各自的仪表,兴奋得不行。

照相的老伯给他们一人塞了一个红色塑封皮的本子,教他们摆好姿势。

闪光灯一闪,照片就照好了,一星期以后就能来取了。

"加字吗?"

"'1975年全家福于青岛',就行了!"

老同志推了推眼镜,略同情地看了看这三个年轻人。

不过转念一想,现在这年头无奇不有:"上色过塑吗?"

现在又不只有照相馆会给照片上颜色,静雯一向讨厌照相馆上的色,因为照相馆会把男同志的脸也涂上重重的高原红:"我们自己上色,到时候拿来过塑。"

既然这事静雯拍胸脯保证下了,静娴也不好扫了她的兴,不上色就能多洗一张照片出来,何乐而不为呢?

老同志也很爽快,看他们也挺不容易的,就写了张字条,下次拿来过塑就不花钱了。

当晚,北海应邀要去静娴家吃饭,照例朝着高慧芳又放了一通"徐杰牌烟幕弹"。他特地把上个月藏的一点点粮票拿去买了些面粉,做了些蔬菜扇贝锅贴。

为了保证口感,北海骑着自行车一路狂飙到静娴家里。

这时,静娴正在公共厨房做饭,静雯跟着打下手,前来给北海开门的是静康。

北海和静康都是不爱讲话的人,气氛有些闷,北海便来到楼下的小院里透透气。

没想到静康也出来了，并熟稔地从兜里拿出一包香烟。

北海虽然不喜好抽烟，但平时在厂里跟同事们也一起偶尔抽烟聊天。

静康递给北海一支烟，北海客气地接过，二人就这样沉默着抽完了一支烟。

"还挺冷的，我先上去啦。"北海也不知道跟静康能聊些什么，快快抽完便想上楼去厨房看看她俩姐忙活完了没有。

静康把丢在地上的烟头踩灭，威胁杨北海："如果我发现你对我姐姐不好，我就回青岛来打断你的腿。"

北海看了看这个年轻人，觉得还挺有意思的，本性明明不会打人，还非要放狠话，但他没说什么，只是配合地点了点头。

饭桌上，静康彻底被北海的厨艺折服，酒过三巡，在静娴组织的小游戏下，所有人都放下了拘谨。

原来静康也是个爱交谈的人，只是与不熟识的人话少些，戒备也多些。

看着他们这年轻的三姐弟在饭桌上谈笑风生、打打闹闹的，北海非常羡慕。他们杨家在饭桌上从来不交流感情，而是汇报今日工作。

饭后，静娴提议大家一起去家附近的海边走走。已渐入深秋了，晚上的海边一旦刮起风来还是有点冷的。

四个人并排在海滩上走着，伴着海浪的声音，静娴跟静康介绍着这片海十来年间的变迁。

几个人走累了，在堤坝上找了个地儿坐下。

静娴看着如墨般平静的海面，突然心生感触眼角含泪。在静康的陈述下北海才知道，这片他和静娴定情的海，也是他们的父亲见义勇为牺牲的地方。

如今，静娴含辛茹苦地把妹妹静雯拉扯大，弟弟静康在南京的舅舅家也被培养成才。

三姐弟再次齐聚这片海，故而感慨良多。静娴将自己去部队的好消息，以及之后的打算告诉了大海，告诉了父亲。

从树叶间落下来的婆娑灯影，像是父亲给她的回答。

终于，还是到了离别的这一天。

静康因有任务，已回了南京。

静娴特地嘱咐静雯不要来送别，去济南当兵是一件好事，她又不是不回来了，不想哭哭啼啼的。

静娴穿着静康给她买的崭新的绿色军干装，头发梳成了利落的两条小辫，胸前别着象征光荣的大红花。

北海跟在静娴的身后，帮她提着行李。

他知道，过了这个天桥，静娴就要上火车离开了，想到这儿，北海不自觉地慢了下来。静娴回头，看到北海一副踟蹰的样子，像是明白了什么。

她期望着去当兵，但想到这几年没有北海的陪伴，心里难免空落落的。

可如果此刻她也和北海一样陷入悲伤的情绪，那么他们的这次离别，就不是二人最开始期盼的那样。

低头走路的北海差点撞上站在前方等他的静娴，他下意识地伸手去抓静娴，免得她摔倒。

两个人的手再度牵到了一起，那么自然，北海慌张地左顾右盼，静娴笑着安慰他："就当我出了一趟远门，信不能断哦。"

眼看就要下天桥了，也不知道北海从哪里来的勇气，用大衣把静娴裹了起来，在她的额头上轻轻地啄了一下。

惊喜、害羞、萌动，诸多情绪涌上心头，两个人只觉得晕乎乎的，仿佛刚刚发生的一切都不太真实。

在大衣的包裹下，一阵急促的喘息扑面而来，带着温热，让静娴红了脸。

火车鸣笛缓缓启动，静娴在车窗上哈着气，快速地写下"勿忘"两个字。

车窗上的字随着温度很快就消散了，却始终萦绕在北海的心里，他望着车内的静娴说："不论多久，我等你回来。"

列车急速驶去，那个熟悉的脸庞一点一点消失在自己的视线里。

北海在脑海里反复回想着那个场景，那两个字一笔一画地刻进他心里，心像是被什么掏空了。

第十六章

信纸交换的时光

> 情话千篇，不如在你身边。

青岛这座城市虽然靠着海，但深秋到冬季却不常有雨雪。

越临近冬天，风也刮得越狠。日升月落，斗转星移。

在那个没有互联网、没有手机的时代，时间过得很慢。

人们平静地生活着，为了身边的人、身边的事而感到憎恶和喜乐。

互联网的世界看起来多姿多彩，但其实会让人变得孤独和空虚。

也正因如此，北海和静娴留下的信件尤为珍贵。

又是一阵妖风，厂自行车棚里的自行车就像多米诺骨牌一样，顺势倒了一片。提着工具箱往五车间走的杨北海，再眼疾手快也没能阻止。

秉承着初心，北海将车一辆一辆地扶起来。中间路过的几个厂里的职工，还会以那种眼神看他。

如果北海出手，说明他沽名钓誉；如果北海袖手旁观，说明他从前沽名钓誉。

不知为何，乐于助人这种行为，竟然被有些人深深地曲解。

因着静娴的原因，本还有些在意别人想法的北海，也渐渐觉得人是为自己而活，他人的闲言碎语，不过沦为他人茶余饭后的谈资罢了。

静娴虽然入伍去了济南，但他们一直都在通信。

除了与静娴相聚，北海还有一事也非常想做，但一直苦于没契机。

这些天，他一直在思索，或许他早就该放下面子，在徐杰来车间质检的时候，向他求个和。可是问题就在于，北海心里有个结，这事儿的始作俑者是徐杰，但他这个罪魁祸首竟然不主动来道歉。

北海活到现在真没和徐杰翻过脸，这是头一次，他也不知道该求助谁。

总不好在信里跟静娴商量，四舅舅此时又不在青岛，他对于这件事的纠结程度，已经影响到工作生产了。

厂里的人也察觉出徐杰和北海之间的异样，以前像狗皮膏药一样粘在一块儿、一刻也舍不得分开的两个人，现在互相见着都别扭。

这种别扭，不是说两人明面儿上不对付了，而是明明熟络，却非得彼此冷着，佯装生疏。

自征兵过后，偌大的车辆厂便再也没有什么大事，人嘛，一闲下来就容易胡思乱想，一看到这样反常的事，更是八卦得不行，隔壁车间的几个人隔三岔五就溜过来，明里暗里地打探这两兄弟的爱恨情仇。

就连志强最后也没能忍住，向北海开了口，想探听其中的秘密。

"好好生产，多学多做少说话！"北海不耐烦地把扳手重重地递给志强。

"行行行，知道你不乐意了，我还懒得问呢！我就是想跟你说，男人之间没什么大不了的事儿……咦，该不会是为了女人？！"

北海气急败坏地打了志强一下："你恍然大悟什么？什么女人？哪有女人？"

志强嬉皮笑脸地拿身体撞了一下北海："还能有谁，若云呗。"

这也是北海的另一个烦恼,自从静娴离开后,他和若云的事儿传得也挺厉害的。

从志强嘴里,北海得知有位工友凭借丰富的臆想力,还有理有据地分析了他和徐杰闹掰的过程,归根结底就是因为他们俩都看上了周若云同志。

北海听到这话,首先觉得真新鲜,其次觉得很可笑。

原来在别人眼里,多年的兄弟情竟然可以这样轻易地就被一个女同志给打散。

可北海转念一想,不对啊,他确实是为了静娴这个女同志跟徐杰翻脸了呀……

想到这儿,北海感到一丝丝尴尬。

就在这时,徐杰拿着工作日志,一脸不情愿地进了五车间。

眼见这两个大男人像小情侣闹别扭一样见了面,这车间里又没其他人,志强便识趣地溜走了。

没有熟悉的笑脸,没有熟悉的招呼,两个人站在同一条流水线上,一个在这头,一个在那头。

其实,他们心里都想着重归于好,但苦于没有台阶下,没有一个和好的契机。

二人相互拿余光瞟着对方,脑子里盘算着一万种开口的方式,有好几次,两人的目光刚刚对上,下一秒立刻就移开了。

放下最后一个需要质检的汽车零件,徐杰认真地在工作日志上划拉着,等了半天,北海也没开口,他悻悻地准备离开,却没料到这时北海从流水线的那头,慢悠悠地挪了过来。

"那个,一会儿打不打球?"眼看徐杰就要离开,北海终于开口了。

听了这句话,徐杰回了头,没说什么,笑着做了一个投篮的动作:"还是六点!"

下班后,北海早早骑车回家换了衣服,拿上包,掐着点出门。

第十六章 信纸交换的时光

到了家旁边的小学操场，徐杰果然准时到了。

"快一个月没一起打过球了，看我能盖你几个！"

一看徐杰拿着球运起来，北海把包甩到场边，便加入了进去。

打完了球，照例要吃一根老冰棍。

两个男同志穿得单薄，在大冷天里，找了好久才在一家小铺子里找到了老冰棍。

卖冰棍的大姨可乐坏了，原以为铁定会滞销的商品，竟然不用等过冬就卖出去了。

徐杰和北海两个人，哆哆嗦嗦地来到公园的长椅上坐下。

北海拿嘴叼着冰棍，从斜挎包里拿出来一沓信，徐杰疑惑地看着他，北海抬了抬下巴，示意他自己打开来看。

徐杰展开其中一封，娟秀的字迹告诉他这是女同志写的，他立马把信塞回北海手里："你干吗给我看这个？"

"这是静娴写给我的。"北海又试图把信递给徐杰，但是徐杰不耐烦地挥了挥手。

"拿走拿走，我是不大敢管你俩的事了，你记着，我可是好话、赖话都跟你说过，是你要非她不可的，别以后找我哭。"

北海把信仔细收起来，拿胳膊肘推了一下徐杰："不会的！"

"哦对了，厂里要评先进，我可不会让着你。"

"好像我会让着你似的。"

等北海回到家，天已经黑了。

他木以为会因为做饭做得晚而遭到母亲的通训斥，却没想到家中有客，母亲早早把饭菜做好了。

那天的高慧芳一反常态，语气尤为关爱，北海看到了精心打扮的若云，这才明白：母亲这是还不死心，想促成杨、周两家的姻缘。

北海知道，母亲这是为了自己的将来在出谋划策，但他更觉得，母亲的好意用错了地方。

北海不想轻易地再与母亲吵架，因为他很清楚，吵架永远不能解决问题，只能发泄情绪，可那一刻他觉得胸腔里尽是愤怒。

北川被高慧芳打发出去买水果，不情不愿地吃了两口饭就走了，饭吃了一半儿，高慧芳也找了个理由离开。

此时，家中就剩北海和若云两个人了。

"北海哥，我……"

"若云，饿了吧？一直等我到现在才吃上饭。"

北海使劲儿夹菜给若云，他知道若云想说什么，所以想拿菜堵住她的嘴。

可若云却一心以为北海与静娴已经断了，他只是需要时间："北海哥，你给我夹得太多了，你也多吃点儿。"

从场面上看起来，他们吃饭也跟寒暄一样有来有回，但寒暄毕竟不是交心，那些不痛不痒的问询，像水面泛起的涟漪，点到为止过后还是归为平静。

"北海哥，年后我要去医院工作了。"若云撩了撩耳边的碎发，语气似乎有些不舍。

"这不正是你希望的吗！你留在厂里太屈才了。"

"那也是因为你，我才想要去做医生的。"

若云试探性地说了这句话，可北海只是淡淡地点了点头，就吃起了饭菜。

难道是分别的几年，让北海对自己陌生了吗？若云有些沮丧，可他明明对自己的态度又一如往常。到底是哪里变了？

北海像是察觉到了什么，想了半天才开了口："厂里要评先进员工了，你也知道我们家的情况，我需要专心在这件事上。"

若云不是傻子，自然听得出来北海的言外之意，于是草草地吃了几口，就推托说吃饱了，离开了杨家。

北海没吭声，任凭母亲怎么骂他不开窍，质问他为什么不去送若云回

夏日的午后,我们一起去书海遨游。我时而看看书,时而看看你。

静娴回到家,发现花盆里居然多了几株自己最爱的风信子,需要换洗的衣服也被洗得干干净净,晒晾在阳台的架子上。

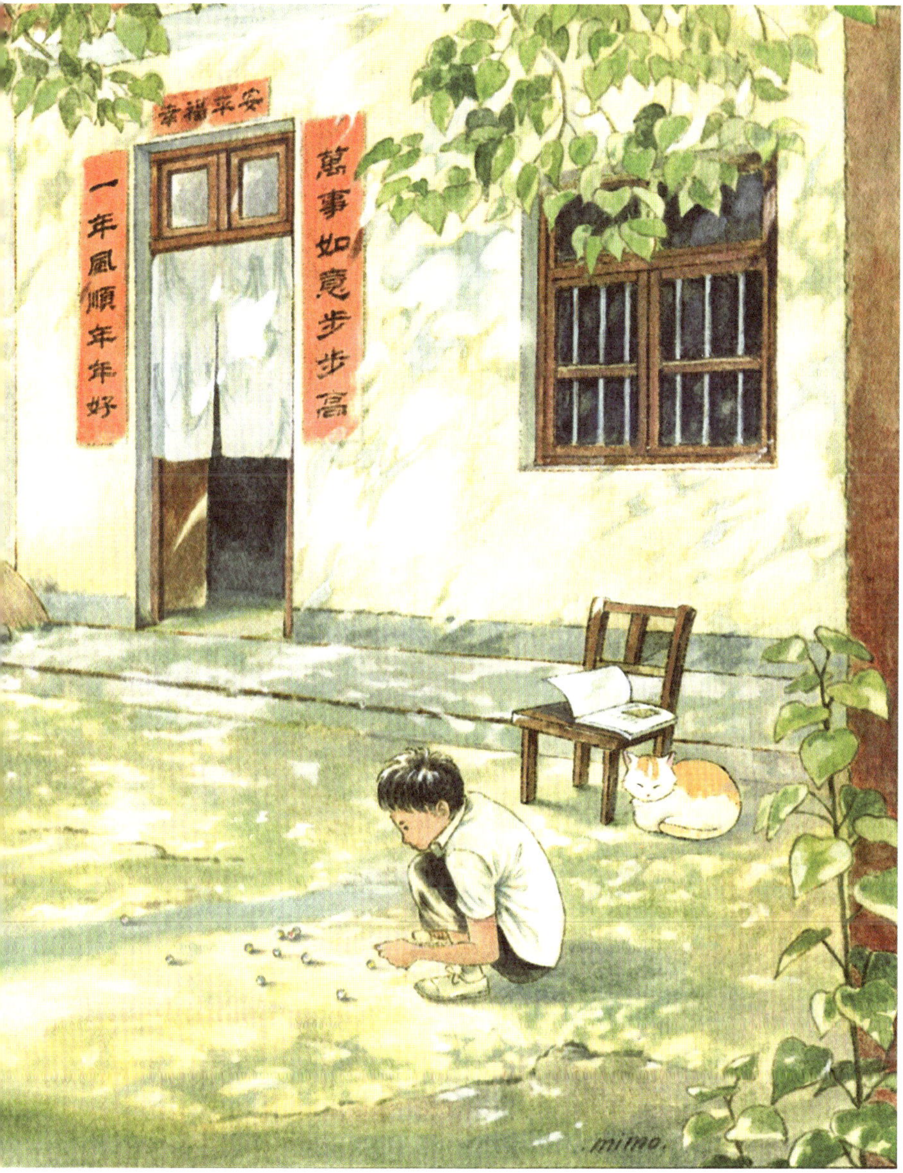
幸福平安
一年風順年年好
萬事如意步步高
mimo.

静娴看着北海,稍稍挺直了身子,敬了个标准的军礼:"北海同志,赵静娴归队!"

家,他都不还口,他心里对若云有愧,也清楚狠话自己说不出口。

若云是个聪慧、敏感的女孩子,若是真说出来,怕是连朋友也没法儿做了。

这天,正是收信的日子,北海早早就到了厂里的收发室等候。

齐叔也习惯了,起初偶尔还问问北海在等谁的信,让北海一通忽悠以后,也识趣地不管闲事了。

收到静娴给自己寄的信,北海快活地揣上走了,找了个没人的地方偷偷展开读着:

车马慢,信件慢,但信上的情意反而越来越浓了……

厚厚的一封信,打开满是甜蜜,仿佛日间里发生的所有事,都要事无巨细地写进去封起来,才能好好地与远方的爱人分享。

距离给予了他们一些新鲜感觉,像极了小别胜新婚的滋味,但也有很多苦涩和心酸。

每每下起小雨,起了薄雾,北海就会遗憾爱人不能在身边。

每当自己兴致勃勃地学会了一首新的口琴曲,北海也会为没有人能够跟他分享而难过。

遗憾累积久了,偶尔他也会怀疑这种通过书信交流的方式是否合理。

静娴那边倒是没这样的烦恼,反而觉得他们这样柏拉图式的恋爱超脱世俗,是一种别样的宝贵经历,往后的日子里可以拿来当作谈资。

"徐杰,咱们的生活实在是太平淡了。"这是每次北海看完信后,都会发出的感叹。

这么些日子过去,徐杰已然习惯了。

北海能发出这样的感叹,都归因于静娴的来信太过精彩。

脱离了车辆厂三点一线的生活,静娴仿佛是插了翅膀的鸟,回到了广阔无垠的天空。

"人都说三十而立,我都这个年纪了,连山东省都没出去过,是不是有点儿失败？"

"虽然去得远能增加阅历，但去得越远越觉得家乡好。"

"我当然知道是这个理儿，但行万里路总是没有错的。只是现在咱们都被工作绑在厂里了，等将来得了空，我一定要去北欧看看。"

"要是我，我要去热带看看！我最喜欢夏天了，因为她也喜欢夏天。"说完这句话，徐杰不好意思地挠了挠头。

北海这时才觉得，跟徐杰当了这么多年的兄弟，他也有看不透徐杰的时候。

"你别告诉我，这么些年了，你还想着晓蓉。"

"为什么不？我还打算什么时候去上海找她呢！"

北海推搡了徐杰一下："肉不肉麻？青梅竹马？从一而终？"

徐杰为了把这个话题变得轻松，伸了伸胳膊，抖了抖腿，一副少林武僧的样子："兄弟我这辈子没干过惊天动地的事儿，现在就让你一辈子都佩服我。"

"牛！"北海伸出了大拇指。

这个兄弟跟自己一样，都是普通家庭里听话的孩子，从出生到现在，他踏上的都是长辈们安排好的人生轨迹，平淡、缓慢又乏味。

虽说年代特殊，但很多人也会询问北海，为什么到了30岁还不找个人携手共度一生。

如果是个长相平庸一事无成的人也就罢了，北海工作好，长得又清秀端正，给他写革命情书的大有人在。

一开始北海也不知道为什么，直到他遇到了静娴，这个似乎灵魂里燃烧着一团火焰的女人。

周围的挚友都觉得两人不相配，但他就是认定了静娴。

因为她，给了自己有关爱情所有的期盼和向往；更因为她，是自己的隐形人生导师。

而这位人生导师如今又找到了自己的追求，活得更加精彩了，想到这儿，北海心中有些自惭形秽。

他从来没有自主地为自己选择过什么，他也不知道自己是为了追求什么人生目标而活。

看着信中静娴跟他说的部队生活，又风趣又新奇，北海羡慕不已。

如果我能在你身边时时刻刻陪伴着你，那该有多好啊。陪着你一起经历奇妙的人生，这比说一万句甜言蜜语都美妙。

这段日子北海总是这样想，可现实是他们两人分隔两端。

最近的这封来信，静娴告诉北海，父亲的老战友的下落有了头绪，似乎他退伍后在临沂的某地居住，静娴需要亲自去一趟一探究竟。

人生地不熟的，北海自然担心她一个姑娘家到无人帮衬的地方会遇到困难。虽说静娴的能力北海是认可的，但北海的脑子里已经预想了一万个坏人，随时随地使用各种手段来骗静娴。

如今不是战争年代，可难保静娴不会被骗到深山老林里给别人做了媳妇。

北海赶紧提笔写信，连同自己的担忧一起装进信封。

北海是怕了，就因为小时候，母亲带着年幼的兄弟二人前来青岛定居的经历。

高慧芳是个多精明的人，可她初来乍到也没少被人骗，母亲把这些称为安居的代价。

人是很奇怪的，如果看你家人都在身边，大多都会和和气气地相互帮衬。可一看你家是孤儿寡母，原本安分的心里也会有邪念作祟，总觉着你们很薄弱，有机可乘，不上去占个一星半点的便宜，仿佛就吃亏了。

北海记得很清楚，那时候母亲除了教书，也没有其他谋生的手段，为了给一家人找到新的住所，连家底都花光了。

母亲带过来的一些首饰找不到门路去售卖，正焦头烂额时，院里有个姓邢的老大爷，说是可以带母亲拿去换些粮票。

起初是换了些粮票回来，可母亲将所有首饰给他后，这个人就销声匿迹了。

找邻居打听后,才知道这个邢老头儿根本不是青岛本地人,他也只是在这儿暂住一个月而已,由于性格孤僻,也没跟多少人交流过,直到高慧芳意识到被骗,她都不知道这个老头儿的全名,甚至连他的姓氏都不知道是不是胡诌的。

这对于北海一家来说是致命的打击,高慧芳只能接了些缝补和浆洗的活儿,一家人拮据地度过了那个艰难的冬天。

直到北海成年,母亲才将被骗一事告知他。

在那之前,北海的印象里邢老头儿还是一个不苟言笑,但会从兜里给他变出一块糖来的好人。

谁也不愿意把人心想得那么坏,可是一朝被蛇咬十年怕井绳,北海真的很担心静娴会遭遇同样的事儿。

除了担心,静娴的优秀也给他敲响了警钟。

如果他不变得更优秀,恐怕是抓不住这只色彩斑斓的"鸟"的。

北海给自己定了一个小目标,先争取评上先进。也许在静娴那里,这并没有什么厉害的,但起码短期内他能让家里的生活过得更好些。简而言之,至少能让弟弟杨北川一天吃上一个鸡蛋。

又过了两个星期,北海等来了回信,她说她理解北海的担忧,但这些都是不必要的,因为保护自己这件事,她已经干了快二十年了。

此时的静娴已经通过自己的努力,争取到了下乡文艺汇演的名额,她即将跟随部队去慰问演出。

静娴这个人实在是固执得很,一旦她决定了的事,谁都劝不住。就像之前她在厂里干的那些轰轰烈烈的事,北海只能陪着她、看住她,在事情发展的过程中稍稍把控一下走向而已。

这种不与人商量的行事风格,北海确实吃不消,这让他觉得非常委屈。

这封信的后半部分,带给他的还不止是委屈那么简单。

静娴让他消除顾虑的理由，竟然是她在部队里有个一直照顾她的班长老大哥。但是老大哥姓甚名谁、籍贯在哪儿、长相怎样，北海通通不知道。

这个莫名其妙的人让北海心生焦虑，他很自然地把这个人当成了自己的假想敌：无事献殷勤啊这是！

北海本就是一个安全感不足的人，如今又遇到这种事，宛如热锅上的蚂蚁一般，焦灼极了。

他又开始痛恨这该死的距离，除了委屈、焦虑、恐惧，只剩无力。

他多么希望自己此刻是个手眼通天的人物，只要动动嘴皮子，就有千千万万的人自愿去帮他查找那个老战友的下落，可自己不是。

越想越不是滋味的北海，着急忙慌地干完了手里的工作，一到下班的点，就骑上自行车，去了电报局。

写信的速度太慢，他一定要以最快的速度告知静娴，他不高兴了！

此时此刻的他也顾不得一个字多少钱了，把情绪一股脑儿地发泄进了那通电报里。

可时间就这样过去了，静娴却依然杳无音信。

他像发了疯一样，一个星期写一封信到静娴济南的部队。

无人回信，信件也没有被退回，仿佛掉入了无底洞一样。

北海渐渐地没了生机，平日里生产工作也像是丢了魂一样。

这下可把徐杰急坏了，四舅舅不在青岛，而他家里也没有济南那边的人脉关系，没办法帮到北海。

起先，北川以为哥哥在厂里又受了欺负，还特意跑去找了徐杰一趟。

可徐杰这边受了北海的警告，不敢告知北川是静娴消失的缘故，只得告诉他，北海就是评先进的路上摔瘸了腿，过一阵就没什么大碍了。

但高慧芳像是读懂了北海的心思，给他屋了里放了不少书，更重要的是，这些书都是她托若云亲自找来的。

来了北海家里几次，若云自然也知道北海的心情不好。

但她不怎么会哄人开心，每次她开口宽慰，都感觉北海很烦躁，不是很想搭理她。

久而久之，她也委屈得很，花时间来陪一个人，结果他非但不接受，还把自己拒于千里之外。

北海近来经常跟她说的一句话是，他有了自己的理想，不愿把时间浪费在谈情说爱上。

没想到，她费尽心思赶走了赵静娴，居然还是没轮到自己。

她确实也觉得自己魔怔了，北海明里暗里拒绝了自己很多次，可她一听高慧芳叫自己去家里吃饭、送书，就又心甘情愿地去了。

就连若云的朋友们都在劝她，不要再执着于杨北海了，可她就像赌徒上了赌桌，不愿放手，心中总期待着也许某一天，杨北海能看到她的好。

这种期待不停地怂恿着她，一次又一次、一遍又一遍地靠近那个拒自己千里之外的人。

睁开眼，又是新的一天，静娴侧过身子，窗外是同样葱翠的树、同样蓝色的天，坐起身来，屋内是同样的长桌、同样的暖壶。

她如常拿着水杯和毛巾去洗漱，如常跟着人群出操，如常拿着饭盒去食堂，和同样的一群人吃着早饭，聊着换汤不换药的话题。

自从进了部队，她就发觉自己的身体素质确实没有同龄人好，像她这般要强的人，当然事事都要优于别人，所以每次训练完，她都给自己安排加量锻炼，但还是发现，在某些事上天赋确实比后天努力要重要很多。

早操训练过后，就是专业的训练，一练就是一整天。

所有的人都保持着对革命的热情在唱着、跳着，似乎永远也不觉得累，像是正在燃烧的烛火，光与热交织着他们的汗水与青春。

文宣队最近在排练《红色娘子军》，姑娘们都在严肃候场。

随着音乐声响起，她们带着洋溢的笑容，做着最干净利落的动作，明知只是一次排练，但她们都用最饱满的情绪去对待，文宣队的辅导员从不帮忙数拍子，但凡有人跳错了，她就拿干枯的小竹枝不轻也不重地打在那人露出来的胳膊上，就像是被蜜蜂叮了一下。

说来也奇怪，芭蕾这个起源于欧洲的古典舞蹈，不知为何在中国得到了前所未有的普及与推广，尤其是《红色娘子军》，更是受到了中央领导的特别关注。

第一幕跳完，辅导员开始一个一个地指出问题，静娴是听得最认真的，比如：女主角琼花的情绪不到位，再不找好状态就换人；男同志不能嘻嘻哈哈，每个人都要严肃对待……

新兵入伍才一个月，静娴求知欲旺盛的事情就已经出名了。

静娴跳舞和唱歌都是半吊子水平，部队生活不如想象中那么有趣，原本的训练加排练已经塞满了她的生活，她只能再挤时间不停地学习以充实自己。

文宣队的人个个都能歌又善舞，静娴的心理落差极大。在青岛时，她无论在哪里工作、生活都是人群的焦点，可在这里，她不是。

部队生活让静娴身心俱疲，她不停地鞭策自己继续努力。

桌前的静娴用铅笔在随身携带的本子上，记录舞蹈走位变化图时，一根细长的枯竹枝点在了她的本子上。

静娴抬头，发现是文宣队的辅导员。

"同志，你在这儿干吗？"

"我想学习学习……"

所有还在排练的女同志都一齐看向了辅导员和静娴，或带着疑惑的目光，或一脸看热闹不嫌事儿大的模样，辅导员笑了笑，打断了静娴的话："文宣队不是免费学堂，你是哪个排哪个班的？你们不用训练吗？"

不知是文宣队的哪位女同志喊了一句："她是隔壁业余文宣队特招进来的。"

此语一出，惹来哄堂大笑。

看热闹不嫌事儿大的人又补了一句："业余文宣队就翻翻跟斗、唱唱歌,就让她在一边儿学呗。学好了,让她把业余文宣队的整体素质也抬高一点儿。"

静娴虽没受过这样的嘲讽与委屈,但凭她的心理素质倒还抵挡得住这些冷嘲热讽。只是他们句句带着队里的其他战友,静娴显然是不乐意了。

此时的静娴不再是车辆厂里的那个静娴了,初次来到人生地不熟的外地集体生活,她学会了收敛。

集体荣誉感告诉她不能冲动,若是逞一时口舌之快,很可能会让整个业余文宣队被人抓住把柄。她默默地合上笔记本,大方地起身,朝她们敬了一个标准的军礼便离开了。

"大家继续!别被无关人等分散了注意力!集中!"

听到这话,静娴加快脚步,快速地离开了舞蹈排练室。

没错,赵静娴其实只是特招上来的业余文宣队战士。

静娴并不觉得业余文宣队有多么丢人,战友们个个身怀"绝技",只不过没有他们正式文宣队发展得那样齐全而已,大家都是怀揣着一颗红心来的,在思想觉悟方面谁也不比谁低。

相反,就因着在业余文宣队,静娴反而稍微感觉融洽一些。毕竟是业余的队伍,其中不少人自然是为着文艺兵这个名头来的。

大家可能确实比不过专业的文艺兵,但他们胜在有一颗钻研的心。当然了,他们往哪儿钻研倒不一定,反正肯定不是跳芭蕾舞。

文宣队口里说的那位翻跟斗能手叫金劲,靠着自小就学的杂技被选上的,入伍以后因着过硬的表演天赋,被分到了话剧组。由于他年纪稍大、性格稳重,便成了业余文宣队的班长。

他也是苦出身,家里如今就剩一个弟弟,自己又还未成家,可以说是部队里最理解静娴的人了。

他经常在生活和训练中帮助静娴,俨然已经将静娴当作自己的妹妹了。静娴对他也尤为感谢,便听从了金劲的意思,叫他一声"大哥"。

也多亏了这位老大哥,静娴才能快速地融入集体生活。

业余队的战士们都有一样的痛点,那就是写信回家时,都不好意思跟家里说自己是业余队的,仿佛这事让家乡人知道后,自己身上的军装都不绿,也不光荣了。

静娴也是俗人,在这件事上自然也羞于启齿。倒不是觉得自己降了档次,而是不希望北海对她失望。

一成不变的一天又平静缓慢地度过了。

为了避免不必要的误会,直到熄灯后,静娴才躲到被子里,打着手电筒看北海的来信。

北海在信里说得很对,要用善意来对待周围的人和事,但心里不能没有提防。她同宿舍的战友都知道,静娴常在熄灯后不睡,猫在被窝里写信,但她们不知道静娴是写给谁的。

部队里照旧严抓男女作风问题,只是没有车辆厂里那么严峻而已。

钢笔笔尖接触到纸面,静娴停顿了一下,一个墨点赫然出现在纸张上,静娴只是稍微思忖一下,很快又下笔写了起来。

在信里,静娴这天的生活彻底变了个样——学了新的曲子和舞蹈,得到了部队领导的接见,帮部队周围的居民逮到了走失的大鹅……

她也不想做一个谎话精,可北海心里的她,是一个能给他带来新鲜的人。倘若北海知道她现在不过是换了个地方蹉跎人生,那么他一定很担心吧。

静娴宁愿让北海去相信她精心编织的梦,也不想让他在远方和自己一起揪心。

翌日,静娴照例在洗漱完、出完早操后途经公告栏,发现上头又下达了下乡慰问演出的指标。

这恐怕是静娴最期待的了,可每次都跟他们业余文宣队没什么关系。静娴不是没去争取过,但排长说她入伍时间短,插队争名额不符合规定。

上午训练完,金劲将她拉到人少的地方,告诉了静娴一个让她雀跃的消息——静娴一直在找的那位老战友,很有可能在退伍以后复员回了临沂老家。

而这次下乡慰问演出,正好要去沂蒙山。

可之前的几次争取都落了空,静娴没有信心再去跟排长争取名额了。

老大哥神秘一笑:"这次演出需要在沂蒙山里驻扎上十天半个月的,还要来回走村串户,文宣队那些娇生惯养的高干子弟多半不会想去的。"

这话让静娴又燃起了希望,不只是因为要找的人有了线索,而且是因为这一次外出可以改变一下她平淡的生活。

这件事她在信中都跟北海说明了,她知道这封信到达北海手中时,她可能已在沂蒙山里了,这其实就是一封交代去向的通知信。

她当然会揣测金劲对她的好是不是别有所求,可她现在还需要他的帮助。

静娴对自己跟北海的感情很笃定,她认为自己可以把控住跟金劲的革命友谊,使之不变味。

人,在面对很多事儿的时候都有着莫名的自信,在事情已略微偏离轨道时,往往不愿收手,越是鱼游釜中、深渊薄冰,越能给人带来兴奋的感觉。

以静娴对北海的了解,他收到这样一封表示通知的信,必定是要生气的。

可静娴知道,就算在信里头写一万句道歉的话,他们之间的距离也会让北海无法理解自己急切的心情。

共情有限,她顾不得这么多了,逃避是一味良方。

随着军用大皮卡一路晃晃悠悠的,他们终于来到了沂蒙山深处。

山里的鸟鸣与城里的鸟鸣真的大不一样,静娴的心情雀跃极了。

沂蒙山绵延八百里常翠,沂河蜿蜒千百年不竭。

这些美不胜收的景色,让她忍不住哼唱起了幼时就学会的《沂蒙山小调》。

战友们也纷纷跟着静娴一起唱起来，好不热闹。

部队在当地乡政府的安排下驻扎，静娴安顿好自己的行李，便迫不及待地给北海写信。

倘若北海不知道她的新地址，那么他的信只能由济南的战友转寄给静娴。

这封信的内容在精不在多，就是为了给北海报个平安，告诉他新的联络地址。

这次写的全是实话，静娴无暇撒谎，她只想北海现在就陪在她身边，一起闲看天上云卷云舒。

山中的日落与海边的日落全然不一样，这里更让静娴有种采菊东篱下的怡然自得感。

当然也不知道是不是她无聊的生活持续了太久，如今得以自由，换了环境，看什么都觉得万分可爱。

当静娴用糨糊将邮票贴上时，老大哥已经把饭给她打来了。

由于男女有别，他一直站在窗前等着静娴写完。

静娴挺不好意思的，老大哥倒是豪爽，说了句"趁热吃"便走了。

三日后便到了慰问演出的时候，淳朴的乡亲们举着手里的大红花，高喊着："欢迎欢迎，热烈欢迎！"这种发自内心的喜欢，只看一眼便能察觉到。

在领导的安排下，静娴代表文宣队来到村里一位古稀老人的家中探望。

老人家里的客厅张贴着国家最高领导人和开国元帅的画报，虽然老人的眼睛看不见，画报却一尘不染。

静娴的手被她紧紧地握住，老人嘴里含含糊糊地说着话，静娴只能听明白个七八分，但手里的温度、老人眼中的热泪，都让静娴觉得自己身为国家的士兵无比光荣。

接下来便是慰问演出了,静娴虽得了名额随同出行,但依旧没有一个完整的节目。

相反,金劲因着杂耍表演,倒是获得了乡亲们最热烈的掌声。

在某些人眼里,杂耍确实显得不上台面,可老百姓就愿意看热闹的、看新奇的。

这天上午,忙活完了部队里的事儿,静娴在金劲的带领下来到了当地一户村民家。

虽说是他们有求于人,可村民却异常热情地邀请二人在家里吃饭,这倒弄得静娴怪不好意思的。

这户村民家的房在村中算是大的,可家族成员却只有一个上了年纪的老人、一个风韵犹存的少妇和一个年幼懵懂的男孩儿。

老人姓李,从小就没有名字,因着在娘家排行老三,村里人都叫她三婆婆。

在老人的描述中,静娴得知家中的男丁现在只剩一个年幼的孙子,老人的丈夫多年前去参军后便再没有音信,老人的儿子翻山越岭去城里卖山货,不幸失足跌落而亡。

就剩下这孤儿寡母,受了村里人诸多照顾。

静娴要寻找的那位老战友,之前就对这家人颇多照顾,还在部队的时候,他就经常往这里寄些钱和粮票。

婆婆说,老战友退伍后确实回来探望过自己,可是自那之后,就失去了音信。

接下来的日子,恐怕是赵静娴活了这么多年,最难挨的几个月。

不仅断掉了所有的线索,就连北海的信也跟着断了。

虽说她内心分外焦虑,可她还得随着队伍去各个村子里慰问演出。

百般情绪,反复涌上心头。

我做的这些决定,真的都对吗?看着周围热闹的人群,静娴第一次开始怀疑自己。

来到跟自己格格不入的部队，如今已不再是自己实现梦想的地方；碰到了一个笃定托付终身的人，却失去了他的音信。

清冷的夜里，木质的窗框结了冰晶，静娴抱着金劲同老乡借来的碎絮棉被，翻来覆去的睡不着。

难道真的因着自己先斩后奏，北海彻底对她失望，不想再与她交往下去了吗？

她不敢接着想下去，连连安慰自己，一定是车马太慢，没把信件给她带过来。

可别的战友都收到了家书，为何独独遗漏了她的？怕不是北海那边出了什么事，让他不能给自己写信了？

想到这儿，她彻底慌了神。

别看静娴平日里很有想法，但遇到感情这件事，也是"只缘身在此山中"——看不清。

一晚上辗转反侧，静娴还是没能憋住去找了老大哥，让他托人去济南的部队看看有没有北海的信件。

几日后，金劲告诉静娴，济南那边也没有她的信。

这一刻，静娴有些绷不住了，她绝望地认为，自己跟北海的关系到此为止了，平日里活泼的她一下子失去了生机。

她真的没想到，自己竟然也会有这样一天。

金劲每天都主动给静娴打饭，并监督着她把饭吃完才肯走，这天，更是神神秘秘地拉上她出门，说要带她去瞧个热闹。

静娴现在笑不出来，也无力反抗，只能任由他领着自己走向村子的另一边。

隔得老远，静娴就听到村里祠堂传来吹吹打打的声音，已经不是热闹而是聒噪了。

原来镇上来了一帮人，说是来监督村长带领村民们亲自将祠堂给拆了。

静娴他们在城里自然知道人们的那股狂热早已退去，破"四旧"的行动也日渐减少。可碍于交通不方便，这股浪潮这会儿才传到山里。

静娴不解老大哥为什么要带她来看这个热闹，她现在全然没心情。

这时大哥问了她一个问题："咱不仅身为工农子弟兵，也是深受革命熏陶的战士，遇到这种事，到底该站在哪边儿呢？"

静娴看着面前的乡亲们，他们有的痛心疾首，有的号啕大哭，有的拿着农具义正词严地与镇里的干部争执，静娴陷入了沉思。

可此刻的她哪有心思去拔刀相助，只觉得这些人在面前演了一场电影一般。

世上有太多让人无可奈何又苦大仇深的事。

就在这混乱中，一个邮差一把扯住了静娴，看到邮差手里的信，静娴抢一样地拿过了信，立马读了起来。

封面上的地址虽是杨北海的，但里头娟秀的字迹明显出自一个女人之手，不可能是北海写的。

信里的态度强硬，还总分总式地用大道理劝说静娴主动和北海撇清关系。

在一旁偷瞄的金劲看到了信里的部分内容，心里不自觉地欢喜。

谁知静娴的表情异常微妙，看着这样绝情的一封信，居然笑了出来。

她笑，是因为她猜到断联系并不是北海的本意，而是有人从中作梗。

现在，她能收到这样一封陌生女人的来信，要么是北海被控制住了，要么就是北海也被蒙在鼓里。

静娴看了看金劲，金劲下意识地就想躲避她的眼神。

这个反应让静娴怀疑老大哥恐怕也不简单。

反正再有半个月就能回济南部队了，到时候一切见分晓。

邮差看了会儿热闹，害怕引火上身正想离开，却被静娴扯住了，草草地给静雯写了封信，并将这封陌生女人的来信也塞了进去。

那一阵，北海也是天天去收发室烦齐叔。

用徐杰的话来说，北海都快成为车辆厂第一"石老人"了。

开始北海还以为，是自己强横的言辞让静娴吝啬沟通，于是两三天就写一封信寄到济南去，可等了几天书信都石沉大海，杳无音信。

北海骑着自行车回家，突然听见旁边有人叫他，停下车发现来人是静雯。

静雯也是匆匆从学校赶来的，她还得马上再回去。

静雯从随身的包里掏出一封信，也没说什么话，北海就知道那是静娴的，顾不上停好自行车，他从车上跳下来，把车一扔，着急慌忙地从静雯手里接过信阅读起来。

那信中一个留给北海的字都没有，可他见到之后却毛骨悚然。

因为他只看了一眼就知道，冒充他写信的人是谁。

最近乒乓球队的伙食比家里还好，北川已经好久没在家里吃过饭了。

北川一周就回来一趟，像例行公事一样，高慧芳自然把好菜都放在北川面前。

饭桌上，原本应当其乐融融的氛围，此刻却非常僵。

北川好几次没话找话想调节一下，可北海却没有动筷子，更没接他的话茬儿，在这期间还时不时地看着母亲。

杨北川长到这个年纪，自然学会了看脸色，匆匆地吃完饭后，他主动收拾了自己的碗筷，飞也似的逃离了。

见小儿子走了，高慧芳也收起了笑脸，将手里的碗往桌上一放："说吧。"

北海见母亲这样直接，他想了好久的开场白也不大愿意说了。

他从随身的口袋里拿出了那封信摆在饭桌上，用手将信推到了高慧芳的面前。

高慧芳只斜楞了一下眼，看到自己的字迹，便清楚了。

她千想万想都没料到,这个丫头片子竟然使了这么一招,心底的怒火不由得燃了起来,她当即拍了桌子,放在碗上的筷子都被振到了地上。

"对,是我写的,怎么了?"

"妈,你为什么要偷看我的信?"

高慧芳怒气冲冲地起身,拿来一家三口多年前拍的全家福,甩到北海身上:"我不看,我能知道你被人洗脑了?妈会害你吗?"

"妈,你扣了我多少信?"

"话别说得那么难听!什么叫扣?要不是这些信,我还不知道你现在思想这么危险!随便一封落到别人手里,你饭碗都保不住!"

"谁会无聊到看别人的信?!"

这话一语双关,高慧芳被气得发抖,好久都没说出一句话来。

北海也正在气头上,合着这一个半月以来自己感受到的郁闷、害怕、伤心都是自己的母亲造成的。

他虽然是个顶孝顺的儿子,但这次却不想让步了,他的委屈需要找到一个出口。

高慧芳又怎能不觉得委屈呢?自己辛辛苦苦将儿子养育成才,如今为了一个外人与她顶撞,难道真要她掏出自己的心来,让儿子看看吗?

高慧芳越这样想,越觉得北海肯定是思想出了问题。

联想到自从他参加工作以来,很少与自己交流了,高慧芳更是气不打一处来,就想狠狠地扇他一耳光,让他清醒清醒。

可她抬手的那瞬间,看到北海脸上的表情竟然毫无畏惧,甚至有一丝丝挑衅,让她赶紧打,打了他就再也不是她的儿子了。

那一刻,高慧芳心寒至极,只觉得头脑发昏,重重地坐到沙发上,用手摁住心口喘着粗气,眼泪也不自觉地流了下来。

北海是个孝顺的人,虽然他确实认为这事儿是母亲做得不对,可母亲因为争吵而难过成这样子,他又觉得是他的不是了。

他赶紧给高慧芳倒了一杯水,给她拍背顺气。

"不孝的儿子，我怎么敢让你给我养老送终？"高慧芳无力地把水杯推开，有气无力地说出了这句话。

这是杨北海这辈子听到母亲说过的最重的一句话。

"妈，我确实不该和你吵，可你能不能尊重我？这信是我的个人隐私，你就当什么也没发现，像平时一样不好吗？"

高慧芳擦干了自己的眼泪，冷哼一声，摆了摆手："你不听劝，以后我也不想管你了，我为什么总是偏袒你弟弟？就是因为你骨子里和你爹一样，犟得像头驴！"

说罢，高慧芳回房，把拦截的信全扔在了北海身上。

母亲走了，北海确实达到了目的，可他心里却高兴不起来。

这么些年了，由于母亲对自己时亲时疏，母子间的交心话变得越来越少，最后竟然借着这些信，他才知道了母亲心里的苦。

原来，每天对着北海会让她想到那个最爱的人，想到她忍痛做的决定，想到那年她带着两个儿子连夜出走。

那个决定让她孤身一人拉扯着两个儿子艰难过活，也让她独自承受着亲自打碎家庭的悲恸。

第十七章

日暮盼归人

> 不能因为年纪到了而结婚,应该要嫁给爱情。

自那次争吵过后,北海回到家,不是直接进里屋给静娴写信,就是躲在房间的另一角看书,有时候心烦意乱起来,干脆连饭也不吃了,倒头就睡。

而高慧芳也没服过软。

有几次两人迎面碰上了,高慧芳侧身就继续往前走,对北海视而不见,仿佛不存在这么一个人似的。

再后来高慧芳见北海始终都是这个态度,一点儿都没有要服软的意思,更是气不打一处来。

北海越是避着她,她就越是要在北海面前晃悠,每天掐着北海下班的点,眼见着北海走进院子,就直直地坐在客厅,从北海进门,到拿了碗筷坐下吃饭,就直勾勾地瞪着北海,也不说话,直到北海不堪其扰匆匆回到房间才算完,这样的场景几乎每天都在上演。

有时候北川撞见了这种场面，就算有心缓和哥哥和母亲的关系，也没什么办法。一来，母亲不会听自己的劝；二来，虽说北海不至于对自己的弟弟板着个脸，但是杨北川同北海也说不上话。

这么多时日过去，北海心里也是有些愧疚的。

父亲走后，高慧芳常年独自照顾着自己和弟弟，里里外外吃了不少苦，但她呢，从没跟兄弟俩吐露过什么难处。

想到这儿，桌前的北海深吸了口气，摸了把脸，还是收回了思绪，从内兜里掏出了静娴的信。

自那次和高慧芳争吵过后，北海跟静娴的信件统统都交付给了静雯中转。一来，稳妥；二来，也是为了避免母子二人的矛盾升级。

拆开信的北海看着那熟悉的笔迹，心里一阵温暖。

如往常一样，信的开头是静娴的自述，告诉北海自己的近况，多是"一切都好""无须挂念"之类的话，另外也说了一两件军营里发生的有关静娴的小事儿，看到这里，北海不自觉地笑了出来，像是静娴就在自己身边慢慢说着话一样。

信至中段，静娴聊起了北海的事，措辞明显比之前要严厉许多，首先责怪了北海不应该冲动地与母亲对质，应该坐下来好好谈，毕竟一家人不说两家话，如果好好沟通还是无法解决，再做其他打算。随后也让北海放宽心，自己相信北海不会动摇，自己和北海的感情也不会被其他人左右，让北海要有信心。

信的末尾，静娴对北海现在两难的处境也表示了理解，同时告诉北海，既然他顾忌母亲的感受，不如好好工作，评上厂里的先进和积极分子，涨涨工资。这样一来，可以改善家里的生活，就算高慧芳再有私心，也不能对北海的付出熟视无睹，等事业顺利了，什么事都水到渠成了。

看完静娴的信，北海放下了心里的大石头，表情逐渐轻松。

其实很多地方，静娴和自己都不谋而合，比如好好工作、争取涨工资、为家里多付出，这些正是北海打算做的，只是静娴最后提到跟高慧芳好好谈谈，北海还是没选择这么做，北海了解自己的母亲，要改变她的想法，不是一两次谈话就可以的，与其徒增争吵，不如顺其自然，想到这里，北海提起笔就开始写给静娴的回信。

从这以后，北海和高慧芳的冷战算是结束了，两人谁也没开口道歉，有时候亲人之间也不需要说对不起。

说到关系改善的原因，一方面北海的改变有目共睹，另一方面高慧芳也没有原来那么咄咄逼人了。

只是，高慧芳的改变建立在不知道北海和静娴还有联系的基础上，自从信件交给静雯中转以来，高慧芳以为北海和静娴彻底断了联系。

不知不觉，时间从指缝中溜走，两年的时光匆匆而过。

那天的厂区会议堂里人头攒动，热闹得很。

厂职工们都穿上了工作服，三三两两地往里面走。

门口摆放着花篮，厂保卫科的组员统统戴着红袖章，站在大门两侧维持着职工进场的秩序。

在挨着门口的那面墙壁上，还张贴着一张告示——

车辆厂年度工作总结大会。

走进会议堂，已经有人按照提前划分好的区域入了座，人实在太多了，打闹的、带孩子来的、拿着瓜子边嗑边唠的。

座位两侧有两条供职工走动的过道，几位保卫科的同志拼命维持着秩序，但于事无补。

厂领导看到这个情况，紧急抽调了厂革委会的几个组员来会议堂帮忙，这其中就有大宝。

凑巧的是，大宝负责的恰好就是北海和徐杰工作的车间。

"北海，快来！"站在过道上的徐杰一眼就看到了北海，伸手招呼着。

北海挤过人群，好不容易坐到了徐杰身边。

"没来晚吧？什么时候开始啊？"北海坐定，对着徐杰问道。

"没，厂领导都还没来呢。"

就在这时，北海注意到会议堂的舞台上早就摆好了一张长台，用红布覆盖着，当中放着一个麦克风，同样被红布包裹着。

"这次咱厂的十大年度最佳职工中肯定有你。"身旁的徐杰拍了拍北海的肩膀。

"不知道，这说不好，咱厂优秀的职工那么多。"北海挠挠头回答道。

"你就别谦虚了，你都评上几次月十佳了，去年年十佳不也有你吗？"徐杰又说道。

"聊什么呢，保持安静！"正当北海准备回答徐杰时，过道上传来一个声音，北海一看，是大宝正瞪着自己，北海转过头，不准备搭理他，倒是身旁的徐杰有些愤愤不平："厂领导都没到场，大会也没正式开始，说几句话怎么了？"

大宝刚准备揪住徐杰，舞台上的灯突然亮了起来，厂领导们一个个迈着步子上了台，无奈之下，大宝只能眼睁睁地看着徐杰冲他吐吐舌头，他用手狠狠地指了指，赶紧回了座位。

舞台上的厂领导环视了一圈，清了清嗓子："车辆厂年度总结大会正式开始！"

大会一开始，照旧是几位领导按照职位顺序发表讲话，而讲话的大体内容也离不开"咱们厂这一年来的进步和取得的成就"与"来年咱们厂的展望"这两点，听多了难免让人感到无聊。

徐杰不停地打着哈欠，看这模样，马上就要合上眼。

北海推了一把徐杰，朝他使了个眼色，徐杰才注意到过道另一边的大宝，正直勾勾地盯着自己，徐杰挑了挑眉毛，撇了下嘴，转过头，把身子坐直。

"下面公布咱们厂十大年度最佳职工……"恰好这个时候，厂领导说到了会议重点，听到这儿，北海也顾不得身边的徐杰，坐直了身子，集中精力听了起来。

实际上，自两年前北海决意撑起自己的家，也为了配得上静娴，他几乎一门心思全扑在了工作上，而努力的成果也是有目共睹的。

虽说职位变动不大，但他每次都能被评选为厂先进、厂优秀职工，还被车间主任和厂领导单独表扬过，北海的工资比起两年前也涨了不少。

去年的厂年度十佳中，就有北海的名字。

"他们是——李荣光、宋明辉、姜前进、杨北海……"

不多时，领导念完了名字，并通知念到名字的职工上台领奖，接受表彰，北海此时也起身走向舞台，只是在路过过道时，发现大宝看着自己的脸色着实不好看。

随着一位位职工走上舞台，台下掌声雷动，职工们在台上并排站好，领导拿着一枚小小的徽章、一朵红花和一个印着"车辆厂十大年度最佳员工"几个红字的搪瓷茶杯，一一颁发给每一位获奖员工。

拿到徽章的北海，手心浸满了汗，不知道为什么，那一刻他脑海里都是静娴的笑容。

领到属于自己的奖品，他给厂领导鞠了一躬，看着台下拼命挥手的徐杰，北海发自内心地笑了起来，努力没白费，他终于得到了那份认可。

大会持续了一下午的时间，结束后，也到了厂里的下班时间。

北海跟徐杰道别后，就骑着自行车离开了厂区。

他没有直接回家，而是骑着车来到了静娴家，今天是静娴回信的日子，他早就跟静雯约好了时间。

叩了几下门，就听到一阵急匆匆的脚步声。

"是你啊，你等会儿，我去拿信。"静雯开了门瞧见北海，打了声招呼就往里屋走，没过几秒就拿着信出来了。

"又在厂里拿奖了？"

北海刚想问静雯怎么知道,低下头才发现,因为走得急,领导给自己的那朵红花还挂在胸口,没有拿下来。

北海脸一红,赶忙把红花取下来,有些不好意思,点了点头,拿着信跟静雯道了声谢。

静雯看着北海,摆了摆手:"别客气了,再过不久,我就不能当你们的信件中转站了。"

北海愣了一下,立马焦灼地问道:"怎么了?"

"过两天,我就要去卫校上学了,到时候,就没什么在家的时间了。"

看着北海眉头紧锁的模样,静雯扑哧一声笑了,还是没忍住:"其实你和我姐不用写信联系了,我姐写给我的信里说了,她退伍了,这几天就会回青了,她应该也在信里和你说了,只是你还没看。"

"什么?静娴要回来了?"听了静雯的话,北海心里一紧,呆呆地愣在了原地。

静娴怎么就毫无预兆地退伍了?难道是她在济南那边出了什么大事儿?北海满腹疑惑和焦急地展开了信件。

静娴在信中的语气还算平静,交代了这几个月来她内心的煎熬,以及最终下定的决心。

这两年来,她多方辗转打听,始终没有得知那位老战友的下落。长距离的恋爱让静娴心生疲惫,文艺仕途又见不到光明的未来,不如放下一切回到青岛,她相信她能创造出自己的一番天地。

北海看到此处,赞同地点点头,这是他熟悉的那个静娴。他是这个世界上最崇拜静娴的人,北海相信,静娴在哪里都会发光的。

信的结尾,静娴绘声绘色地为北海描述了一场抓"贼"的戏码,场面之热闹绝对赶得上《铁道游击队》。原来不仅是北海这边有母亲的阻碍,在静娴下乡的那几个月里,老大哥金劲在济南利用职务之便也私自扣了北海写给静娴的信。

原来北海担心得确实有道理，这位老大哥不知何时对静娴一往情深，就想暗地里破坏静娴和北海的感情。要不是母亲那封冒充北海的绝交信，他和静娴恐怕会就此结束。这样一想，北海甚至还要感谢母亲的"辣手摧花"。

终于，他可以见到静娴了。已经按捺不住喜悦的他，在胸前用力握了一下拳头，整个人都轻快了起来，把信揣在怀里跟静雯道了别，跨上自行车就往家赶。

刚到家，北海本想往房间里跑，却在门口远远地瞧见高慧芳正对着里屋喊，身旁还围着一堆院里的邻居。

"大家看看怎么样，这可是熊猫牌的。"

北海有点不明就里，走进家门，才发现客厅里摆放着一台崭新的收音机，不用说，又是高慧芳置办的。

看见北海一脸不解地进了屋，高慧芳赶忙拉着北海凑到跟前："北海，你看看，这收音机怎么样？"

在那个年代，谁家有一台崭新的收音机，都十分令人羡慕，特别是"上海"和"熊猫"这两个牌子，备受大家的追捧，所以这会儿有一堆邻居在旁围观也不奇怪。

实际上，这两年由于北海在厂里努力工作，工资上涨了不少，家里的条件算是改善了许多，家里也添置了许多新物件，可真要买台这样的收音机，还是会"伤筋动骨"的。

这次高慧芳置办收音机是因为她之前在若云的父亲——厂革委会主任周建华的帮助下，借着北海工资上涨，让高慧芳重新领上了工资。现在北海家不说多有钱，可也算得上是真正的富裕人家了，所以才能置办这些那个年代里了不得的"大件"。

可是此时的北海，一门心思惦记着静娴的那封信，虽说看见家里有了收音机挺高兴的，但他更想知道静娴在信里说了什么，于是跟高慧芳打了招呼之后，就匆忙回了房间。

回到房间，北海坐在床上从口袋里拿出信，迫不及待地打开，开始小心翼翼地读了起来，好像生怕漏掉某一个字一样。

又回味了一遍信的内容后，北海向后仰倒躺在床上，把信盖在脸上，情不自禁地笑出声来。

北海的书柜里已经摆放了好些奖品、徽章、奖状之类的，这也是北海这两年努力工作的结果，每隔一段时间北海都会小心擦拭、摆放，为的就是等静娴回来后，一件一件地拿给她看，自己这两年没有虚度光阴，自己终于配得上她了。

经过这两年的分别，北海发觉静娴对于他而言，就是生活里的饴糖。倘若以后会离开静娴，他光是想想心中都会一阵绞痛。他鲤鱼打挺一般从床上起身，将信仔细地折好放在了离自己胸口最近的口袋里。

他有件事一定要去跟四舅舅商量。

到了四舅舅家，还没进门，北海就迫不及待地喊："四舅舅，四舅舅……"

只听院子里传来一个声音："是北海吧？"

不多时，门就打开了，四舅舅望着一脸兴奋的北海，倒是乐和了起来，把北海一路迎进屋，倒上了茶水："什么事儿让你高兴成这样？"

来到里屋坐定，还是四舅舅先开了口："是静娴回来了？"

"就知道瞒不过四舅舅，是，估摸着就这一个星期了。"

"好事儿，两年了，你们也算熬出头了。"四舅舅笑着说。

"四舅舅，我想……"北海俯身上前，在四舅舅的耳边说了一句话。说罢，自己反而不好意思地红了脸。

"好小子，不愧是我们杨家的人！"四舅舅听完，赞赏地拍了拍北海的肩膀，"你放心，这事儿，四舅舅会好好帮你筹划的！"

"但是，四舅舅，你这方面的经历也不大够吧……"

"臭小子！还担心起我来了？四舅舅吃过的盐比你吃过的饭还多，没吃过猪肉还没见过猪跑吗？！"

听到四舅舅这么说，北海也定了心，向四舅舅敬了个礼："明白，一切全听司令指挥！"

在四舅舅家吃过晚饭，又聊了一会儿，北海就骑着自行车回家了。

这天在厂里上工的时候，志强告诉北海档案室有找他的电话。北海放下了手里的活儿，疑惑地一溜小跑去了档案室。原来是静娴从部队里打来电话问好，顺道告知北海，三天之后她就回来了。

这天北海起了个大早，先对着镜子好好梳理了一下，随后把自己这两年来在厂里获得的奖品用一个袋子装好，穿上一件崭新的衣服，戴上一块手表，这块手表，还是上回四舅舅出门跑运输回来之后给自己带的礼物，自己平时也舍不得戴，都是收在书柜里，这次静娴回来，就顾不得这么多了，必须把自己最好的一面展现出来。

北海一阵小跑下了楼，来到胡同口，那儿停着一辆吉普车，这是北海托四舅舅给自己借的。四舅舅千叮咛万嘱咐，接了静娴就回四舅舅家，接着把车还回去。

北海也是刚刚跟四舅舅学会开车，他觉得此次静娴回青，一定要给她呈现出自己最好的一面。

北海紧张又兴奋、机械又规范地系了安全带，拉了手刹，轻轻地松开离合，踩了一脚油门，车子慢慢地动了起来。

这个时候的青岛，大伙儿大多还是以自行车代步。一路上北海的车越开越快，仿佛只要他开得快些，就能早点见到静娴一样。

不一会儿，北海就到了长途汽车站，倒车入库了好一会儿，终于停好了车。北海拎着装着自己"军功章"的袋子走向出站口，站在出站口往里张望着。

部队退伍返乡的日子，车站的人络绎不绝，像北海这样翘首以盼看着出站口的人不在少数，人人脸上都挂着兴奋的表情，随着一辆辆汽车到站，人群里时不时传来一阵喧闹，车上走下来一位位返乡的军人，男女都有，都穿着一身笔挺的军装，领子、纽扣都一丝不乱，胸口也统一佩着一朵红花。

北海此时伸长了脖子紧紧地盯着出站口，盯着一辆辆汽车到站后走下来的返乡军人，偶尔看到有些身形与静娴相似的姑娘，北海总是迫不及待地招手，可当姑娘转过头，北海发现不是静娴后，又悻悻然收回手，接着又紧盯着出站口。

此时，一辆汽车到站，车上返乡的军人井然有序地走下车，静娴就在其中，她刚站在车门口左右张望了一会儿，就听到了自己两年来一直在思念的那个声音。

"静娴，静娴！"

听到呼喊，静娴望去，一眼就看见了那个一米八几在人群中稍显突兀的身影正大声地叫着自己的名字，手也不停地摆动，声音越来越大，丝毫不在乎周围人的目光，向着自己的方向快步走来。

两人在出站口相会，静娴看着北海，稍稍挺直了身子，敬了个标准的军礼：

"北海同志，赵静娴归队！"

看着静娴狡黠的眼神，北海一步向前，两只手拉起静娴，两年来的思念、盼望、期待，那些写过信却仍旧说不完的话一瞬间积攒在心，可此时的北海仿佛得了失语症，说不出一个字，只是紧紧地握住静娴的手，一直没有放开。

静娴就这样被北海拉着，其实，静娴此时的心情也同样如此，甚至可以说更加如此。她背井离乡了两年，走进部队，去到陌生的地方，身边也全是陌生的人，她对北海的思念只多不少，可此时却无语凝噎。

两人就这么待了一会儿，最终，相视而笑。

其实，哪里需要刻意说些什么，这两年的酸甜苦辣也好，思念期望也好，到了面对面牵着对方的手的时候，仅仅只要一个眼神，对方就能够明白自己心里想的一切，别说两年，哪怕更久一点，也不会改变，这就是两人之间的默契。

北海拉着静娴的手往车站外走，总觉得虽然是一样的军装，但穿在静娴身上就特别好看。

不一会儿，静娴注意到了北海手里提着的袋子，有些好奇，于是看看北海开口问道："袋子里装的是什么？"

北海这才想起来还有这件事，于是笑着打开袋子："这是我的'军功章'。"

静娴伸手从袋子里拿出一两件奖品，看着上面印着的红字，也明白了一切，她心里一暖，看来北海在自己不在的这两年，付出了很大的努力，她回过头看向北海的脸，觉得他成熟、稳重了不少，两年的时间，北海成长了不少。

静娴小心擦拭着手里的一枚徽章，把它放回袋子里，看向北海笑着说："辛苦你了。"

北海挠了挠头，说："不辛苦，以前总觉得自己配不上你，所以只能加倍努力，希望能跟上你的脚步，现在总算是做到了。"

静娴听完，笑了笑没说话，只是握着北海的手握得更紧了。

此时北海接着说："对了，四舅舅让我领你回家吃饭。"

"四舅舅？他在家啊？"静娴问道。

"是啊，他这段时间没有运输任务，就在家待着，他也一直惦记着你呢。"

"明天去吧，一会儿我还想……"

北海急忙打断静娴说的话："不行！呃，我的意思是四舅舅做好饭了，不去不大好。"

"行，那你陪我回去把行李放下。"

"那肯定的，肯定的……"二人来到车站门口，北海把静娴带到了吉普车前，拿钥匙开了车门，对着震惊的静娴做了一个请的手势。

"哪儿弄来的？"

北海调皮地眨了眨眼睛："你别管哪儿弄来的了，上车！"

北海把静娴的行李都放在后座上，静娴也就不客气了。虽说之前在部队里跟着老大哥坐过好几次吉普了，可这次毕竟是坐着自己最喜欢的男人开的车，心里的滋味肯定是不一样的。

静娴熟稔地坐在副驾驶座上系好安全带，看着北海一个步骤一个步骤地操作着吉普车，他认真又有些慌乱的表情把静娴逗乐了。

接上了静娴以后，北海自然不想那么快地回四舅舅家还车了。他载着静娴先去了她家，把行李放下后直接开车带静娴去了海边。

北海把车停在海边，阳光正好，车窗外就是大海，车窗像一个画框，将这一幅美景深深镂刻在了北海的心中。

傍晚时分，北海和静娴才到了四舅舅家，而此时四舅舅也正好忙活完，算是大功告成，看着门口的四舅舅，静娴笑着打了声招呼："四舅舅！"

四舅舅看向静娴："静娴同志，快进来，饭刚好熟了，咱们边吃边聊。"

不多时，三个人就坐到了餐桌上。

四舅舅起身去厨房拿了一瓶酒，四舅舅和北海平时很少喝酒，但是四舅舅说今天这么好的日子，喝一点没事儿，所以准备好了一瓶酒。

四舅舅拿着酒就座，给北海倒了小半杯，再给自己倒了一些，看着静娴就打开了话匣子。

"在部队这两年，还好吗？"

听到四舅舅的询问，静娴回答："都挺好的，义工团比起其他部队，日常训练要轻松些。"

"听北海说，你去部队是想得知一些关于你父亲的事情？"四舅舅接着问道。

"是，我想找到父亲当年的战友，完成父亲的梦想，只是没想到无功而返。"说到这里，静娴脸色一暗，难掩失落。

其实这些事情北海已经告诉过四舅舅，北海怕自己笨嘴笨舌，不知道怎么安慰静娴，想让四舅舅开导一下静娴，所以四舅舅才会提到这些事情。

看着难过的静娴，北海心情也有些低落，他看向四舅舅，不知道说些什么好。

此时四舅舅说："静娴，其实你不用这么难过，人这一生，不管是失望，还是遗憾，都无法避免，而恰恰是因为有这些不完整，人生才真正完整。"看着静娴不说话，四舅舅接着说，"你父亲的遗憾也好，你的遗憾也好，你们不都很努力地去尝试了吗？虽然结果不让人满意，可这个为了梦想努力的过程不也充满了价值吗？"

听到四舅舅这么说，静娴好受了一些，说道："四舅舅，我懂，可我心里还是不好受。"

四舅舅接着说："不如意者常常十之八九，那些遗憾过去就好了，等以后回头看，这些遗憾也特别值得回忆，静娴，别想太多。"四舅舅冲着北海使了个眼色，接着说，"北海，我要出去给人摇个电话，毕竟喝了酒不好去还车了……"

听到这句话，北海先是一愣，然后立马明白了过来，连忙起身和静娴一起送四舅舅出门。

静娴刚坐回餐桌旁吃着、喝着，突然家里的灯光全暗了。她好奇地看了看窗外，发现别人家都灯火通明，难道是四舅舅家跳闸了？静娴记着茶几底下放着四舅舅的工具箱，她便立即过去拿工具。

此时北海从厨房里走出来，手里拿着一根点燃的粗蜡烛。

"你干吗去？"北海看到静娴拿着扳手摩拳擦掌的样子，像是要去打架似的。

"修电啊。"

北海把蜡烛放在餐桌上，赶紧将静娴手里的扳手夺过来，将她摁回餐桌前："就你能干！还修电……这叫烛光晚餐懂不？闭上眼！"静娴仍然瞪着不解的双眼看着杨北海，北海拿手强行蒙住了静娴的眼睛，说道："不叫你睁开，千万别睁眼，配合一下。"

说完这句，北海起身走到厨房，不多时，他端着一个盘子，上面还扣着一个碗，走了出来。

把盘子放下，北海宠溺地摸了摸静娴的脑袋，说："睁眼吧。"

北海笑着打开了扣着的碗，只见盘子上面摆放着一个糕点，单从卖相上来看，绝对算不上好看。

原来，之前在北海和静娴的通信里，静娴提到自己吃到了一个特别好吃的糕点，但是不知道名字，在信里也只提到了外观、形状和味道。

静娴没想到北海居然这么上心，单凭这些就把它做了出来，虽然外观不大好看，但是已经与静娴上次吃到的相差不远，单凭一两次的练习、实验，一定做不到的，可见北海是下了苦功的。

想到这里，静娴心里一暖，看向北海，北海看见静娴有些微微湿润的眼眶，反而害羞了起来，小声说："尝尝。"

静娴看着北海期待的眼神，小心地掰了一块糕点放入嘴中，舌尖尝到的味道与之前吃的一模一样。

她有些哽咽地说："北海……"

"嘘——"北海做了个噤声的动作，坐在了静娴的身边，握住了她的手，"赵静娴同志，请你给我一个机会……"

"你不会是出什么事儿了吧？"

"你能不能别瞎猜，不要破坏气氛！"北海有些嗔怪地拿手指点了一下静娴的脑袋。

北海从口袋里拿出一个红布包着的东西，他一层一层地打开，里面赫然躺着一个钥匙扣，钥匙扣上刻着静娴的名字。这一看，就知道是北海亲手做的。

"分开两年，不知道你是胖了还是瘦了，也不敢去买……"北海把钥匙扣放在静娴的手里，又从口袋里拿出另一个红布包着的东西，打开来，里面放着一把摩挲得光滑的木梳,上面也刻着静娴的名字,"我最喜欢你的一头长发,我希望,以后的日子里都能帮你梳头。"

"北海……"静娴颇为惊喜,没想到北海竟然给她准备了这么多亲手做的礼物。

"我等候你。/我望着户外的昏黄/如同望着将来,/我的心震盲了我的听。/你怎么还不来?希望/在每一秒钟上允许开花。"

北海单膝跪地,握住静娴的手,深情地向最爱的人朗诵着徐志摩的情诗。

"我守候着你的步履,/你的笑语,你的脸,/你的柔软的发丝,/守候着你的一切;/希望在每一秒钟上/枯死——你在哪里?"

"我要你,要得我心里生痛,/我要你火焰似的笑,/要你灵活的腰身,/你的发上眼角的飞星……"

一个吻,轻轻地落在北海的唇上。在这一刻,爱和着泪水,两个互补的灵魂终于找到了慰藉和归宿。

"静娴,你愿意嫁给我吗?"

"我愿意。"

第十八章

狼狈的新婚夜

> 如果有机会，我想做你一辈子的英雄。

自从决定了要结婚，北海跟静娴就行动了起来。

静娴第一时间就把这个好消息，告诉了弟弟跟妹妹，北海则是忙着解决登记时要用户口本的问题。

他早就意料到母亲绝不会同意自己跟静娴的婚事，所以做了一个最大胆的计划——趁母亲一个不注意，把户口本偷出来。

可是赵家跟杨家不同，这种东西向来都搁置在高慧芳的抽屉里，如若想得到，的确得费点时间。

北海观察良久，好不容易逮到了一个空隙，溜进了母亲的屋里，顺走了户口本。

他生怕自己因为紧张而在饭桌上表现得不够自然，怕被母亲瞧出端倪，回头再露了馅，所以他特意编了个理由，溜出了门，在胡同口站了几个小时，估摸着母亲跟北川都躺下了，才蹑手蹑脚地回了家。

"哥,你去哪儿了?"北川听到了屋里有响动,半眯着眼睛,起了身,"这么晚了,你怎么才回来?"

北海一看他醒了,赶紧带上了门,生怕吵醒了高慧芳:"嘘,还不快睡觉,明天还上不上课了?"

北川本就困意浓浓,哥哥这一番话又说到了心坎上,一提起"上课"这俩字,他就联想到了数学老师那张喋喋不休的嘴,简直像极了催眠术,不一会儿就打起了呼噜。

听着北川睡熟了,北海蹑手蹑脚地掀开被子,从裤腰里掏出户口本,掖在了枕头下面,刚想睡,心里又觉得不踏实,又蹑手蹑脚地取了几本书,压在了枕头下面。

那一夜,他梦到了不少零碎的画面,有自己跟静娴的,也有自己跟弟弟和母亲的。他甚至还在梦里见到了多年未曾谋面的父亲,他正抱着他,坐在一棵银杏树下。可惜自己的眼前一片模糊,只能听到风吹得银杏树叶沙沙作响。父亲的嘴一张一合,似乎在说着些什么,断断续续的,可还没等他听清,声音就越飘越远。再回头的时候,自己已经长得很高了,穿着松松垮垮的衣服,而父亲不知道从什么时候开始,也消失不见了。

隔壁胡同的鸡叫声吵醒了深陷在梦里的北海,睁眼的那一刻,他的眼眶似乎还有些湿热,掀开枕头,看看那棕皮的户口本,北海小声地咕哝了一句:"结了婚,就算脱离家庭了吧。"看着隔壁弟弟四仰八叉的睡姿,北海心里忽然萌生出一阵歉疚,但还是咬咬牙把户口本揣进了布包里,抹了把脸就出了门。

可他的去向却不是静娴家。

若云一溜烟地下了楼,白色的素裙在风的吹荡下轻轻飘起,看模样就是精心梳洗打扮过了:"北海哥,你怎么来了?"

看着面前的若云,北海深吸了一口气。

打从母亲开始撮合他跟若云,北海就在心里设想过无数个场景,终有一天,他要这样面对面把话跟若云说清楚,如今看看满脸期待的若云,他终于肯狠下心，递出了那封早就写好的信。

"北海哥，这是……"接过信的若云满脸惊喜。

"若云，我明白，你我的情谊早就不似从前那般单纯，但我的心一直都没变过，只把你当作我最疼爱的妹妹，有些事没办法勉强，我只想说，祝你一切都好……"

看着脸色惨白的若云，北海虽有不忍，却不得不狠下心："我……要跟静娴结婚了……"

听到这句话的若云，犹如五雷轰顶，攥在手里的信霎时掉落在地上，她只觉得有什么东西在急速掏空自己的身体，这不是她所期待的结果。

北海心里清楚，一时之间，若云无法接受自己要跟静娴成婚的事实，他心里早就做好了最坏打算，所以他写了那封信。感情无法勉强，余生该托付给彼此相爱的人，若云对他的情愫里，依赖和不甘都大过了爱，他希望她看清，希望她找到属于自己的归宿，哪怕两个人不复往来。

离开若云家的那一刻，北海的心里想的都是静娴，一个人的心无法掰开去在意两个人，直到那一刻他才明白：有时候决绝，才是对大家都好。

一想到第二天就要跟北海打结婚报告了，静娴跟静雯窝在一个被子里，两个人又哭又笑，聊了整宿。北海到楼下的时候，静娴正忙着用热毛巾敷自己肿了一圈的金鱼眼。

"你怎么来得这么早？"看着北海，静娴忍不住别过了头，"今天眼睛肿了，我还想着敷一敷。"

北海凑过来，仔细地望了望她，扑哧一声就笑了："怎么，后悔了？"

静娴把捂在眼睛上的湿毛巾摔进北海的怀里："你什么时候见过我赵静娴为什么事儿后悔过？"

北海瞧着她，有点儿说不出来的心疼，又有点儿说不出口的感激。静娴这句话，给了他前所未有的力量，从前的他稳重、懂事，从未想过忤逆母亲，更不会瞒着她，做出偷户口本结婚这种事。

而如今，他知道自己想要什么，想跟什么样的人结婚，想过什么样的生活，是从什么时候开始变坚决的呢，他也快记不清了。

　　大抵是静娴出现的那一刻，又或者是自己确认喜欢上静娴的时候，总之，自己变得自由了，也变得更容易开心了。

　　今天的静娴也一样，心里像是吃了蜜果，心情出奇地好，右手搂住了他的腰，左手摆个不停，哼着歌，声音清脆得很，一路上吸引了不少人的目光，听着她那悠扬的哼唱声，北海也像是受到了什么鼓舞似的，霎时间腰杆挺得倍儿直，蹬着车子的脚也更加卖力了，一路骑进了厂里。

　　"你包里揣着什么呢，鼓鼓囊囊的？"北海停稳了车，正忙着上车锁，余光突然瞥到了静娴胸前搭着的包。

　　"秘密！到了该揭秘的时刻，你才能知道！"静娴眉眼间闪过一丝狡黠，把包揣在了背后，当即就催促起来，"你还不快点儿，咱们两个可要做今天第一对打申请的，静雯可是问了隔壁刘婶儿，说这种事就得打头，不然可得跟着别人家，一闹一整年。"

　　"你这个女同志，结个婚怎么还搞起封建迷信了？你不是从来都不信什么牛鬼蛇神的吗？"北海望着静娴，扑哧一声笑了。

　　静娴的马尾辫在脑袋后拼命一甩，她回头，眼睛瞪得圆圆的："我这不是第一次结婚嘛，下次结就有经验了……"说完了这句，静娴吐了下舌头，噘了噘嘴，像是故意跟北海作对似的，一溜烟地就往前跑，北海一个人愣在原地反应了几秒，一路追上去要敲她脑瓜崩，两个人就这样连笑带闹地到了厂长办公室。

　　蒋文宣正在整理材料，听见门外有响动，抬头一瞧发现是静娴，先是愣了一下，又看见北海跟静娴握紧的双手，满脸都是惊讶，他的手举起来在空中悬了好半天，看到了递到桌前的申请书，才恍然大悟：原来这俩早就修成正果了。

　　北海从包里掏出了两个户口本，递给了管事儿的小吴，大章盖上的那一刻，他感受到了静娴握着他衣角的力度加重了几分，再偷偷搓搓自己的手心，也早就全是汗了。

他们终于在名义上结成了夫妻。

北海捏着申请,刚出了办公室的门,就被静娴一把夺了过去:"经组织研究,决定通过杨北海和赵静娴的结婚申请……"

"杨北海!"静娴一下子扑进了北海的怀里,"我们终于结婚了!"

看着怀里笑逐颜开的静娴,北海的脸上也挂了笑,摸了摸裤兜:"走!你想吃什么?我带着你去吃!"

静娴从他身上跳了下来,眼里闪过一丝神秘,又冲他眨了眨眼:"你当然得请我,我现在可是杨太太,但是,吃之前还有件大事儿,我必须得做!"

北海不解地望着她:"婚都结了,还能有什么大事儿?"

静娴从背后掏出了那个捂得严实的布包,打开了扣,居然从里面又掏出了一个红布袋:"这可是我亲手缝的,专门用来装我们的喜糖的!"说罢,她擎着布袋在北海面前使劲晃了晃,"你别看针脚粗糙,但能装得很!"

北海看看她那红布袋上飘着的线头,还是没忍住笑了:"以后这种活儿,我看你还是交给我吧……"

静娴跟北海到五车间的时候,徐杰正忙着跟志强研究零件改良,徐杰眼尖,一眼就看出了门口的两个人是静娴跟北海,再细瞅瞅,两个人还挨得特别近,居然还有说有笑的。

徐杰一话不说就扔了手里的活儿,冲过去把北海拽到了身后:"我说你这小子,不要命了是不是?怎么着,你俩想一块儿拉出去挨批斗吗?"

静娴看着徐杰一脸怒气,在车间门口又不好发作,只能死命压低声音的模样,俏皮劲儿忽然就上来了,她上前一步挽住了北海的胳膊,徐杰一看,赶紧去松静娴的手,北海被两个人夹在中间扯来扯去,最后没了招:"你难道还不准备告诉他,我们两个打了申请,结了婚吗?"

话音刚落,徐杰当即愣在了原地,满脸不可置信地望着北海,再扭头瞅瞅静娴,又用手指使劲掏了掏耳朵:"我没听错吧?你俩?打申请?

结婚?"徐杰差点喊了出来,整个车间都安静了,一时间全朝这边望了过来。

静娴打开了封着口的红布袋,剥了块糖,一把塞进了徐杰嘴里:"属你嗓门儿大,就先堵住你的嘴!"

志强看到了静娴手里的红布兜,瞬间就明白了师傅这是有喜事了,撂下了扳手就跑了过来:"师傅,我这就得叫嫂子了?"

静娴的脸蛋有些红了,扭头望着北海:"喏,你说……"

看着众人都凑了过来,个个脸上都挂着好奇,北海脸颊一热,不好意思地挠了挠头:"今天,我跟静娴打了申请,结了婚,从今天开始,我俩就是夫妻了,静娴昨天就准备好了,想着来给你们送点儿喜糖,也跟着一块儿沾沾喜气!"

说完这句话,整个车间沸腾了,直到这一刻大家才明白,原来这俩早就在厂里看对了眼、投了缘,还暗地里发展了革命爱情,于是大家纷纷扔了手里的活儿,一股脑儿凑了过来,七嘴八舌地道起了喜,静娴从包里掏着糖,挨个儿分给了大家,一一点头回应着,红色的糖纸亮亮闪闪的,一时间充满了欢声笑语跟打趣。

愣在一旁的徐杰偷偷地拉过了北海,手来来回回地比画了好几遍:"你,你跟赵静娴?你俩?结婚?"

北海望着他,铆足劲儿点了点头,徐杰朝着他胸口就是一拳:"好小子,你瞒着我连婚都结了,就你这还算兄弟,我简直……"

看着静娴跟北海生米已经煮成了熟饭,徐杰又气又喜,一时间除了责备,竟然还有几分鼻酸,那个年代,结婚是大事儿,况且静娴刚退伍回来没多久,两个人才经历了几年异地恋,感情却修到了如此程度,这其中有多不易,他这个做朋友的,心里再清楚不过了。

在车间老朋友们的见证和祝福之下,北海跟静娴的关系被抬到了台面上,几年的地下恋情终于结束,静娴忽然想起了一个至关重要的人——大宝。前些年没少受他折腾,听北海说,他托了不少人帮忙相亲,结果姑娘们都觉得这人见风使舵靠不住，最后都黄了。

跟众人寒暄完了，静娴扯着北海就去了革委会："这么多年不见，我可得好好'挠攘挠攘'（恶心恶心）他……"

北海了解她，但凡她决定了什么事，十头牛都拉不回来。如今，车辆厂不似从前，大宝无人可攀附，人也消停了不少，自己也有了资历，索性不再阻止，一道跟着她去了。

看到静娴正挽着北海的胳膊，大宝腾地一下就站了起来，在革委会办公室搞男女私情，那还得了："你俩……你俩这是要干什么？"

静娴从包里掏出了剩下的糖，捧了几颗撒在大宝的桌子跟前："宝哥，告诉你个好消息，我跟北海刚刚打了结婚申请，厂长盖了章，第一时间就给你送喜糖来了，给宝哥沾沾喜气，这糖可是灵得很，能让你改头换面，省得你继续打光棍儿了……"

大宝瞠目结舌地望着静娴，手还指在半空中，被她这话一噎，一时之间竟然语塞："你……"

静娴做了个鬼脸，又挥了挥手里那张薄薄的结婚申请，拉着北海就出了革委会，刚走了几步，就扶着栏杆笑得直不起腰来："你看到他那个表情了吗？脸都绿了，真是活该他打光棍儿，想起之前他的那个鬼样子我就来气，这次真是太解气了……"

也许天公被这俩的喜事逗得一阵痛快，原本阴沉的天，居然没一会儿就布了雷，云层也越压越低，两个人一路骑车往厂外跑去。

北海听着静娴在背后絮絮叨叨，笑着摇了摇头，当兵这么多年，也没能把她这爱打抱不平的气性磨没，转念回想起大宝的表情又气又恼，怕是整个车辆厂也就只有她赵静娴能把大宝逼到那个份儿上，想到这儿，北海扑哧一声笑了，踩着车脚蹬子的脚又欢快了起来。

周围的鸟都躲进了屋檐下的巢穴，有雨点洒了下来。

街头上的静娴和北海，用袖子掩着头嬉笑藏躲，全然不知此时此刻的五车间，正上演着一场"灾难"。

那天高慧芳早早就没了课，眼看乌云密布，想回家，却发现北海的雨衣撂在了自己的车筐里，怕儿子淋湿，于是蹬着车来了厂里，才刚到了五车间门口，雨就哗哗啦啦地下了下来。

进了车间，拍拍淋湿了的衣袖，高慧芳张望了起来，找了半天也没瞧见北海的身影，本想放了雨衣就走，出门的时候却看到志强迎面跑了进来："哎，芳姨，你咋来了？是不是找北海哥跟静娴姐？他俩走了。"

一听静娴的名字，高慧芳的眉头忍不住皱了皱："他俩？"

志强拧着裤腿上的水，没顾得上抬头："对啊，刚走，我可得恭喜你啊芳姨，北海哥这结了婚，马上你就能抱大孙子了！"

高慧芳一把扯住了志强的袖子："你说什么？北海结婚？"

志强被高慧芳一扯，又看她一脸吃惊的模样，眼睛滴溜一转，赶忙话锋一转："呃，看来北海哥这是……准备给您个惊喜啊！"

高慧芳一听，心里咯噔一下，这小子难道……

眼看着前来恭喜的人越来越多，她没了辙，只能强压着怒火，赔着笑脸，一一附和，磨了个七七八八，赶紧找了个由头出了五车间，跨上自行车，连雨衣都顾不上披，就骑着车走了。

到家的时候，高慧芳整个人已经被淋透了，北川正在屋里鼓捣球拍，瞧见母亲着急忙慌地冲进来，还以为发生了什么事儿，猫在门口瞧了半天，才进了屋："妈，你这是怎么了？"

七七八八的证明本落了一地，高慧芳愣是没找到户口本，看着北川进了门，她又气又急，一把把他推了出去。

母亲把自己锁在了房间，北川心里直犯嘀咕，女人都是这么善变的吗？出门前还好好的一个人，回来以后怎么就成这样了？他想不通，又无计可施，只好挠挠头坐在了客厅。不一会儿，房间里传来了断断续续的抽泣声，北川不敢相信，又上前贴着门听了听，向来强硬刚烈的母亲，居然真的哭了……

雨点噼里啪啦地砸在玻璃上，北川只觉得一阵心慌，不知道为什么，他总觉得心里不踏实,好像有什么大事就要发生了。

窗外的雨还在下着,躲在屋檐下的静娴和北海相视一笑,北海小心翼翼地从包里掏出了申请,确认了三四遍,两个人脸上都是难以掩藏的喜悦。

"所以说,我现在就是杨太太了?"静娴晃着脑袋,看着北海,"我可得仔细地瞧瞧我赵静娴的丈夫。"

北海也不避讳,任凭她来来回回地瞧着,过去的几个小时,对自己而言就像在做梦,他甚至已经开始幻想跟静娴住进同一间屋子里的场景,但是母亲那边……

想到这儿,他的眉头不禁一皱,静娴瞧出了些端倪,盯了他半天才开了口:"你是不是在为偷户口本的事儿心烦?"

北海望着她,自己好像什么事情都瞒不过她:"你愿意跟我回家吗?"

静娴用力地点了点头。

她知道,北海背着自己的母亲偷出户口本跟她结婚,需要鼓足很大的勇气,所以就算明知道会被嫌弃,可能不会得到祝福,但也想陪他一起去面对一次。

屋檐下的两个人就这样十指相扣,没有任何言语,却读懂了彼此的心思。

北海带着静娴回了家,开门的时候北川正坐在桌子前,瞧见北海跟静娴手拉着手走了进来,北川一脸吃惊:"哥……你这是?"

北海跟静娴对视了一眼,像是得到了什么力量,过去拍了拍北川的肩膀:"妈呢?"

"妈她一回来就把自己锁在了房间里,晚饭都没出来吃,也不知道是怎么了……"

就在这时,高慧芳房间的门突然打开了,北海瞧着母亲的模样,猜出了个七八分,知道她多半已经得知了自己结婚的消息。

高慧芳没有看他,径直走到了饭桌前,坐了下来:"跪下。"

北川刚想再问几句，却被哥哥拽住了，拉到了一边。

北海看了看高慧芳，走到了她的跟前，一句话没说，把户口本放在了桌上，跪了下来，在一旁的静娴见状，也跟着一块儿跪到了地上，静娴这一跪，让高慧芳直接拍桌子斥骂了起来："我告诉你杨北海，只要我还活着，就是活一天，你也别想带这种不三不四的女人进我的家门！"

北海听着母亲这样不分青红皂白地给自己心爱的人扣上了帽子，眉头一紧："妈，你怎么能……"

"我怎么不能？"高慧芳丝毫不肯退让，直接呛了回来，"她都能教唆你去偷户口本结婚，怎么着，敢作不敢当？"

北海刚想发作，静娴一把扯住了他，摇了摇头："姨，您是长辈，他叫您一声母亲，我就得敬您，我跟北海确实是情投意合、真心相爱的……"

还没等静娴说完，高慧芳就接过了话茬儿："真心相爱？真心相爱能当饭吃？我的儿子，我自己清楚得很，若不是受了哪个狐狸精的蛊惑，怎么可能会做出这种出格的事儿？我看我真得找个江湖术士瞧瞧，看看我们杨家到底是沾了什么不该沾的东西……"

"妈！你够了！"压抑了半天的北海受不住了，"这么多年来，我就像是一个傀儡，你说做什么我就做什么，我没法儿选择自己的工作，没法儿选择自己的生活，现在就连感情您都要干涉，您了解过静娴到底是一个什么样的人吗？"

儿子的一番话，彻底激怒了高慧芳："这么多年，我养你们两个还养出埋怨来了，你给我滚！"说罢，她就进了屋，把北海的东西一股脑儿全扔了出来，任凭北川怎么拦都拦不住。

站在一旁的静娴几次想上前跟高慧芳理论，都被北海拦下了，他心里清楚，母亲正在气头上，谁说话都不会管用，于是她丢一件，他就整理一件，直到所有的东西都丢完了，高慧芳阴沉地冲他喊了一句："你给我滚，现在就滚，从今往后，我没你这个儿子！"

第十八章 狼狈的新婚夜

北海握着拳头，跪在地上磕了三个头，磕到额头都见了红，拎起行李，冲北川说了一句"照顾好妈"，就带着静娴下了楼。

静娴跟在北海的身后，望着他的背影，她从未想过，会有一个人愿意为了自己放下所有，甚至包括亲情，她觉得歉疚，又觉得心疼。

"杨北海，跟我回家吧。"

走在前面的北海听到这句话，停了下来，扭过头望着静娴。

"从今天开始，我家就是你家。"静娴一路小跑过来，接过了他手里的包，牵住了他的手，然后就往前走。

北海盯着被静娴握住的手，眼眶有些湿润，他是懂她的，她出格、爱惹事儿，又好打抱不平，总能制造出各种各样的麻烦，但她的心底比谁都干净、善良。

夜幕之中，静娴感觉到北海回握住了自己的手，不由得也用了用力："我带你去喝酒！"

新婚之夜，静娴跟北海两个人坐在楼下的面馆里碰杯，一杯酒下肚，两个人都暖和了不少。

雨后的小巷，四处都弥漫着草香，面前的清汤挂面见了底，静娴感觉到脚下有个毛茸茸的东西在蹭自己，低下头才发现是一只黑白相间的小野猫，店里的老板看见了，吆喝起来："这小家伙，又来了？"

静娴小心地把它抱在怀里："老板，你养的？"

老板挥了挥手里的汗巾："连着三四天都没见着它了，这一带的小野猫，时常来蹭点儿吃的，说来也奇怪，这猫怕人得很，能跟你们打照面，也是有缘。"

看着静娴抱着小猫满脸都是喜欢，北海也跟着蹭了蹭它的头："养着？"

静娴瞧着他，一脸惊喜："真的？"

北海点点头，他知道静娴心里不好受，结婚的当天，不但没得到祝福，反而陪着自己流浪在街头……

"那我们给它起个名字吧！"抱着猫的静娴望着北海，琢磨了半天，"咸咸！"

"'闲着'的'闲'？"北海终于被静娴起的这个称呼给逗笑了，"你是想让它像你一样，一直闲着？"

静娴假装嗔怪，瞪了他一眼："'酸甜苦辣咸'的'咸'！纪念我们五味杂陈的一天！"

北海瞧着静娴，脸上终于重新浮现出了笑意："你还真是比我想象中的还要乐观。"

说罢，他伸手摸了摸猫咪的头，又伏下身子，凑近了咸咸的耳朵："那从今以后，就是我们三个人相依为命了。"

面前的咸咸，耳朵动了动，继续认真地舔舐着碗里的汤水，全然不知自己的命运从今天开始，就要被改变了。

第十九章

余生请多指教

> 好的感情，既简单又舒服。

北海入住静娴家的第三天，是个周末。

那天的阳光出奇地好，隔着帘布洒进房间里，到处都洋溢着一股暖意。

正在睡梦中的静娴翻了个身，揉了揉眼睛，突然嗅到房间里似乎弥漫着一股蛋香，静娴起身随手裹了一件外套，就出了房间。刚出门，就发现桌子上早就已经摆放好了碗筷，盘子里金黄色的炒蛋正腾腾地冒着热气。

"你醒了？"门嘎吱一声被打开了，北海端着一碗汤，侧着身进了门，"怎么不再多睡会儿？"

静娴眉眼间挂着笑意，没说话，直勾勾地盯着他，双手托着下巴，看着北海熟练地把汤盛好，停了半晌才开口："北海同志，我怎么忽然有种幸福感？"说着，就拿起了汤勺，往嘴里送。

北海瞧着她狼吞虎咽的模样，一脸宠溺，这些时日，他发现了不少静娴的可爱之处。

吃橘子，橘皮剥掉不作数，还非得把筋择干净才肯下肚。她对屋子里的书宝贝得很，而且她是真的很喜欢红色，几乎每本书的封皮上，都画上了一个红色的小玩意儿，煞是可爱。

"慢点吃，瞧你急的，又没有人跟你抢……"静娴接过北海递过来的手绢，揩了揩嘴，又夹了几筷子送进嘴里，边嚼边鼓鼓囊囊地说起了话："王姐前天给我介绍了一个工作，我想今天去看看。"

北海点点头，他今天也要找徐杰研究一下车辆厂才出的新政策，于是吃过了饭，两个人就一块儿下了楼，北海先把静娴送到了地方，静娴刚下车，他又不放心地叮嘱了几句，才直奔着徐杰家去了。

静娴自己一个人转了几圈，先是去了王姐介绍的那家钟表店，跟老板聊了半天，觉得不合适，又出了门，半路碰到了一家图书馆，满心欢喜地进去了，结果吃了闭门羹，人家说现在人手足够了，还没有招人的准备。

逛了小半天，静娴多少有点沮丧，觉得还不错的都惨遭拒绝，剩下的一些都是自己不感兴趣、不想做的，眼看着今天无望，她决心再观望观望。

走到半路，静娴忽然想起了之前在厂里听到的补助，就绕路去了趟民政局。

周末的民政局热闹得很，有几个窗口人挤人，队伍都快排到门口了。

静娴伸着头张望了半天，才找到了退伍军人的窗口，窗口的业务员大姐冷冷地问了几句，一脸不耐烦地从抽屉里抽出了一摞表，熟练地抽出了几张："去那边自己填，填完了交过来。"

静娴瞧着她那一脸趾高气扬的样子，刚想发作，转念想起北海分别时说的那句"遇到了讨厌的人，你就想着自己不跟他计较"，更何况，自己现在可是杨太太。

于是静娴就忍了忍，接过了表，找了个空地儿，一口气填了七八张，又来来回回跑了几趟，好不容易才争取到了每月的补助，这一趟折腾下来,静娴也生了几分疲意,出了民政局大门,就奔回了家。

"杨北海你回了吗?"静娴进了家门四处张望了一番,半天都没人应声,自己就坐在桌子前剥起了花生,不一会儿,静娴听着门外有响动,扒在窗户上一看,瞄见了北海拎着两个布袋子回来了。

"徐婶儿听说我打了结婚申请,非得让徐杰弄点儿土豆、芋头、腊肉带回来,说是得接点喜。"

静娴接过了北海手里的布袋,咣当就放在了地上,开了包,整整两袋,塞得满满的,看着北海气喘吁吁的模样,她扑哧一声就笑了,递了两个刚剥好的花生送进了北海嘴里:"看这样子,是得给你补补……"

两个人嬉笑打闹了半天,眼看着天就要黑了,又到了饭点儿,北海系上围裙就去厨房忙活了,静娴在厨房外望了望,看着北海跟周围的婶婶们有一搭没一搭地聊着天,捂着嘴偷笑了半天,自己一个人溜进房间看起了书。

自从两个人领了证,静娴算是尝遍了北海的拿手菜,不光味道正宗,而且比街边小店做得都有滋有味。

论厨艺,她甘拜下风,久而久之,这倒也成了两个人之间的一种特殊默契:一个喜欢做,另一个喜欢品。

"今天怎么样?"饭桌上,北海给静娴夹了一块红烧土豆,看她狼吞虎咽。

"转了几家,但都觉得不合适,赶明儿我再转转看,看看有没有什么其他的机会。"静娴喝了一口水,"你今天跟徐杰商量得怎么样?"

北海简短地说了一下情况,忽然放下了碗筷:"我们这几天看看,选个好日子,办个婚礼吧……"

静娴没料到北海会突然冒出来这样一个念头,静康远在南方,静雯又离家求学,前不久北海又因为打申请的事被高慧芳赶出了家门,况且自己身边本来也没几个朋友:"你怎么忽然想起来要办婚礼了?"

北海不好意思地挠挠头:"觉得徐婶儿说得有几分道理,有谁家都过了申请,还不赶紧办婚礼的……"

其实他心里有点儿歉疚,自己没能在母亲面前给静娴一个名分,怎么想都觉得有点儿亏欠她。

"哎呀,办婚礼多麻烦,还得准备这准备那的,况且你的静娴同志还是待业状态,我们两个得开源节流。"

静娴一下子就看穿了北海的想法,跟北海在一起的这段时间,她也变得勤俭了不少,家里生活什么的都需要钱,各种开支一样也不能少。

可北海自从搬过来,就主动担起了这些开支,知道她不喜欢管账,就不让她插手,还开玩笑让她捂紧钱包。

比起那些名分、头衔,她更希望两个人过得舒服自在。

北海轻轻地放下了拿在手里的筷子,坐在凳子上没吭声。

静娴瞧着他的模样,知道他心里又不舒坦了,一块土豆下肚,自己也变了心意:"办!我赵静娴的男人当然得有名有分!但是我话可说在前头,我们两个人的婚礼,可不能像其他人那么俗气,认识的、不认识的谁都请来……"

静娴的话,巧妙地打破了凝重的气氛。

北海读懂了她的话:她是希望让重要的人一起见证他们两个人的感情,更是为了让他不用负担那么重的操办压力。

第二天一早,这对小夫妻就来了百货公司。

转了几个摊,货比三家,一口气置办了不少东西,看着静娴跟店家讲价的滑稽模样,北海窃喜了半天,别看静娴平时大大咧咧的,这会儿瞧着还挺持家的。

东西置办得差不多了,静娴跟北海一起拎着大包小包回了家,刚落了座,两个人就忙着制作起了请柬。

蘸了毛笔墨,静娴就在请柬上写起了名字:*赵静雯*。

北海盯着她那如行云流水的字,忍不住夸了几句,接过了写完的纸,用蒲扇扇着，帮忙晾干，再小心翼翼地对折起来。

不一会儿就叠了一小摞，静娴转转手腕，又转转脑袋，发出一阵咔嚓咔嚓的响声："怎么办，我有点后悔了……"

北海瞧着她，伸出了自己的手指头，十个手指头已经被红纸上的色料染得绯红，他做了一个委屈分分的表情，又捏过了静娴的手指，用自己的手指蹭了点儿红，取了张白纸一块儿摁了上去："签字画押，不写完不放饭。"

这突如其来的行为，惹得静娴一阵嘲弄。

两个人好不容易才弄完了所有人的请柬，最后桌上还剩下了两份空的，北海随意地夹在了一旁，拿着已经写好的请柬，在一旁分了分，一边分一边给静娴安排了口头任务，要她明天必须发放完毕，一切都整理妥当后，北海拎着菜就去了厨房。

静娴看着他出门的背影，又看了看桌旁那两封空请柬，她知道，这两张是北海留给北川和高慧芳的。

搬出来的这些时日，北海虽然没跟她提过一句自己的弟弟和母亲，但其实他心里也希望能得到家人的肯定和祝福。

想到这儿，静娴抽出了那两张空请柬，写上了"高慧芳"和"杨北川"这两个名字，又学着北海轻轻地拎起来用蒲扇扇了扇，小心翼翼地沿着对角折了起来，看着自己微红的指肚，满足地笑了笑。

静娴瞒着北海把这两封请柬揣进了包里，也在心里暗暗下了一个决定。

第二天，北海跟静娴一起去厂里发了请柬，又把给静康、静雯的请柬从邮局寄了出去，最后去了四舅舅家。

临别的时候，静娴故意落下了包，支开了北海，自己又重回了楼上，四舅舅一开门看到是她，就递过了包："你瞧你俩，都这么大的人了，还丢三落四的。"

静娴接过包,神神秘秘地进了门,从包里掏出了那两张自己藏起来的请柬,递给了四舅舅。

四舅舅接过请柬,打开后,看到了高慧芳跟北川的名字,立刻就明白了。

"四舅舅,我是瞒着北海回来的……"静娴局促不安地搓了搓手,"本来我想亲自去交给伯母,但我想她现在最不想看到的应该就是我吧……"

看着静娴默默地低下了头,四舅舅刚想宽慰几句,没料到她忽然又笑了起来:"我知道,北海心里肯定是希望得到自己家人的祝福的,但是他没有跟我提过一句,我知道,他是在考虑我的感受,但是我们既然已经是夫妻了,我就要为他的心事负责。所以,我想拜托您,帮忙把这份请柬送给伯母。"

四舅舅欣慰地笑了笑,拍了拍她的肩膀:"快去吧,北海还在楼下等着呢。"

得到了这样一份肯定,静娴的心里也轻快了不少,无论如何,她愿意为了北海主动迈出这一步,在她心里,这么做是值得的,也是应该的,因为她已经是他的杨太太了。

受了这份拜托的四舅舅,第二天就去了姐姐家。

自从北海搬出了杨家,北川这小子沉稳了不少,或许是脱离了哥哥的庇护,抑或是明白了母亲的苦楚,他也开始主动承担起一些家务了。

四舅舅接过了北川递过来的果子,削了皮,切成了四块,又拿了一块递给了姐姐:"我还记得,从小你就犟得很,你决定的事十头牛都拉不回来,这么多年,我是看着这俩小子长大的,北川皮实,北海老实,这俩孩子的脾气也像你,都犟得很……"

高慧芳接过了果子,看着盘子里还剩下的那一块,心里说不出的酸涩,这么长时间过去了,她其实也有点儿后悔。

早些年的自己不也是这样吗,不顾家里的反对,就是要跟北海的爸爸在一块儿，她其实也只是怕自己的儿子老实，架不住静娴的折腾劲儿，回头再吃了亏，像自己一样操劳。

四舅舅从包里掏出了请柬，推到了姐姐面前："我知道你在顾虑什么，可孩子们已经大了……"

高慧芳缓缓地展开了请柬，摩挲着页边，一晃二十多年，自己的大儿子居然成了家。

"这是静娴托我捎给你的，怕你见了她上火，就没亲自上门。"听到这句话，高慧芳捏着请柬的手抖了抖："她让你给我的？"

四舅舅点了点头，嚼着嘴里的果子，又隔空用手指点了点请柬，撂了一句话："孩子们大了，给他们个机会，也给我们自己一个机会。"

桌前的高慧芳看着请柬上的字——"诚挚邀请母亲高慧芳"，她认得出来，那不是北海的字，那一夜的她，枕头下枕着请柬，彻夜未眠。

婚礼当天，小院热闹得很，静娴与北海两人在厨房里忙活，做了一大桌子菜。

徐杰一来就一溜烟地钻进了厨房，拎了些小酒，放在了灶台上，看着静娴系着围裙，来了精神："哟，看来还是我们北海同志有办法，这才结婚几天，就让我们这脚踹革委会大门的赵同志变得这么贤惠了。"

静娴拎起菜刀，往菜板上一砸，伸了个懒腰："我这刀可是从常婶儿那儿借来的，专门剁骨头的刀……"

说着，静娴回头冲徐杰挑了下眉，徐杰看着那刀刃上晃过一道冷光，赶紧逃出了厨房，进了里屋跟在场的人玩起了抓阄，平日冷清的小屋，一时间尽是欢声笑语。

四舅舅来的时候，还特意带了一只烧鸡，香喷喷的气味隔着袋子就传了出来，惹得在座的人口水直流，眼看着菜都上齐了，人家开始吆喝了起来。

平日里上台从来不怵的静娴，今天竟然在众人的吆喝声中红了脸，北海看着她，自己的脸也烫得不行。

四舅舅站在一旁，清了清嗓子："今天呢，是个特别的日子，这对年轻人即将结为连理，在座的都是北海跟静娴最亲近的朋友、家人，干了这杯酒，从今天开始大家就都是一家人了！"

在众人的欢呼声中，北海跟静娴喝了交杯酒，酒下了肚后，大家又是一阵欢呼，看着面前这些亲近的人热闹地攀谈着，北海和静娴满脸笑意。

酒喝了几轮，徐杰居然还跟志强打起了口仗，北海本想去厨房再温一壶酒，却没料到，一开门居然撞上了北川。

"哥，新婚快乐。"北川探头看了一眼屋里，笑了笑。

屋里的静娴也注意到了北川，出了屋子。

北川看静娴出来了，跟着又笑了笑："虽然我一点儿也不想叫，但是，嫂子，新婚快乐。"

静娴听到北川这句"嫂子"，心头一颤，望了一眼北海，脸上流露出一丝喜悦之情："哎，快进来吃点儿饭！"

北川连忙摆了摆手，然后从包里掏出了一个木匣子，递了过去。

"这不是……"北海接过了匣子打开，里面是一只翡翠手镯，通体通透得很，在灯光下隐隐约约地闪着翠绿的光泽，他忽然有些激动，看了看静娴，又扭过头看了看北川。

"妈让我把这个捎给你们。"北川低着头，搓了搓手，"请柬我们收到了，这也是妈的一份心意。"

北海看着静娴，又想起那不翼而飞的两张空请柬，霎时明白了一切，他把镯子交到了静娴手里："你先进去吧，我把他送下楼。"

看着北川和北海的背影，再瞧瞧手里的翡翠镯子，静娴的心里也起了一丝波澜："其实，不光是北海，自己心里也希望能得到双方家人的支持与肯定。"

她的鼻子有些说不出来的酸，眼睛也有点湿热，小心翼翼地关了匣子，揣在了怀里，进了门。

北海瞧着北川，虽然只几日未见，但自己这个弟弟，好像有哪里变得不一样了。

"你为啥这么盯着我？"北川感觉到了哥哥的目光。

"妈……还好吗？"北海忍了半天，还是开了口。

"自从你搬走以后，妈常常自己一个人在房间里翻相片，我猜她经常想你……"

看着北海垂下来的眼帘，北川忽然回身拍了拍哥哥的肩膀："哥，以前你常跟我说，日子是好好过来的，你也别忘了这句话，妈还有我呢。"说完这句话，北川突然没正形地吐吐舌头，"当然，你可别想着再也不回家了，我可不像你那么会哄妈开心。"

听了这句话，北海紧皱着的眉头总算舒展开了。

望着弟弟离去的背影，他突然意识到北川长大了，而自己的新生活也就此拉开了序幕。

送走了亲朋好友，北海跟静娴没回家，他们不约而同地坐在了楼下的石阶上。

"杨北海，你看那颗星星。"

"我看到了，很亮。"

"那是我的眼睛亮，还是星星亮？"

北海抬起头，望着漆黑无垠的夜空："当然是你的眼睛亮。"

"那我希望……"一旁的静娴突然挽起了北海的胳膊，把头靠在了他的肩上，"希望我能照亮你，能帮你驱散所有阴霾。"

北海握住她的手，把它轻轻包裹进自己的掌心，没吭声，心头却有百般情绪在翻涌。

"我一定是上辈子做了天大的好事。"

"什么？"

北海突然用手勾起了静娴的下巴，低头深深吻住了她的唇瓣。

"所以才有机会拥有你。"

第二十章

赵静"闲"

> 高情商的爱,是不动声色地对你好。

相信不少人对婚姻都有不同的憧憬,北海也不例外。

北海初来静娴家时,其实更多的是不习惯。说句难听的,他像是连夜逃难般来到妻子家中,甚至有一种只是在此借宿一两天的错觉。这种强烈的不真实感将他的新婚体验感冲淡了不少。

后来谁也没预料到,婚后近二十年的时间,他们一家人都住在这个小院子里。

之前常来静娴家一块儿看书,所以他知道公共厕所及澡堂的位置。但家附近哪有小商店,哪有菜市场,这些他都一概不知,像刚来旅游的异乡人一样。

甚至有一次去看北川打乒乓球比赛,回来骑着自行车在胡同里好一通转悠,问了路人后才找到回家的路。

北海先斩后奏的婚姻此刻成了高慧芳的逆鳞,谁去劝谁就要碰一鼻子灰。四舅舅在离青出去跑货时叮嘱北海切勿心急，母亲都是希望自己的孩子可以过得好的，一旦他和静娴两个人把小日子过好了，高慧芳的怨气自然会慢慢消散的。北海并不晓得怎么样算是把日子过好，更不知道母亲心里认为的"过好"是什么样子。

和四舅舅看法相似的静娴也认为此事强求不得，不如先随遇而安。

邻居是刚搬来不久的新婚夫妇，与他们年纪和婚龄都差不多，平日里两家人能聊上几句家常，但因阅历和知识的储备不一致，两家人也很难有深入的话题交流。

谢军夫妇是四川人，二人刚搬来青岛做生意。北海和静娴从他们二人那里得知"耙耳朵"一词。那年头在山东，大都还是男尊的主流观念，静娴在家中的地位已经算是很高的了，但隔壁夫妻的关系让北海大开眼界。

那是北海第一次见到丈夫谢军因为晚回家被妻子刘又玲赶出家门，蹲在门口吃面。

"都说我是'耙耳朵'，我觉得我不是。"谢军蹲着抽着北海递过来的烟，笑得微妙。

"这还不是怕老婆？"

谢军把烟蒂扔到脚下，用脚将烟头碾灭："世界上没有怕老婆的人，只有尊重老婆的人。"

北海看着谢军捡起地上的烟蒂踹到兜里，站起身来蹑手蹑脚地打开家门，迅速地钻了进去。

还挺有公德心。北海刚这样心想，便听到隔壁屋里传来刘又玲尖锐的斥责声。北海摇了摇头，苦笑着也回了自己家。

天已经黑了，静娴依然在灯光下看着书，并不觉得饿。看着她这样旺盛的求知欲，北海也不好意思打搅。可北海又担心，静娴这样一坐就是一天，动都不带动的，看坏了眼睛不说，腰椎肯定也会受不了的。可每当看到静娴眼里散发着光，跟他探讨书中人生的时候，北海又不舍得责备她了。读书是静娴的爱好，身为最亲密的伴侣，他应该花时间陪伴，而不是制止。

　　这样想着，跟静娴打了招呼后，北海就钻进了厨房里。静娴家有一点很好，就是厨房并不是公用的。很快，整个屋里开始飘散着食物的香味。闻到味道的静娴这才发觉天色已晚，放下书本伸了个懒腰，回头看到在厨房里忙碌的丈夫，心中的幸福感油然而生。

　　北海正专心致志地拿着锅铲翻炒着菜，一双手从后面悄悄地环住了他的腰。北海感觉到静娴把头靠在他的背上，轻轻地用脸摩挲着。

　　北海回头，静娴猝不及防地在他脸上亲了一口。两人看着对方，傻乎乎地笑了。

　　"静娴同志，你这可犯了流氓罪。"

　　"北海同志，我这可是有组织批准的，属于名正言顺。"

　　北海宠溺地摸了摸静娴的头，静娴娇嗔地哼了一声，但也没反抗。北海转过头，往锅里加调料。之后他们便没有再说话，但彼此心里都是安定且甜蜜的。

　　静娴看着厨房小窗外的风景，明明已经看了二十来年了，却觉得今天的夜幕格外好看。烟囱里排出去的袅袅青烟迅速消散，与夜幕融为一体。

　　她突然感动得想哭，因为这一瞬间实在是太美了。一切留不住的、稍纵即逝的美景，静娴都想要收藏。

　　可因着自小到大的经历，静娴早就明白了一个事实——她越费尽心思想要挽留的东西，越会像沙子一样从指缝中流失。她不是难过于留不住想要挽留的东西，而是难过于自己的努力都是白费。

　　渐渐地，她一边对美好事物有所希冀地渴求，一边又对美好事物有所忌惮。

　　最是人间留不住，朱颜辞镜花辞树。而时间，只是其中一个留不住的因素。

　　这天，静娴正在走廊上与北海一块儿收衣服，就听见院里又开始吆喝，原来是派出所老刘又逮了"熟客"回来。

这个"熟客"叫张老八，早年间也是跑运输的，如今认了个大哥，天天帮他开车。他这个大哥似乎有点儿来头，在这个车辆稀缺的年代，他不仅有一辆私车，还雇了老八专门开车。

这张老八也是狗仗人势，常常欺负这里的住客，进派出所也进惯了，通常在快进大门的时候就开始吆喝，要么喊"冤枉"，要么喊"公安打人啦"。

老刘也是被他吆喝怕了，直接把他铐在院里的水管上。静娴他们看了会儿热闹，觉得没趣正要离开时，就看见张老八狠狠地拿头撞墙，生生地磕出血来。

"张老八，你个'彪子'（傻子）脑子缺？！"老刘赶紧上前，制止他自残。

"救命啊，公安打人啊！我快死了！"

不一会儿，所长从派出所里冲了出来，看到张老八这样子，不由分说地怒视老刘："老刘，执行私刑是不可取的。"

"所长，我没有！"

"所长英明！救命啊，这个同志他刚刚往死里打我！"

"你放屁！"静娴看得真真切切，气得她大声骂人。

北海拉了拉她的胳膊，示意她不要出头。

静娴斜眼瞪了北海一眼，撒开他阻拦的手："你自己往墙上撞的！"

"女同志，你知道我是谁吗？！别乱讲话！"张老八的血流得满头都是，恶狠狠地盯着静娴，看起来恐怖极了。

"女同志，你说的是实情吗？"所长看了看静娴，又看了看张老八。

"我向毛主席保证，我亲眼看见的！"

"情况恶劣！拘留。"所长把张老八擒拿起来，老刘打开手铐，二人将张老八押进派出所，被押着的张老八临了还不忘狠狠地瞪了一眼静娴。

北海赶紧把静娴拉回家里，后怕地说："万一他以后来寻仇怎么办？"

"我赵静娴可是光荣的工农子弟兵!"

后来张老八拘留出来后,确实带着老大过来找静娴寻仇了。当北海心急火燎地赶回家,却看到老大一脸谦恭地从家中出来,屁股后头跟着心有不甘的张老八。送走了两个瘟神,静娴窃笑着告诉北海,她拿在街角处算命的王瞎子的话,搪塞了这个老大,老大还以为她是得道的仙姑,说赶明儿还要送些特产过来感谢。

北海顿时觉得自己娶了个神仙。

婚后的一段时间,静娴不是没想着找一个工作,只是普通的工作静娴看不上,对口的工作又没有。她开始给报社写稿子,但就算是这么个活儿,静娴也经常因看法不同而和报社的编辑吵架。

静娴去当兵的第二年,正好赶上国家恢复高考,但现役军人是不能参加的,静娴只得饮恨。第二年静娴复员回青,硬是托人找关系参加了高考。奈何她一道理化试卷上的题也答不上来,当场就替阅卷老师在上头画了个大大的鸭蛋。静娴的大学生之梦,也算是画上了不完美的句点。

北海每个月的粮票及工资都分成两份,一份给北川带回去,另一份统统上缴给静娴。

徐杰总是嘲讽他,认为结婚没什么好的,反而把北海变成了一个地道的"无产阶级"。

北海却只是笑一笑,静娴又没有拿钱去乱花,再说了,他心甘情愿把工资上缴给她。

倒是徐杰,虽说比北海小两岁,可也到了该为婚嫁问题着急的时候了。他妈比他更着急,催婚跟催债似的,徐杰总能打哈哈混过去。只有北海知道,在他的心里还给晓蓉留了位置,这个位置空不出来,他永远没有心思去接纳另一个人。这两兄弟对待感情绝对"歹毒",当然,他们的榜样肯定是四舅舅了。

这个老光棍儿每次跑完车回家经历的"血雨腥风"绝对不比两个小辈的少。这不,刚应付完高慧芳,四舅舅就赶紧溜到北海家避难。静娴记得四舅舅喜欢喝啤酒，早早出门打了两斤。

酒席间，四舅舅得知静娴一直没有找到合适的工作，开玩笑似的邀请她一起去跑运输。北海自然舍不得妻子受罪，便提出须从长计议。四舅舅看他们愁苦，便神秘兮兮地介绍了一个地方，让夫妻二人去参加一个聚会放松放松。

那个地方藏在居民区的深巷里，大门口挂着一个手绘的小牌子，上面写着"春草交流会"。

北海和静娴推开大门，里头已经有三三两两的人在交流了。当他们进了门，所有人突然安静下来，打量着刚刚到来的这两个陌生人。在北海说明介绍人和来意后，这些人热情地接纳了小两口儿。

原来四舅舅之前之所以神秘兮兮的，是因为这是他朋友举办的地下沙龙会。在那个年代里，地下沙龙仿佛是某些不安元素的温床，人人喊打。但事实上，只是一些文学爱好者带着自己的作品或自己的藏书，来到此处相互交流。静娴终于找到了不少志同道合的人，大家畅所欲言，只恨时间过得太快。

回家后，静娴还在滔滔不绝地与北海谈论着今日见闻，她的生命好像重新有了活力。

北海也没想到，就是这一次的小型沙龙聚会，却让静娴找到了后半生的事业以及目标。

这夜，二人听着收音机里的新闻吃着饭，北海终于将藏了好几天的话说了出来——他想带着静娴一起回杨家吃顿和解饭。

静娴和陌生人可以相处得非常融洽，一旦和这种关系稍亲近点的人相处，她反而很难把握好那个度。

事情再棘手也是要解决的，症结只会越积越多，不会车到山前必有路。即便已经预料到接下来会发生什么事，这顿饭吃得多怄气，静娴还是答应了北海回杨家吃饭。两个人过日子，总是要相互让就、相互理解。

这两年人们的生活水平有所提高，不少前两年见不到的东西，如今也悄悄地出现在了柜台里。1978年以后,虽然还是凭票购买,可到了百货商店和市场要收摊的时候,很多东西直接给钱也能买了。

静娴提着小菜篮,挽着北海的手,一起挑着晚上要带过去的伴手礼。在市场里,任谁见了他俩都夸一句"般配",这也是他俩为什么喜欢一块儿出来买菜的缘由。

逛菜场不需要多有钱,有时候菜市场更像是一个微型社会,充满了生活气息,在里面能看尽人生百态。

待到最后菜市场抛售的时候,两个人去挑了一条还算新鲜的鱼和一块红白肉,再加上些绿色的蔬菜,这趟的伴手礼算得上豪华了。

两个人携手进了北海家的筒子楼,推开虚掩着的熟悉的家门,看到一大桌热菜已经在等着他们了。

高慧芳端着刚出炉的馒头走进家里,寒暄过后三人落座。北川这个机灵鬼知道今晚的家宴吃得肯定没那么容易,索性就去了市体育局跟乒乓球队的人一块儿聚餐了。

看到静娴带来的满满一菜篮子的菜,高慧芳明白她是个懂事的人。

北海见气氛还算融洽,便没了心事地吃起来,边吃边夸母亲手艺没变,做的馒头还是那么松软。

也是许久没见儿子了,看到小两口儿的精神面貌都还不错,高慧芳也不好向静娴发作。

没错,高慧芳心中一直觉得是静娴教唆北海去偷户口本登记的,每每想到这事儿,她就会怨恨静娴,因为她北海才变得行事不知轻重。

"结婚一年了,怎么还没动静?"北海往母亲的碗里夹着菜,听到她冷不丁地问。

静娴当然料到无法回避这个话题,但她没想到,婆婆竟然什么面子话都没说,就这样单刀直入地问。

"妈,我和静娴还没想过这件事呢。"

"你俩结婚没问过我的意见,生孩子也要随你们的意?"

静娴听出了这话背后的怨气,赶紧给高慧芳夹菜:"妈,我和北海工作现在还不太稳定,过一阵……"

高慧芳听到她喊的这一声"妈",心中更觉得刺痛:"北海在厂里多稳定啊,就是你的工作还没着落。不过也没什么关系,养个孩子又不会让咱家里揭不开锅。你不会是担心我们北海没能力吧?"

"妈,静娴不是这个意思……"

"我觉着也是,不然也不会这么心急火燎地赖上你。"

"妈,多吃菜,今天你炒的这个特别好吃!"

北海成功地转移了话题,见着静娴一副吃瘪的样子,高慧芳心里可是好一阵舒适,将堵在胸中的那一口恶气狠狠地抒发了出去。

静娴自然懂得北海让她来吃这顿饭的意图,为了照顾北海的感受,她早就告诫自己,无论婆婆说的话多难听,她都要当成耳边风,听了就过了。但静娴这人嘛,怎么可能把一切都藏在心里,憋得风平浪静?听了婆婆的这些话,她瞬间没了胃口。

乖巧地洗了碗、拖了地,静娴找了个和北海独处的空当,告诉他想要回家了。北海非常满意静娴当晚的表现,他们似乎达到了革命初步胜利的阶段。二人便一块儿向高慧芳告别,正欲离开的时候,高慧芳又下达了指令。

"孩子生出来以后,送到我这儿来教育。跟着你俩,别又带出个不懂礼貌、不计后果的主儿来。"

静娴听到这话,憋了一肚子的火噌地就冒上来了,她拼命地控制住自己的音调,让高慧芳听起来能舒适些。

"妈,你放心,我工作很快就有着落了,孩子的事儿等着……"

高慧芳故意侧过身子,不看静娴:"北海,妈就要你的一句话,其他人我不信。"

"妈,静娴怎么是……"

静娴打断了北海的话,对高慧芳说:"我知道您对我有偏见,我会证明自己的！"

"别拿这事儿敷衍我！我现在说的是孩子……"

北海自然看到了静娴的脸色，赶紧拦在他和母亲的中间，好言好语道："妈，我们知道了，我们走了！下次再回家吃饭！"

说完立马拉着静娴离开，生怕这两个女同志一言不合就又把好不容易粉饰太平的关系撕裂。

公交车上，静娴想着给北海留点儿面子，倒也没有发作。静娴只是一个人闷闷地看着车窗上自己的倒影，心里重复地想着高慧芳这晚说的话。去厂里打登记的时候，他们那么兴高采烈，也没寻思会有这么复杂的家庭关系。

所谓一步错步步错，难道他们错在结婚？静娴摇了摇头，要把这个可怕的念头甩开。

北海见妻子表情复杂，默默地握住了她的手。两个人相视，无奈地笑了笑。静娴那只被北海握住的手轻轻地用了用力，算是一种回应。随着车辆行驶中路途的颠簸，这种相依为命的感觉越发深重。

从车站走向家里的路上，静娴终于没忍住还是问了北海关于要孩子的问题。赵家双亲离世得早，静娴在还是个孩子的年纪就拉扯着静雯和静康磕磕绊绊地长大。她早就有过了为人父母的体验，当然深知抚养一个孩子的艰辛。

生一个孩子不是说给了他生命、喂养他成活就行了。静娴就是打心底里觉得，此时她和北海的家庭还无法承受一个新的生命降临，他们夫妻俩还不能保证给予这个孩子一个安乐无忧的未来。

北海得知了静娴的想法，但他与她的想法不一样。自己的母亲在那么难的年代都能独自将他和北川抚育成人，他认为静娴就是太过悲观，再说了，生了孩子以后，家里自然有人帮衬。

"只有彻底安稳了才行。"静娴生气地撒开了北海牵着她的手，"一定要确保无虞！"

"伙计，你是不是有点儿杞人忧天了？"

静娴当然知道北海不是在故意气她，可她听出了他话里的不理解。委屈、不甘的情绪即刻上涌，她愤愤地打了一下北海的手臂，以示发泄。

"我知道你今天受了不少委屈，事儿咱一个一个慢慢解决，对不对？你要相信自己，反正我是很相信我老婆的！"

看静娴还是气得嘴嘟嘟的，北海直接一抄手，把静娴抱了起来。

"你干吗！放我下来！"

"哎哟，别乱动！我腰疼……"

静娴轻微地挣扎了一下，怕北海真的受伤了："闪着了？"

"没有！骗你的！"

"放我下来，让人看见多不好。"

"深更半夜的，路上哪儿有人？你再叫，可真把人引来咯！"

就这样，北海抱着静娴走了一会儿，马上就要到家的时候，北海把静娴放了下来："老赵同志，你太瘦了，以后吃胖点儿。"

静娴有些感动，轻轻地应了一声。

那晚，北海虽然帮静娴转移了注意力，但他知道只是暂时的，这事儿必须在源头上解决才行。为此，北海趁着午间休息的时候，没少往剧院、歌舞团跑。可人家的编制已经满满当当的了，也没有向社会招聘的意愿。

而静娴呢，确确实实开始钻研起了如何办沙龙。

因着这事儿，高慧芳没少嘲讽她，认为静娴真是读书读傻了，兴趣怎么能拿来赚钱。

但静娴的确靠着经营沙龙挣回了钱，着实让高慧芳哑口无言，不过这些都是后话了。

第二十一章

没说出口的爱

将我一生中所有的温柔悉数奉献于你。

人会不遗余力地花时间做自己感兴趣的事儿。一些把兴趣玩到极致的人,更是知道自己如何去分配时间,如何重点使用自己的时间。

显然,静娴也是这样的人,不过这个阶段的她明显属于前者。她确实花了很多时间参加各种文化沙龙,可她并不懂得怎样合理地分配自己的时间,此时的她已经一心扑了上去,尝到的甜头让她乐此不疲。

但她忽略了北海,这个替她"打开一扇门"的男人,此刻成为守着静娴回家的男人。

这些天上工的时候北海都心事重重的,搞得志强也不敢跟他开玩笑。北海自然是什么都跟徐杰说了,徐杰嘲笑北海,说他是自作自受。

"静娴这个猛虎被你放出去了,心野了,难收回来了,有你受的咯!"徐杰说完,气得北海踢了他一脚,他坏笑着拎着工作日志离开了。

杨北海也挺懊恼的,小情绪在心里憋了好些天,可静娴每天早出晚归的，二人能搭上话的时间也就睡前那么一小会儿。但这时候静娴又会拉着他，跟他演练着不日就要演讲的稿子。

他就纳了闷了，民间自发组织的沙龙至于这么认真地准备吗？

这时静娴就会给他一个白眼，又撂出来一句："你不懂，如果不出彩，这场聚会就白参加了！我不出彩，又怎么能让人关注我以后办的沙龙呢？"

北海都不在场，妻子出彩给谁看？

好些书啊，诗啊，剧本啊，以前静娴都只跟北海一个人交流的。如今，她找到了一帮志同道合的人，统统跟别人聊去了。北海下了工回家，本就累了，还得做饭、做家务，静娴一句体己话都没有。

北海越想越委屈，恨恨地拧着螺丝帽。正捣鼓着机器的零件，北海突然觉得右下腹阵阵疼痛，就连额头都渗出了细细密密的汗珠，一旁的志强瞧见师傅不对劲，搀着他进了办公室，看到北海左手的手肘撑着桌子，右手捂着腹部，脸色不太好。

北海以为自己只是犯了普通的肠胃炎，托志强倒了杯滚烫的热水，又吃了些消炎药，停了会儿就坚持复工了，却没料想复工后没多久，人就因为疼痛晕倒在地，之后便不省人事了，最后他被车间里的工友们抬着送进了医院。

静娴和高慧芳接到了志强在医院打来的电话，纷纷扔下了手里的活儿赶了过来。到医院的时候，北海已经被推进了手术室，医生诊断说是急性阑尾炎，再不动手术恐怕随时会有穿孔的危险。

看着眼角含泪的高慧芳在原地急得团团转，拿着笔的手抖了好几下，静娴镇定地抢过了手术同意书："我是他的妻子，我来签。"接着不顾高慧芳的阻拦，当即就签下了自己的名字。

早些年，她在书里看过这种病，只要能够及时切除，就不会有什么生命危险，虽然还是有一定的风险，可时间已经经不起耽搁了。

高慧芳眼看着静娴不顾儿子的安危就签了同意书，又气又恼，哭着瘫在了地上:"我这是造的什么孽啊,怎么会摊上你这么个儿媳,你这是要我儿子的命啊……"志强见状,慌忙上前拉起高慧芳。

静娴看着手术室外的红灯亮起,心跟着揪了起来,眼眶也有些湿润:"妈,我们得相信医生!"

静娴心里想了北海千万遍,也骂了他千万遍,直到听到医生说了那句"平安无事",她攥紧的拳头才缓缓松开,看着北海从手术室里被推出来,她一瞬间有些恍惚。

那个年代的医疗水平不高,凡是需要做手术的病,都无异于拿命冒险,没有人舍得拿自己最亲近的人的性命去冒这种险,可她除了相信医生,相信北海,别无他法。

北海还昏迷着,高慧芳扒着手术推车跟随护士一同去了病房。静娴虽然也很关切北海,可她知道自己刚刚是拿了高慧芳儿子的命去下赌,她现在自然不会想见到自己。

于是静娴转身离开医院走廊,出去买了点吃食回来。

她怎么会不难过呢?静娴第一次体会到命由天定是什么滋味,在生死面前,自己毫无招架之力。

翌日,躺在病床上的北海缓缓地睁开了双眼,映入眼帘的是高慧芳的脸,见到他醒了,高慧芳一脸惊喜,等他眼睛彻底睁开,才发现坐在一旁的还有若云。

"妈,静娴呢?"

正在倒着热水的高慧芳听到静娴的名字,表情立刻严肃了,语气里也多了几分埋怨:"还提她,手术当天来了一次,闭着眼签了个同意书,再就没来过了,就你还想着她,我看你就是被她迷了心窍。"

看着北海眉头紧锁,若云在一旁赶紧岔开了话题:"芳姨,你不是说给北海哥煲了汤,还热在炉子上,得赶紧回去看看吗?"高慧芳一拍手,像是突然想起了什么,拎起包,拍拍若云的肩膀,拜托她帮忙照看,就蹬着小碎步出了门。

"谢谢你啊。"北海瞧出若云特意支开了高慧芳，替自己解了围，心里有几分感激。

"不……不用。"若云摇摇头，笑了笑，又犹豫了一下，还是开了口，"我听芳姨说你病了，就跟着一同来了，过几天我就要去美国了，正好借着这个机会，跟你道个别……"

北海一愣，语调也颤了几分："去美国？"

若云点了几下头："嗯，我爸给我联系好了老师，去那边跟着学医。"

一时之间，两个人都陷入了沉默，停了半晌，北海笑了笑，说了句："挺好的。"

若云静静地帮他倒了杯水，说："不要断了联系，我……我还是很想同你和静娴做朋友的。"

若云走后，高慧芳又碎碎念了好久，叨叨北海不娶若云娶了静娴真是亏了。北海躺在床上，没吭声。

高慧芳走后，北海自己一个人躺在床上，开始胡思乱想起来。

若云即将赴美的消息像个导火索。虽说来探望他病情的人有很多，可他们都是简单地问候一下便离开了。这病是自己的，这痛也是自己的，看来这世上没有人能真正地跟他同甘共苦。那么婚姻呢？在西方的婚礼上，他们会宣誓无论是健康还是疾病，都会终身相随相伴，不离不弃。

可自己的妻子呢？他想不通静娴为什么没来陪他，自己婚后的生活的确跟想象中的有很大出入，静娴是个闲不住的人，总喜欢四处游走，常常不着家，对做饭这些事情也是一窍不通，更别提整理家务了。他不知道是不是正如母亲所说，自己选错了，也不知道自己这些莫须有的比较，是不是证明自己后悔了。

第二天一早，四舅舅来了医院，跟北海聊了几句，就听出了他心里的那些矛盾和纠结。他手里拿着刀削着苹果，只撂下一句话："没有人的一生能是完美的，完美都是人想象出来的。"

吃着四舅舅削的苹果,北海的心里咯噔一下,他猜透了四舅舅言语里的深意,静娴不是若云,不懂女红,不够贤惠,可当时自己喜欢的不就是这样一个静娴吗?

又闲扯了一会儿,四舅舅也因公事离开了。他的一番话确实让北海想通了不少,四舅舅如此豁达,这辈子都过去了大半也不找个伴儿,难道是因为他对感情的事看得太通透了,以至于找不到一个懂自己的人?

这样想着想着,百无聊赖的北海就迷迷糊糊睡了过去。等他再一睁眼,天都已经黑了。他环视四周,病友们都在家人的陪伴下吃着他们带来的热饭。而北海又是孤身一个人,他翻了个身,背对着这些不属于自己的其乐融融。

一双手轻轻地帮北海把被角掖好,摸了摸他的额头,想试探一下温度。北海怎会不知这是谁的手呢?于是所有的委屈顷刻崩塌。

北海像得到了糖果的小孩儿一样,一下子不怨也不恼了。为了多享受一下这一刻的温柔,北海紧紧地闭着眼,假装自己还睡着。

伴随着静娴的一声惊呼,北海听见丁零当啷一阵响,他迅速翻过身来,想确保静娴没出什么事儿。可这猛然间的动作又扯到了伤口,疼得北海倒吸口凉气,躺在床上哀号。

病房内顿时跟炸了锅似的,隔壁床的病友赶紧按了铃。护士和医生听到呼叫后,鱼贯而入,看见北海龇牙咧嘴的样儿,赶紧给他检查伤口。

所幸伤口只是微微裂开,不是绷开了。

护士略有些埋怨地叮嘱静娴:"这两天晚上都是你毛手毛脚的。不要大呼小叫,这儿还有其他病人呢!"

原来静娴只是想打开保温饭盒,却不小心把饭盒的盖子弄到了病床上。静娴自责连件简单的事儿都做不好,差点让北海的伤势恶化。缓解了痛楚的北海被静娴逗乐了,听到护士的话,他也颇为感动,拍了拍床边,让静娴坐在病床上。

"你每晚都在?为什么不叫醒我?"

"你妈不是觉得我不会照顾你吗？我得演得像点，不许告诉你妈，我要做一个合格的坏女人！"话虽这样说，可静娴手上也没闲着，拿小碗把保温饭盒里的粥盛出来，将粥吹凉了，用勺一口一口地喂北海吃。

北海吃着没有味道的白粥，心中却是甜丝丝的。

"谁再说我媳妇不会疼人，我就跟他拼命。"

"得了吧，你以为我不知道你对我有意见？"

北海叹了口气，委屈巴巴道："知道你还不来多陪陪我……"

"有个广东来的人，说要跟我一起办沙龙，这几天挺忙的。"

"真看不出你还是个工作狂……"

静娴看到了放在病床旁边的水果篮，上面用娟秀的字迹写着：祝北海哥早日康复。

"见过若云了？"

北海心中咯噔一下，这个事儿怎么这么快就传到静娴耳朵里去了？北海一时不知道该痛快承认还是先认个错。

倒是静娴先笑了，她边扶北海躺下边说："瞧你吓的，我有那么吓人吗？若云要去美国了，你俩是该见见。"

"你……不生气？"

"我相信你，而且对自己也有信心。"

北海忽然有点感伤，没想到静娴竟然这样信任自己，而他呢，因着病在这里伤春悲秋。

一旦发生了某些事情或产生了某种情绪，杨北海总会先从自身找原因。怨天尤人固然是不对的，但一味地自怨自艾也不可取。这两种极端只会让机会溜走，使命运朝着自己不可控的方向前进。有多少人将无法把控自己的人生，归结为命途的坎坷。

静娴也没待多久，高慧芳来换班后，她就离开了。高慧芳又是好一阵埋怨，埋怨静娴一天到晚也不知道在忙什么，自己的丈夫做手术住院，也不多陪陪。

北海自然知道静娴在忙些什么,就算跟母亲说了,她也只会道一句"不务正业"。

在母亲的搀扶下,北海忍痛下床,在病房里挪着小碎步走动着。医生嘱咐术后要下床走动,这样能促进肠胃功能康复。

经过医生耐心的解释,高慧芳发现阑尾炎手术其实没有想象中那么可怕。也正是北海这一次的就医经历,让他们老杨家不再存在讳疾忌医的态度。

此后,高慧芳一不舒服就往医院跑,生怕自己有什么病查不出来,最终导致病情恶化。

大致过了一个星期,北海就出院了。拆完线一周不能做剧烈运动,还要勤去医院换药。徐杰帮北海向厂里请了一个月的假,但北海的伤口完全长好,还需要三个月左右的时间。

静娴和高慧芳一同将北海接到家中,之后静娴便又出去了,连午饭都顾不上给北海做。高慧芳也懒得说了,赶紧出门去附近的市场买了点肉,给北海补一补。

这顿饭做得非常丰盛,喜庆得像过年一样。除了肉,高慧芳还给北海炖了鱼汤。丰盛的菜式加上母亲慈祥的面容,北海越发感觉自己在吃月子餐。

由于今天是杨北川回家吃饭的日子,高慧芳伺候北海吃完饭,又要赶紧回去给北川准备晚饭。

北海捂着伤口送母亲到家门口。母亲下了楼,北海在走廊上与楼下的母亲挥手告别,看着母亲挎着菜篮子离开小院,突然觉得记忆中的母亲没有这样老呀。

越是跟自己亲近的人,越是不容易察觉出他的变化。成年人往往只有自己的情绪在某一刻被触动时,才会惊觉人间的多番变化。

从 80 年代开始,由于社会迅速发展,人们加快了自己追逐的步伐,在这追赶的浪潮里，人们常常忽略了身边的景致，以及身边的人。

很多遗憾就是这样造成的，待到自己打点妥当，预备停下的时候，才发现原本属于自己的某些事物，早就随风而逝了。于是，挽回也成了每个人必经的路。而这一切的始作俑者，不正是我们自己吗？

但是有多少痛改前非，能帮助我们得偿所愿？遗憾之所以称为遗憾，大致就是因为某日惊觉，回首已来不及补救。

这几日不能上工，倒让北海有了不少思考和看书的时间。他也体验了一把当时静娴在家赋闲的生活。头几日倒也开心，看看书、逗逗猫，很怡然自得。但往后几日，便开始手痒，总想做点什么打发时间。

养了两盆花，给咸咸做了个新猫窝，自己跟自己下围棋。他深刻体会到了那段时间静娴为何如此敏感。自此以后，静娴每次晚归回家，北海都特别殷勤地关怀她。

随着日子的推移，北海的伤口也好得八九不离十了。静娴陪北海上医院换药，换完后，热情地邀请北海一同参加沙龙聚会。

这次的沙龙换了个场地，比春草那次要大不少，地方也不再偏僻。来宾们似乎各有来头，都是对文学有一定研究的人。

这次的主题是"宋词"，整个会场也是以黑色和陈旧的木色为主色调，中间夹杂着金色与黑色的摆件，里头插着松枝等物，贵气又不失格调。

之前他们一块儿参加的沙龙是没有主题的，大家都漫无目的地聊着，很快就聊到散场了。现在也不知是谁想的点子，提前约定好了主题，来宾似乎在家中准备了很多，表达的欲望压都压制不住。

为了热场，首先是静娴发言。她充分发挥了唱歌的本领，结合之前与北海约会时二人一起瞎编的调调，为一首宋词谱了曲子。

那是一首辛弃疾的《西江月·遣兴》。

醉里且贪欢笑，要愁那得工夫。近来始觉古人书。信著全无是处。

昨夜松边醉倒，问松我醉何如。只疑松动要来扶。以手推松曰去。

词的意思大致就是：对影独酌醉了，回家途中遇到一棵松树，将它错当成了人。还以为这棵树要来搀扶自己，遂挥了挥手，让他走开。

说句实话，这首曲子谱得也不是那么出彩，但胜在别具匠心。一曲结束，博得满堂喝彩。

静娴开口的那一刻，北海似乎又看见了那个不请自来、站在舞台上熠熠生辉的她。

后来北海才知道，那一次沙龙聚会上来的人不少都是青岛有名的文学大家。

有些偏门的词北海没读过，静娴却像是移动图书馆似的，一直在旁给北海口头注解。

静娴非常严谨，即便人家在台上慷慨激昂地朗诵着，可是但凡错了一个字，静娴也会不留情面地指出来。哄笑那是正常的，台上的人也不生气，反而是谦虚地认个错，接着刚刚的情绪继续高声朗诵。

愉快的夜晚总是如此短暂，沙龙要结束的时候，静娴上台致辞。北海这才知道，这个沙龙竟然是静娴以一己之力办起来的。在最后，静娴感谢了北海默默在背后支持她，这倒让北海在大家的注视下有一些窘迫。

他不仅没有帮静娴什么，还埋怨静娴不够关心自己，陪伴自己的时间太少。

静娴在家赋闲，他觉得生活压力大。静娴在外拼搏，他又觉着她不着家。

在一片羡慕、赞誉的目光里，北海觉得自己变得十分渺小。

他下定了决心，余生都会无条件地支持静娴的决定。

第二十二章

对！离婚

> 懂你的人，能一眼看穿你的心事。

一大早，北海刚放下车子就看见大喇叭冯声风风火火地跑过来，说厂长叫他。

北海带着疑问来到了厂长蒋文宣的办公室，蒋文宣见到他后也没绕弯，直截了当地问他在厂里工作多久了。

"我在厂里干多年了，厂长。"北海也记不太清具体的时间了。

当初到工厂上班，是母亲托人安排的，说厂里福利好，活儿少，还能多认识些朋友。北海当时也没什么意见。

"哦，那是老职工了。"蒋文宣站在北海面前，虽矮了他半头，还是拍了拍北海的肩膀。

北海不自然地笑了笑，他不是很擅长应对这些场合。

"北海同志，这是上头批下来的文件，你看看。"蒋文宣把手里的茶杯放在桌子上，将委任文件递了过去。

北海接过委任文件扫了一眼,看到上面写着要升他为车间主任。要说有多高兴,北海还真没有,他从来也不是求权、喜欢当官的人,直到他的目光盯在最后一行:

厂里工龄为十年以上的老职工,根据房管局的指示,可享受分房待遇。

北海突然兴奋起来,忍不住问蒋文宣:"厂长,分房这事儿……"

蒋文宣刚拿起茶杯,转头笑笑说:"嗯,两居室,按人头分的,你爱人的妹妹都算你们户。"

北海心里乐开了花,脸上终于忍不住笑了,他感激地冲蒋文宣点了点头。想到厂长刚走马上任的那天,自己和静娴还闹了好大的乌龙,北海着实有些不好意思。

厂里一有什么事,传播速度比风刮得还要快,北海才刚刚走到车间,徐杰就已经在车间办公室等他了。

"杨主任!"徐杰嬉皮笑脸地喊了一句,一副没安好心的样子。

"怎么着,终于轮到你小子嫉妒我了吧?"

两个人打趣地闹了一会儿,北海并没有提分房子的事,他想不如等厂里发了公告,他再同徐杰说。

好不容易到了下班的点,北海总算能快些回家告知静娴这件喜事了。虽说归心似箭,可他还是像往常一样留到了最后,检查完所有机器后才回了家。

一路上他骑得飞快,心里很激动,虽然他在日常生活中能够照顾静娴,但他心里一直觉得没有给她更好的生活。

静娴为人果敢、博学多识、受人欢迎,不管到了哪里都是太阳一般的存在。当兵的那几年,她成熟了不少,有时说出的话会让北海不知道怎么接。

在两个人平时交流中,北海扮演的是聆听者的角色。虽然静娴并没有表现出半分的嫌弃,但是北海毕竟是个顶天立地的男人,他的自尊心让他也渴望得到静娴的敬佩和仰视。

这次厂里给他升职和分房,可以说是个绝佳的证明自己的机会。他忍不住心里暗喜起来,迫不及待地想看看静娴的反应。

"静娴!"北海刚放下车子就喊了一声,无人回应,一开门才发现屋里一片漆黑,静娴并没有在家。北海有点儿失落,简单收拾了一下,便去厨房做饭。北海吃完了饭,下楼溜达了一圈,回到家看书看得快睡着了,静娴才回来。

"今天太不过瘾了,老齐就跟吃了枪药似的,我说什么他都要反驳。"静娴刚进屋,端起茶缸猛喝了一口茶,"对了,记没记着我之前跟你说过的广东来的小何,他给我拉来了好大一笔投资!"

"什么叫投资?"

"说白了就是人家欣赏我,给了我一笔钱,让我把沙龙做大!"静娴走到北海身边,轻轻捏了捏北海的脸,"以后谁都不能说我靠着你了,我要挣大钱咯!"

"对了,今晚上我要看书,你先去睡吧。"说完,她扒拉了两口菜,从包里掏出一本《八十一梦》,末了又补了一句,"碗筷你甭管了,我吃完一块儿刷。"

北海挂在嘴边的话被静娴的"连珠炮"给压回了肚子里,他有点儿失落,但是也没说什么。洗漱过后,北海躺进了被窝,翻来覆去了好久,听着客厅里静娴轻轻的翻书声,他想着明天再说,便逐渐睡了过去。

结果一连好几天,静娴都回来得很晚,北海好几次想跟她说说自己分房的事儿,却压根儿插不上话。北海心里有点儿懊恼,可之前已经答应了静娴,让她做自己喜欢的事儿。

后来北海才知道,静娴竟然是青岛首批下海经商的女性。她凭着自己的本事,从别人挣不到钱的地方把钱赚了,还声名大噪。

人往往是这样的,你想分享快乐的时候无人听,等有人听的时候,却又失去了想要分享的心情。第四天晚上,北海轻轻跟静娴道了声晚安,给她披了件外套,看着静娴兴致勃勃、挑灯夜读的样子,北海终究没说出那些准备好的话。

"妈,我回来了。"这天下班,北海骑着车子去了母亲家。到了门口,他发现门虚掩着,便喊了一句。

"北海啊!"母亲在厨房做饭,听见他的声音,连围裙都没摘就出来了,"就你自己?"说着,母亲往北海身后瞧。

"嗯,就我自己,静娴最近有事儿。"北海搪塞了一句,便走到桌前开始分碗筷。

母亲白了他一眼,又进了厨房,没好气地说:"她又不上班,能有什么事儿?"

北海最怕母亲这样说,忍不住皱了皱眉:"她最近赚的钱可比我半年工资还多呢!"

"一点儿都不稳定,开张吃三年的买卖能干长久吗?要我说,她就该再回厂里的档案室,继续做她的档案员,既清闲又安稳。"

北海突然发现母亲变得有些絮叨了,以前她当老师的时候,嗓子经常发炎,在学校说话说够了,在家恨不得一句话都不说,全用手语比画。后来她不干了,自己在家待着,学了些针线活儿。因为自恃是念过书的,跟那些没文化的"大老婆"不一样,她不愿意掺和左邻右舍的那些鸡毛蒜皮的事儿。

"嗯……妈,我有事儿跟你说。"北海端起碗,沿着碗边吸溜了一口烫粥,说话也不太利索了。母亲没接话,等着他往下说。

"我升为车间主任了,厂里给我分了套房子,不大,小二居……"话还没说完,母亲就眉毛高挑,笑成了花:"哎哟,什么时候啊,这可真是天大的喜事!我儿子真是出息了!"边说边从自己碗里夹了块山药放到北海碗里。

"嗯……前两天的事儿。"北海憋屈了几天,终于在母亲的夸赞下,得了些许安慰。他笑了笑,来了兴致:"我跟静娴商量过了,这套房子就给你和弟弟住吧，我们现在住在那儿也挺好的。"

"你俩从结婚就住在她家里，我看这房子你们还是留着自己住，住自己的房子，心里踏实些。"

"是静娴提议的，她心里一直惦记着咱们家呢。"

母亲有些狐疑和吃惊："真的？"

"我都是一家之主了，我说的话还不能算数？"

"好好好，孩子们终于长大了……"

其实北海心里根本没底，毕竟升职和分房的事儿，他压根儿没对静娴说。他想着等明天晚上静娴回家了就好好跟她解释解释，她一定能理解。

北海这时候还不知道，他即将迎来婚后的第一场暴风雨。

第二天一早，北海做好了饭，早早地出门了。静娴起床扒拉了几口饭，瞧着北海的衬衣领口有点儿汗渍，便端着盆去了水房。刚走到楼道拐角，就碰见了高慧芳。

"妈，您怎么来了？"

"静娴啊，洗衣服呢？"高慧芳满面笑容地问。

静娴觉得高慧芳今天很反常，吓得她打了个冷战。

"大冷天的，别洗了，走走走，跟我烫头发去！"高慧芳拉着静娴往屋里走，把盆接过来放在地上，让静娴换身衣服。静娴一头雾水地很不自然地笑了笑，她搞不清楚婆婆这是怎么了。

一路上，高慧芳就跟变了个人似的，拉着静娴的手，一会儿唠家常，一会儿夸她学问多，还说日后要教她些针线活儿。静娴只是听着、附和着，不敢发表什么意见。她生怕说错一句话，让高慧芳不高兴。

到了理发店，高慧芳看静娴头发长，就给她挑了个大卷的发型，让她先坐下，然后自己哼着小曲儿，挑了个显年轻的小卷的发型，也坐下了。

两个人有一句没一句地聊着天，静娴心里放松点儿，话匣子也打开了。她原以为高慧芳对自己挑剔无比，两个人无论如何也不能成为朋友。

结果今天高慧芳突然对她很热络,她也有点儿开心。大概是北海在高慧芳面前替自己美言了几句吧,让她终于接受了自己。

"你说北海啊,在厂子里这么多年,默默无闻、任劳任怨的,都说他没心眼、不开窍,这不,老天有眼,让他升成车间主任了嘛!这就是福报,早晚的!"高慧芳一脸得意地说着。

"车间主任?"静娴听到这几个字,睁大了眼,因为头发被夹着,不方便她转头,所以高慧芳没看见她吃惊的表情。

"是呀,虽然官不大,但待遇可不错呢。每年能多分一半儿的粮油,还分了一套二居室的房子。厂里可真够大方和照顾人的,把你妹妹也算上了,不然哪轮得上二居室呢?"

消息一个接一个地传到静娴耳朵里,她有点儿蒙,又夹杂着狂喜。这么大的好事儿,北海怎么一直瞒着自己呢?是想给自己一个惊喜吗?她忍不住也笑了。

"其实你们也挺辛苦的,结婚的时候我也没怎么表示,你们不记仇,还把一套这么好的房子留给我跟北川。妈嘴上不说,心里都记着你们的好,以后等你们生了孩子……"

后面的话,静娴已经听不到了,但是大体的情况她已经知道了:

北海升为车间主任,分了套二居室。但他不仅没告诉自己,还擅作主张把房子给了高慧芳,估计日后也不打算告诉自己,就当这事儿没发生过,这房子也不存在。

高慧芳没有看到静娴裹着的理发围布之下,是她已经攥紧了的拳头:好你个杨北海,这么大的事儿也敢自己做主,压根儿没把我放在眼里!

压着心里的火,静娴越想越气,高慧芳正在兴头上,又是夸又是哄,把未来十年的生活都盘算好了,静娴实在不忍心打断她,但是她一秒钟也待不下去了,她压着满腔怒火,拼命问理发师:"烫好了没?"

高慧芳瞧着静娴突然变得急躁,以为她是第一次烫头,没经验,忙不迭地安慰她。

静娴哪还有心思管头发，匆匆让理发师关掉机器，拆掉头上的卷发器，对高慧芳说："妈，我想起来出门前洗的衣服还没晾上，明天北海上班还要穿，我得赶紧回去弄一下，你先做头发吧。"

说完，静娴也没管高慧芳同不同意，撤下身上的围布就踏出了门。留下满心疑惑的高慧芳颇为不满："着什么急，北海又不是没别的衣服穿了……"

理发店离家不远，静娴三步并作两步走，回想起前几天北海的表现，她越发恼火：怪不得这几天不言不语的，原来在心里琢磨着大事儿呢。在厂里有人叫他一声"主任"，他还真把自己当领导了？他想一手遮天，领导我赵静娴，门儿都没有！

北海自从当了车间主任，手头上的事儿更多了。今天上午收到厂长指示，说要优化生产流程，让他好好监督工人工作，坚决不养一个闲人。这种得罪人的活儿，北海最不擅长了。

他看见有三五扎堆的工人闲聊，也不说话，就在人家周围转悠。工人们被他看得烦了，换个地方聊天，他就又跟过去。一整天跟打游击战似的，连志强都看不下去了："师傅，你就训他们嘛，厂长都给你权力了。"

北海摇摇头，叹了口气。他何尝不知道他现在是领导，应该硬气点儿，树立威信。只是才刚上任，他就端起架子，批评以前朝夕相处的同事，未来工作还怎么开展？上头的人只管布置工作，底下的人光顾着自己舒服，唯独他夹在中间里外不是人。一整天，北海挺不起腰也停不下脚，装着严肃还得赔着笑脸，极其别扭。

"看来这主任也不是好当的。"北海决定回家跟静娴说说，明天再找徐杰出主意。

下了班，他逃也似的离开了厂里。

回到家，看他的衬衣泡在水里，却没见到静娴，猜测她八成是让友人叫走"研学"去了，便开始自顾自地做晚饭，直到静娴风风火火地回来。

"杨北海！"静娴顶着一头半卷不卷、有些炸毛的头发，怒气冲冲地出现在北海眼前。

北海盯着她的发型,拿筷子的手停在半空中,忍不住笑了起来:"你这造型,是唱什么戏?"

"唱戏?"静娴一下子气冲头顶,从桌子上抄起一个搪瓷杯,狠狠摔到地上,碎片四溅,"我让你装!"

看着静娴涨红了脸的样子,北海着实吓了一跳,他还未见过静娴如此愤怒:"有话好好说,你怎么了?"北海从桌子边站起来,往后退了一步。

"你说怎么了!"静娴咬牙切齿地指着北海,气得发抖,"你心里还拿不拿我当一家人!"说着,抄起那个幸存的杯盖,又往地上摔了个粉碎。

北海也有点儿生气了,她大半天不在家,结果一回来就撒泼砸东西,他也提高了声调:"这是做什么?不过了是吗?!"

"杨北海!你还有脸跟我说不过了?!"静娴听见这话,气得不知如何是好。她拿起手边的东西,往地上、桌子上、北海身上丢过去:"不过就不过!你陪你妈过去吧!把你的衣服、铺盖、房子都带走!"静娴边说边砸,北海边躲边接,眼看着手电筒飞了过来,北海一个侧身,手电筒砸到了墙上的相框,随之一起掉到地上摔了个粉碎。

"嫁给你我图过什么?结婚,没人祝福!房子,住的我的!如今你升职、分房子,还要瞒着我!怎么,我赵静娴活该是吗?我活该受着你们娘俩给的委屈?"

北海听到这里恍然大悟,肯定是母亲把房子的事儿跟静娴说了,才让静娴如此震怒。母亲也真是的,这么急不可耐,让他一点儿周旋的余地都没有。

得知静娴发火的原因,北海不反抗了,任由静娴又摔又砸,他认真地道歉:"没有事先跟你说就自作主张是我的不对。静娴,对不起,你想砸就砸吧,我不辩解。"

静娴见北海道歉,满腹委屈,恨恨地说:"你去,去把房子要回来!"

北海直视着静娴的眼睛："我就知道跟你商量不通，所以我自己做了决定。房子留给北川，咱们住这个，现在不是挺好的吗？为什么非要争那个房子呢？"

"杨北海，这是我爸妈留下来的房子！你出去听听左邻右舍都是怎么说的！现在住得挺好的？亏你说得出来！还说要孩子呢，有了孩子怎么住？结婚那会儿，静雯私下里主动跟我说，要搬出去住。为了你，我这个姐姐做得多不称职！"

北海不接话，也不反驳，听着静娴的话，他心里羞愧难当。

"我可以保证以沙龙目前的前景来说，我赵静娴绝对有本事买一套房。杨北海，我可不是图你的房子，我是要你给我一个应得的尊重！"

杨北海就一直低着头，手里抱着静娴砸出去的东西。静娴反而不太生气了，眼角的泪也滑了下来，她颓然地坐在沙发上，安静吞噬了夫妻俩。

"离婚吧，这日子没法儿过了。"静娴把这句话一说出口，北海就又生气了。又不是小孩子了，怎么能把离婚这种事儿随便挂在嘴上？说到底，房子是分给他杨北海的，送给母亲又怎么了，她也不是外人。

"怎么扯到离婚上来了？"

"杨北海，我虽然委屈，但还不至于哭。只是你这事儿办得太让人寒心了，我真是对你失望透顶。"

"静娴，你不能这样说……除了没住上新房，结婚后我有待你不好的地方吗？我算是知道了，一吵架你就把我的好全都否定了，就因为咱们结婚时没住上新房，这是原罪吗？"

"我跟你说了不是房子的问题。"

"如果你这么在意房子，你为什么不早些说出来？非要这样长年累月地积攒怨气，在某个节点宣泄出来吗？"

静娴听得此语，心里又升腾起了怒火："杨北海，你不会是觉得，我除了你再也找不到其他人了吧？我告诉你，沙龙里有大把的人愿意跟我分享，愿意跟我有商有量！"

"你说你喜欢话剧本，我陪你读！甚至《哈姆雷特》的经典台词我都快背下来了！你说你喜欢吉他，我去学，可这段时间你再也没让我为你弹过！我学着充实成一个你喜欢的杨北海，你凭什么对我失望？"北海听到静娴这么说，也来了火气，"行了，你说要离婚，那我尊重你的决定。"

"行，你说的，今天就去！"静娴怔了一下，她没想到北海会同意离婚这回事。静娴翻箱倒柜地找到结婚证，把两个小红本摔在桌子上，瞪着北海，"去就去！"

那个年代，离婚绝对不是一件小事，也非常罕见。1980年，全国离婚的夫妇也才只有三十几万对。静娴和北海只知道离婚需要带着结婚证，双方都在场，却不知道即使婚姻当事人自愿提出离婚，也须持有本人所在单位、村民委员会或居民委员会的介绍信，前往民政局门登记。

这就意味着，想离婚就必须先把离婚这件事在小范围内公开。就算真离成了，还有一个月的审查期。审查不过，照样还是夫妻。

其实两个人压根儿没想到这一步，当他们谁也不理谁，走到民政局门口时，就已经双双后悔了。

已经是临近下班的点，民政局里人不太多。几对新婚夫妇拿着结婚证边走边看，说说笑笑地从静娴和北海身边路过，他们心里很不是滋味。

怎么能说离就离呢？太冲动了。她是小孩儿，我也跟她一样吗？气头上的话，怎么还当真了？再说了本来就是我做得不对……北海心里满是懊悔。

我不是真的要离婚，气头上说的话，他怎么能当真呢？房子什么的，我真的图那些吗？他还不明白吗，真是榆木脑袋，气死我了！静娴心里也打着鼓。

可惜，两人虽然这么想着，却没有向对方说半个字，北海用眼角的余光偷偷地打量静娴，看到她梗着脖子很生气的样子。静娴也偷偷用眼角的余光打量北海，他低着头，皱着眉，好像下定了决心。

完了，真的完了……

两人正这么想着，突然被民政局的工作人员一声喝令吓得回过神来："干吗的？再不说话我可下班了！"

静娴用胳膊肘捅北海，北海用脚踢了踢静娴的鞋，两人谁也不想开口。工作人员见多识广，一看他们那扭捏的样子，还拿着结婚证，不用说他也知道，肯定是刚吵完架，冲动之下想离婚的。

"干吗？离婚哪？介绍信给我。"说罢，他把手摊开。

"啊，什么介绍信？"

"你问我哪？想离婚，厂里和村委会开介绍信了吗？"

"听过结婚需要介绍信，怎么离婚还需要……"静娴嘟嘟囔囔地说。

"我们这是按流程办事，同志，你以为婚姻大事是过家家呢？"

北海暗暗高兴，没有介绍信就离不了婚，他偷偷瞟了一眼静娴，见她不说话，赶紧说："那行，同志，我们先去开介绍信，改天，改天再说……"

工作人员翻了个白眼，把身子转过去开始收拾自己的东西："胡闹嘛。"

北海向工作人员连连道歉加道谢，然后拉着静娴往外走。静娴心里也是高兴的，毕竟她从没想过真的离婚。其实她已经开始心疼刚才在家里砸的东西了，那搪瓷杯子是结婚的时候徐杰送的；那手电筒是结婚第二天北海给她买的，说哪怕停电了也能让她好好看书，晚上上厕所也方便。

静娴思绪万千，北海也是，但是两个人都端着架子，谁也不理谁。

出了民政局的大门，静娴突然大步往前走，北海一把拉住她的手："去哪儿啊？"

静娴头也不回地说："回家！"

第二十三章

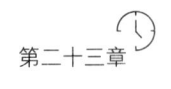

冷战

一定记得,别再把对你好的人弄丢了。

原本热闹、温馨的小屋,自那次争吵后,就变得寂静了。

静娴把自己所有的日用品都一股脑儿收拾进了静雯的屋子,就连跟北海去百货公司一起买的鸳鸯枕套,都被她扯了下来,换成了旧时用的。

有好几次,北海忙完回家,明明在楼下时还瞧见屋里亮着灯,等上了楼,却发现灯已经灭了,静娴也回了房间,还上了门锁,只剩他一个人坐在客厅里,瞧着紧闭的门,心里一阵焦灼。

两个大活人住在同一个屋檐下,愣是不说话,像极了在躲猫猫。这样的日子,对北海而言着实有些难熬,连着数十日,就连桌上的饭菜都没了滋味,看着紧闭的门,北海拿起筷子,扒拉了几口饭,又实在没胃口,索性盖上纱遮就回了房间,自己一个人躺在床上,盯着天花板发呆。

每每回想起那天吵架时的场景,他心里总会生出后悔的情绪,当时自己跟静娴两个人都在气头上,针尖对麦芒的,丝毫没体恤对方的想法,他在心里自责、内疚了不少时日，但碍于面子，又不知道该怎么主动开这个口。

有好几次，凌晨他听到了静娴的房门嘎吱一声打开了，就猫着耳朵缩在床边听动静，静娴似乎是口渴了，起了身，拎起暖瓶倒了杯水，听着哗啦啦的水声，北海的心脏扑通扑通跳个不停，好不容易他鼓起勇气，掀开被子想冲出去，刚穿上拖鞋，却听到静娴回身进了屋，还挂上了锁，只好自顾自地叹了口气，又心烦意乱地挠了挠头。

接连几日，北海实在没了办法，只好向四舅舅和徐杰发出求救信号，结果三个人坐在一块儿讨论了几个钟头，也没讨论出什么好的办法，最后陷入了久久的沉默。

坐在桌前的徐杰托着腮，挑了挑眉，向四舅舅投去一个目光，四舅舅领会了其中的意味，拍了拍北海肩膀："你要让我俩出点别的主意还行，我俩这……从来没感受过婚姻生活的大老爷们儿……"

北海没吭声，点了点头，其实他心里跟明镜似的，他跟静娴两个人的关系，恐怕只有他们两个人关着门聊开了才行，旁人其实真的帮不上什么忙，但转念想到静娴那冷漠的神色，他心头就一紧，眉毛也不自主地拧到了一块儿。

徐杰跟着搓了搓手，看着兄弟着急的模样，他确实帮不上什么忙，只好干了面前的老白干，一杯酒下肚，他腾地一下就站起来了："杨北海，后天是不是你生日？"

四舅舅听到后嘴里念念有词，又掰着手指算了算："还真是，你瞧我这个亲舅舅都把这茬儿给忘了……"

北海一听"生日"这两个字，心里又一紧，自己的婚姻都快保不住了，哪还有什么心思过生日？他很焦灼，顺势盘弄起了手里的钥匙。

徐杰看出北海的兴致不高，直接凑到了他跟前安慰他："毕竟是你生日，总不能过得太狼狈，后天厂里又没什么事儿，不如你跟我一起去吃个饭，柳巷刚开了家餐馆，听说掌勺的还是从上海过来的，味道不错。"

四舅舅一听，随之又劝了北海几句，北海本不想去，但一想到跟静娴两个人在家里，气压低得喘不过气，就应了下来，跟徐杰约在了周末。

北海有个习惯，每次跟人约好时间都会早到一刻钟，而那天又恰逢周末，他闲来无事，随意套了一件汗衫就出了门。

徐杰说的那家餐厅离北海家有几公里，地方又很隐蔽，他骑着自行车七拐八绕才到了目的地。

停了车，北海站在店外打量了一番，店面不大，但看得出来是精心布置过的，门口还放了几盆吊兰，养得喜人，其中的几株还生了骨朵。

北海掀开门帘，一个小姑娘迎了过来，她扎着麻花辫，个头儿不高，眉眼还挺清秀，脸上挂着笑容："你好，欢迎光临，请问先前有在这边预定过位置吗？"

北海点点头，报上桌号，跟着姑娘进了屋。绕过了屏风，他这才发现，餐馆虽小，但五脏俱全，桌桌都布置得恰到好处，而且人还不少，看来这新到的师傅，手艺还真的不错，他抿了抿嘴，跟着姑娘继续往前走。

"你好，到了。""麻花辫"弯腰，做出一个请的姿势。

北海点头进了屋，却发现屋子里早就坐了一个姑娘，齐刘海儿，短头发，看起来干练得很，一看他进屋，姑娘先是愣了一下，接着脸就红了。

他回身瞧了瞧桌牌，心想：是16号，没错啊，那这是？

北海正纳闷儿呢，短发姑娘忽然起身，一脸热情："你快坐。"

北海将信将疑地坐了下来，心里不停地犯着嘀咕，看这姑娘的模样，八成也是在等人，难不成是徐杰约来的？但瞧着眼生，不像是车辆厂的技工。

和陌生人待在同一个屋里面面相觑，多少有点儿不自在，北海瞧见了桌前的菜谱，赶紧拿着翻看起来。

"那个，我……有话就直说吧……"还没等北海反应过来，姑娘就突然开了口，"我姓魏，你叫我云芳就好。我大姑说你在车辆厂工作，我是煤炭公司的，属兔，听我大姑说你是属虎的，大我1岁，今天一见，我觉得我对你还挺满意的，不知道你……"

北海盯着面前的姑娘，被这突如其来的大胆的开场给吓住了："属虎？难道是……"

他忽然意识到了什么，连忙摆摆手，刚想解释，门忽然打开了，进来的人是徐杰。

"不好意思，不好意思，路上有点事耽搁了……"

北海闪到了徐杰身后，短发姑娘也被这个突然闯进来的人闹蒙了："你？你俩……"

徐杰把手在衣服上蹭了蹭，伸了过去："魏云芳同志你好，我是徐杰，这是我兄弟，杨北海。"话音刚落，姑娘一杯水就泼了过来，拎了包，撂下了一句"流氓"就夺门而出，只剩北海跟被浇了一脸水的徐杰面面相觑。

徐杰今天特意换了件新衬衫，这还没跟姑娘说上话，就被泼了一脸水，看着一旁的北海笑成一团，他真是丈二和尚摸不着头脑："什么情况？我招谁惹谁了？"

原来徐杰拗不过家里，被长辈安排了相亲。他那么粗线条的男人，对于情爱之事自然没辙，他怕独处尴尬，又恰逢北海陷入低谷，就想出了这个主意——相对象、陪朋友两不耽误。结果晚到了十多分钟，被当众洗了个热水澡。

徐杰和云芳的初见虽说也如此乌龙，但就是这么一个果敢的女同志最终降服了徐杰，他们两口子后来也是斗了大半辈子。

徐杰心中虽然给晓蓉留了位置，但在妻子云芳多年的陪伴下，她已经成了他生活中的一部分。即便徐杰从来没同云芳说过什么浪漫的话，但北海知道自己这个兄弟是个顾家的人。

北海给徐杰递过毛巾，看着狼狈的他，复述了刚刚发生的事，说罢，又不好意思地冲他道了个歉，没想到竟然搅黄了他的相亲局。

徐杰擦拭着头发，苦笑了一下，连连摆手："你说说你，次次这么守时做什么？"

北海拉了个凳子，坐在他旁边，坏笑着张罗点菜。自从跟静娴结婚，北海的生活重心就都聚焦在了她的身上，再细细想想，能这样跟徐杰两个人吃顿饭、喝喝酒、聊聊天的机会，还真是没有几次。

"怎么忽然就妥协了，想通了，愿意相亲了？"北海给徐杰的杯子里满上了酒，又搁下酒瓶，憋了半天，还是没忍住问他。

徐杰抬眼看看北海，仰头干了酒杯里的酒，又拿起筷子夹了一颗花生米送进嘴里："你知道，我有时候真挺羡慕你跟静娴的，两个人情投意合，说结婚就结婚，也不顾及其他人的看法……"

北海瞧着徐杰满脸苦涩，听他提起自己跟静娴两个人的过往，又帮徐杰倒满了一杯酒。

"我就不行。"徐杰仰头又干了，本想再夹点菜，筷子绕了一圈，还是搁下了，"你知道我就惦记着她呢，自从她去了上海，这几年我一经过她家门口就后悔，后悔当时尿啊，没胆量说……"

北海望着他，叹了口气，徐杰这个人，虽然平日里看起来没个正形，做事也经常没有没调，但骨子里深情得很，自从晓蓉多年前搬去上海，就再没听他主动提过哪个姑娘。

北海结账的时候，徐杰整个人已经喝得迷迷糊糊了。

这顿饭，两个人谁都没尝出味儿来，上海来的厨子手艺到底好不好，他们不知道，倒是尝尽了满杯酒里的苦麦芽味儿，到现在唇齿间都是一股苦涩。

北海送完徐杰，在回家的路上想了不少事儿。

不得不承认，婚姻跟恋爱的确是不同的，少了很多冲动、激情，更多的是为柴米油盐酱醋茶而烦恼。北海其实早就想明白了，静娴气的是自己未经过她的同意，甚至连跟她商量都没商量过就擅自做了决定，而不是把房子给自己母亲这件事。

是从什么时候开始，他都快忘了，自己喜欢的人是个什么样的人。

北海低着头，心里有些愧疚，比起徐杰的求而不得，自己真的幸运太多了。

徐杰的那番话说得是对的，在这个年代，情投意合的感情都是来之不易的，应该加倍用心去呵护才对啊。

想到这儿，他终于开了窍，跑了几条街，买了菜，还买了静娴最爱吃的鱼，又特意绕路去买了静娴最喜欢的那家的糖葫芦，然后拎着大包小包回了家。

回到家的北海，放下布袋就进了厨房，系上围裙就忙活了起来，先是把鱼过了清水，去了鳞片，又切好姜丝，调好汁水，一切准备就绪后盖上锅盖熬制鱼汤。

他转身又切起了香芹，隔壁的宋婶儿路过望了好几眼："哟，小杨，你这个汤，可香得很嘞！"北海的脸上难得地露出了笑容，居然切香芹还切出了几分喜悦之情。

鱼汤熬好，又炒了几盘菜，北海仔细地洗了洗手，就回屋收拾了起来。待房间整理得差不多了，他瞧了眼时间，把糖葫芦也摆了盘，想给静娴一个惊喜。

他特意关了灯，猫在门口等了起来。

六点一刻，楼梯上有了响动，北海听到静娴跟邻居打招呼的声音，他在门后屏住了呼吸。

门外的静娴似乎在找什么东西，翻了几遍包，开始推门。

北海见状，赶紧坐回桌前。可是几分钟过去了，门外居然没了响动。又等了一会儿，静娴还是没进屋，北海心里有点点下，难道静娴已经知道自己在屋里谋划的一切了？可为什么她不进来呢？难道她还在生气，扭头就走了？

想到这儿，北海彻底坐不住了，他开了门，看着空荡荡的楼梯慌了神，三步并作两步就下了楼，四处张望着。

忽然，他听到头顶有什么响动，抬头一看，静娴正趴在二楼的墙头上，整个人摇摇晃晃的，下一秒就要从上面掉下来，北海想都没想就直接冲了过去，刚好接住掉下来的静娴。

由于静娴的俯冲力太大，北海没站稳直接一屁股坐在了地上，摔倒的瞬间，他下意识地护住了静娴的头，而静娴居然也用双臂护住了他的头。

两个人狼狈地跌落在地，北海只感觉腰间一股蛮力撞击，痛得很，刚想撑着手扶起来，静娴忽然着急地开了口："杨北海！你有没有事？"

"好好的正门不走，翻什么墙，哎哟……"

"忘拿钥匙了嘛，都怪钥匙！不是，杨北海你的头怎么样？！"

看着静娴满脸担心的样子，北海忽然鼻头一酸："你说刚刚这一幕，像不像我们两个人在鬼楼的那一夜？"

静娴没料到北海会忽然冒出这样一句话，她愣了一下，刚刚这一幕跟那一夜是很像……

盯着北海忽闪忽闪的睫毛，她一时间竟然也有点鼻酸。他的手肘刚刚磕在了石子上，都渗出了血丝，心里居然想着的是两个人之前一起发生过的事。

静娴没吭声，回过神来径自上了楼，北海跟在她的身后，看着她进了屋子。

开灯的瞬间，静娴瞧见了桌子上的饭菜，还有那被糯米纸裹着的糖葫芦。她的手停在了开关上，愣了愣。她没想到北海会做一桌子的菜，他对香芹过敏，而这次他居然做了自己最爱吃的香芹炒肉……

静娴没说话，率先进了里屋，从抽屉里拿出了红药水跟棉花球。北海坐在椅子上，看着她一点点地蘸着药水帮自己擦拭伤口。

他知道静娴其实已经原谅自己了，被药水浸湿的伤口一阵刺痛，北海倒吸了一口凉气，但心里居然感觉有点甜，瞧着静娴洗了手，坐在了桌子前，自己也吊着胳膊坐过去了。

他们两个人冷战良久，这是冷战后头一次一起坐在桌前吃饭，灯光下汤的热气氤氲而起，桌前的两个人虽然一句话都没说，但彼此心里的那尊"小冰雕"已经默默融化了。

临睡前，北海上床盖好被子，刚想关灯，却没料到静娴主动进了房间，人没有留下，但丢给北海一个用报纸包起来的东西，还撂下了一句"生日快乐"。

北海看着静娴离开的背影，他窸窸窣窣地打开报纸，却发现里面包的是静娴的那张结婚证。

那一夜，北海没有听到静娴房间的挂锁声，他是捧着那张结婚证睡着的，在梦里，静娴帮他关了窗，还掖了掖被角。

第二十四章

把结婚证锁起来

> 不事事计较才能使感情更长久。

自那一夜后,北海跟静娴的关系终于有所缓和了。

有几天早上,北海早早做好了饭就去了工厂,等下班回来的时候,就发现桌旁多了几块桃酥,碗筷也被收拾干净了。

还有几次,静娴回到家,发现花盆里居然多了几株自己最爱的风信子,需要换洗的衣服也被洗得干干净净,晒晾在阳台的架子上。

虽然两个人依然不说话、分房睡,但却暗地里都在用一些细小的行动,向对方证明着自己对这段婚姻还很在乎。

这日睡前,北海看出静娴似乎有话要对他说。北海一直等着,可静娴却有些扭扭捏捏。直到北海故意弄出声响,假装摔倒,引得静娴下意识过来关心,这才套出了静娴的话。

原来静娴新结交的两个好友对她的另一半很好奇,想让静娴带着北海一同去崂山聚会。

这是个绝佳的和好机会，杨北海自然不会错过，没等静娴说完话，他就一口应承了下来。静娴当然知道她的这些朋友是什么意思，本来还想提点一下杨北海，看他这急不可耐的样子，话到嘴边也不想说，只想看他第二天如何临场应对。

其实她也想明白了很多事儿，自己跟北海的性格本就大相径庭，再加上前段时间两个人几乎没什么时间聊天，社交圈又不同，因为房子的事情一闹，更是一发不可收拾，那如果自己能让北海进入自己的朋友圈，将自己的朋友变成夫妻二人共同的朋友，问题大致就能解决了吧？

翌日，他们下了公交车，又走了半个钟头，沿途的鸟叫得机灵，时不时还有几个松果从树枝上跌下来，一路滚到脚边。

静娴的朋友住在山上的道馆里，北海挥了一把汗，看着那云雾缭绕的山顶道馆，还真的很好奇静娴都是从哪儿结交的朋友，居然还能结交到道士。

好不容易爬到了门口，远远地就瞧见了一个穿着灰色道袍的老汉，看着瘦骨嶙峋的，下巴上还留了长白胡须，风吹过的时候左右摆摆，却恰有几分仙风道骨的意味。但让北海更诧异的是，他的身旁居然还有一位肤色黝黑的外国人，他一笑，八颗牙齿居然比眼睛都闪烁。

两人一左一右，一西一中，这一对比，怎么看都有几分滑稽。

"嗨，老冯，"静娴三步并作两步就跳上了台阶，"奥利！"话音刚落，居然还搭卜了手，跟奥利来了个拥抱。

北海一看，这还得了，虽然书上说了这是种西方人的特殊礼节，可这光天化日下成何体统？

他赶紧抢上前，伸出了双手："奥……奥利！"

"你……是……北……北海？"

一声招呼打完，北海跟奥利两个人来来回回地抱了几个回合，愣是把一旁的冯道士跟静娴给逗笑了。

原来前些日子，静娴在沙龙里的一番言论引来了些许争议，冯道士跟静娴两个人像打了一场辩论，最后还是奥利操持着一口蹩脚的中文，打了圆场。

三个人也算是不打不相识，冯道士懂些洋句子，就当静娴跟奥利两个人的翻译，结果当着当着，居然发现两个人无师自通了一门比画的手艺。

北海早就知道静娴是个英文"老大难"，听着冯道士讲三人平时辩论的场景，居然发现静娴这人有能通晓别人心思的本事，她又不怯场，手舞足蹈地跟奥利交流得游刃有余。

慢慢地，他们仨聊天的话题飘到了北海的身上。北海这才明白，合着今天他才是本次会谈的主要人物，他们就是想看看，究竟是什么样的男同志，竟然将静娴这等有趣至极的人给降住了。

北海学过一些英文，能与奥利进行简单的交流，几个人三言两语就聊起了自己的国家，可语速一快，静娴就听不懂了，只好在旁边一个劲儿地插话："怕蹲？怕蹲？（pardon：再说一遍）"当场惹得三个人都笑得直不起腰了。

奥利是从法国来的，跟着船漂了好几个月才来了中国。他来到中国是为了调研民风，好回去完成他的论文。他对中国感兴趣得很，通过沙龙与静娴相识，认为她这样勇敢孵化文艺作品的女性非常伟大。就算后来他回了法国，再也没来过青岛，他还是会常常给静娴和北海写信。这次的崂山会晤，让奥利更加了解了静娴夫妻的为人，此后更加放心地给静娴的沙龙投资。

而冯老道呢，人都 60 了，身子骨却硬朗得很，算命算得准，还通晓一些施针用药，算是把老祖宗留下来的《易经》中的八卦、《本草纲目》给摸了个透。他有个不成文的规矩，在这山顶道馆，他只请说得上话的人，不收徒弟，不受香火朝拜。

冯老道还有门绝活儿，就是烹茶。一杯茶水的工序复杂得很，上好的山泉水配着绿叶一抹，连炉子里的水烧到几分热，都是有讲究的。

北海吹了吹热气，用鼻子嗅了嗅，果然不同于街角的那些茶馆。这茶，芳香里透着一丝清洌，细品又有些苦涩，在舌尖绕一圈，居然还品得出甘甜，再看看一旁的静娴和奥利，对这盏茶也是享受得很。

这高山悬亭，细细一瞧，还真有些像古诗句里描写的那样——云中坐，茶盅来。

喝茶歇了片刻，冯老道拿出了自己珍藏良久的甲骨，教着几人推算气象，从摆列到烧灼，再到抛掷，里面的道道多得很，北海竖起耳朵听着，生怕错过了哪个细节，但最后还是被弄糊涂了，再瞧瞧静娴，索性直接盘腿坐在了地上，也不顾地上有没有灰尘，跟冯老道你一言我一语地聊着，兴致勃勃得很。

刚被夸了几句有天分，静娴就拿起了北海的手当试验品，跟着冯老道看起了手相。

看得出来，冯老道和奥利对北海都颇为满意，众人交流得十分开心。眼见夕阳西下，二人婉拒了冯老道留宿的好意，朝山下走去。

一路上，北海饶有兴致地跟静娴重复着今天跟奥利学的英文，结果静娴越读越离谱，被北海笑了三四回，静娴朝他的胸口打了一闷拳："欺负我学不好英文是不是？来来来，我考考你……"看着静娴扒着自己的手，非要让他说出个一二三来，他赶紧告了饶。

静娴转念一想：不行，我还在闹情绪呢，不能给他好脸色。随即收回了笑脸，冷哼了一声。

车窗外的风景从眼前一幕幕闪过，北海那颗悬着的心终于放下了，原来静娴结识的朋友竟然是这样有趣的人。借着车里昏黄的光线，他偷偷握住静娴的手，坐在一旁的静娴把手抽了出来。北海又去追静娴的手，再次紧紧握住。就这样几个回合下来，静娴总算是妥协了。

北海不知道的是，今天看手相的时候，静娴偷偷缠着冯老道，问了他俩的姻缘，冯老道瞧了瞧，只说了一个词——从一而终。

这四个字的分量，她又怎么会不知道？北海是她真心爱着的人，也是那个真心呵护她的人。只是他之前那么可恶，现在一定要给他一点儿警示，省得以后再犯！

周末的小楼热闹得很，隔壁的婶婶们早早就开始了大扫除，楼下警局则又接了几桩案件，隔着墙也能听见吊着嗓子的吵闹声。

这天，精心打扮的邻居刘又玲来到了静娴家门口，捋了捋额头前的几寸碎发，又整了整衣衫，犹豫了一会儿，还是叩响了门。

此时此刻的北海刚醒，听到叩门声，套了件外套就从房间里走了出来。一开门，他愣了一下，今天的刘又玲打扮得不同以往，看那眉眼间的脂粉就知道一定是精心打扮过了。就在这时，静娴也睡眼惺忪地从房间里走了出来，可能是也听到了响动，被吵醒了。

"哟，刚刚好，你俩都在家呢。"刘又玲瞧了瞧两个人，满脸都是热情，说着就一把挽起了静娴的胳膊。

刘又玲和他们年纪相仿，算是跟他们夫妻接触最多的邻居了。而且，北海跟静娴结婚时，还收到了她备的薄礼，平日里会互相借柴米油盐，也没少串门儿，一来二去也就熟络了，有了几分交情。

"我今天想着去大厦那边新开的商店，做套的确良套装，我这身边的人也就属静娴的眼光最毒辣，最懂我的心思了。这不，我就来了……"

北海本就不善言辞，看着刘又玲搭着静娴的肩膀，滔滔不绝地说了起来，就想着回屋收拾收拾房间，却没料到他刚一转身，就收到了刘又玲发来的邀请："哎，我说北海今天是不是也没啥事儿，不如一块儿去看看，我听说那家的套装，做得可是全青岛一绝，静娴本来就条儿顺，可得好好打扮一下，不如一块儿去帮忙参谋参谋？"

北海望了望刘又玲，又看了看静娴，虽然自己跟静娴的关系有所缓和，但除了生活中必要的交流，已经好久没吱过声、搭过腔了，更别提一块儿出去逛街这种事。

他刚想找个理由拒绝，没想到静娴竟替他应了下来，跟刘又玲约好半个小时以后楼下见，看着静娴带上了门，他说不出的惊喜："我跟你一块儿去？"

静娴没瞧他，直接从他侧边绕了过去："还不快收拾收拾！"望着静娴的背影，北海在原地会心一笑，也进房间收拾了起来。

刘又玲选的那家店，不近也不远。一路上，北海跟在两个人身后，听着刘又玲讲最近又碰上了什么新鲜事，时不时搭几句腔。

有好几次，两个人的眼神瞬间就对上了，但又都匆匆闪开，刘又玲倒是瞧出了几分端倪，但也没有说破，忙把话题岔开了。

那家店是个老字号，装修得极为简约。橱窗里的几套展品，果然如刘又玲所言，非同寻常，看那针脚，就知道技艺不错。

北海推开了门，抬眼瞧了瞧，店面挺大，里里外外几条廊，赶上周末，人居然还不少。

静娴摆弄着衣服，挑件给刘又玲比量着，但刘又玲自从进了门，就像是有什么心事似的，四处张望着。

"又玲，你看这件的款式怎么样？"静娴喊了一句远处的刘又玲，却发现她半天都没什么反应，一直猫着腰直勾勾地盯着柜台。

静娴刚想喊她，却被北海一把抓住了。这一抓，让静娴感到有些意外，她瞪着眼看着他，却发现北海正用手指着刘又玲那边："嘘……"

顺着北海指的方向望过去，静娴居然看到了刘又玲的丈夫谢军，而谢军此时此刻正跟商店的售货员有说有笑地聊着天。

静娴看看猫着腰的刘又玲，再看看那边的小谢："又玲，那是小谢吗？"

猫着腰的刘又玲回头，慌张地踱着步走了过来，搡着他们就往另一边走："不是的，长得像而已。"

静娴瞥了几眼面前的刘又玲，虽然她脸上挂着笑，但是能察觉出来她心里藏着几分怨气，平日里花钱不算大手大脚的一个人，居然想都没想就定了两套的确良套装，像是在拿钱撒什么气似的。

回家的路上，静娴本想再开口问她几句，却次次都被北海拉住了，还摇了摇头。

"你为什么不让我问她？"跟刘又玲道了别，刚进了门，静娴就忍不住了，扭过头去问北海。

北海没吭声，走到桌前，倒了杯水递了过去："有些事，不用非得问得那么明白，你饿了吧，我先去做饭。"

静娴看着北海进了厨房，自己闷头坐在了桌子前，回想起下午发生的一幕幕，难道……她忽然意识到了什么。

看那情形，刘又玲是早就算准了小谢会在那个时间出现在那个柜台，况且夫妻二人碰上面竟然连招呼都不打，反而还暗中观察，再细细一想，恐怕只有事先就计划好了，才说得通。

看着北海将饭菜端上桌，静娴心情有些复杂。

隔壁的小屋里，时不时传来锅碗瓢盆摔在地上的声音。刘又玲用又尖又细的嗓音质问着丈夫，是不是跟那个商店的店员有一腿。小谢一开始还耐心解释，没想到刘又玲得理不饶人，纵是弥勒佛在世也受不了那么恶毒的语言。两个人谁也没让着谁，恨不得吵得全楼的人都知道。

后来静娴才知道，刘又玲确实是去抓奸的，她当晚发疯是因为她没有抓住小谢乱搞男女关系的证据。

北海摆放着碗筷，面色凝重地点点头，静娴常不着家，而他早就隔着墙，听了太多次小谢和刘又玲的争吵："夫妻两个人的事，旁人其实真的帮不上什么忙……"话音刚落，又像是想起了什么，补了一句，"这种事情，就得关起门来好好聊，聊开了才好。"

静娴没吭声，窥听到了这么私密的事情，自己心里也有点五味杂陈。论时间，他们两对夫妻结婚都差不多年头了，这才几年，两个人就成了如今的模样。她低头扒拉着饭，又回忆起了跟北海两个人的过往，其实两个人还是蛮幸福的，自己不是已经不生气了吗？那为什么还要冷着脸，好似在比谁更能忍住不跟对方说话似的？

好好的一顿饭，静娴跟北海都吃得心不在焉，隔壁夫妻的事情给他们夫妇敲响了警钟，有些感情，真的会被一点一点消磨没了的。

这一夜，静娴的房门没有关上，房间里的北海隔着一道门缝望了许久，又想起了四舅舅劝的那句"男人，有什么磨不开面子的，给自己的老婆道歉，不丢人"。这件事自己本就应该负主要责任，想通了这个，他起身从枕头下掏出了自己跟静娴的那两张结婚证，又从上层的柜子里拿出来了一个带锁的铁盒，穿上鞋就去了静娴房间。

静娴也像是早就料到了北海会来，听到隔壁屋的响动，就放下了书，侧过身望着门口。

这一对眼，两个人居然扑哧一声笑了。

北海当着静娴的面，把两人的结婚证都锁进了铁盒子里，又交到了她的手里："这么重要的东西，放在你这儿我才踏实。"

静娴把盒子放在床上，忽然朝北海伸出了手，北海顺着床沿坐了下来，紧紧地握住了静娴的手，掌心的温度蔓延开来。

静娴忽然一把环住了北海的脖子，扒在他的耳边说："我们再也不提离婚了好吗？"

那温热的气息一股股地直往北海耳朵里灌，霎时间，他的心就软了，自己哪里又舍得跟静娴离婚呢？

借着床头那微弱的灯光，两个人终于依偎在了一起，扫除了那些不愉快的过往。

那一夜，他们谁都未合眼，仿佛回到了新婚那天，对着彼此毫无遮掩地说出了那些在心底藏了很久的话，坦诚了对对方的在乎和介意。

第二十五章
不安生的孕妇

> 我一直在你身后,需要的时候回个头就好。

又一年,樱花落如雨,荼蘼花事了。

又一年,夏风如织吹过山花,秋雨如泣飘入海树。

一转眼,咸咸来到这个家已经三年了。

它一直是散养的,家里虽给它专门准备了窝,但它总是会去找一个让自己舒服的地方睡,譬如北海的怀里。虽说咸咸和北海是同一性别的,可它就是对北海异常粘。

静娴在家看书时,咸咸就会趴在窗台上晒着太阳,也不来和静娴互动。等北海快回家时,它就从家里的厨房一跃到外头的院墙上,随即消失。待开饭时,它嘴里总会叼些奇怪的"食物"回来,放到北海的脚边。

"唉,区别对待哦。"静娴一边将咸咸的"好意"扫进簸箕,一边说着酸酸的话。

而不远处，受着北海抚摸的咸咸似乎对静娴的行为不悦，但因为被摸得实在是太舒服了，也不愿去与静娴计较了。

"为它好我才吆喝它的，它却把我当仇人似的。"

"小动物就跟小孩儿是一样的。"咸咸在北海慈爱的目光中，发出舒服的呼呼声。

静娴听到这句话，动作明显顿了顿，拿着报纸把垃圾包起来："可是孩子始终会长大，会离开，但咸咸不会。"

猫听到自己的名字，从北海腿上跳下来，来到静娴的身边，瞪着眼睛看她。静娴刚想伸手去摸，被咸咸发现了她的意图，喵了一声，扬长而去。

"你别多想！自然规律是无法改变的，杞人忧天后来的结局你比我更懂。乖，先吃饭吧！"

静娴心里宽慰了不少，笑自己总是顾虑太多。她把手里的垃圾朝着厨房的垃圾桶扔去，抛出一道漂亮的弧线，那一包东西飞速从窗户坠落下去。只听到隔壁巷子里有人在大喊："哎呀！死老鼠！"

今年，静娴的沙龙越办越大，不少人愿意自费让静娴给自己的作品做一次专题沙龙。徐杰也看好里面的潜力，二人正决定投资，大干一场。

自抓奸事件后，又玲和静娴走得更近了，她虽然不是文学青年，倒也很愿意去静娴的沙龙凑个热闹。又玲的文化水平自然是比不上静娴的，但好在她有着和静娴一样的好奇心与极强的求知欲。

当然了，她学这些知识也就图个新鲜，为的就是出去跟别人显摆自己懂得多。

她也不怕因见识和论点浅薄遭人嘲笑，反而把每一次的沙龙都当作很好的学习机会。人活在世上，多学点，自然没什么坏处。于是乎，她渐渐就成了静娴沙龙上的招牌人物。

了解了又玲后，静娴知道了为什么她平时总是很急躁——她不满足于平静的生活。

这点倒是和静娴很像。

她对静娴描述的北欧风光异常喜欢，尤其想去看极光、冰原、巨石阵以及超长的白昼。对静娴的崇拜，让又玲把静娴的向往之地也当作自己的心之所向，她虽不懂得什么诗与远方，但她明白，只要是美好的，就值得去追逐。

多年以后，刘又玲在女儿和孙女的陪伴下，常常坐在海边的长椅上，晒着那似乎永远也不会落下的太阳。

在她余下的生命中，她一直在感激静娴，也替静娴感到惋惜。感激的是，因着静娴，她开拓了眼界，在有生之年还能见到这些奇观；惋惜的是，静娴最后也没能亲眼看到这些奇观。

自从1979年国家将各级革委会改为各级人民政府后，厂里的革委会也取消了，厂里分出来多个办公室。

这时的周建华早已调离了车辆厂，革委会主任是大宝。

可笑的是，大宝在坐上革委会主任这个位置的时候，革委会的权力已经大不如前了。

而他在爬这个位置的途中，几乎将厂子里的人都得罪了个遍。当国家政策一下达的时候，厂里第一个就把他给罢免了。

这些年来，厂里的领导是有心想要提拔北海的。

可北海总是觉得自己德不配位，怕自己干不好，连累大家。一到选举的时候，他就忍不住要发扬雷锋精神，让给他认为最适合的人。

志强如今是生产部经理，是北海的直接上司。当然志强这个人是很感恩的，因着是北海推荐的，在工作上也特别照顾第五车间。

虽说北海的职位没有升迁，但他一直履行知行合一的行事准则，让他赢得了不少赞誉与人心。

厂里的领导们也特别愿意跟他来往，每每外出和别的厂的领导吃饭时，总爱叫上他，在饭桌上大大方方地把北海这位劳模介绍出去。

橡胶九厂最近似乎动静很大，这让车辆厂和国棉厂的领导们有些不知所措。

去年，汪海当上了橡胶九厂的一把手，注册了"双星"作为商标，正准备大干一场的时候，等来的却是"200万双解放鞋不予收购"的指令。

一群正准备跟着新领导一展宏图的工人泄了气，大家统统认为大厦将倾。

汪海立下了军令状：一年内卖光这些鞋。

正在众人都等着看笑话的时候，汪海带着员工，卸下了国营的傲气，去了夜市、展会，生生地将这200万双滞销的鞋卖光了。

就在今年，他又通过免费试鞋的举措，让双星成了行业之冠。

面对这样剑走偏锋获得的巨大收益，车辆厂的领导们又怎么能不动心？可敢于争先的人才又不是每个厂都有的，而且这种机遇也不是时时刻刻都有。

最终领导们决定再观望一阵，看看第一个吃螃蟹的汪海到底能把双星经营成什么样再说。

因喝了点儿小酒，北海坐了厂里的顺风车回家。

今年的秋天没去年冷，一些年轻人还穿着单衣，静娴却早早穿上了秋裤与毛衣。她不只是比其他人怕冷，还时常觉着乏力、头晕，也比以前嗜睡。

北海回到家，发现静娴裹得像个球一样，窝在沙发上，手里拿着书，就这样睡着了。他轻手轻脚地走过去，坐在静娴身边。

她刚把长发烫成卷发，还剪了个刘海儿。

静娴虽说长得不漂亮，可她那爱美的劲儿绝对不输任何人。每次要出门，只要北海还在家，她就会拿着好几件衣服问北海好不好看。

这时候北海的回答就要小心了，不能单纯地说好或者不好，必须要合理地提出意见来。譬如：这件外套不好看，不好看在颜色太暗了，不符合你的性格。

这都是北海长年累月总结出来的。直接正面回答，相当于敷衍，不回答更是没把她放在心上。

不得不说，北海倒是在静娴这儿学会了不少说话的艺术。

北海忍不住抚摸了一下静娴的头发，这样乖巧的静娴可不常见。她只有在家里，只有在北海面前才这样。

没想到咸咸突然跳上沙发，把静娴惊醒了。

静娴倒也没有起床气，主动把北海的手放在了自己的脸上。喝了点儿酒的北海有些脸红，笑得也很憨厚。

"喝酒了？"

"嗯，一点点，不碍事的。"

秋日的阳光照射在两人的身上，暖洋洋的。北海凑过去，在静娴的唇上柔柔地亲了一下。

静娴笑了笑，从书里拿出来一张票："你先休息会儿，然后咱们一起去趟百货商店吧！"

北海接过，这是一张购买洗衣机的票。

这是静娴的朋友老早就送给他们夫妻的礼物，在那个凭票购买的年代，有钱也不一定能买到洗衣机。这种大件电器的购买票，一般的单位一年才发十来张。

这个朋友借花献佛得很是时候，北海早就想给静娴买一台洗衣机了。

一到冬季，自来水就冰冷刺骨，静娴每回洗衣服，那手就跟上了刑似的又红又肿，冻裂也是时常发生的，静娴常常手疼得已经控制不住搓衣板了。每每这时，北海就会抢过衣服，由他来接着洗。最终的结果就是两双"伤痕累累"的手，相互握着安慰彼此。

等着北海小憩了一会儿消了酒劲儿，二人便坐上了去百货商店的公交车。

这时候的洗衣机款式和品牌都不多，基本都是一个模子刻出来的，也没什么好挑的。静娴却跟挑西瓜似的，左敲敲、右拧拧。

"你是不是见我用搓衣板洗衣服，心疼得不行了？"

"一是因为心情好，想买。"静娴白了他一眼，没好气地继续说道，"二是为了把搓板腾出来，专门拿来给你跪。"

"你才不舍得呢，要不送给又玲，我看小谢跪烂了好几块搓衣板了。"

精心挑选的洗衣机将由百货商店的人开车直接运回家里。

夫妻二人想搭个顺风车，一块儿回去。一来可以确保洗衣机在路上不出差错；二来北海看静娴坐公交来的时候，吐了两三次，想来是晕车了。

司机劝阻了很久未果，只得带着他俩上路了。本来十分钟的路程，司机开了快二十分钟。就怕坐在车厢里的两个人，因为车速太快突然刹车而飞出去。

晃晃悠悠的露天车厢上，两个人护着洗衣机坐在两边。静娴被风冻得直搓手，北海拉过静娴的手，放到了自己的口袋里，帮她暖手。尽管如此，静娴还是瑟瑟发抖，脸色煞白。

北海真是悔到家了，怪自己考虑得不够周到，因不愿静娴晕车难受，所以带她坐这个小破车通通风，没想到静娴身体受不了。

想到这里，北海赶紧脱下自己的衣服，给静娴披上，也顾不得行人们诧异的眼光，将静娴搂在了怀中。

静娴瑟瑟发抖的样子，像极了一只受伤的小鹿，看到北海为她紧张的样子，她忍不住笑了。

突然一阵恶心翻涌上来，静娴干呕几下。

这下急坏了北海，他用力敲打着车厢，大声叫着让司机停车。

司机眼见马上就要拐进北海他们家院子里了，也不顾敲打，继续开着。

"别敲啦，我怀孕了。"

"那不行，怀孕了更不能吹冷风了……你，怀孕了？"

静娴笑着点了点头。

回到家，北海就一头扎进卧室，直到师傅将洗衣机安装好都离开了，北海也没有出现。

静娴好奇地推开卧室的门，想看看他在做什么。

因为在静娴的想象中，北海得知自己要做爸爸了的反应，应该是喜悦得跳起来那种，北海这样太反常了。

只见北海伏案，认真地写着什么东西。静娴心想：他该不会是在写演讲稿吧？难道这个事让他喜乐得难以用言语表达了？

北海听到了静娴进来的动静，还慌里慌张地挡住自己写的东西。北海这反常举动让静娴更疑惑了，被吊了胃口，那自然更不能放过他了，静娴直接过去上手抢，北海下意识就去护住，两个人闹成一团。

"还没写完呢，你急什么……"

"别碰着我，两条人命哦！"

静娴都这样说了，北海只得不情不愿地把写的东西给她看，纸上一条一条地详细地列着她怀孕期间可能需要的东西。

看着眼前这个敦厚的男人，静娴的眼眶有些湿润了。她是有多大的福气，才能找到一个这么好的终身伴侣呀。

隔日，北海便大张旗鼓地奔走相告，也不知怎么回事，竟比昨日亲耳听见自己要做爸爸的还要兴奋。徐杰得知后，羡慕北海又在人生的道路上领先了自己一大截，吵吵嚷嚷的非要给他们夫妻整些补品。

高慧芳那头倒是没这样兴高采烈，反而在得知这个消息后松了口气。

女人怀孕是个体力活儿，静娴的妊娠反应也随着月份越来越大。每天起床后，总要蹲在厕所吐一会儿，她才能舒服些。看着静娴连续几天都没什么胃口，北海去找高慧芳，寻了些菜谱，开始给静娴做一些开胃的菜肴。

静娴怀孕三个月的时候，身上生了一些红疹子，去医院查了才知道，原来是怀孕导致免疫力下降，人有些过敏，但碍于怀孕，只能开些不伤害胎儿的药膏往身上涂抹。

回家后，北海用消毒液把家里所有的角落通通打扫了一遍，就连静娴平日里常看的书籍，都挨个拿了出去，放在太阳下暴晒了许久。看着自己心爱的人整夜辗转反侧、想挠不敢挠的模样，北海心疼极了。

自静娴怀孕，母亲就多次提出要把咸咸送走，理由是对孩子不好。为此，两个人还特意跑去问了医生，医生说只要做好消毒措施，保持好距离，应该就无大碍。

到第四个月的时候，医生说胎儿已经稳了许多，静娴整日待在家里，早就闷坏了，于是每天北海都会抽出一些时间，扶着她出门散散步。

这天，北海临时去厂里处理了些事，回家后发现家里空无一人。

桌上有静娴给他留的字条，上面写着：徐杰有事，出手相助，不要担心。

这十二个字看得北海丈二和尚摸不着头脑，徐杰出了什么事？为什么出事了不跟他说，要跟静娴说？

北海火速出门坐上公交车，去徐杰家找人。徐杰的老娘告诉北海，好像是徐杰和静娴找人一块儿投资开厂，结果被人骗了。

北海好不容易赶到了郊区工厂，看到静娴挺着个大肚子，将那个手里拿着包，穿着西裤、polo衫的男人和他的跟班堵在保安室里，不让他们出来。徐杰在旁边拿着一把小扳手，一副凶神恶煞的样子。这两个人外表看上去都不是什么凶恶的人，但他们组合在一起却莫名让人感觉威风凛凛、气势压人。

周围已经围了不少群众，听着警笛声愈来愈近，两个派出所的警察下车来了解情况。

跟班想冲破静娴的阻拦，静娴高喊着："别碰我！我是孕妇！哎呀，警察同志，他欺负孕妇！"

"把钱还给我们！骗孕妇的钱你们可真够天打雷劈的！"徐杰在一旁煽风点火，给静娴造势。

静娴佯装浑身无力，向徐杰倒去，徐杰赶紧撑住静娴的身体："天哪！晕倒了！太欺负人了！"

"西装裤"也很害怕，探头看了看静娴的情况，结巴地说道："谁……谁欺负你了……你们把我……把我堵在……保安室里一个小时了！"

最后警察调查清楚了"西装裤"确实是个骗子，一个月后，徐杰和静娴被骗的钱也追回来了。

静娴也不敢投资开厂了，拜托徐杰拿她那些钱去买了一套房，寻思给自己的孩子备着。

怀杨楷的第六个月，邻居刘又玲也传来了喜讯——她也怀上了。

两家人还坐在一起打趣，要是生了两个男孩儿就拜兄弟，两个女孩儿就做姐妹，如若一男一女，就定下娃娃亲。

静娴的身子越来越沉，两条腿快肿成石柱了。北海白天上班，没办法守在家里，就给静娴准备了个小绵锤，方便她自己敲打。等北海下了工，再照着医书帮她亲自按摩。

有几次，北海按着按着就趴在床沿陪着静娴睡过去了，到了后半夜，他蒙蒙眬眬的又有了意识，手还下意识地捏了几下。

看着丈夫如此贴心，静娴的心里像是盛了蜜糖水，只觉得甜，腿胀和乏力感顿时扫空了大半儿，因为被好好地放在了心上。

静娴最后一次产检是五月份。

那段时间车辆厂上了新工序，主任看北海技术娴熟，特意调他当了领头组长。产检的当天，厂里的生产出了点问题，北海走不开，只好向母亲高慧芳求援。

不知道从什么时候起，静娴跟高慧芳的关系缓和了许多，有几次北海外出，回家的时候，发现两个人正坐在一起讨论育儿心经，高慧芳居然还时不时地点点头，对静娴聊的话表示认可。

改变的不只有高慧芳，怀孕到如今，就连静娴的性子都柔了许多。可这段日子，很多人都眼红静娴的沙龙生意，于是批量复制她的经营模式，再以低价抢了她不少生意。而静娴因着怀孕，无法分心去经营，只得交给朋友暂时替她打理。

医生给出了预产期，北海到家的时候，高慧芳特意叮嘱这段日子一定得小心照料，还从街口买了只新鲜的鸽子，吩咐北海记得煲汤，帮静娴养养身子。

黄医生来查了房，晚上静娴的肚子就痛了起来，被慌忙推进了手术室。

得知静娴要生，高慧芳、北川、静雯、静康都纷纷赶来医院。听着静娴在手术室里声嘶力竭地叫喊着，北海的心狠狠地揪了起来，刚坐在凳子上，下一秒就站了起来，在病房门口来回踱步。

手术室里的静娴，额头上挂满了汗珠，疼痛感一阵阵传来，她只觉得五脏六腑都被挤压得错了位，就连四肢都因为用力几近麻木了。

直到病房里传来了一阵孩子的哭声："哇——"护士长手里托着一个小婴儿，直起了身。

躺在病床上的静娴眯着眼睛，看着自己的孩子，脸上终于有了一丝笑容，她为北海生了一个儿子，那一刻，她想起了去世多年的母亲。原来，怀胎十月，一朝分娩，成为一个母亲，是这种滋味。

看着手术室的大门打开，北海率先冲到了病床旁，床上的静娴，头发都搓揉得参起来了，被汗水浸湿成了一缕缕的，沾在额头上，看到这里，北海的眼泪霎时就冲出了眼眶："老婆，你辛苦了……"

那晚，北海寸步不离地陪在静娴的床旁。

在昏黄的灯光下，轻摇着蒲扇，驱赶着吵闹的小飞虫，瞧着静娴闭眼熟睡着，回想着白天发生的一幕幕。那种感觉，是他前半生从未体验过的，惊喜、激动、担心、忐忑，像是开启了一个未知的世界，他身上的担子重了，动力却更足了，无数个期待在心里萌生，只觉得畅快极了。

第二十六章

新晋母亲

> 我会和你闹,说明你很重要。

随着新生儿呱呱坠地,杨北海家也开启了新的生活阶段。

生产过后的静娴比寻常的产妇都要虚弱,这也让家人好生忙活,买了不少补药,医生和护士同志都劝说他们要理性进补。

得了个孙子,高慧芳自然更加殷勤,天天没事儿了就往医院跑,每次都要拎上一小份她的祖传秘制黄豆猪肘子,眼看着静娴一滴不落地吃完,这才能露出笑脸来。

原本应当坐完月子百日抓周的时候才能叫亲朋好友来看看孩子,可大家都极为热情,现下床位的橱柜上放满了礼品,都快塞不下了。

每当访客们逗留的时间超过半个点,高慧芳就在旁边明里暗里地下逐客令。

"哎呀,得让我们静娴多休息才行。"诸如此类的话。

之前两个女同志的关系还僵得很,如今高慧芳倒是说得毫不拗口,话里话外全是对静娴由衷的感叹。静娴不得不感谢儿子的本事,让她兵不血刃地就与婆婆的关系更近了一步。

北海这段时间有些忙,厂里要完成大批车辆零件的指标,为此北海深感愧疚,因为他想在静娴虚弱的时候陪伴在她身边。

看着怀里的奶娃娃刚吃完奶熟熟地睡着,他的小鼻子、小眼睛和北海的简直一模一样。静娴不由得想到北海还是婴儿的时候,是不是也是这样乖巧呢。

"该擦擦身子了。"高慧芳拿了脸盆和热水壶进了病房,撸起袖子,拿着温热的毛巾,扯过静娴的手就要帮她擦。

静娴没想到高慧芳竟然这样自然,一点儿也不觉得尴尬。

她不好意思地收回手,道:"妈,我自己来就行。"

高慧芳一听就不乐意了,女人生产完最虚弱,她都不嫌弃,静娴倒还不好意思了。

其实静娴心里也是高兴的,可是婆婆肯定不比自己的亲妈。她不愿自己在高慧芳面前太过赤裸,想留些隐私空间。

见静娴不大放得开,高慧芳便给她拉上了帘子,并嘱咐她要实在是痛就叫她帮忙。

就这样在医院待了五天,医生便让静娴回家休养了。出院时,母子二人裹得严严实实,生怕在月子期间受了风寒,落下顽疾。

当然,这些都是高慧芳一手操办的。毕竟她对生养孩子有经验,静娴处处都听从吩咐。

经过这些日子的相处,高慧芳发现静娴并不是自己想象中的那种人。或许是生孩子转了性,又或许是之前自己确实没认真地去了解过她,高慧芳心中其实已经接受静娴了。

尤其是某些应当母亲教导女儿的生理健康问题,静娴也都是头一次知道,这让高慧芳不由得心疼起她来。

从一开始,高慧芳就不大想让北海和北川娶一个家庭不健全的人。因为她总觉得残缺家庭出来的孩子，不会心疼人。

如今看来，不会心疼人大致是因为没怎么被人心疼过。家庭是否健全也不是孩子们能左右的，是命运给了她这样一条路。

再加上高慧芳养育了两个儿子，其实挺想体会一下有个女儿的感觉。这次在医院的相处，让高慧芳更愿意与静娴接触。

北海接了静娴和儿子回家后，就又回工厂去投入生产了。高慧芳知道北海事忙，遂主动请缨来家里照顾静娴。

如今卧室里多出来了一个婴儿床，一看木料和手工，就知道是北海自己做的。虽说他不在身边，可他的心一直陪伴着妻子和孩子。

这个婴儿床可眼馋死隔壁的刘又玲了，为这事儿她对着老谢好一顿数落。老谢事事吃瘪，但不愿意跟孕妇争论，不还嘴就完了。

说句实在话，自那次抓奸未遂后，他们二人的婚姻一直处在风雨飘摇的边际。即便是怀上了孩子，也只是暂时缓和了他们的夫妻关系。

又玲是真的将静娴当作自己的人生导师，怀孕那一阵，常常会跟她说心事。她这个人，没什么文化，又争强好胜。平日里有些事，她明知道是自己无理取闹，但她就是控制不住。

老谢是个知识分子，结束下放改造后，二人便做了远走天涯的决定。可想而知，那时候两个年轻人是多么相爱。

时间的磨砺，加上陌生的环境，让他们夫妻开始相互不信任。归根结底，其实还是又玲没有自信。她从心底觉得她配不上老谢。

虽说来到了新城市，她很努力地学习着做一个得体的太太，可自小养成的脾性，又怎么能说改就改呢？

后来老谢确实在又玲的高压之下出去偷了腥，两个人也不可避免地走到了离婚的那一步，但这都是后话了。

就算是坐月子，静娴也不放弃读书和写作。初为人母的体验，让她颇有感触，有时候半夜哄完孩子，接着她就到客厅伏案写作。

高慧芳得知这件事后,将静娴好一顿埋怨,觉得她不顾自己的身体,怕她在月子里落下病根。静娴知道她是好意,向她保证自己绝对会保持良好睡眠,但背地里的举动,全让北海看在眼里,他还以为家里的这两尊大佛,还处在水火不相容的境地。

这天,北海一回家就看到高慧芳在给孩子洗尿布,静娴在床上躺着干瞪眼。而她俩的表情都特别差,气氛也不似平日里那么轻松。

原来,因静娴躺着看书这事儿,二人又起了争执。

北海在厂里工作太忙,照顾不过来静娴,叫母亲过来帮忙本是好心,如今看来,两个人如果再单独相处下去,情势只会越来越糟糕。

饭桌上,北海猛给母亲夹菜,又夸赞母亲做的饭就是可口。这副谄媚的样子,明眼人都知道他有话要说。

"妈,北川最近怎么样?"

"挺好的,体育局给他们乒乓球队分了宿舍,跟他那帮朋友玩得开心,根本不想回家。"

这是北海思前想后得出来的话头,没想到被母亲一句话就堵死了。曲线救国失败,北海只能另想他法。

"那……静娴吃得惯妈做的饭吗?"

静娴一脸疑惑,从生产后她的伙食都由高慧芳负责,倘若不习惯,她能不反馈?

高慧芳叹了口气,要北海有话快说,别在这磨磨叽叽的。

"妈,照顾静娴很累吧?"

"哎哟,杨北海,你到底想说什么?"就连静娴都忍不住让北海把话挑明。

"就是我去厂里打个报告,多抽些空回来照顾你,这样咱妈就能休息休息了。"

"谁说我累了?"

"我这不寻思你们俩在家大眼瞪小眼的,老置气……"

这回轮到静娴和高慧芳不解了，她俩确实因生活习惯等问题有些小矛盾，可都是秉着为对方好的初衷。情势没北海想的那样严峻，这时候把高慧芳请回去，未免有些杞人忧天了吧。

"我俩挺好的，你好好工作就行。静娴平时很懂事，我说她，她就照做了。"

"是呀，妈只是想让我凡事适可而止，保重身体。你这是嫌咱妈烦了？你也太冷血了。"

北海诧异了，之前如此水火不容的两个人，也不知什么时候站到同一战线去了。

"行行行，当我多嘴了，我闭嘴吃饭。"

当然了，自打那天起，高慧芳也尽量控制过来的频率。一是静娴身体恢复得差不多了，家务事都能自己干了；二是北海确实信守承诺，向厂子里的领导打了报告，平时工作中没什么事儿，便回家照顾妻儿。

缺少了高慧芳的协助，静娴的育儿经验又不足，儿子一哭她就慌了神，经常是她和又玲两个新晋母亲，各自在家敞着大门隔空互帮互助。

两位女同志的嗓门儿奇大，有时候喊的话让旁人听起来很是疑惑。

有一次，孩子吐奶不止，静娴又慌了，大声地喊救命。

楼下派出所的老刘听到了，以为有贼入室抢劫，赶忙就从小院的楼道冲上了静娴家里，结果就看见静娴和又玲两个人手足无措的，又玲手里抱着的那个女娃娃也被带得大哭不止。

好在老刘是照顾过孩子的，女儿小时候也曾吐过奶，先是帮忙检查了尿布，并没有腹泻的症状，然后他就抱起孩子，让他竖直地趴在自己身上，轻轻地拍打着孩子的背部。

只听见孩子轻轻地把胃里的空气咳了出来，老刘又让静娴拿手巾把孩子口鼻处残留的奶水擦了。孩子舒服了，也就不哭闹了。

看情况处置妥当，老刘终于放了心。嘱咐两个新人母亲一定要多次少量地喂养，不要喂得过多，也不要太急、太快。喂养途中还要休息一下，让孩子先呼吸顺畅。

看着老刘深藏功与名的背影，静娴不禁感叹："唉，当人民公安可真不容易。"

这段时间静娴算是做了一个合格的家庭主妇，她的朋友们天天盼着她重归组织，一是沙龙没有她平淡如水，二是生意真的越来越不好了。

这时候，孩子已经断了奶，学会了走路，在咿呀学语。

好几个相熟的朋友常常过来看孩子，顺道来静娴家里头谈天说地，其中来得最多的就是沙龙的合伙人梁先生。梁先生是台湾来的，和奥利一样非常欣赏静娴，静娴怀孕期间，是他一手支撑着沙龙的生意。

这天静娴在和梁先生聊生意对策，没察觉时间，白驹过隙一般便到了晚上，静娴这才突然反应过来，晚上要带儿子杨楷去高慧芳家吃饭的。

着急忙慌地送走了朋友，静娴烧了水，要给儿子洗澡。可手忙脚乱的静娴又犯了不细心的毛病。

也就转身去卧室拿毛巾的空当，她先是听到嘭的一声，随后听到儿子在厕所里哇哇大哭起来。静娴吓坏了，扔了手里的东西赶忙赶过去。她看到热水壶翻倒在地上，滚烫的水淌了一地，杨楷站在洗澡盆旁边，不知所措地放声哭泣。

静娴蹲下，赶紧给儿子做了个周身检查，好在儿子没有被烫到。

原来，儿子看母亲太着急，便想帮忙把热水倒进澡盆里。可是小孩儿的力气哪里搬得动热水壶，一个不小心，他自己摔了个屁股墩。

他哭不是因为被水烫到了，而是水壶内胆掉在地上，炸开的声音太响，把他给吓着了。

"看把你能的！你怎么不帮你爸去上工？"

静娴下意识地嗔怪，没想到儿子当真了，抹着眼泪说："妈妈让我去，我就去。"

听到这话，静娴真是哭笑不得。收拾了碎掉的热水壶，也不想着洗澡了，匆匆给杨楷换了身新衣服，便出门了。

儿子两岁后，静娴就又投入到她的事业里，孩子还是北海和高慧芳带得多。但有这样一个有趣的妈妈，杨楷倒是没与她生分。每天晚上睡前都要缠着母亲给他讲个故事，他才肯睡。

诚如梁先生所言，如今的生意确实萧瑟不少，之前许多客户都是冲着静娴的名号来的，可见在她怀孕期间流失了不少客户。虽说生意不景气，北海也一直未能升迁加薪，但靠着静娴写稿和办沙龙赚来的钱，也够家里随心地支出了。

静娴自然没有以前那样潇洒了，在外头工作的时候常常挂念儿子，要是北海和高慧芳没空，她便要带着儿子去社交。很多时候，她都会觉得带着这个小尾巴有些瞻前顾后的，平添了不少麻烦事儿。

再者，把儿子带出去工作是被北海和高慧芳明令禁止的。每次她都要交代儿子保守秘密，不然再也不带他出去玩了。但小孩子的嘴是管不住的，想套个什么话，拐着弯问就问出事实了，静娴为此没少遭到北海的责骂。

这两年里，高慧芳不小心摔伤了腿，此后凡是遇到阴雨刮风的天气，腿脚就多有不便。每次静雯回青岛探亲，静娴便让她去给高慧芳扎两针。还别说，在静雯的调理之下，高慧芳的腿好了不少。

徐杰这段时间倒是过得丰富多彩，除了感情生活，工作上也是风生水起。他也逐渐动起了做生意的念头，常和北海聊，让他跟他合伙，一起去南方瞧瞧。

北海一心恋家，不太想出远门，而且以当下的生活状态来说，他挺满足的，也不想让家里人跟他一起承担风险。

徐杰孤家寡人的，就一个老娘要赡养。他妈更是潇洒，退休后在中山公园承包了一个卖水的小铺，生意极其火爆。这样看来，徐杰想做生意的念头应当是遗传的。

这天北海回家刚走到院里，就发现两岁的儿子独自在小院里玩泥巴，家里的大门也紧闭着。他疑惑地问儿子，他妈妈去哪儿了。

杨楷却答了一句："我妈不让我说。"

气得北海赶紧先把儿子带回家，给他清洗干净。北海先做了顿简单的饭给儿子填饱肚子，然后就这样坐在客厅里，一直等到静娴回家。

约莫快十点钟了，静娴才终于夜归。看着北海一脸铁青的样子，静娴还不知发生了什么事。

"你上哪儿去了？这么晚才回家？"

"去沙龙商量对策了，我们想到了一条特别好的路子！"

"你是去录像厅看《射雕英雄传》去了吧？把咱儿子丢在院里一整天。"

静娴一拍大腿，恍然大悟地说："唉，我把这事儿给忘了！今天播新的一集《射雕》！"

"忘了《射雕》？！"

北海感觉到头皮发麻，静娴此刻的表现，好像只是忘了给咸咸喂饭而已。

"孩子这不挺好的吗？"

"等不好的时候就晚了！"

静娴其实已经意识到自己错了，可北海这样说，让她心中很不适。

她不放心把孩子单独放家里，带出去也不安全，还不如放院里，楼下就是派出所，是全世界最安全的地方。

北海气得有些发抖，重重地放下了手里的筷子。

"你说的这话，有一点儿为人母的样子吗！"

"杨北海，你今天怎么了？"

"我怎么了？！你把楷楷自己丢在院里，让人拐跑了怎么办？"

"人贩子来派出所门口拐小孩儿？好了，今天是我做错了，可你也不想让我把孩子带到录像厅去吧？"

北海冷哼一声，说道："是带着孩子不让进录像厅吧？赵静娴，都有孩子了，你能不能着点儿家？"

这回轮到静娴生气了，她明明已经认错了。

平日里她在家看书，北海和高慧芳就去劝她出门走走。现在她为了赚钱奔波，又说她不着家。还觉得她说什么话都是在诡辩，都是为了能独自出去快活找的借口。

没想到，在北海的心中，也希望她赵静娴在家里安分守己，做一个称职的家庭妇女。

二人争吵得大声，孩子哭闹不止。这场景像极了隔壁的夫妻日常。

北海见跟静娴说不清道理，回房间开始收拾起了行李。

静娴也正在气头上，北海要走，她无所谓，可带走孩子那就是另一码事儿了。但静娴的力气哪里比得过北海，在一番推搡和拉扯下，北海还是一手抱着孩子，一手提着行李离开了。

静娴只能恨恨地撂下句："走了就不要回来了！"

夜里，静娴躺在冰冷如水的房间里，心里难免空落落的。

静娴接到了一个噩耗——她十分喜爱的一位画家，在北京逝世了，而先前她提到的解救沙龙的办法也与这位画家有关。

收拾了疲惫的心，为了沙龙，也为了自己，她要独自上京，去祭拜这位德艺双馨的老人。

这天下午，静娴上火车站买了去北京的票，由于买得太急，只剩绿皮火车的坐票。

夜幕中，摇晃的车厢里，静娴靠在车窗的边沿，窗外是呼啸而过的黑暗，她看着车窗上映着自己的脸，就这样醒醒睡睡一晚上，第二日终于到了北京。

静娴一没介绍信，二没熟人，就这样大喇喇地去了追悼会。她用自己的真诚打动了去世老艺术家的家人，跟他们彻夜长谈后，不仅得到了哀悼的机会，还为自己的沙龙求到了一幅真迹图。

另一边，携儿子"离家出走"的北海回了高慧芳家后，还没顺气。为了给静娴一点儿颜色瞧瞧，他决定带楷楷先在高慧芳这儿住下。

这晚，北川因比赛结束，早早回了家，他们两兄弟都是恋家的人。

北川是极喜欢自己这个侄子的，在家里带着他，又是举高高，又是"骑马"（让孩子骑到自己脖子上），把杨楷高兴得咯咯直笑。

高慧芳这儿本就只有两个房间，现下奶奶带着孙子睡一个房间，北海又住回了原来那个和北川共享的房间里。

房间依然是原本的模样，好像这两年的时光并没有从这里流过。北海的床铺被母亲收拾得妥帖，似乎每晚还会有人回来睡觉。

自从北海闪电般地结婚后，两兄弟别说住一起了，就连交流都少了许多。两个人都长大了，有了自己的朋友圈，可骨肉血缘让他们永远挂念着对方。

北川还是一如既往地废话多，好奇地询问着北海的婚姻生活，也好奇他这次怎么带着孩子回来住了。

别看平日里杨北海是个老好人，但他也有男人的通病——好面子，只是没有别人那般严重罢了。他也没说自己同静娴吵了架，就说想母亲了，带着儿子回来住一小段时间。

有过一段时间的外宿生活，以及长年到外省比赛的经历，让北川觉得还是家里好，有母亲时时刻刻照顾着。

翌日，北海出门去工厂上工，高慧芳特意叫住北海，让北海多理解理解静娴，兴许是之前她日没日没夜地照顾孩子，变得有些悲观了。想当年，她怀北川的时候，也有过这样一段时间，严重时甚至还动过不活了的念头。

北海不耐烦地挥了挥手，任凭赵静娴有再多的苦衷，把孩子丢下自己出去开心，这已经触及北海的底线了，她必须要反省，并再三给北川和母亲下达指令，不许让静娴见到杨楷。

高慧芳也知道儿子的脾气，但她又放心不下静娴，遂偷偷地去探望静娴。此时的静娴已是认识到自己的错误，悔得不行。可她也拉不下脸来，这世上，哪有媳妇去婆婆家劝说丈夫和孩子回家的？

静娴刚说完，高慧芳就轻轻地拍了一下她的脑袋。

"孩子，你糊涂啊！你俩到底为了什么在这里较劲？为了争一口气，弄得家不像家的，值吗？"

这话不假，让钻进牛角尖的静娴幡然醒悟过来。是呀，平时都是北海来哄她，北海来道歉，这次确实是自己做错了，那去认个错又有何不可？

北海走在回家的路上，隔老远就看见了躲在巷子里探头探脑的静娴。北海这时气已经消了大半，悄悄地跟着静娴，想看看她到底想做什么。

就这样约莫过了十分钟，北海随手捡了些小石子，暗地里使坏，朝静娴砸过去，然后又赶紧躲了起来。静娴被砸以后，疑惑地看看四周，没发现什么异常，又继续做着"探子"。

就在这时，杨北川带着杨楷从楼上下来，静娴什么也顾不上了，冲上去就抢孩子。北川被吓坏了，本能地护住杨楷，刚想给来人一拳头时，才发现是自己的嫂子。

看到这一幕的北海也不藏了，赶紧跑过来，检查老婆和孩子有没有受伤。杨北川不明所以，北海又好气又好笑。不知道的人看到这场景，铁定认为静娴是拐卖儿童的坏人。

静娴见气氛还算活泼，便什么也不管了，掏出一封检讨书给北海。一看到检讨书，北川也大致明白哥哥此次回家的缘由了。北川看着北海，不怀好意地窃笑着，把孩子推给了静娴，便转头上楼回家去了。

既然静娴道歉的态度诚恳，给了北海一个台阶下，北海倒也识趣，这事儿就此作罢。当晚一家三口在高慧芳家和和睦睦地吃了饭，高高兴兴地回了家。

第二十七章

你相信奇迹吗

> 明天和意外，你永远不知道哪个先来。

时间一晃而过，转瞬间就来到了1994年。

十年的时间，说长不长，说短不短，却足以让许多人的生活发生不小的改变。

这些年，四舅舅一直在医疗器械厂跑运输，努力工作了多年，也升了职，凡事不必再亲力亲为，收入提高了不少不说，身上的担子也不像原来那么重了，不用再全国各地到处跑。

徐杰老早从厂里辞了职，赶上了下海经商的热潮，凭借着对市面上新鲜玩意儿的了解和还算灵光的脑袋，生意也算做得有声有色。

北川虽然未曾为省夺冠，但也被分配到了体育局上班，小时候那个混不齐的愣头青早就不见了。

静雯前些年自卫校毕业后，接受了学校分配的工作，在当地一家医院任职护士，现在也晋升到了护士长。

而静康选择留在部队,担任士官,继续晋升。为这件事,静娴还跟他发生过争论,留在部队好是好,但是一年到头也回不了几次家,对将来结婚成家而言也是不小的阻碍,最后还是北海出来打圆场,说人各有志,不必强求,静娴才松了口,让静康留在了部队。

当然,这十年间变化最大的,还是北海和静娴一家子。

杨楷越来越大,不用再像小时候那样需要人寸步不离地照料着,奶奶高慧芳时不时会来北海家帮忙照看,他们两口子也算松了口气,北海可以全身心地投入到厂里的工作中,年年都被评为先进,职称也一直在升,收入也一直在上涨。静娴的沙龙转型过慢,没赶上好时候,生意已回不到从前了,可还是能挣些钱的。

眼见大家的日子都越过越好,生活也蒸蒸日上,高慧芳的身体却大不如以前了。

前两年,高慧芳生了一场大病,眼睛花了,耳朵也有些背了。这两年,静娴跟北海常去家里,把她接来一起过日子,人老了,唯一的盼头就是儿孙,静娴说,这样老人家也可以多点时间疼疼自己的孙子。

这天,北海家的家门被人敲响了。

杨楷开门,看见是邻居刘阿姨的女儿文文,先开了口:"来看电视吗?"

文文笑了一下,熟练地进了杨楷家,来到电视机前坐下,回答道:"是啊,你爸妈不在家吗?"

"不在,有事出门了。"

杨楷看得出来,虽然文文的脸上强挂着几分笑意,但还是难以掩饰眼里的晦暗。

自从北海家买了电视机之后,她就经常过来和杨楷一起看电视。

头些年,杨楷和文文看电视时还算其乐融融,一起对着电视里的卡通人物两眼放光、大呼小叫,好不热闹。

这两年,文文来找杨楷看电视的次数越来越多,但是气氛却越来越不对劲,很多时候,文文的心思根本不在电视节目上,甚至来的时候脸上还带着明显的泪痕。

文文不像是来看电视的，更像是在逃避着什么。

杨楷打开了电视机，见文文一直低着头，也不说话，便抓了一把茶几上摆放着的水果糖，递给她，问："吃吗？很甜的。"

文文还是没抬头，只是默默地摇了摇头。

杨楷一时间有些尴尬，不知道要说些什么。

"你能把电视声音调大一点儿吗？"

杨楷虽然不太明白，但还是照着文文说的做了。

随着电视声音越调越大，文文的肩膀微微颤抖，从最开始小声啜泣，到最后放声大哭。

杨楷没见过这个场面，不知道说些什么好。

其实杨楷早就猜到了文文为什么哭，从杨楷记事起，隔壁就时常发生争吵，有时候半夜里还会传来砸东西的声音。倘若爸妈在家，偶尔也会去劝劝，每每这些时候，杨楷就会偷偷站在门口看邻居家。

文文的爸妈吵得脸红脖子粗，剩下文文一个人蹲在墙脚不敢出声，瑟瑟发抖。

想到这儿，杨楷剥开了一颗糖，递到她的嘴边："你吃一颗，很甜。"

文文看着杨楷举着手的样子一脸恳切，接过糖放进了嘴里，一时间脸上就放晴了几分。

杨楷看到这儿，也算松了口气。

想到自己家，虽然爸爸北海平日里工作挺忙的，在家的时间也不多，母亲也有很多事情要做，但只要一家人坐在一起，总是其乐融融的。

这些年，北海和静娴也红过脸，为小事争论过，但是从来没有记过仇，往往都是其中一个人先服软，另外一个人也就顺势下台阶，谁对谁错，就不再过多计较。

杨楷还有一个疼爱他的奶奶。比起文文，他幸福了太多。

杨楷依稀记起某一次激烈的争吵里，刘阿姨说："如果不是为了孩子，我早就跟你离婚了。"

他想不明白，如果孩子在家里感受不到温暖和爱，每天都要面对着大人们不知所谓的争吵，只觉得恐惧和冰冷的话，为什么要勉强凑在一起？

这样的日子，究竟对谁好？

"我能再吃一颗吗？"文文的声音打断了杨楷的思绪。

"当然可以，你自己剥，没关系的。"

过了几天，杨楷迎来了记事起人生中第一个大日子——10岁生日。

当时中山公园的观光索道刚刚对外开放，一家人约定好那天去中山公园赏花，过个难忘的生日。为此，北海特意在厂里请了假，静娴也将要谈的生意推后。为了拯救自己和老梁的事业，她决定追加投资，去将另一个濒临倒闭的沙龙盘回来，将他们的客户接过来。

正值初春时节，满园的花开得好不热闹。放眼望去，千姿百态，颇有几分争奇斗艳之感。

北海他们到的时候是下午，正好是公园人最多的时候，此时人头攒动，静娴挽住北海的臂弯，奶奶高慧芳紧紧握住杨楷的手，一家人就这么沿着索道一路游玩。

"静娴，我们待会儿去给小楷买个蛋糕，再买点好吃的，晚上回家做饭吧？"

"静娴？"

北海叫了半天没得到静娴的回应，有点儿疑惑，这时才发现静娴倚在自己肩膀上，双眼紧闭，眼皮微微颤抖。

北海眉头一皱，轻轻地摇了摇静娴，接着开口问道："静娴，你怎么了？"

静娴有气无力地说："不知道怎么了，就是头晕，没力气。"

北海听完，用手抚摸了一下静娴的额头，自言自语说："也没发烧啊，难道是没休息好？"

正想着，北海突然发现静娴身子一软，就要瘫倒在地，北海慌了，赶忙一把抱住她，说："走，我带你回家。"

说完，北海赶紧大声招呼远处的高慧芳和杨楷过来，也没细说，只说静娴可能是感冒了，身体有些不舒服，自己要赶紧送她回去休息，让奶奶带着杨楷再玩会儿，就搀着静娴回家去了。

北海带着静娴回到家，把她扶在床上躺好，烧了一壶热水，给她倒了一杯。

看着静娴躺在床上虚弱的模样，北海心疼得不行，立马就要带静娴去医院。

此时躺在床上的静娴听到要去医院，赶忙开口说："坐月子带来的病，应该没事的。"

北海见拗不过静娴，只得作罢，说："那你先睡会儿，我去给儿子准备晚饭。"

静娴听完还想说些什么，却看见北海一瞪眼，直直地盯着她，她也不敢再做反驳，小声地回了句："嗯。"

说来也怪，晚饭的时候，静娴的精神头一下好了起来，头也不晕了，一家人乐呵呵地吃完了晚饭。

静娴事后还对北海说："就是老毛病了，没事的。"

北海看着静娴的确不像生病的样子，也就没往心里去。

可是从那以后，静娴发病越来越频繁。

那天如往常一样，早上北海出门上班，静娴送北海出门。刚走到楼梯间，北海发现自己有一份文件忘了拿，准备折返回家拿东西。

这才刚刚转头，北海就听见身后哆的一声，静娴居然从楼梯上滚了下来。

北海急了眼，三步并作两步走下楼梯，赶紧扶起静娴，发现她已经失去了意识。

北海抱起静娴就往医院赶去，一路上全靠毅力支撑着，北海将静娴飞速地送到了医院,很快,静娴就被推进了急救室里。

静娴被护士推出来,半小时后在病房里醒过来,看着北海通红的眼眶和被汗浸透的白衬衣,静娴有点心疼。

北海看到静娴醒了,气不打一处来,对她说:"我早说来医院检查一下,你就不来,现在好了,出这么大的事儿。"

"我真没事儿,就是一不小心踩空了,摔了个狠的。"

北海去医院食堂给静娴打饭前,特意去诊疗室找了医生,把这几天静娴身上出现的症状一五一十地告诉了医生:"她原来坐月子的时候,就留下了体弱的毛病,偶尔会吃些中药调理,但是从没出现过这样的症状。"

听完北海的描述,医生说:"光听你这么说,我也没办法给你一个确切的回答。具体是什么病因,还需要做细致的检查才能得出结果。一会儿留院观察一小时,没事儿就可以出院回家了,明天来医院做个检查。"

北海打了饭回到病房,把医生的话跟静娴复述了一遍,并安慰她:"做个检查总不是坏事儿,有事儿早发现,没事儿求个心安。"

此后几天,北海特意请了假,就为了带静娴去医院做检查。

二人来医院检查了多次,但医生始终对报告存疑,医生的态度也让夫妻二人开始怀疑病症的严重性。

这期间,兼并别人沙龙的计划也让梁先生办砸了。梁先生卷了钱,直接跑得无影无踪。可静娴此刻焦头烂额,无力去管沙龙的事儿。

终于,在一周后,医院传来消息,确诊了。

"从检查结果来看,你妻子患的是渐冻症。"

"渐冻症?"北海和静娴都不太明白这些医学上的专业术语,有些疑惑。

"是,渐冻症,又叫肌萎缩侧索硬化症,患上这个病的人,最开始只是感觉浑身乏力、头晕目眩,可能还伴有手无法握筷、走路无缘无故跌倒的症状,渐渐地,全身肌肉萎缩,吞咽困难,上肢萎缩最明显,有些人也会舌肌萎缩、舌肌纤颤、强哭强笑、情绪不稳等……后来就会上身周围性瘫痪，下身中枢性瘫痪，并伴有口齿不清、智力衰退之类的并发症，最后呼吸衰竭。"

随着医生的描述，静娴握着北海的手越来越用力，她仿佛已经看到了未来的自己，那个无助、无力、没用的自己。

医生深呼吸了一下，接着说："病因国内外众说纷纭，暂时没有治愈的先例，你们……要做好准备。"

北海的脸上没了表情，愣在了原地。看医生叹了口气，他不知道要说什么，张开嘴却使不上力气，捏着病例的手越攥越紧。

一旁的静娴刘海儿掩过眉目，大拇指摩挲着食指，忽然很小声地问了一句："那我，大概还有多久？"

"保守估计，两年吧。"

后面怎么出的医院、怎么回的家，静娴跟北海统统都不记得了，只觉得那天的风凉极了，让人不禁缩着头快步往前走。

回了家，二人始终无言。

北海做起了饭，静娴收拾起了屋子。

他们心里在想着什么，没有人知道，也没有人问出来。

此后，北海魔怔了似的研究着关于渐冻症的一切，把关于渐冻症的医学资料、最新的医疗杂志，通通买回家。

可越查，北海就越绝望——医生确诊时的那番话，没有半点夸大。

眼看静娴的身体一天不如一天，乏力的症状也越来越明显，越来越频繁，最后只能住进了医院，接受治疗。

白静娴住院，家里存折上的数字，以肉眼可见的速度减少。

这一切的变化，都被杨楷看在了眼里。

先是父亲整天魔怔了一样翻看医学典籍，又察觉到了母亲身体的异样，还有如今家里的窘迫……

杨楷心中早就明白了大半，可他什么都没问，他觉得，只要爸妈没说，这一切就没有发生。

屋漏偏逢连夜雨，高慧芳去世了。

这件事情对北海来说，又是一大打击。

放下电话的那一刻，北海把自己关在房间里号啕大哭。

不把这些情绪都释放出去，北海自己先得垮了。

北海明白，无论他心情多么沉重，多么糟糕，都不能表露出来。

因为，他是高慧芳的儿子、静娴的丈夫、杨楷的父亲，更是这个家的希望。

于是，哭过之后的北海收拾心情，一边在医院照顾静娴，一边张罗高慧芳的葬礼，半点悲痛都不露于人前。

在高慧芳的葬礼上，北海特意把杨楷拉到身前，对他说："你是个聪明的孩子，家里的事你应该猜到了一些。"

杨楷眼睛通红，看着北海。

北海接着说："从今天起，爸爸就是没有妈妈的孩子了，可你还有妈妈，只是你妈妈生了病，很重的病。为了让你不成为没有妈妈的孩子，爸爸不能再工作了，要好好照顾她，你懂吗？"

听着北海哽咽的声音，杨楷带着哭腔回答说："我懂。"

"好孩子，以后咱们家会有些困难，你怕不怕？"北海接着问。

"我不怕，我会懂事的。"杨楷回答。

"嗯，你一定要好好学习，妈妈会好起来的。"说完，北海起身，拉着杨楷的手，坚定地看向远方。

从那以后，北海主动下岗，在医院没日没夜地照顾静娴。

只是，静娴的病还是日渐加重，不见好转，情绪也始终低落，甚至有几次北海来送饭，静娴都不愿意看他，也不愿意吃饭。

这天，如往常一样，北海去医院照顾静娴，静娴看到北海来了，低着头倚在病床上，一直不愿意说话。

好半晌，静娴才开了口："北海，我想回家。"

北海听静娴这么说，只当是她情绪不好，况且她这个样子，当然还是住在医院方便,万一出点儿什么状况,还有值班护士在旁,也不会手忙脚乱。

于是北海如往常一样,选择岔开话题,不接静娴的话茬儿。

可是这次静娴不想善罢甘休,声音更是提高了几分:"北海,我要回家。"

看着静娴不依不饶的样子,北海重重地叹了口气,把内心的考量跟静娴说了,只希望她能理解。

没想到静娴开始小声啜泣:"北海,你知道吗,我其实不怕绝症,也不怕自己好不起来,更不怕死,可我怕我死的时候看不到你和孩子的脸,看不到咱们的家……你知道我为什么讨厌医院吗?这里除了雪白的墙,就是刺鼻的消毒药水味,这里没有温度,没有人情味,每次你不在的时候,对着这冷冰冰的环境,我都会发抖。我不愿待在这里,哪怕真的要死,我也要死在你和孩子身边,死在咱们家。"

北海安静地听静娴说完,吸了吸鼻子,然后抹了把脸,眼眶通红地看着泪流满面的静娴,沉声说了句:"走,我带你回家。"

他心疼她,却找寻不到其他宽慰她的办法。

那一夜,北海躺在静娴身旁,紧紧地搂住了她。

心脏缓缓地在胸腔跳动,他感觉到静娴的肩膀抖了抖,听到她问:"北海,你相信奇迹吗?"

北海没吭声,将她抱得更紧了,他把头埋进了静娴的后背,嗅着那熟悉的味道:"我信。"

听着熟悉的呼吸声在耳边响起,北海缓缓地闭上了双眼。

静娴不知道,那天离院,北海也问过医生同样的问题,可医生的回答是:"身为人医,我不敢说奇迹。"

那一夜,他们谁都没松开对方的手。

第二十八章

与子同袍

> 后来的我们，一夜间学会长大。

1995年的秋天，静娴的病越发严重了。

有好几次，北海在客厅正收拾碗筷，就听到屋内哧的一声，有什么东西砸到了地上，等他快步跑进屋里，才发现是静娴翻书的时候使不上力气，结果书就顺着被沿一路滑了下来，书脊磕在了地上，里面夹着的纸张散落了一地。

不知道从什么时候起，静娴变了。

北海知道她的心思，从不多吭一声，自她病后，就一直由着她、顺着她，把所有的空闲时间都拿来陪她。书跌落了，就帮她捡起，稳稳地靠在被子上，方便她继续看；人跌在了地上，摔得红肿，又湿了衣衫，他就去柜子里帮她找身干净的衣服换上，趁着她看书的时间，把红花油倒在手心，搓热了，给她揉一揉活血化瘀。

从前的朋友得知静娴害了这种病，都拎了东西上门探望。

前几次来了人,静娴还总是嘱咐北海给自己穿上新衣裳,一块儿坐在客厅里叙旧,时不时搭两句话,嘴边挂着难得的笑容,北海还以为从前的静娴回来了。

可时间久了,北海却发现每次人走了,热闹散场,静娴都会坐在原地,盯着他们送来的东西发呆。相处了十几年,她的一颦一笑早就深深刻在了自己的脑海里,可以说,这个世界上已经没有比他更了解静娴的人了。可那一刻,望着出神的静娴,北海觉得自己跟她,像是隔了一片海,她脸上是自己从未瞧过的神色,除了悲伤、慌张,还透露着一股失意。

秋末时,北海瞒着静娴接了份私活儿,贴补家用,无奈之下只能把静娴的午餐、晚餐,托付给了静雯。

这天夜里睡梦中的北海听到了花瓶砸碎的声音,从梦中惊醒的他下意识摸了摸身边的位置,开了灯发现静娴不在身边。

北海慌了神,一把掀开被子,赤着脚就冲进了客厅,手刚碰到开关,就听到了静娴的喊声:"别……"

她的语调里尽是祈求,甚至带着几分颤抖,北海的手停了下来,瞳孔猛地放大,借着月光他看到了跪在地上的静娴,那散落一地的碎瓷片泛着光,周遭透着一股清冷和悲凉。

北海试图去扶她,手刚碰到静娴的肩膀,就迎上了她的目光,夜色里的她,面容憔悴得很,干裂的嘴唇失了色,眼眶湿润,冲他挤出了一个笑容:"你看,我又搞砸了……"

听了这句话,北海鼻腔一酸,把她紧紧地抱在了怀里。

此时此刻的静娴,身子冰凉,只有手心里还留存着一丝温热,她像一只受了惊吓的无助的小兽,扯住北海的衣衫,把头埋进了他的肩头。医生说她的时日真的不多了,可她想变好,她不想像如今这般,生活全然不能自理。

北海又何尝不难过,他亲眼瞧着她的病越来越重,瞧着她丢了从前的乐观、开朗,成了如今这样隐忍、克制的人,可他又能做什么呢?他除了陪着她、照料她，真的想不到其他办法了。

静娴悲恸的哭声彻底碾碎了北海的心，他们就那样绝望地抱在了一起，痛恨命运的安排。

静娴在北海怀里哭累了就睡着了，北海将他抱上了床，望了一眼便轻轻地带上了房门，睡熟的她眼角依然带着泪，她的脆弱、她的坚强，都令他的心隐隐作痛。

开了客厅的灯，北海跪在地上，一片片地拾起打碎的陶瓷片，新采的花已经被揉搓得伤痕累累，躺在水泊之中奄奄一息，那模样像极了静娴，回想着刚刚发生的一幕幕，北海的心忽然揪了起来，他不知道哪来的一股劲儿，促使他握紧了手里的碎片，棱角扎进肉里时只觉得心里的疼痛少了几分，热滚滚的血流出来，滴在了水泊之中，豆大的眼泪一粒粒地砸在地上，悄然无声。

躲在窗帘后面躲了很久的咸咸，目睹了刚刚发生的一切。

似乎是闻到了血腥的气息，它灵敏地从窗台上一跃而下，脚掌的毛被地上的水打湿了，但还是踱着步走了过来，蹭起了北海的裤腿，发出了呼噜呼噜的声音。北海望着咸咸，摸了摸它的脑袋，这些时日里它消瘦了不少，就连身上的毛色都失去了光泽。

自己是一个连静娴都照顾不好的人，又怎么能对它负责呢？北海咬了咬牙，挣扎着做了一个决定——要把咸咸送走。

他知道静娴的病是一辈子的事儿，他照顾她已经无暇分心，这个家已经没办法再给咸咸好的生活了，瞧着它依旧呼噜呼噜地蹭着自己，北海的心里尽是内疚："对不起，没能照顾好你……"

听到了声音的咸咸突然抬起头，盯了北海半天，像是明白了什么，糯糯地冲他叫了一声，睡倒在了他的身旁。

那一夜，北海彻夜未眠。

咸咸被送走了，北海将它托付给了徐杰的一个朋友，只留下了一个被扯得不成样子的毛球。

那是 11 岁的杨楷第二次体验分别的滋味，他舍不得咸咸，声嘶力竭地冲着父亲喊，可他阻止不了，只能看着车消失在巷子尽头。

父亲没说话，任凭他咆哮着，最后只撂下了一句："学会了分别，你就是个大孩子了。"

他不懂，不懂父亲为什么要用这种方式让自己长大，无助的杨楷扑进了母亲的怀里，只觉得父亲狠心，无数的委屈涌上了心头。

咸咸走后的几日，杨楷像是故意赌气，绝口不提那天发生的事儿，也不再跟父亲对视、交谈。

直到那天回家，开门的时候，他看到父亲的手里正握着那只毛线球出神，眼角边含着泪。

徐杰叔叔说，咸咸被送去那户人家的第二天，就消失了踪影，那是他第三次瞧见父亲的脸上带着那种神色，第一次见是得知母亲生病时，第二次是在奶奶的葬礼上。

不知道为什么，那一刻，他居然从父亲的眼神里瞧出了几分孤独。

自那之后，杨楷再没在父亲面前提起过咸咸，像是真成了大人那般，照料起了自己的生活，还帮着北海分担起了家务。

静娴致电给之前的几个合伙人，将他们都叫到了家中，向他们诚挚地道了歉。

按理说，静娴也是受害者，可静娴认为这些朋友看好她的为人，才愿意跟她一起做生意。如今梁先生做不到对事有交代，那么就由静娴来做。

她托付静雯拿着存折去银行取了不少存款，一一补偿给了亏本的朋友们。

每日看着丈夫和儿子为自己付出，静娴越发觉得幸运。

她一心想活着，想堂堂正正地活着，也想陪爱的人到老，想看着儿子长大成人，那股想要活下去的念头强烈地涌上心头，不停地催促着她求生。

她开始自己翻看医书，从《本草纲目》到《中西医杂谈》，就连一些偏方书籍都不肯错过。

最后她在静雯带来的一本期刊里，瞧见了马钱子这味中药，虽带着几分毒性，却有治疗四肢麻木、瘫痪的奇效。

思虑再三，静娴还是决定试一试，她催着北海去将药买了回来，加进中药里一起熬煮。

捧着熬好的药，她连犹豫都没犹豫就仰头喝了下去，本以为情况会有所好转，却没料当晚她就呼吸困难，喘起了粗气，不光如此，还觉得全身发紧，像是每个关节都吊了千斤重量。

看着脸色青紫的静娴，北海一下子慌了神，发了疯似的叫了救护车，警报声响彻了整条小巷，担架上的静娴，胸脯依旧大幅度起伏着，像是被人扼住了喉咙，北海只觉得自己的脑袋嗡嗡作响，而身旁的杨楷早就已经泣不成声，攥着爸爸的衣角，声嘶力竭地喊着："妈，妈！"

手术室的红灯亮起，北海抱着杨楷的手都颤抖了起来，不一会儿，静雯、静康、北川、徐杰都来了，看着北海的模样，一度想过安慰，却不知怎么开口，只好原地陪他坐着、等着，医生说，静娴是中毒病危，必须快点查明今天吃过的餐点，北海的眼睛飞快地眨动着，猛地想起了药里那味马钱子："静雯，马钱子，马钱子！"

看着慌张的姐夫，听到了"马钱子"三个字，静雯立刻明白了一切："姐夫，马钱子是吗？我姐她今天吃了马钱子是吗？"

看着北海奋力地点点头，静雯快步走向了手术室，想跟医生说明情况。

北海身体一软，眼看着就要倒地，徐杰赶忙上前一步，却还是没能扶住北海，看着他瘫坐在了地上。

北川抱过了杨楷，给了静康，蹲在了哥哥身旁："哥，嫂子会没事的。"

这一刻，北海彻底熬不住了："我不知道，我真的不知道那药有毒……"他用力地捶着自己的头，徐杰跟北川好不容易才掰开了他的手，失了方寸的北海内疚极了，静娴服毒，他居然亲自把那碗毒药交到了她的手里,他懊悔,懊悔自己为什么不去查一查、问一问,为什么就让她那么喝了下去。

安静的病房里,只剩下了点滴滴落下来的声音和心电图仪器的嘀嘀声。静娴得救了,但也为此丢掉了半条命。医生说,她的病情本就不容乐观,恐怕今后更得小心调养了。

杨楷去了北川那儿借宿,临走的时候,徐杰还特意打点了医生,拜托他好好照料,看着熟睡的静娴,北海的心里五味杂陈,手术室外的那两个小时,像是一场噩梦,不停地缠着他。

他从未想过,静娴会用这种方式结束自己的生命,在手术室门口,他千次百次地埋怨过她,埋怨她的残忍、任性,但如今见到她安然无恙地躺在自己面前,只盼着她快点醒来。

在医院睡了整整五天,静娴终于醒了。

瞧着趴在一旁的北海,好像鬓角又多了几根白发,连胡楂儿也冒了出来,听到了响动,北海激动地握住了静娴的手,连语调都颤抖了:"为什么要想不开?为什么要服毒?你知道我们有多担心你吗!"

瞧着面前的北海眉头紧皱,神色里尽是慌张,静娴努力地挤出了一个微笑:"我好像在鬼门关走了一遭,可阎罗王说了,他不收我……"

"我没有想不开,我想活!北海……"面前的静娴,脸上浮现出了一丝悲伤,抬起手摸了摸北海的脸颊,"我还想像这样,摸着你的脸,想跟你一起四处去看看,我还不想瘫痪。"

听了她的这番话,北海的眼泪冲出了眼眶:"好好好,我陪你,不管用什么办法,我们去求医,我们去问药。我答应你,我陪你。"不知道从什么时候开始,自己的泪点已经不受控制。

静娴的状况愈见好转,没过多久,就出了院。

出院的当天,北海接到了四舅舅的来电,简短的几分钟,言语间满是焦灼,反复询问了静娴的病情,得知她目前安好,才在电话那头松了口气。

四舅舅这些年常年在外，不曾回青岛，但无时无刻不挂念着北海跟静娴，静娴早就被他当成了女儿般对待，自高慧芳走后，他的生意和日子过得都不如从前了，但还是会变着法儿往家里寄些好不容易才弄来的处方药。

北海知道四舅舅也不容易，就只拣着乐观的情况讲，电话末了，北海报了平安，告诉四舅舅，他跟静娴决不会放弃治疗。

自那以后，北海开始四处托人打听治这种病的良方，近处的医生看了个遍，可药开了好多都不见效。

一次，朋友来家中告诉了静娴一个消息——石家庄有个名医，专治这种疑难杂症，很灵，但贵。

得知了消息，静娴立马安排北海去石家庄买药请医。北川和静康知道静娴身边离不开人，商量过后，决定北海留在家中照顾静娴，北川和静康一同前去求医。

两人走的当天，北海从柜子里拿出了家里仅剩的几千块积蓄，包进了一个破布兜，刚嘱咐了几句，要送他们走，杨楷却挡在了门前："爸，我也想跟着舅舅、叔叔去给妈妈求药。"

北海跟北川、静康对视了一眼，缓缓地蹲下身子叹了口气，似乎是在想些什么，看着犹豫不决的父亲，杨楷跑过去抱住了北川的胳膊："我想去……"

看着面前的少年，眉眼像极了从前的静娴，无畏、刚毅又执拗，老一辈人常说，女孩儿随妈妈，男孩儿随爸爸，但自己的这个儿子却像极了静娴。想到这儿，北海叹了口气，俯下了身，帮儿子整理了下衣衫："那好吧，但是，男子汉出门在外，要照顾好自己，别给叔叔、舅舅添乱，知道吗？"

得到了首肯的杨楷奋力地点了点头。就这样，一行三人，踏上了去石家庄的征途。

那是杨楷第一次坐绿皮车，乌黑的烟囱里冒着黑滚滚的烟，耳边传来咔嚓咔嚓的声音，他坐在窗边，双手托着下巴，望着飞驰而过的风景。

嚼着静康舅舅递来的饼，杨楷又想起了父亲从前说过的话："难过没用，你得改变它。"不知道什么时候，他靠在椅背上睡着了，还做了一个很长的梦。

梦里他见到了已经去世的奶奶，可任凭自己拼命喊、拼命追，就是跟不上她的步伐，只能看着她离自己越来越远，等到被梦惊醒的时候，他出了一身冷汗，火车也到了石家庄了。

舅舅说，那医生住在城里，要费点儿心思打听打听，他努力地定了定神，跟住舅舅、小叔的身后下了车，快到晌午，才问清了具体位置，乘着汽车赶了过去。

那神医坐诊的地方装修得雅致，门口还挂了个招牌，写着四个大字"悬壶济世"，门口的队伍一直排到了街的岔口，街上的行人络绎不绝。

"舅、小叔，你们说这个神医靠谱儿吗？这跌打损伤、头疼脑热、疑难杂症都能接，看着那抓药的小哥，来来回回就抓那几味药，虽分量不同，但看不出有什么区别……"观察了半天的杨楷，还是没忍住开了口，还没等叔叔、舅舅回答，就被一旁的妇人听了去："小孩儿，你懂什么，姜神医那可是出了名地神！"

杨楷刚想反驳几句，就被北川拉到了身边，静康赔着笑脸，道了几句歉，三个人赶紧又往前凑了凑。

北川小声地附在了杨楷的耳朵旁："叔知道你担心，但能在这儿开招牌，自然有他的道埋，你可别冲动，我们进去看看再说。"杨楷抬眼瞧了瞧叔叔、舅舅，想了想，觉得不无道理，于是点了点头。

排了半小时，好不容易才挪进大厅，那姜神医鼻子间架着副眼镜，头顶光溜溜的一片，穿着个白大褂，桌前放着几摞厚厚的病例，再瞧瞧这屋子，周遭挂满了"妙手回春"的锦旗，坐在桌前的他正捋着胡须，替一位老人把着脉，手指煞有其事地拨动了几下，就调起了方子。

轮到他们三人，姜神医托了托镜框，不紧不慢地开了口："什么症状？"

北川坐下了，按照之前北海嘱咐的，和盘托出了静娴的症状，在听到"渐冻症"这三个字的时候，姜神医眉头皱了皱，嘬着嘴摇了摇头："这病，能治，就是得用非常的方子，还得用上几味名贵药材。"

看着他的模样，静康跟北川对视了一眼，顿时就领会了其中的意思——看钱。

一旁的杨楷没忍住嘴："医生，能治，是治到什么程度？"

桌前的姜医生一瞧两个人身后居然还跟着一个小毛孩儿，用手叩了叩桌子，饶有兴致地看着杨楷："这还得综合去看患者的恢复情况，人都没带来，我只能说对症下药……"

后面的人一阵骚动，不知道前面发生了什么状况，想起姐姐正备受煎熬，静康捏了捏手里的钱袋："姜医生，这药一次性得开多少、大概什么价格，能问一下吗？我们也好商量一下。"

面前的姜神医缓缓地伸出了四根手指："十二服，四千。"

四千块在当时不是个小数目，算得上是一个家庭小半年的花销了，静康看看一旁的北川，此时此刻的他也眉头紧锁，咬牙憋了半天才开口："买！嫂子的这个病不能再耽搁了，无论如何，都得试试！"

听了北川的这句"买"，姜神医的眉眼间当即就有了笑，撕了一张开方单，就唰唰地写了起来，边写还边打包票，说不出四服必有奇效，扯了方子付了钱，去门口药铺取了药。杨楷将药鼓鼓囊囊地揣进了怀里，那中药用糙纸包着，离得近时隐隐约约能闻到苦味和辛味，气味溜进鼻子里，难闻，但他却喜欢极了。

自母亲急症发作入院，他一直隐隐害怕，如今取到了这据说有奇效的良药，想到母亲的病情还有所转圜，说不定不久之后，母亲就能重新站起来了，情况好的话，或许母亲还能像往常那般，陪自己去弄堂里打打沙包，想到这儿，他的鼻子有些说不出口的酸，心里却多了几分迫不及待。

三人去石家庄的那两天，北海在家里专心照顾起了静娴。

徐杰做生意的时候，听说崂山有户农家的蛋禽新鲜得很，特意绕了一趟买了回来，还捎了一只肉鸽，嘱咐北海炖些汤，给静娴补补身子。

静娴的气色虽好了不少，却消瘦了很多，出院的时候医生就特别嘱咐过了，平日里要多多卧床休息，北海偷偷收了她的书，想着让她闭目养神，谁料她偏不，几次商讨未果，北海被磨得没了招，只能跟静娴拉钩约好，每天只能看四个钟头，其余的时间都用来休息。

杨楷、北川、静康回家的时候，北海正陪着静娴看刘又玲送来的小人画册，听到门口有响动，连忙起了身，瞧见是他们，赶忙接过背包迎了进来："回来了啊，快快进屋！"

坐在轮椅上的静娴看到三个人的身影，眼睛里闪了光，脸上尽是喜悦。杨楷扑进了母亲的怀里，一脸骄傲："妈，我跟叔叔、舅舅拿到药了！那医生说，不出四服药，你就能自己走动了！"

看着面前喜出望外的儿子，静娴心里欣慰极了。这些年，自己跟北海都老了，可儿子长大了，越发懂事，越发独立了。

北海捏着手里的药，跺了跺脚："你们快坐下歇歇，我这就去熬药，这就去！"静康看着姐夫匆匆忙忙的身影，慌忙也跟了出去，想着帮他打打下手，北川瞧出了嫂嫂的好奇，凑到了轮椅前，跟静娴说起了石家庄之旅的种种见闻。

热腾腾的药汁入喉，静娴在众人的期待之下喝完了药，用手绢抹了抹嘴："四肢似乎真的有了热感……"

时隔良久，普普通通的二层小楼上终于重新燃起了轻松的氛围，就在众人都沉浸在找到了救治静娴良药的喜悦中时，谁也没想到意外发生了——吃了药的静娴，当天夜里就心跳加速、呼吸困难，北海扶着她的上半身，她趴在床沿上不住地干呕起来。

晚饭吃的东西吐了一地，脸上布满了密密麻麻的红血丝，看起来煞是吓人。

半夜接到了姐夫的急电，静雯慌忙赶了过来，带了几瓶挂水吊上，这才好了不少。

看着卧在床上受尽折磨的母亲，杨楷含着泪转身就把取来的药砸进了垃圾桶，伏在母亲的床前泪流满面。

望着屋子里奄奄一息的静娴，看着痛哭的儿子，北海心里说不出来的苦涩，他把静雯叫出来，递给了她一包取来的药，托她找个靠谱儿的医生问一问，是不是药效过于强烈，才出现了不适反应，却没料到第二天静雯传来消息，那药根本没有什么特别之处，只是单纯的补药，而静娴的身子，如今根本承受不住这么滋补的东西。

电话这头的北海，绝望地闭上了双眼，这个消息犹如晴天霹雳，静雯的一字一句都深深地戳痛了他的心。虽然他早就在心里做了无数次准备，但那一刻，他还是不肯也不愿意相信静娴的病，终究是药石无医了。

躺在床上，借着昏黄的灯光，静娴侧了侧脸："没关系的，你看我现在还是能说会笑的，大家还是喜爱找我聊天。"

北海听了这句话，忍不住擎起了手，抚摸她的脸颊，这一刻，他的心口像是被千斤巨石垒压。

望着静娴安慰般的笑颜，北海在心里默默做了一个决定：接下来的日子，就算是砸锅卖铁，他也决不放弃，要给静娴用最好的药，要给她最体面、舒适的生活。那是他曾承诺过她的，无论发生什么，都不会离她而去。

"日子会好起来的，"北海起了身，顺着床沿坐了下来，把静娴紧紧地搂在了怀里，"一定会好起来的。"

听了这句话，静娴的眼眶有些湿润，她是多么渴望活着，渴望能陪儿子和丈夫再久一些啊。

第二天一早，北海趁着静娴还熟睡着，早早就溜出了门，骑着自行车去了徐杰的新住处。

这些年徐杰下海经商，赚了些钱，也有了些人脉，日子过得比从前舒坦多了，但还是孤身一人。

徐杰睡眼惺忪地打开门，这才发现是北海，他打了个哈欠，赶忙收起了沙发背上七零八落的衣服："你怎么来了？你看我这都没怎么收拾……"

相识这么多年，北海早就对徐杰了如指掌，邋遢都能被他美其名曰"随性"，还常常叫嚣日子就得过得散漫，看着徐杰那掩耳盗铃的模样，他赶紧摆了摆手："别收拾了，事儿办得怎么样了？"

"卖房子这事儿急不得，你越急，卖的价钱越低。"

坐在沙发上的北海摇了摇头，闷了半天，断断续续开了口，"可是，我手头没有流动资金了……"

还没等北海把话说完，徐杰就踱着步在他面前转了起来："杨北海，你放心我一定给你谋个好价钱。那好歹是给咱楷楷留的房子，就那么贱卖了，你不难受吗？"

"可是现在我实在是没别的办法了。"北海长长叹了一口气，"什么都得用钱……"

看着北海的模样，徐杰的心里有些苦涩，这些年，他看着北海跟静娴一路走来，可谁能料到世事无常，静娴竟害上了这种病。

他没吭声，径直走进了房间，打开了抽屉，取出来一摞钱，那钱本就是他要送给北海应急用的："这个你收下，早给你想好了，你先拿去救急。"

看着徐杰递过来的鼓鼓囊囊的信封，北海有些感动，可他伸不出这个手，看着北海迟迟不收，徐杰早就猜中了他的心思，二话没说，从本子上撕了一张纸，取了支笔，唰唰地写下了一张字条：**扬北海欠徐杰一万块钱，何日发达了，双倍奉还。**

"给你！大老爷们儿的，别跟我搁这儿扭扭捏捏！"说着就把字条和钱塞进了北海的怀里，一股脑儿拥着他赶了出去，关门的时候头也没回，撂下了一句话，"揣好了！别打扰我睡回笼觉！"

门关上了，北海在门外听着徐杰拖沓的脚步声，抱着这摞钱，他知道徐杰是怕他觉得亏欠，北海望着那张揉皱了的字条，这个家伙，又把木字旁的"杨"写成了提手旁。

东方泛起了一抹鱼肚白，金色染透了云彩，北海小心翼翼地折起了字条，塞进了胸口的口袋里，他知道门里的徐杰脸上一定也挂着笑容，那是他们的默契，男人之间的默契。

随着母亲试药接连失败，杨楷在课上走神的次数也越来越多了，盯着面前刚刚及格的试卷，他的心沉重得很，背着书包，好似脚底有千斤重量，拖着他屈服。

"爸、妈，我回来了。"

北海正忙着给静娴按摩，听到了儿子的声音，仰着头应了一声："饭菜都在桌上，你先自己吃点，我给你妈揉揉腿。"

突然，电话铃声打乱了平静，北海起身接了电话，是杨楷的班主任打来的，北海通着话，表情越来越凝重。

杨楷实在是咽不下饭，筷子来来回回地拨弄了好几下，面前的白米饭一粒没少。

挂了电话的北海来到了饭桌前，平静地问道："杨楷，你就没有什么话要跟我说吗？"

杨楷放下筷子，他握了握拳头，好不容易鼓起了勇气："不就是我买了些零食拿到班上去卖嘛，也值得陈老师这么兴师动众？"

北海没料到儿子会说出这样的话，气得大声训斥起来："好好读书，将来才能有出息，谁教你搞这些歪门邪道了？"

看着面前的父亲，杨楷有些无法理解，出息，到底什么才能算作出息呢？

"我早就不想上学了，我要下学赚钱！"

"你怎么这么不懂事！"北海的脸上出现了一丝愠怒，他从没想过儿子有一天会这么不懂事,如此不体谅父母,做父母的一心想给他创造更多可以选择的机会,而他居然要辍学,埋没掉自己。

"我知道家里没钱了,我可以赚,我问过了,百货商场现在招学徒……"

"这不是你该考虑的事。"还没等杨楷把话说完,北海当即就打断了他。

"我不该考虑?我妈病了,吃药、治疗,哪点不用钱?赚钱有什么不好?难道像你一样一辈子窝在工厂里就是好吗?难道像我妈一样,看过那么多书,如今却被病拖累,无钱医治,就是有出息吗?"

杨楷的话语像锐利的刀子般扎进了北海的心里,望着儿子歇斯底里的模样,他恨铁不成钢,抬了三四次手,还是强忍着放了下来。

就在这时,屋里传来了砰的一声,在屋内听到了一切的静娴,强撑着下了地,却没站稳,摔在了地板上。

听到了响动的北海和杨楷,二话不说就冲进了屋子。

"妈!"

"静娴!"

虚弱的静娴被北海抱在怀里,她拼命地用手捶打着杨楷的胸口,用拳头有气无力地砸了七八下:"你糊涂啊……"

看着母亲泪眼婆娑的模样,杨楷的眼眶也湿润了:"我……我就是想……帮家里分担点儿……我不想让你走……"杨楷挥起了手,拼命地捶自己,北海见状,赶紧拦住了他,把他们一块儿搂进了怀里,一家三口就这样紧紧地抱在了一起。

"有爸呢,有爸呢……"北海哽咽了,他很自责,这段时间以来,他一直忙着照顾静娴,没曾过问过杨楷的心里是何其难过、煎熬。

那一夜,二层小楼的灯一直亮着。

幽暗的灯光洒落在门口的石阶上,时不时从窗口传来几声碎语,那是杨楷第一次听父亲讲跟母亲相遇时的故事,也是一家三口第一次彻底敞开心扉。

第二十九章

谢谢你

> 跟你在一起的时候,我从没羡慕过别人。

1996年,是鼠年。

电视上正播放着小品,赵丽蓉扮演的角儿戴着红花旗头,跟巩汉林扮演的角儿念叨着"宫廷玉液酒,一百八一杯"。

此时此刻的北海在厨房里调着饺子馅,客厅里时不时传来断断续续的聊天声。杨楷正穿着红色的毛衣,坐在马扎上,跟卧在沙发上的静娴讲解小品里有趣的情节。

静娴的病,似乎是控制住了。

这一年里,虽然静娴的四肢都慢慢失去了知觉,不能动了,话也说不利索了,但她的身体状况出人意料地好。

就连主治医生老马都说,自己从医数十年,简直不敢相信,能有渐冻症病人,在这个阶段还能保持如此充盈的状态。

上帝在关上那扇门的同时,似乎也为这个波折的三口之家偷偷开了一扇窗。

也许是静娴病着的这些年，透支了太多失望，不知道从什么时候起，北海发现自己变了，变得更乐观了。

有一天，北海独自去医院取药，在路上，碰巧遇上了静雯来家里探望。

两个人一起上楼，北海告诉静雯，静娴上午的时候说要看一本诗文，自己一点儿印象都没有，翻腾了好半天都没找到，结果静娴却特别笃定地告诉自己，就在床下塞的第五个箱子里。

她说用红色的挂历纸包着，右下角还破了个小洞。

"结果一找，果真就在那儿，你说她厉不厉害，哪本书的哪一页写了哪些内容，她都记得清清楚楚，脑袋就跟机器似的，她说是啥准是啥。"北海扭过了头，得意地笑了起来，"你看吧，我就说我半点事儿也瞒不住你姐。"

静雯脸上挂了笑颜，满意地点了点头。

自己的这个姐夫耐心得很，姐姐生病的这些年，他从没懈怠过一天，帮姐姐擦拭身体、洗头发、换衣服、洗衣、做饭，事无巨细地照顾着她，担心她无聊，他还特意去自学了吉他，平日里给她弹奏着解闷。

再后来，他又因为担心姐姐晚上有需要，怕自己睡得太沉听不到卢儿，就裹了个毛毯，盖了床被子，愣是坚持睡在了一窗之隔的阳台，还在两个人的手腕上缠上了根线，这样姐姐一扯，他第一时间就能醒过来了。

一月份的天，窗户上都结了冰晶，鼻头被冻得通红，他依旧坚持着，床棉被继续睡阳台，夜夜起身，夜夜帮姐姐翻身，怕她生了褥疮。

好几次来家里，看着姐夫睡眼惺忪的样子，她就劝他去休息，可没想到，不一会儿他就又起了身，嘴上总是嘟囔着到时间了，该做什么什么了。

实在困极的时候，他就会使劲儿拍拍自己的脸，再捧一手冰凉的水拍在脸上，还笑着跟她和姐姐打趣，说这是他新发明的肌肤紧致法……

想到这儿，静雯突然轻轻地叹了口气。

北海知道她想说什么，她常跟他念叨，如果静娴没病，那自己跟静娴、杨楷一定是整条街最幸福的一家人。

只是可惜天妒英才，静娴再也没有机会四处走动了。

"她人能在，就好了。"北海突然笑了笑，拍了拍静雯的肩膀安慰道。

这么久过去了，他早就想明白了很多事，静娴能健在，对他而言，就是最难得的福分了。

听了姐夫这句话，静雯的悲伤消散了大半。

钥匙旋转，门锁打开，她跟着北海进了门。

北海放下手里买的新鲜橘子，又接过了静雯手里的药，冲着屋里喊了起来："你快看看，谁来了！"

静雯跟着他来到了里屋，北海识趣地带上了门，姐妹两个人许久未见，他想给两个人留一些独处的时间。于是北海坐在客厅里，剥起了橘子，想榨些汁给静娴润润嗓子。

可是没一会儿，静雯就失了魂似的从房间里跑了出来："姐夫，我姐……她，怎么不会说话了？"

听了静雯这句话，北海慌了。剥了一半儿的橘子跌进了盘子里，他起身跑进了屋，看着静娴脸上挂着淡淡的笑容。

他下意识地收起了慌张神色，走过去握住了她的手，温柔地笑着，语气平缓："昨天你不是刚看了四舅舅从上海寄来的信，快跟静雯聊聊四舅舅讲的那几件有趣的事儿。"

静娴的嘴角抽动了一下，虽然声音不大，但还是慢慢地开始讲了起来，北海松了口气，扭过头一脸惊喜地看向静雯，可他却从静雯的脸上瞧出了疑惑和失落。

原来，现在只有他听得懂静娴说的话了。

那顿晚饭，一如往常。北海拿着勺子把蔬菜捣碎，然后一小口一小口地喂着静娴，边喂边用小手绢帮她擦拭嘴角。

他的眉眼间仍旧带着笑，可静雯还是没能忍住，饭吃了一半儿就躲了出去。

北海端着盘子出门的时候，静雯正靠在墙边哭泣。

他还是那样，眼角带着笑意，拍了拍静雯的肩膀，打气似的说："怕什么，还有我呢，你们听不懂，我就做翻译，她还在一天，我就上岗一天。"

听了北海的这句话，静雯哭得更凶了。

她感激姐夫，也替姐姐感到庆幸，却还是没法儿立刻接受这个事实。

可北海却像是一潭深水，表面柔缓、平静、不起波澜，如同把所有情绪都埋进了自己身体的最深处，因为他不想让静娴觉得，自己已经跟这个世界有所隔阂了。

他早就在心里假设好了未来的每一天。

如果有一天，静娴真的不能说话了，那就由自己来做她的那只传声筒。

他愿意挡在她面前，率先替她承担起要承受的痛苦。

静娴不知道，北海去年生日时，许下了三个愿望，除了希望家人平安，剩下的两个都是：希望静娴余下的日子，能过得舒服、开心。

在阳台看烟花的时候，杨楷曾偷偷问父亲许了什么愿望，却被北海反问。

杨楷低着头，迟疑了好久，说："我希望母亲能够活得久一点儿。"

北海没吭声，摸了摸儿子的头，他自然希望静娴能够留在自己的身边更久一点儿。可他更希望的是，静娴往后的每一天都可以过得舒服一些，哪怕代价是要她快快离开自己，他也甘愿。

因为他，看不得她受苦。

四季轮回，潮汐更替。屋檐下的三口人，就在这样相依为命的照顾中，一起走过了十几个年头。

时间很快，快到不知不觉双鬓就染了白。

就连杨楷都不知道，父亲原本笔直的腰背，是从什么时候开始，不似从前那般硬朗了。

印象里，那个能一口气扛几袋米的男人，如今走久了也会气喘吁吁。

而母亲呢，原本乌黑、顺滑的发丝，竟也渐渐失去了光泽。

或许是当初许下的心愿成真了，也或许是奶奶和姥姥在天上庇佑着，母亲竟然奇迹般地又扛过了十几个年头。

可母亲说不出话来了。长期的肌肉萎缩，让她整个人都失去了精神，变得孱弱又瘦小。但父亲总能找到好的由头，去安慰她。

"你瞧你小小的，多惹人怜，害得我总想把你搂在怀里。"

有好几个夜晚，杨楷躺在床上睡不着，回想起过往的一幕幕。

有次他备考，很久都没能回家看看，父亲在打扫房间时，不慎闪了腰。

正在自习室学习的他，接到医院的电话，就马不停蹄地赶到了医院。

到了的时候，父亲正焦灼地询问医生，自己什么时候可以下地活动，但医生嘱托他必须静躺养病。

看着父亲失落的模样，杨楷知道，他是在担心母亲。

也是那天，他拍着胸脯跟北海保证，自己要接下这份重任。

可是母亲，早就习惯了父亲常年的照顾。

她要强，不想让儿子看到自己大小便失禁的模样。杨楷只好顺着她来，可没料想，母亲居然怕麻烦他，绝口不提哪儿不舒服，致使身体每况愈下。

无奈之下，父亲强忍着剧痛，下床替静娴翻身，帮她擦身子，没日没夜、不眠不休地守在床前。

空了他就弹吉他，帮她解闷，陪她看书看到昏昏沉沉地睡去。

在杨楷的印象里，哪怕后腰有了乌紫的瘀青，父亲也从没说一声"疼"。

杨楷看着父亲用手撑着腰的佝偻背影，实在是不忍，只好扭头向小姨和舅舅求助。

这之后，一些私密的活儿便交付给了小姨静雯，而搬运的工作就托付给了舅舅静康。

虽说如此，父亲依然放心不下，硬要陪在母亲身边才肯放心。

也许是过度操劳损伤了腰椎，自那之后，父亲每每坐久了就会犯老毛病,有时候疼起来,整个人只有半卧在沙发上,才能轻松片刻。

一旁的杨楷看在了眼里,疼进了心里。

他拗不过父亲。父亲像是把所有的疼痛都屏蔽了般,哪怕腰都直不起来了,也不肯放下手里的活儿,嘴上还不停地念叨着:"没办法久坐,就不能日日坐在床前帮你妈翻书了……"

杨楷不知道,父亲是如何做到的。

有一日他回家,父亲正拿着酒红色的砂纸,戴着老花镜,不停地摩挲着木边。

在他面前摆着的,是一个小桌似的东西,不同的是桌面上开了口,吊上了复杂的硬线,还有几个地方镶上了弹簧。

"爸,这是啥?"

"快来看看,我给你妈做的翻书小桌。"

瞧着父亲脸上那自豪又满意的神色,杨楷只觉得心头有一股暖流涌过。

母亲的四肢早就失去了力气,无法触碰了。

可那桌子,愣是一个刺边都没有,被他一遍遍地用砂纸磨得平滑了。

就连桌子的腿脚,都雕刻上了形状,细细一瞧,刻着的正是母亲最喜欢的花。

母亲看到书桌的时候,脸上浮现的表情,杨楷此生都难以忘记——眼眸里除了温柔,尽是踏实。

落日余晖洒在床上,父亲就那样守在母亲身边,每隔十几秒,就牵动一下绳子,书页翻过,即是目光所至。

那牵动绳子的食指边缘,早已生了厚厚的茧,却从未想过停歇片刻。

父亲和母亲的爱情,在四下无人的夜里,曾一度使杨楷鼻酸。

十几年过去,所有人都变了,可母亲跟父亲的感情,始终未曾变过。

他时常在想,是什么样的力量能支撑着两个人走到如今。

想来想去,他看开了,这点儿磨难不算什么——自己足够幸运,因为活在爱里。

2004年的时候，徐杰放弃了在上海的工作机会，回了青岛。

北海去机场接机，隔老远就瞧见了他那漆黑的墨镜。

北海常笑他，都一把年纪的人了，还总爱赶时髦，学年轻人打扮得花枝招展。

但徐杰总是振振有词："人越老，心越不能老。"

墨镜摘下，虽还是那双眼睛，却早已遍布皱纹了。

多年未见的两人，照旧像从前那般熟络，可北海总觉得，这次回来徐杰哪里变了。

徐杰的儿子徐聪明，前些日子刚在上海成了婚。

儿子结婚的那天，他打电话给北海："云芳的心愿，我总算是帮她完成了。"

杨楷小的时候，常听母亲说起徐杰叔跟云芳姨的故事。

两个人缘起于一次相亲，还因为父亲，闹出了好些乌龙。

但缘分就是那么奇妙，后来两个人居然走到了一起。

可是好景不长，云芳生聪明的时候难产，临走前连句话都没留下。

如今，聪明有了自己的家庭，徐杰也算对云芳有了交代。

聪明这孩子心细，他知道父亲一直记挂着儿时的玩伴，就瞒着父亲把晓蓉送他的布玩偶挂在了网上。

可上海太大了，哪怕他接来了父亲，买下了电台的回放，一遍一遍地播报着晓蓉的名字和他们的故事，也还是没能寻到那个在父亲心里藏了大半辈子的人。

聪明不知道，决定回青岛的那个夜晚，父亲曾给北海打过一通电话。

在繁华的上海滩，在东方明珠下，在黄浦江边，徐杰右手擎着手机，仰头就干了一瓶啤酒，停了半晌，他默默地告诉北海："是时候了，我该走了……"

电话这头的北海，听着轮船的鸣笛声，沉默了半天，说了声："回家吧。"

徐杰最终还是带着遗憾回来了。

回来的那晚,他跟北海两个人去了老车辆厂外的那家饭店,本想重温一下旧时的味道,只可惜墙外已经用红漆涂上了厚厚的"拆"字。

望着不复存在的饭店,徐杰的背影落寞极了。

徐杰母亲走的时候,曾把北海叫到跟前,她说自己这辈子最幸福的事就是亲眼看着儿子结了婚。

她知道,也明白徐杰心中所想。可她放心不下他一个人,就这么孤孤零零地度过余生,才执意让徐杰娶了云芳。因为她知道,云芳是个好姑娘。

北海望着徐杰的背影,猜不透他此时此刻在想些什么,却真真切切地体会到了他心里的那种黯淡。

到了他们这个年纪,除了身边重要的人、事,放不下的只剩遗憾和从前。

第二天,徐杰搬进了旧房子,杨楷去帮他收拾了房间。

湿抹布入了水,徐杰偏要抢着踩凳子擦阳台的窗沿,却没料到差点跌了跤。

拗不过杨楷,徐杰只好安安稳稳地坐在了沙发前,捶了捶腿,看着他忙活:"还是老了,人不中用了……"

徐杰曾来家里看过静娴几次,见到了多年未见的老友,躺在床上的静娴睁大了眼,眼神里都是喜悦。

在得知徐杰没有找到晓蓉后,神情里尽是遗憾和失落。

徐杰倒是笑着,像没事人一般,反过来安慰她:"我说你,你可得好好养病,不然我就把北海拐跑,介绍给别的小老太婆。"

听了他这句玩笑话,静娴的眉眼间才流露出几分轻松。

从那之后,静娴睡觉的时间越来越长了。

医生说,静娴身体的各项机能随着病情的发展都有所退化,她以后睡觉的时间会越来越长。

国外现在有了一种药——利鲁唑片,可以延缓肌肉萎缩的进程,但这种药只有国外才有。

无奈之下,北海只能向四舅舅求援,可四舅舅寻遍了上海,问了所有熟络的人，也没有人有这种药的进口渠道。

杨楷在帮徐杰送煤气罐时，无意中提起了这件事，徐杰思前想后，还是决定瞒着北海给若云打一通电话。

过去这些年里，若云在美国修完了医学学位，进了医院，碰到了如今的丈夫，两个人结了婚，也生了孩子，日子过得也还算幸福美满。

偶尔，她也会从亲近的朋友口中得知北海跟静娴的情况，听徐杰说完这是"给静娴救命的药"后，她连犹豫都没犹豫，就一口应下了。

这些年过去，她早就放下了。每每想起当年，只觉得"情"这一个字，还须甘愿才能成事。可她当时年纪轻轻，看不开，也放不下。

如今，她只当回国看看老朋友，也算是给年轻时的自己做一个了结。

若云回国的那天，是徐杰接的机。

到家的时候，北海正在客厅里忙着择菜，听到门口的响动，开了门，愣了好半天，才认出是若云。

那个总是追在自己身后的小女孩儿，如今架上了金丝眼镜，厚厚的镜片也遮不住眼角的皱纹。

徐杰见状，赶紧接过了若云手里的箱子，迎着她进了门："我思前想后，还是瞒着你问了若云，这些年她在美国从医，结果，你瞧，还真把药给带回来了。"

看着徐杰把箱子打开，里面塞着写满英文的药盒，北海有些说不出来的拘谨，又有些讶异、感动。

"静娴姐呢？"站在原地的北海听到若云问，赶紧带她进了房间。

看着自己往日的情敌，静娴的眼神里满是感激，她早就听到了他们在客厅里说的话，她知道，若云这是带着药，从美国回来救自己的命了。

瞧着蜷缩在床上的静娴，若云心里百感交集，缓缓地坐在床沿，握住了她的手，放在自己的手心里，轻轻地拍了两下。

虽然无言，一个动作却代替了无数句对白。

若云调整了静娴的处方，又给了北海可以延缓静娴病情的食方。

果然，不出几个月，静娴的状况就好转了许多。治疗的这些时日，若云坚持不肯收费，北海暗中托人打听了利鲁唑片的价格，可是算算家里的积蓄，根本不足以还清欠若云的钱和人情。

北海没忍住，向徐杰开了口，结果话刚说了一半儿，徐杰就从抽屉里取出了一个鼓鼓囊囊的信封："我就一个人，平日里根本就没什么大的开销，喏，早就给你备好了。"

原来徐杰早就猜中了北海的心思，他太了解他的性子了。

北海这一辈子不曾亏欠过谁，但若云一直是他的一个心结，她肯排除万难地回来，他心里就已经足够感激。

人情这辈子是还不上了，但欠的钱，总要还上。

"这里面是十五万，多余的话不说了，有空请我吃饭。"

瞧着徐杰转身的背影，北海只觉得心里踏实得很。

他知道，徐杰早就看穿了自己，给了钱，还顺势给他找了个台阶下。

而这钱，已经足够支付静娴现阶段的医疗费用了。

后来，杨楷也毕了业，参加了工作。

他的模样，像极了年轻时的静娴——闷着头，只顾拼命地赚钱。

一家三口的条件，终于开始慢慢地好转起来。

北海还是像从前那般，凡事亲力亲为，寸步不离地陪护在静娴身旁，事无巨细地照顾着她。

这一照顾，又是几年。

2002 年，SARS 爆发了。

电视里一刻也不停歇地轮番播报着注意事项。

感染数字日渐上涨，人民群众越发紧张、恐慌，空气中都弥漫着消毒水的味道。

凹舅舅早在心里有了打算，只是没有跟任何人说。

出发前一晚，他在静娴的床边坐了良久。

四舅舅说，他常年奔跑在外，又无妻室后代，在他眼里静娴早就成了女儿般的存在。

静娴泪流满面地紧紧地握着四舅舅的手，心中总感觉不踏实。

四舅舅还笑盈盈地宽慰："四舅舅去送医疗器械，是救人，好事做多了，攒起来就能跟阎王爷把你换回来。"

他握着静娴的手，眼神里满是笃定："这次，我要运批防护服去广州，等四舅舅回来，给你带茶糕。"

可他这一走，就再也站不起来了。

在一次分发防护服的过程中，他为了救一个病危的病人，赤手扛起他进了手术室。

被隔离的第三天，四舅舅就出现了胸闷的症状，恶化得很突然。虽说医生拼死把他救了回来，可股骨头坏死，造成他下半辈子无法再走路了。

静娴家里，她坐在轮椅上，脸朝着窗外，赌气似的不愿搭理四舅舅。四舅舅只得自己慢慢推着轮椅，挪到静娴旁。

就这样，两个轮椅并排着。

左边的静娴赌气归赌气，却早已哭得梨花带雨。四舅舅轻轻地拍了拍她的肩膀，从兜里拿出一小盒茶糕。

2010年的那个夏天，静娴做了一个梦。她梦到了车辆厂的那个小礼堂，她、北海还有四舅舅演了一出轮椅版的《哈姆雷特》。

不知怎么的，冲出来一个穿着欧洲古典衣服的大胡子男人。他悄悄地跟静娴说，他是哈姆雷特的叔叔，他要毒死扮演老国王的四舅舅。

不论静娴怎么喊，四舅舅和北海就是听不见，好像有人在无形中推着她的轮椅，她只能眼睁睁地看着四舅舅和北海慢慢地消失在自己眼前。

在哭喊声中醒来的静娴，被告知了四舅舅离世的消息。北海最担心的事儿还是发生了——静娴出现了呼吸衰竭的症状，连夜被送进了医院。

在病房外，北海抱着头缓缓地蹲了下去。

刚刚那一幕不停地在他眼前闪现，静娴躺在床上，大口地喘着粗气，短暂的缺氧憋红了脸，手拼命地抓住床单，可他老了，他快抱不动她了，若不是杨楷在，恐怕……

凌晨，医院的走廊里时不时传来一阵急匆匆的脚步声，手术室的红灯刺眼极了，看着父亲自责的模样，杨楷的心隐隐作痛。

四舅舅的死讯突如其来，如今，母亲又被推进了手术室。

他无法想象，此时此刻父亲正受着何种煎熬。

杨楷抬起右手，伸了一半儿，却又缩了回去，陪着父亲蹲了下来，"爸，还有我呢……"

静娴被救了回来。

医生从手术室出来，摘下口罩只说了一句话："接下来的日子，恐怕她得在重症监护室里疗养了……"

这次的呼吸衰竭，耗光了她身体大半的能量，人能救回来已经算是奇迹了。

从那之后，静娴昏迷了整整四天。

看着周遭插满管子的静娴，听着心电图机嘀嘀嘀的声音，北海只觉得心痛。

静娴昏迷的第二天，徐杰曾来过医院。

本想劝北海注意身体，但话到了嘴边，还是咽了下去。

身体累垮了，还可以疗养，如若失去了精神支柱，整个人是会熬不住的。

北海让杨楷从家里取来了静娴平日里最喜欢读的那几本书，没事的时候，他就守在她的床边，一页一页、一章一章地读给她听。

可静娴就那样安静地睡着，像是闯进了什么梦境花园，偶尔眼皮动一动，可就是不睁开眼。

有几次杨楷来送饭，隔着玻璃瞧见父亲正拿着小梳子，帮母亲一缕一缕地整理着碎发，他觉得难过极了。

医生说，母亲全身都架上了仪器，不能再频繁翻动了。

父亲就变着法子打湿毛巾，帮她擦拭手脚。

他知道，那是父亲仅剩的一点儿倔强，他在用自己的行动，维护当初应下母亲的那句"有我在，一定让你干干净净的"。

静娴醒的那天，是个周末。

也许是睡梦之中听到了弟弟妹妹，还有朋友们的聊天声，她缓缓地睁开了眼睛。

看着自己的姐姐又一次从死神的掌心里逃了回来，静雯没忍住，趴在床沿哭出了声。

氧气罩下的静娴，似乎是想抬起手，摸一摸妹妹的头，却被缠绕着的输液管挡住了。

她抬眼看看四周，自己正躺在病床上，周围架满了冰冷的仪器。

她听到了徐杰呼喊医生的声音，也听到了妹妹的哭声，弟弟站在一旁轻轻喊了一声她的名字，可眼前就像是蒙了一层雾气，突然看不清。

因为这次急性呼吸衰竭，静娴的大脑严重缺氧。医生说，她的视力，怕是很难再恢复如初了。

一家人坐在一起，思量再三，决定简单的葬礼过后，北川去殡仪馆，办理四舅舅的火化手续。

北川回来的那天，静娴出了院。

静康执意买了一把轮椅，又按规格置办了软垫，好方便北海日常推着静娴四处走动。

躺在轮椅上的静娴听到了门口的响声，模糊之中看到一个高高的身影，怀抱着一个灰色的坛子，听到了北川那句"嫂子，我把四舅舅带回家了"，就流下了眼泪。

这些年，四舅舅都未曾婚娶，孤身一人在外闯荡，最记挂的就是静娴，隔三岔五就邮一些四处淘来的补品，而静娴也一样，早就打心底里把他当成了如父如母般的长辈。

北海轻轻地接过了四舅舅的骨灰坛，放在了静娴的腿上，又温柔地抬起了她的手，放在了盖子上，拍了两下："别忘了，他最希望看到的是我们能好好的。"

面前的静娴缓缓地闭上了双眼，正如书中所言，逝者如斯。

分别来得太突然，不曾跟人们打过招呼。

但时间轮转，所有伤痛都能被抚平、被治愈。

静娴撑过来了。

在北海悉心的开导和陪伴中撑过来了。

虽然僵硬的四肢彻底失去了知觉，但精气神却足了许多。

2012 年，杨楷接到了一家不错的 IT 公司的 offer，去了上海。

那是北海和静娴第一次体会空巢老人的滋味。

有几次北海躺在藤椅上，笑着跟静娴打趣："还是我这个老头儿中用吧。"

静娴就那样半卧着，冲他似笑非笑地眨眨眼，说尽了所有的话。

那一年的青岛，雪来得格外早。

朋友圈里铺天盖地都是世界末日的预言。

北海看着儿子分享给他的文章，笑着摇了摇头，又朝屋子里望了一眼。

此时此刻，静娴正在熟睡着，北海蹑手蹑脚地走到了床边，替她掖了掖被角。

他是不信这些的，可还是没忍住打开百度搜了搜消息：*真的会有世界末日吗？*

静娴的睫毛突然抖动了几下，嘴唇也紧紧地抿住，北海盯着她看了起来。

不知不觉，他跟静娴都步入了花甲之年，可即便如此，他再瞧她，照旧觉得煞是可爱。

杨楷时常打趣他们两个人，说他们现在居然比从前还恩爱。

马上就是静娴的生日了，北海忽然萌生了一个念头：趁着还有机会，给她过一次特别的生日。

这个想法在脑海中一闪过，他立刻就拿起手机，跟儿子秘密谋划了起来。

静娴生日那天，杨楷推着她开车去了医院，到家的时候，北海已经做了满满一桌子菜肴，蛎子豆腐汤、炒蒜黄、青椒炒肉，全是她爱吃的菜。

为了方便静娴吞咽，北海还把肉切成了细细的肉末，蛋花也打得很碎，就连蛎子都提前用牙签把难嚼的肉丁旋了下来。

桌子的中央还点了蜡烛，蛋糕是草莓味的，裹着的糖浆让人垂涎欲滴，烛光里，静娴的瞳孔猛地收缩，她竟然比从前看得清楚了一些，像是感受到了什么，静娴又猛烈地眨了眨眼，模糊的视线似乎又清晰了一些。

她看见北海朝她走了过来，穿着一身黑色的西装，还打了一条紫色的领带，他就这样一步一步地走到了自己面前，从身后变出了一个黑色的小匣子，冲着她单膝跪了下来。

"赵静娴同志，你愿意嫁给杨北海同志吗？"

看着面前早已哽咽的父亲、母亲，在一旁端着手机录像的杨楷，偷偷拿右手抹了把眼泪。

父亲说，自己也不知道有没有世界末日，但万一真的有，不想让母亲就这么走。

跟母亲相知、相爱的这几十年，细细想想，好像主动的那个人总是母亲。

他唯一遗憾的是，没给她一个有仪式感的婚礼。

轮椅上的静娴，紧紧地闭上了双眼，脑袋奋力地点着。

北海听到了回应，鼻腔用力地抽了一下，轻轻托起了她的手，打开了匣子，取出了一枚金戒指。

那是他跑遍了青岛，找遍了所有的金楼才做成的款式，戒壁上雕着的是静娴最喜欢的风信子，那是他熬了几个通宵，亲手设计的图案。

他就这样，把自己对她的全部情意赋予了这枚戒指，连同着相爱的记忆，都藏进了这枚戒指里。

如今，终于把这枚特殊的戒指，戴在了心爱之人的手上。

那一夜，北海又拿起了吉他，弹奏起了静娴从前最喜欢的那首小夜曲。

世界末日没能来。

可静娴的病，竟像重来了一番，奇迹般好了许多。

每天醒着的时间长了很多，有时候，喉咙里发出呜呜呜的声音，居然还能说出几句话。

徐杰说她这是受到了鼓舞，还打趣北海，快点多补几个有仪式感的仪式。

看着静娴的境况愈来愈好，北海心里也是万分窃喜，每天定制了专属菜单，让静娴挑选，还利用起了空闲的时间，架上了老花镜，誊抄了静娴过往写过的随笔，用粗线一针一针地编成了一本册子。

每每看到静娴欢喜的模样，他心里就满足得很。

日子一天一天地过去，他变着花样，不断地哄她开心。

一晃眼，就到了2014年的除夕。

红色的窗纸贴在满是雾气的玻璃上，朦朦胧胧里透着一抹红。

杨楷从市场上头了几盏红灯笼，正在楼下跟静康挂着。

静雯正在客厅里陪着姐姐看电视，北海嫌北川总是帮倒忙，把他推进了屋子。

徐杰看着北川悻悻地走了，择菜的手也轻快了几分："你说你们哥俩，越老，这行为方式反倒越像小孩儿了，我从前没见你俩这样过……"

北海刮着手里的鱼鳞，扭过头看了徐杰一眼："你不也是一样，一个五谷不识的人，愣是被我训练成了烹饪达人……"

眼看没占着便宜，徐杰索性往他脸上甩了一把水："都啥岁数了，还闹！"

北海用袖口蹭蹭脸，回身把鱼下了锅，盖上锅盖，赶紧把刚炒好的排骨递到了徐杰手里，撵着他出了厨房。

掀开帘子的一角，轮椅上的静娴今天穿了件素色旗袍，静雯帮她化了个淡妆，脸颊上透着一抹微红，看着电视上正演着的小品，眼睛笑眯眯的。

再回身的时候，汤已经煮沸了，北海拎着勺子，撒上了一抹香菜，他心里一阵暖。

人老了，就喜欢热闹，而这家呢，就没冷清过。

听着儿子在楼下喊着："灯笼挂上了！"北海盛着汤的手抖了抖，他看着窗上的冰晶正在慢慢地融化，融化的棱角在灯光的照射下，闪闪发亮。

"开饭了，开饭了！"

杨楷接过了父亲手里的汤煲，招呼了起来，北海正在一旁解着围裙，顺势坐在了静娴旁边。

"要我说，我哥就应该把做饭这门手艺传给杨楷，开个饭店，"北川闻了闻饭菜香，当即就拿起了筷子，"保准能火！"

坐在他身旁的是他媳妇宋云，看他伸出了手，拿着筷子就给他敲了回去："哥跟嫂子还没开动呢，德行！"

看着北川出了洋相，徐杰赶紧接上了话："我可说好了，你们今天谁也别跟我抢，在座目前打光棍儿的可就我跟楷楷，谁跟我和我干儿子抢我可跟谁急，开动开动！"

筷子刚擎了一半儿，一旁的梦梦怯怯开了口："祝姥姥、大姥姥、大姥爷、舅舅身体健康，万事如意。"

静雯看着自己的小外孙女，满意地笑了笑："真乖。"

一旁的徐杰听了，赶紧从兜里掏出了红包，塞了过去，边塞边敦促着在座的所有长辈赶紧表示表示，结果红包都收完了，塞给梦梦时，梦梦羞得把头都埋进了静雯怀里，惹得大家一阵哄笑。

第二十九章 谢谢你

北海看着笑得合不拢嘴的静娴,盛了一碗汤,赶紧张罗着开饭,一时间大家都动起筷子,七嘴八舌地聊了起来,热闹得很。

北海轻轻地拿起了汤,用汤勺搅了搅,又放在嘴边吹了吹,送到静娴嘴边,看着她一点点吮吸,再咽下去。

"你,吃。"静娴从喉咙里用力挤出了两个字,北海连连点头,自己也盛了一勺汤,送进了嘴里,看着面前的静娴,嘴角浮现了微笑。

眼看着李谷一的《难忘今宵》马上就要唱完,众人纷纷举了杯:

"我就希望,在座的大家明年能顺顺利利吧!"

"我这人俗,我就祝大家发大财!"

"我就祝这些孩子,越来越好吧……"

最后,大家都把目光聚集在了静娴身上,她没说话,就那样满足地笑着。

杯子碰撞的瞬间,伴随着电视上跨年的倒计时,所有人都跟着喊了起来:"3——2——1——"

窗外的烟花纷纷绽放在黑夜里,鞭炮声噼里啪啦地响了起来,北海感觉静娴握着自己的手突然用了些力。

"谢,谢,你。"

话音刚落,北海只觉得掌心里静娴的手,正在一点点失去力气。

喊声、鞭炮声、救护车的警笛声更迭响起,看着静娴躺着的车子消失在走廊尽头,北海的眼泪狠狠地砸到了地上,浸湿了一大片。

静娴的那句"谢谢你",不停地在他耳边盘旋。

他的直觉反反复复、一遍又一遍地告诉他"她要走了,她已经做了最后的告别",可心里还是期待奇迹可以再次发生。

他在心里默默祈求了上天无数遍,哪怕拿自己的一切去做交换,只要她能回来,能回到她的身边,他都愿意。

可手术室的灯灭了。

周围开始有了断断续续的哭声,杨楷走到了他的身边,颤抖着对他说："爸，妈走了……"

那一刻，北海蹲在原地的腿使了使劲儿，好不容易才站直了身子，愣了好久。

"医生说，妈是笑着走的……"杨楷没忍住，红了眼眶。

听了这句话的北海用力地瞪了瞪眼，仰起了头，努力地把泪水往回咽，拳头紧紧地攥了两下，突然伸出了手，拍了拍儿子的肩膀。

恍惚中才发现，儿子的个头儿，不知道什么时候已经超过自己了。

静娴走了。

看着躺在病床上面带微笑的她，北海的心情突然平静了下来。

她这半生过得很苦。好动的一个人，在最好的年纪，却被命运宣判，余下的日子再也不能动弹。或许，这对她而言，也是一种解脱吧——带着爱，去了另一个世界，过上自己喜欢的生活。

北海轻轻地握起了那尚带温热的手，用食指在掌心缓缓地写下了四个字：**没后悔过**。

病着的那些年，静娴总是爱问他同一个问题："杨北海，娶了我这个病秧子，你后不后悔呀？"

可自己呢，每次都是不紧不慢地做着手头的事儿，回头瞪她一眼："瞎想啥呢？"

如今，他想给她答案了。

给那个住在自己心底不容撼动的她，给那个为自己出头无所畏惧的她，给那个愿意为自己不惜放弃一切重新开始的她，一个最诚恳的答案。

"没后悔过。"

看着白布一点点遮过那熟悉的脸庞，北海的脑海里尽是过往发生的一幕幕，初见、相识、相知、相爱……

像极了开了倍速的电影，在他的脑海里不停地轮番浮现，一遍又一遍地循环、交织，无穷无尽。

记忆里的那个她，真的就这样离开了吗？

尾章

我妈离开的那个冬天,是记忆里最冷清的一年。

周围的邻居三三两两地都搬离了大院。

就连谢军夫妻也随女儿去了国外,临走前什么也没带走,说用不上。

房子整套挂了出售,托付给了外甥。

临行前,是我跟我爸一起去送他们的。

在机场,谢叔叔安慰我爸,别总在一个地方待着,若是烦闷了,可以去国外找他们。

刘姨握住了我的手,絮絮叨叨地说着这些年我们两家的不容易,语气里满是真诚,提到我妈,她又一阵惋惜。

在我很小的时候,我妈常常会跟刘姨坐在二楼的楼道上聊天。

我妈看的书多,见识也多,经常能让刘姨眼界大开。

但是刘姨心气高,做什么都想把我妈比下去。

我妈跟她透露了自己想要去北欧看看的想法,她便把话说在前头,笃定地说自己未来肯定会定居在国外的。

"连英语都不会说，咋去呢？"

到最后，两个人总是互相讥讽着，当笑话讲着听。

当时我妈不信，两个人还笑闹着攀比，倘若谁先去了，就送对方一个礼物。

可如今刘姨要走了，她却不在了。

我爸没吭声，只是点头笑了笑，然后对着安检处挥手，一言不发。

自从我妈去世之后，他就寡言起来。

不爱出门，总是在家，像株没什么生气的植物，静静地打扫、做饭，坐在沙发上打开电视机，眼睛却总是盯着别处，静静地发呆。

我察觉到他的异常，怕他闷出毛病，便在工作不忙的时候，频繁地往家里跑。

我想让我爸搬来我这里住，方便照顾他，然而他仍然坚持住在老房子里，任我提了几次都不肯搬。

有次话说急了，他还生起气来，让我不要再提这事儿。

他确实是病了，一滴眼泪也没掉，一次难过也没表现出来地病了。

他依然将屋子收拾得一尘不染，和我妈在世的时候一样，隔个两天就会把被褥、床单抱到阳台上，拍拍打打，晒晒太阳。

我妈的遗像是我爸选的，选的是生了我之后，她笑得最好看的一张。

他应该是很喜欢这张照片的，时常对着它讲话，每天用手帕轻轻拂去上面的灰尘，把玻璃相框擦得很亮。

有一天晚上，我起夜上厕所，路过我妈房间的时候，看见我爸保持着平躺的姿势，沉沉地睡着，手里抱着我妈的相框。

当着别人的面，甚至我的面，我爸从来不说任何怀念我妈的话。

我曾经试探性地对他说："如果心里很难受，可以讲出来，哪怕写出来。"

那时我爸摇摇头，甚至还有点微笑地说："不是难过，她生病瘫痪的时候，我没让她受一点委屈，这辈子我对得起她，她也对得起我。这二十年，看上去是我照顾她，事实上是她陪着我。如今她看我老了，身体不如当年，才选择了解脱，想让我好过。我不难过。"

可当我看到他抱着相框的那一幕，我便更加确定，对于我妈离世这件事，他从来就没有放下过。

他的寡言和不愿意与人接触，都是表象，据我的一位心理医师朋友说，他八成是抑郁了。

"老年人得这个病的很多，原因也有很多。"朋友见怪不怪地说，"突然搬家、孩子远嫁、伴侣或老友过世，都给他们一种不被需要的感觉。简单来说就是没奔头了。"

我深表赞同，也表示自己花了很多时间来陪伴父亲，但是收效甚微。

"解铃还须系铃人，你妈走的时候，有没有留下什么东西？"

我妈的遗物，除了放在家里的那些书本、信，还有就是留在我小姨静雯那里不多的衣物，办完我妈的后事之后，我爸几乎没和小姨见过面，我也只能碰碰运气。

然而事情就是这么巧，我刚从朋友的诊所回到家，就看到小姨已经坐在我家客厅里，手里还拿着一封信。

小姨说，那是我妈的遗书。

我妈走之前，别说拿笔了，手都抬不起来，如何能写遗书呢？难道是由我小姨代笔的吗？

可那信封上的"杨北海收"，分明是我妈的字迹。

"我姐刚诊断出来患有渐冻症的时候，听医生说她最多只有两年的活头，她那时候就写了这封信。"小姨轻轻地讲述着，脸上带着些笑意，"但是她没想到，这两年却被我姐夫延长成了二十年。"

"这封信，她说等她走后，再让我交给姐夫，没想到竟然在我这里放了二十年，要不是今天收拾屋子，把以前的旧衣服都找了出来，我怕是永远也想不起来这封信了。"

说着，小姨把信交到我爸手上，信被保存得很好，牛皮纸信封一点儿破损都没有，上面的字清晰可见，连封口都被胶结结实实地封着。

想必我妈在写这封信时，是极为用心的。

我爸拿着信，沉默了一阵，然后一言不发地回了屋。

我跟小姨对视了一眼，心领神会，起身往门外走。

开车送小姨到家后，我没有回家，而是掉头去了我的餐厅。

我想，是该给我爸和我妈一些独处的时光。

在办公室待到深夜，看了看表，我才往家走。

我蹑手蹑脚地开门，发现我妈卧室的灯还是亮着的。

换鞋时，我刻意发出声响，突然我爸说："回来了？记得喝点儿水再睡。"

我应了一声，听着我爸的声音挺精神的，便放心了。

想着不应该打扰他，我洗漱完便回屋了，第二天我很早便醒来了，我爸似乎已经出去了。

我刚想出门，就在这时我爸拎着刚买的海鲜和菜，扭开了门。

"我做饭去。"他换了鞋，往厨房走，装活虾的袋子噼啪作响。

"爸。"我只喊了一句，便如鲠在喉，不知怎么接下去。

他没吭声，反倒是拍了拍我的肩膀。

也是那一夜，他叩响了我的房门："杨楷，我想出去走走。"

我问他去哪儿，他迟疑了好久，吐露了两个字："丹麦。"

去拜访刘姨一家时，他曾说了一段话：

"人这一生，说长不长，说短不短。酸甜苦辣交织，能留存在脑海里的，一定是意义非凡的。"

若云阿姨从前一直不懂为什么我爸没有选择她，而选择了我妈。

后来若云阿姨回国看望我妈，给她送药，看到她即使瘫痪在床，也没有放弃看书、学习，才明白我爸想要的，从来都不是一个能照顾他的田螺姑娘，他需要的，是一个灵魂能和他契合的伴侣，他是被我妈身上难得的抗争精神深深地吸引。

我妈这辈子，心里有一团火，旁人只能看到一阵烟，但我爸却瞧出了一片海。

身世不好，为不肯认命，参军、研学，跟老天爷抗争；年轻的时候，为讨个公道跟厂里领导抗争；后来病了，为不信命跟死神抗争。

她一向都是这么坚强、从不退缩。

我想，对我爸而言，跟我妈一起度过的那些岁月，或许就是他这一生难以忘怀的"意义非凡"吧。

杨北海，此刻写下你的名字，我觉得我们已经认识了几十年那么久。

坦白讲，你不是我心目中白马王子的样子。

你心肠太软，做事拎不清，总是为别人着想，总是想当好人。

但遇见你之后，我心里再装不下别人。

我这一走，最放不下的就是你，以你的性格，再难过也是憋着往肚子里咽，不会跟任何人讲，可是我必须要说，你呀，别太犟……

北海，不要太想我，其实我并没有离开你，你翻过的每一本书，都有我的痕迹；你哼的每一首歌里，都有我的回音。

我这辈子，对于想做的事儿从来没犹豫过，生活、工作、学习都是，爱你也是。

唯独在我心底，一直有个想去的地方，没来得及……

那个殷切、浪漫、长达二十多年的心愿，那些他曾允诺给她的，就算她已经不在了，他也还是遵守了，陪她达成了。

在这路遥马急的人世间，
我们相伴相守的时光就是我们最好的时光。

在影楼，拍了全家福。

静娴过生日，买了生日蛋糕，同年把咸咸送走。摄于家中。

摄于中山公园，静娴刚烫了头发。

摄于中山公园，北海特意请假陪静娴赏樱花。

冬天，静娴病情加重只能卧床休息。